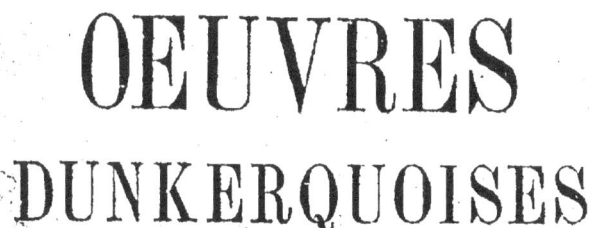

OEUVRES
DUNKERQUOISES

PUBLIÉES, RECUEILLIES ET MISES EN ORDRE

PAR

Benjamin KIEN

ANCIEN AVOCAT, ÉDITEUR DU JOURNAL L'AUTORITÉ DE
DUNKERQUE, MEMBRE CORRESPONDANT DE LA SOCIÉTÉ
CENTRALE DE DOUAI ; AUTEUR DE LA TRADUCTION EN VERS
DES ŒUVRES D'HORACE, PHÈDRE ET TÉRENCE, ET DE
PLUSIEURS OUVRAGES DE LITTÉRATURE.

TOME DEUXIÈME

DUNKERQUE

BENJAMIN KIEN, IMPRIMEUR-ÉDITEUR, RUE NATIONALE, 22.

L'ouvrage se trouve chez les principaux libraires.
1857.

OEUVRES
DUNKERQUOISES

OEUVRES

DUNKERQUOISES

OEUVRES
DUNKERQUOISES

PUBLIÉES, RECUEILLIES ET MISES EN ORDRE

PAR

Benjamin KIEN

ANCIEN AVOCAT, ÉDITEUR DU JOURNAL L'AUTORITÉ DE
DUNKERQUE, MEMBRE CORRESPONDANT DE LA SOCIÉTÉ
CENTRALE DE DOUAI; AUTEUR DE LA TRADUCTION EN VERS
DES ŒUVRES D'HORACE, PHÈDRE ET TÉRENCE, ET DE
PLUSIEURS OUVRAGES DE LITTÉRATURE.

TOME DEUXIÈME

DUNKERQUE

BENJAMIN KIEN, IMPRIMEUR-ÉDITEUR, RUE NATIONALE, 22.

L'ouvrage se trouve chez les principaux libraires.

1857.

AVIS DE L'ÉDITEUR.

En 1853, M. C. Drouillard, imprimeur à Dunkerque, avait eu l'heureuse pensée de publier, en beaux volumes de bibliothèque, les morceaux de littérature dus aux écrivains du pays. Ce recueil, composé de prose et de vers, avait nom LES ŒUVRES DUNKERQUOISES.

Par suite de la cession de l'imprimerie Drouillard, cette publication a été interrompue; un seul volume en a été terminé. Il renferme environ 500 pages d'une belle typographie, et se trouve, nous le pensons, dans la bibliothèque de la plupart de nos abonnés. Au surplus, on peut se le procurer chez M. I. Leys, libraire en cette ville.

L'idée de M. Drouillard nous semblait fort ingénieuse, et fort bonne en soi, puisqu'elle réveillait dans notre Dunkerque le goût des lettres et des arts; ce qui, on voudra bien le reconnaître, élève l'intelligence de l'homme, quelle que soit la position sociale qu'il occupe d'ailleurs.

Nous avons beaucoup regretté l'interruption de ces volumes, qui devaient être nombreux, paraît-il; c'est dire assez que, dirigeant nous-même une imprimerie, nous avons l'intention de continuer l'ouvrage fondé par notre devancier.

Le deuxième volume des ŒUVRES DUNKER-QUOISES paraîtra donc, sous notre direction, dans le courant de l'année 1857: il sera publié dans le même format que le premier, dont il sera la continuation, et contiendra de même 4 à 500 pages. Nous faisons, dès à présent, appel aux écrivains dunkerquois, aux membres de la société pour l'encouragement des lettres, et nous les prions de vouloir bien nous adresser, le plus tôt possible, les travaux littéraires qu'ils désirent voir paraître dans notre collection.

Parmi les auteurs, dont le nom figure dans le tome premier des Œuvres dunkerquoises, quel-ques-uns ne pourront plus nous prêter leur con-cours; la mort les a ravis au commerce des Muses: nous citerons MM. Bernaert aîné, Victor Simon, Petit-Genet, Constant Pieters, etc. Mais il est encore beaucoup d'écrivains dont la plume ne restera pas inactive, et qui, d'ailleurs, trouveront en leur portefeuille de quoi fournir des aliments à notre recueil: citons, comme les plus féconds et les mieux connus, MM. Carlier aîné, A. Dasen-

bergh, J. Fontemoing, Gouchon, Gouttière, N.
Martin, Perot, E. St-Amour, B. Corenwinder,
etc. Tous ces Dunkerquois ont payé leur tribut
au premier volume; nous les convions à nous
aider encore de leur travail. A ces noms viendront s'en ajouter beaucoup d'autres, nous n'en
doutons pas. Nous-même participerons, dans
la mesure de nos forces, à la formation de l'ouvrage.

Il est inutile d'ajouter que nous comptons, à
cet égard, sur le concours et la sympathie de la
Société Dunkerquoise.

Les jeunes écrivains sont également appelés à
essayer leurs forces; ils redoutent parfois la
publicité un peu éclatante du journal; celle d'un
recueil littéraire est plus modeste, plus indul-
gente, et pourra mieux convenir à leurs premiers efforts.

Pour bien expliquer notre but, nous rappelons
ce que notre devancier écrivait à la fin de sa
préface: « Fort des encouragements nombreux
» qui nous sont donnés, disait-il, nous conti-
» nuerons l'accomplissement de notre tâche avec
» zèle, avec persévérance, afin de transmettre
» aux générations qui vont suivre des produc-
» tions estimables qui, si elles étaient abandon-
» nées, se perdraient bientôt avec les feuilles

» éphémères où elles ont vu le jour, et aussi
» dans le désir de voir propager de plus en plus
» la culture des lettres dans notre cité, en offrant
» à tous un moyen de publicité plus durable.
» On appréciera davantage le mérite de notre
» ouvrage, à mesure que la multiplication des
» volumes y donnera plus d'importance. En
» terminant aujourd'hui le premier, nous n'avons
» parcouru *qu'une étape de la longue route que*
» *nous avons à suivre;* mais chacun a pu juger
» déjà que la plus stricte impartialité préside à
» notre œuvre, et que nous n'avons fait aucune
» exclusion d'opinions on de personnes. »

Nous venons de reproduire ces lignes, parce
que les idées qui y sont contenues sont absolument les nôtres. Nous voulons encourager, donner de l'émulation aux auteurs vivants, léguer à
la postérité les œuvres contemporaines, et montrer une fois de plus que Dunkerque ne serait pas,
au besoin, indigne du titre d'*Athènes du Nord*,
lorsque bien des gens s'imaginent qu'on n'élève
céans des autels qu'au dieu Mercure.

Ne laissons pas dire que la brume des mers
est celle de la Béotie !

Ce n'est pas la première fois, d'ailleurs, que
notre ville est dotée de publications de ce genre.
Nous avons eu *les Muses Dunkerquoises, le Petit*

Couvert de Momus, nous aurons maintenant une série de volumes des *Œuvres Dunkerquoises*, Parmi les publications de notre département, celle qui peut exciter le plus vivement notre émulation, est l'édition des *Archives Historiques du Nord (de Valenciennes)*, qui se continue sans interruption depuis un grand nombre d'années. Efforçons-nous de fonder une collection qui rivalise avec cette dernière, ou tout au moins qui soit durable; montrons que notre cité n'est pas au-dessous de celle de Froissart; sachons aussi élever, comme les descendants du célèbre chroniqueur, notre monument littéraire!*

BENJ. KIEN.

*A propos de la publication des *Œuvres Dunkerquoises*, nous devons une explication de fait :

Le premier volume terminé avait été suivi de quelques livraisons, commençant par une notice sur *Lamoral d'Egmont* et finissant par une pièce de vers : *la Tour de Dunkerque*. Nous négligeons complètement ces feuilles détachées, et nous commençons un second volume tout neuf et tout complet. Quant aux livraisons volantes dont nous venons de parler, on pourra faire, comme la plupart des souscripteurs : les relier avec le premier volume. C'est ainsi que la première partie de l'ouvrage est débitée chez nos libraires.

Puisque nous venons de nommer la pièce de vers intitulée : *la Tour de Dunkerque*, nous voulons redresser deux fautes typographiques qui s'y trouvent :

Strophe première, vers deuxième, au lieu de :

Béante !... la tête fière — lisez : *Géant ! dont la tête fière.*

Strophe neuvième, vers premier, au lieu de :

Ainsi, ô tour espagnole ! — lisez : *Alors, ô tour espagnole !*

ŒUVRES DUNKERQUOISES

CANTATE A JEAN BART.[*]

—

1845

—

Jean Bart, salut! salut à ta mémoire !
De tes exploits tu remplis l'univers ;
Ton seul aspect commandait la victoire
Et, sans rival , tu régnas sur les mers.
Jusqu'au tombeau , France, mère adorée ,
Jaloux et fier d'imiter sa valeur,
Nous défendrons ta bannière sacrée,
Sur l'Océan qui fut son champ d'honneur.

Jean Bart! Jean Bart! la voix de la patrie
Redit ta gloire et ton nom immortel,
Et la cité qui te donna la vie
Erigera ta statue en autel !

[*] Cette cantate a été exécutée, sur la Grand'Place de Dunkerque, par 200 chanteurs, le 7 Septembre 1845, jour de
l'inauguration de la statue de Jean Bart.

Enfant du peuple, il conquit sa noblesse
Par son épée.... ô glorieux destin !
Et cette épée , aux jours de sa détresse ,
Sauva la France en lui donnant du pain.
Un feu sublime embrasait son courage ;
La hâche au poing, affrontant le trépas,
Il s'élançait, terrible ! à l'abordage ,
Tel qu'un lion au milieu des combats.

Jean Bart ! Jean Bart ! la voix de la patrie
Redit ta gloire et ton nom immortel ,
Et la cité qui te donna la vie
Erigera ta statue en autel !

Découvrons-nous.... Sculpté par le génie,
Jean Bart renaît dans ce bronze éloquent ;
Et toi qui fus l'idole de sa vie,
Son glaive encor, ô France ! te défend.
Si l'ennemi, qui pâlit à sa vue ,
Dans son dé'ire osait nous outrager,
Du piédestal qui porte sa statue,
Il descendrait armé pour nous venger !

Jean Bart ! Jean Bart ! la voix de la patrie
Redit ta gloire et ton nom immortel ,
Et la cité qui te donna la vie
Erigera ta statue en autel !

J. Fontemoing.

LE TRIOMPHE DU TASSE. *

—

1853

—

I.

L'éternelle cité, qui plana sur le monde,
L'immense capitale, où la gloire féconde
Vivifia jadis ses plus larges sillons ;
ROME, qui murmurait dans le chant des prophètes,
Ranime la splendeur de ses plus belles fêtes :
Et le peuple a longs flots roule ses tourbillons.

On voit se dessiner les arcades mobiles,
Palais de vert feuillage, aux colonnes débiles,
Edifices légers, aux suaves couleurs ;

* Le poëte Torquato Tasso, dont les malheurs et le génie
sont si célèbres, allait recevoir à Rome les pompes du triomphe, quand il mourut au couvent *de Saint-Onofrio,* où il s'était
retiré, en 1595. Son corps fut revêtu de la toge romaine, et
porté sur le char triomphal, au milieu du deuil public. Ce
suprême et douloureux triomphe du grand homme, si long-
temps persécuté par Alphonse d'Est, duc de Ferrare, fait le
sujet de cette poésie.

Les milliers d'étendarts vont bigarrer les nues;
Avec leurs frais atours, les vierges sont venues;
Le triomphe est paré de femmes et de fleurs!

Les villes d'Italie ont lancé dans la foule
Une masse de gens, qu'on pousse et qu'on refoule:
Là, Venise la belle a ses représentants;
Et Naples l'indolente, et la docte Padoue,
Et la molle Florence, et Sorrente, et Mantoue,
Vont au peuple romain mêler leurs habitants....

Occupant les abords des routes principales,
Voyez se déployer les milices papales,
Avec leurs casques d'or, les gonfanons romains;
Clément VIII a voulu qu'une pompe inouïe
Jetât ses longs éclairs sur la ville éblouie;
Et l'Univers charmé s'éveille et bat des mains!

Voyez le char superbe, où le trône d'ivoire
S'élève sous le dais éblouissant de moire;
Là.... doit se prélasser un vainqueur généreux;
Déjà les blancs coursiers sont liés au quadrige;
Et, de son fier passé relevant le prestige,
La Rome des Césars quitte son lit poudreux.

Le Capitole, ouvrant ses portes enferrées,
Déploie à nos regards les demeures sacrées,
Où jadis l'Empereur courbait son front puissant;
Alors, le feu brillait sous la main des vestales;
Et l'on questionnait les entrailles fatales;
Et sur l'autel païen coulaient des flots de sang....

Aujourd'hui, c'est la voix du peuple catholique
Qui viendra remuer tes flancs, ô basilique !
Rome n'adore plus que le vrai Créateur ;
Le Saint-Père et Jésus règnent au Capitole ;
La gloire impérissable est la dernière idole
Qui tend ses bras amis vers le triomphateur....

Et quel est ce héros pour lequel on déploie
La pompe des beaux jours, l'universelle joie,
Signes majestueux d'allégresse et d'amour ?
Quel front va recevoir le laurier qui s'apprête ?
Vous parlez de César.... Ce n'est rien qu'un poète,
Dont Rome éblouissante annonce le retour !

C'est Torquato Tasso !... Le héros du génie,
César de l'Epopée et roi de l'harmonie ;
Voilà le nom fameux qui vient de retentir :
Allons !... il faut venger l'infortune sublime !
Mais ces pâles Romains, que la justice anime,
N'ont plus à couronner que le front d'un martyr....

II.

Un martyr ! — A ce mot, tu frissonnes, ma lyre !
Un souvenir lugubre a glacé ton délire :
De ces lambeaux pourprés soulève le manteau ;
Que le triomphateur un moment disparaisse....
Rappelons de ses jours la cruelle détresse :
           Pleurons un Golgotha nouveau !...

Près du char triomphal, qu'encense l'Italie,

Noirs fantômes, debout ! — Prison, Exil, Folie,
Amour !... amour maudit, plus cruel que les fers,
Apparaissez !... Voilà le cortège fidèle
De Torquato Tasso, que le triomphe appelle,
    Pour le venger de ses revers...

Hélas ! Dieu le fait naître en cette jeune terre,
Où le penseur divin cueille fleurs et mystère ;
Sorrente est le berceau qui couvre ses printemps ;
Et, qu'en avez-vous fait, misérable patrie?...
Le jouet d'un tyran ! — Sous sa lâche furie
    Le Tasse agonisa sept ans.

Pourquoi fuir, mon poète, une rive divine,
Où l'aimable Sorrente est douce et sans épine,
Sous l'amour maternel, sous l'aile d'une sœur ?
Qu'importe d'une cour le séduisant mirage?
Le sourire des grands, précurseur de l'orage,
    A tes yeux masque un oppresseur !

Le triomphe aujourd'hui ?... Quelle immense justice !
Mais de ses longs tourments n'êtes-vous pas complice,
Vous, peuple Italien, qui le laissiez souffrir ;
Vous, puissants cardinaux, à l'amitié craintive ;
Vous qui, laissant gémir sa belle âme captive,
    Ne savez l'aider qu'à mourir?...

Il faut vous rappeler que le Tasse, à Ferrare,
Epuisa les rigueurs d'une haine barbare ;
Qu'il fut dans les cachots par Alphonse jeté ;
Que là... des courtisans la cabale offensée

Désespérait son cœur, ravageait sa pensée,
    Sous la faux de la cruauté !

Avez-vous oublié, peuple aux clameurs si vaines,
Qu'aux jours où le poète avait brisé ses chaînes,
Réclamant sous le ciel des bords consolateurs,
Il allait seul, errant, comme le vieil Homère,
Trouvant, dans son exil, la solitude amère,
    L'écho de ses persécuteurs !

Ainsi, l'on écrasa sous l'effort de l'envie
Ce luth resplendissant, lumière de sa vie;
On fit sur Torquato peser un joug fatal ;
Et, voyant de la cour les lâches impostures,
Le poète égaré devint, sous les tortures,
    Un fou qu'on jette à l'hôpital....

Mais l'Europe indignée, en ces heures cruelles,
Déclame avec bonheur ses pages immortelles ;
Jérusalem tressaille au fond de ses vieux murs ;
Lorsqu'au milieu des fous, il sanglotait de rage,
On voyait s'élever l'impérissable ouvrage,
    Bâti sur les siècles futurs.

Alors, que faisiez-vous, ô protecteurs maussades,
Princes et cardinaux ? — Et vous, fils des croisades,
Chevaliers du Seigneur, par sa lyre choisis ?...
Vous frémissiez sans doute en vos mâles poussières ;
Et vous leur prépariez, à ces fureurs grossières,
    Le triple fouet de Némésis !...

Il fallait vous lever à son premier murmure,

2

Dépouiller le suaire et reprendre l'armure,
Ombres des fiers croisés qu'il implore à genoux !
Il fallait déployer vos cohortes puissantes ;
Et, l'oriflamme au vent, accourir menaçantes,
  Grandes et pâles de courroux...

Dis-nous quel fut son crime, impartiale histoire ;
Comment justifier la vie expiatoire
De ce pauvre martyr arraché par lambeaux ?
Lui qu'on plongea vivant dans les enfers du Dante,
Avait-il aux forfaits livré son âme ardente ?
  Histoire ! allume tes flambeaux !...

Il aimait !... — Son amour fut sa joie et son crime :
Élans de poésie... illusion sublime !
Vous fûtes à ses jeux le soleil d'avenir :
Léonore... ô doux nom, que l'amour environne,
Reflet de l'Elysée, épineuse couronne,
  Salut noble et pur souvenir !

Elle brillait parmi les roses veloutées,
Dont le ciel embellit ces rives enchantées ;
Telle, la jeune Hébé réjouissait les Dieux.
Le poète l'adore... et son accord s'éveille,
Et de sa poésie il répand la merveille,
  Comme un torrent mélodieux...

O forfait ! Léonore..., elle était sœur de prince !
Alphonse gouvernait quelque fière province ;
Pour l'humble Tarquato quel vain excès d'orgueil...
Un poète rêver la main d'une princesse ?...

Il faut sur l'imprudent faire mugir sans cesse
La sombre colère et le deuil !

Ah ! que sur tes fureurs l'anathème jaillisse,
Toi qui sus froidement préparer le supplice...
Alphonse d'Est, gonflé de viles passions ;
Tant que la poésie ose parler au monde,
Elle a, pour les éclairs de ta rage profonde,
          Foudres et malédictions !

L'éternel avenir, dont se rit ton audace,
Foule d'un pied vengeur le blason de ta race,
Comme on faisait jadis d'un mauvais chevalier ;
Souverain d'une cour qui t'adule en esclave,
Lorsque tu pouvais être un disciple d'Octave,
          Tu fus le suppôt d'un geôlier !

III.

Silence !... examinons : — Sur le mont Janicule
La vive multitude, en ondoyant, circule :
          Le char triomphal doit passer ;
Comme un vaisseau fuyant sur les eaux sans colère,
Il rase de ses flancs la vague populaire
          Qui joue, et vient le caresser....

La superbe Italie est là... bouche béante ;
Quel radieux aspect !... Quelle pompe géante
          Fascine, éblouit les regards !
Vivat, vivat ! voilà Torquato qui s'avance,

En déployant la pompe et la magnificence
      Dont rayonnaient les vieux Césars....

Soudain, la multitude, aux clameurs sympathiques,
De la *Jérusalem* fait rugir les cantiques;
      Ces chants sont mille fois redits :
Bon peuple! que ta joie en longs éclats ruisselle !
Mêle aux voix des pasteurs ta voix universelle :
      Chante! — C'est le DE PROFUNDIS !

Enlace Torquato de tes regards avides :
Vois comme son visage a des couleurs livides :
      Couvert de lauriers, il s'endort;
Pour ces accents de feu le poète est de glace :
L'ingrat! — Regarde mieux, stupide populace :
      Viens, approche!... et vois qu'il est mort!

Mort! bien mort! — Les pasteurs ont la chasuble noire;
Les pseaumes du cercueil ont fait gémir la gloire,
      Le cyprès se mêle au laurier;
Les soldats de Clément vont, la pique baissée;
La bannière des morts, lourdement balancée,
      Nous annonce qu'il faut prier.

Mort! — Lorsqu'un flot roulant vint chercher le poète
A *Saint Onofrio*, sa pieuse retraite,
      Le grand poète n'était plus !
Il venait d'expirer, miné par le martyre,
Par le génie en feu... couronne qui déchire
      La chair saignante des élus!

Il s'endormit, bercé par la joie éternelle,

Regardant sans émoi la fête solennelle
    Que lui préparaient les humains ;
Sans voir autour de lui la foule amoncelée,
Il rendit à Jesus son âme immaculée,
    Léguant son cadavre aux romains.

Mais le Triomphe est là !... Que le poète vienne :
On arrache à la mort sa dépouille chrétienne ;
    Que l'hommage soit accompli...
La couche triomphale est le lit funéraire...
Dans la toge, aux plis d'or, majestueux suaire,
    On vous le montre enseveli !...

Allez au Capitole, allez, peuple volage ;
Enveloppez son corps de respects et d'hommage ;
    Abaissez vos fronts repentans...
Sur le seuil du trépas oubliez l'espérance ;
Fruits amers !... recueillis par votre indifférence :
    Le remords s'éveille... il est temps.

Justice du Seigneur !... C'est Dieu qui fait lui-même
Gronder sur vos pâleurs sa colère suprême ;
    A vous un éternel mépris ;
Dans les mornes regrets dont vos âmes sont pleines,
Vous n'éveillerez pas sous vos chaudes haleines
    La poussière de ces débris !

Torquato de vos rois n'est plus le tributaire,
La divine bonté le sauve de la terre ;
    Il rayonne dans le saint lieu,
L'Elysée, embaumant ses glorieux ombrages,

Déroule sous ses pieds un sol exempt d'outrages ;
　　Il boit le nectar, il est Dieu....

Vainement dans l'oubli tu cherches un refuge,
Italie ! Italie !... oh ! l'avenir te juge
　　　En peuple égoïste et pervers ;
Que le corps vénéré sommeille au Capitole ;
Mais la gloire du Tasse, immaculé symbole,
　　　Est l'œuvre de tout l'Univers !

　　　　　　　　　　　Benj. KIEN.

UNE DERNIÈRE NUIT A VENISE.

—

1836

Minuit sonnait à l'horloge de St-Marc; Venise la sœur des flots, Venise la belle, dormait. A peine les pâles rayons de la lune argentaient-ils les frises de ses palais; on eût dit une gracieuse épouse éclairée à demi dans le lit nuptial par les doux reflets d'une lampe d'albâtre. Les quais étaient déserts, le silence régnait sans partage sur cette cité, le jour si vivante, et si un bruit fugitif venait de temps à autre traverser les airs, c'était le sillage de quelque gondole attardée sur le grand canal et qui semblait laisser après elle un cliquetis de fer ou de mots d'amour.

Oh! n'est-il pas beau, en effet, dans la gondole qui semble avoir des ailes, tant elle passe rapide, n'est-il pas beau de croiser son épée à celle d'un rival que l'on hait; quand tout oublie, quand tout dort, d'être seul à veiller avec la soif de la vengeance et de travailler à se désaltérer avec du sang? Et puis la tombe de celui qui meurt frappé au cœur n'est pas loin, le canal Orfano ne dévore pas seulement les victimes du Conseil des Dix.

Oh! n'est-il pas doux, en effet, de se laisser aller aux balancements voluptueux de la gondole lorsque l'on berce soi-même, pantelant d'ivresse, sa bien-aimée entre ses bras, lorsqu'on n'a plus de paroles aux lèvres parce que les paroles se fondent en baisers?

C'est à minuit, c'est dans la gondole qui rase les flots

comme l'oiseau des mers les vagues pendant la tempête, c'est à minuit qu'il est beau de verser le sang d'un rival, ou de cueillir innombrables et brûlants les baisers d'une femme adorée, d'une Vénitienne à l'âme ardente, au sang aussi ardent que son âme!

Telles étaient les pensées qui se pressaient vives et profondes dans l'esprit d'un jeune homme, d'un Français, se promenant, à minuit et enveloppé d'un vaste manteau, sur les quais du grand canal, non loin de la place St-Marc. Ce jeune homme, c'était le comte de Vallory. Arrivé depuis plusieurs mois à Venise, immensément riche, étalant le luxe et prodiguant l'or; doué d'une belle figure et d'une taille élégante et mâle tout à la fois, le comte de Vallory avait eu bien des succès près des belles vénitiennes. Assez, disait-il tout bas à ses amis intimes, pour satisfaire son orgueil d'homme à bonnes fortunes, assez pour ne plus désirer des succès nouveaux; trop pour ne pas craindre en secret le poignard d'un époux trahi, où celui d'une maîtresse jalouse et délaissée. Et cependant le comte n'était pas encore parti comme il en avait formé le projet, et son vaisseau l'attendait encore; il n'était donc pas aussi fatigué qu'il le disait des baisers des femmes de Venise, puisque c'était pour un rendez-vous d'amour qu'il se promenait ainsi depuis plus d'une heure.

Personne ne venait cependant, et le comte commençait à perdre patience; il craignait d'être la dupe d'une mystification ou la victime d'un guet-à-pens, lorsqu'une ombre se détachant tout à-coup du côté le plus obscur de la place s'avance, le prend par la main et lui dit: Suivez-moi.

Le comte de Vallory se laisse conduire sans adresser un seul mot à cette femme, car il a reconnu, en pressant dans la sienne la main qui le guide, que cette main est celle d'une femme. Il se doute bien du reste qu'on ne répondrait pas à ses questions s'il en faisait, la nécessité impose silence à sa curiosité.

Dans une rue qui fait communiquer la place St-Marc à la Plazetta, autrefois petite place de Venise, sa conductrice s'arrête, ouvre une porte basse et il entre avec elle dans une maison de riche apparence.

Là, à l'extrémité d'un long corridor, une seconde porte s'ouvre à son approche. Avant que les regards du comte

aient pu s'habituer à l'éclat de l'appartement où on l'a intro-
duit, il se sent pressé entre les bras d'une femme qui, sans
parler, le couvre de baisers; et lorsque revenu de sa surprise il peut contempler enfin celle qui lui fait cet accueil si
agréable, mais si étrange dans un premier rendez-vous d'a-
mour, une exclamation de bonheur lui échappe: Comment
c'est toi, s'écrie-t-il!

— Oui, c'est moi, moi que tu suis partout depuis un
mois, moi que tu as défendue hier au péril de ta vie lorsque
ces deux lâches sont venus m'attaquer. Tu m'as sauvée,
mais ce n'est pas pour cela que je t'aime, vois-tu... j'avais
compris que tu m'aimais toi-même. Mais je veux entendre
cela de ta bouche. Oh! dis-moi que tu m'aimes, je t'en prie.

— Oui je t'aime, je t'aime depuis le jour où je t'ai vue
pour la première fois! Sans cette apparition céleste, depuis
long-temps déjà j'aurais quitté Venise; mais j'avais en moi
un pressentiment du bonheur qui me vient par toi cette nuit,
j'ai espéré et je suis resté, et j'ai bien fait n'est-ce pas?

— Oh! oui!

Et ce n'était plus de l'amour, c'était de l'ivresse, de la
folie. Ils s'étaient dit qu'ils s'aimaient, qu'avaient-ils à se
dire encore? Le comte voyait se réaliser bien vite, n'est-il
pas vrai, le bonheur qu'il avait rêvé tantôt sur les bords du
grand canal? Seulement le lieu de la scène était changé.

C'était dans un petit appartement tendu de satin bleu à
dessins d'argent que le comte avait été reçu par Julia. Aux
fenêtres, des rideaux de satin bleu frangés d'argent étaient
relevés par des cygnes d'albâtre; aux tentures, dans des
cadres d'argent mat, étaient suspendus des tableaux aux
contours gracieux, aux couleurs suaves. Dans des jardiniè-
res d'albâtre, des fleurs rares répandaient leurs parfums. Sur
la cheminée brillaient des candelabres d'argent, des vases
exquis. C'était du satin partout, de l'argent partout, de
l'albâtre partout; et tout cela se multipliait à l'infini dans
quatre de ces glaces immenses dont Venise possédait seule
alors le secret. C'était là le boudoir de Julia.

Le comte ne s'est pas aperçu d'abord de tout ce luxe qui
l'environne; mais lorsque plus calme et rendu à lui-même
il promène autour de lui ses regards, il prend d'abord la
réalité pour un rêve. Un baiser de Julia lui rappelle que ce

rêve est la vérité, et la belle Vénitienne, se dégageant de ses bras, se lève du sopha où elle est assise, et approche un guéridon de laque chargé de flacons de cristal diamanté pleins de vins de France et d'Espagne. Là s'élèvent en pyramides les fruits suaves de l'Italie, les conserves de Venise; un parfum pénétrant de vanille s'en exhale et achève d'embaumer l'atmosphère voluptueuse du boudoir de Julia; et puis c'est un bruit de cristaux qui s'entrechoquent, c'est le frémissement d'une caresse, ce sont de ces mots d'amour si courts mais qui disent tant de choses et qui cependant sont toujours les mêmes; de ces mots qui ne lassent ni à prononcer ni à entendre, parce qu'ils partent de la bouche de celui qui les dit pour aller remuer délicieusement le cœur de celle qui les écoute.

Oh! si tu savais comme je t'aime, disait Julia au comte. Je ne donnerais pas pour ma vie à une autre femme un seul de tes baisers, je mourrais si tu m'étais infidèle; mais avant, je le jure, je me vengerais de toi et de ma rivale..... Et Julia montrait à son amant un petit poignard curieusement travaillé. La lame, aussi brillante, aussi polie que la plus belle glace de Venise, était sillonnée dans toute sa longueur de plusieurs raies rouges; on aurait dit du sang desséché sur l'acier. Toute blessure faite avec ce poignard devait être mortelle, car ce qui ressemblait à du sang était du poison. Le comte cependant avait pris l'arme qu'il considérait en souriant. Les menaces de Julia n'avaient rien d'effrayant pour lui, il ne concevait pas qu'il pût jamais la trahir, et il voyait le châtiment aussi éloigné que la trahison.

En ce moment Julia jette un cri.

N'as-tu rien entendu, dit-elle au comte? — Non, rien. — Rien, dis-tu? Si, si, écoute; on ouvre une porte.... Dieu! si c'était mon mari. — Tu es mariée, Julia? Mais non, j'en suis certain, c'est impossible! — Je le suis! — Et Julia, comme accablée par cet aveu et par la terreur, écoute sans rien ajouter un bruit de pas qui retentit dans le corridor et qui s'approche.

Sublime distraction de l'amour! Le comte n'entend rien encore; il contemple Julia, Julia pâle, les cheveux épars, les yeux fixes, le corps penché en avant; Julia plus belle encore, s'il est possible, par la peur que par l'amour, car elle s'est levée en entendant ce bruit, et elle est restée immobile et blanche comme les statuettes d'albâtre qui ornent la cheminée du boudoir.

Cependant quelqu'un vient, le doute même n'est plus permis. La porte, que Julia a oublié d'assurer à l'arrivée du comte, cède à une secousse violente, et un homme paraît sur le seuil.

— Je ne me suis pas trompé, madame, s'écrie-t-il, vous n'êtes pas seule ici ! Mes aïeux et les vôtres, le nom de votre père et le mien sont inscrits au Livre-d'Or; vous l'avez oublié, mais moi je ne l'oublierai pas. Préparez-vous à mourir !

Et l'homme qui avait parlé ainsi s'approchait froidement de Julia, étendue sans vie apparente sur le sopha témoin tout à l'heure de ses serments d'amour. — Le comte s'étant levé, sa main pressait le manche du poignard qu'il n'avait pas eu le temps de remettre à Julia ; mais devant les cheveux blancs du vieillard, sa main semblait paralysée et sans force.

Pauvre Julia !!

L'homme qui s'était montré comme une apparition au seuil du boudoir approchait toujours cependant ; il était parvenu près d'elle sans obstacle, et, du tranchant de son poignard, il lui avait fait une coupure légère d'où s'échappaient des perles rouges — des gouttes de sang. Mais Julia, que le sentiment de la douleur avait réveillée sous le poignard, s'était précipitée à genoux devant son mari, qui ne l'avait épargnée dans ce premier moment que pour se repaître ensuite de ses pleurs et s'abreuver de vengeance.

— Grâce ! disait-elle, grâce ! non pour moi, mais pour lui, lui que j'aime !

— Pas de grâce, ni pour lui ni pour vous, madame ; vous avez oublié ce que vous devez à votre époux : l'expiation pour votre complice, et pour vous c'est la mort ! Et l'homme levait son bras pour la frapper ; mais Julia, sublime de désespoir et fascinant son mari de son regard :

— J'ai oublié ce que je vous dois, dites-vous. Avez-vous oublié vous-même que vous m'avez épousée malgré mes larmes ? Mon père m'a donnée à vous, mais moi je ne me suis pas donnée.

— C'en est trop, madame! Je ne suis pas venu ici pour

écouter vos injures ; mais pour vous punir ; vous d'abord et lui ensuite. Et le Vénitien désignait du doigt le comte, que des émotions trop poignantes mettaient encore hors d'état de protéger Julia et de se défendre lui-même. Mais le désespoir avait donné à son amante des forces pour elle, de la présence d'esprit pour lui. Ses faibles mains, ses mains si blanches, si jolies et qui semblaient appeler les baisers, serraient d'une étreinte convulsive le bras de son meurtrier et arrêtaient le fer à quelques lignes de sa poitrine. Le Vénitien n'essaie pas de dégager sa main, mais il saisit de la gauche un couteau sur le guéridon et l'enfonce dans le sein de Julia, qui tombe en jetant un grand cri. A cette vue, le comte qui a hésité si long-temps à frapper l'époux de Julia, parce que c'est un vieillard et un vieillard outragé, le comte sent la colère et la vengeance battre son sang dans ses artères.

— Le sang vaut du sang ! s'écrie-t-il ; à vous le sien, à moi le vôtre !

Et par un mouvement rapide comme la pensée de mort qui le conseille, son bras armé du poignard empoisonné de Julia, tombe de tout son poids, de toute sa hauteur sur la poitrine du Vénitien. La lame pénètre dans le cœur et il expire comme frappé de la foudre.

Essayer de peindre les angoisses du comte serait folie ; il a passé en quelques minutes d'un boudoir dans un tombeau, des caresses d'une amante à l'assassinat d'un vieillard, des félicités délirantes du ciel aux plus horribles réalités de la terre. Le pâle visage de Julia, qu'il réchauffe de ses baisers, reste froid sous son haleine ; le cœur de Julia, qui a battu si près du sien, est muet sous sa main, qui y cherche avec anxiété un reste de vie. En vain le comte étanche le sang qui coule des blessures de son amante, en vain il la prend dans ses bras et approche les lèvres de Julia d'une des glaces du boudoir, la glace reste brillante et limpide. Alors il la repose doucement sur le sopha, pleure sur ses genoux, et lui jure de l'aimer toujours, comme si elle pouvait encore l'entendre ; puis, lorsque la pendule indique que le jour va bientôt paraître, il coupe à Julia une longue mèche de ses beaux cheveux noirs et s'enfuit, pâle, haletant, les yeux égarés, les vêtements tachés de sang.

Arrivé chez lui ; le comte donne des ordres précipités de départ, et le lendemain, avant de mettre à la voile pour retourner en France, il entend se répandre dans Venise le bruit des événements de la nuit. Mais la rumeur publique, trop souvent infidèle, les défigure et les rend méconnaissables. On dit que le vieux sénateur Orsini et sa jeune épouse ont été assassinés dans leur appartement, et on attribue ce double crime à la vengeance, car les assassins n'ont rien dérobé dans le boudoir, orné cependant de meubles précieux. Le comte n'ose demander d'autres renseignements, il n'ose interroger qui que ce soit ; il craint qu'on lise sur son visage la vérité qu'il sait mieux que personne. Enfin une brise favorable enfle les voiles de son navire et, debout sur le pont, il voit bientôt Venise se fondre comme un nuage dans l'immensité des mers.

GUSTAVE FLEURY. *

(*) M. Gustave Fleury, actuellement imprimeur et propriétaire du *Mémorial artésien* de St-Omer, a long-temps habité Dunkerque, en qualité de maître d'étude au collége. L'éditeur des *Œuvres Dunkerquoises* se souvient avec plaisir avoir été l'un de ses élèves. — Les œuvres de M. Fleury, tant en prose qu'en vers, ont d'ailleurs toutes été écrites pendant son séjour à Dunkerque.

LAMARTINE.

—

1837

—

Tout enfant, il rêvait des rêves d'Orient,
Sa mère, avec la Bible instruisant sa jeune âme,
L'emplit, dès le berceau, de cette pure flamme
      Qu'il exhale en priant.

Lorsque l'enfant lui-même avait relu la page,
Qu'il en avait saisi l'incorruptible esprit,
La bienveillante main lui découvrait l'image
      Où se peignait l'écrit !

L'enfant, encore ému des divines paroles,
Prolongeait son extase à voir ces grands tableaux,
Ces fronts resplendissants de saintes auréoles,
      Ces sables, ces chameaux ;

Ces horizons perdus au fond des solitudes,
Cette mer apaisant ou soulevant les eaux,
Ce Moïse marchant devant les multitudes
      Et commandant aux flots !

Et ce Sina dardant sa crête de lumière,
Et ce buisson ardent où retentit la voix,
Et l'onde qui soudain jaillissait de la pierre,
    Et la table des lois ! —

— Il grandissait, mangeant le pain de l'Evangile,
Sentant germer en lui les souvenirs sacrés,
Epurant par la foi son écorce d'argile,
    Et s'élevant aux saints degrés.

Jeune, il allait déjà rêveur et solitaire,
Préparant dans son cœur un temple pour l'amour,
Sentant dans la nature une âme de mystère
    Qu'il devait révéler un jour.

Puis il suivait sa mère, humaine Providence,
Qui gardait les vertus de l'hospitalité,
Couvrait la nudité, soulageait le souffrance,
    Et répandait la charité.

Puis enfin la semence éparse en sa poitrine
Ayant donné le fruit qu'elle devait former,
Sa lyre fit monter une voix si divine
    Qu'elle inspirait d'aimer.

Cette voix caressait comme une douce brise,
Parfumant de fraîcheur la morne aridité,
Et rendait à l'exil une terre promise
    En chantant l'immortalité.

Et les premiers dont l'œil vit cette étoile éclore,

Pareils aux vieux pasteurs qui lurent dans les cieux,
Saluèrent d'un cri cette nouvelle aurore
Et ces accords mélodieux.

Ils disaient : « Un sauveur est né pour l'harmonie;
» Environnons sa crèche et de myrrhe et d'encens ;
» Car il doit proclamer l'âme par son génie
Et l'affranchir des sens !

» Applaudissons la voix qui chante l'espérance,
» Qui venge enfin l'amour souillé de trop d'affronts,
» Qui nous montre la palme au bout de la souffrance
» Et relève nos fronts !

» Applaudissons la voix entre toutes choisie
» Pour rappeler le monde à ses nobles destins,
» La voix qui fit briller la sainte Poésie
» A nos yeux incertains !

» Ecoutez ! chaque son qu'il chante avec son âme
» Ranime une croyance et calme une douleur.
» Sa muse est un foyer où le monde s'enflamme
« Pour devenir meilleur ! »

Et ceux dont le malheur avait courbé les têtes,
Et ceux qui se penchaient, muets, sur un cercueil,
Et ceux qui de la vie abordaient les tempêtes
Sur le premier écueil ;

Tous ceux qui dans le cœur gardaient une étincelle,

Tous ceux que n'avait pas flétris la passion,
Répondirent ensemble à la voix fraternelle,
    Une longue acclamation.

Et les femmes disaient: « Quelle est cette voix tendre
» Qui chante avec des mots les rêves de l'amour ;
« Rêves que nous avions, sans trouver pour les rendre
    » Des paroles avant ce jour ? »

Et tous les malheureux disaient avec délices :
« Ce frère nous vient-il pour adoucir nos maux ?
» Qu'il soit béni ! Sa voix a calmé nos supplices
    » Et mis l'espoir sur nos tombeaux ! »

— On voyait bien au loin quelques ombres obscures
S'agiter, sans pouvoir élever leur vain bruit,
Ni ternir le miroir de ces clartés si pures
    Avec les taches de leur nuit.

Le concert s'achevait avec un saint délire ;
L'espoir, encens divin, remontait vers les cieux ;
Et tous les cœurs charmés répondaient à la lyre
    Par mille échos harmonieux :

« Honneur à Lamartine ! Honneur au grand poète
» Qui nous a découvert les horizons sacrés !
» Sa harpe a retrouvé la corde du prophète,
    » Et ses chants nous ont épurés ! »

                        N. MARTIN.

PHILOMÈLE ET LE VOYAGEUR.

A MADEMOISELLE ADÉLAÏDE DORSAN.

—

1827.

—

> » Philomèle chérie,
> » Ton talent enchanteur
> » Souvent dans la prairie
> » A fait battre mon cœur.
> » Pensif et solitaire,
> » Pour calmer mon ennui
> » Accorde à ma prière
> » Un généreux appui.
> » Ta voix élève l'âme;
> » Elle anime, elle enflamme,
> » Et nous transporte aux cieux !
> » Ta douce mélodie,
> » Ta brillante harmonie

> » Est faite pour charmer les mortels et les dieux !
> » Tu te tais ? Ah ! dis-moi ce qu'il faut que j'espère ? »
> » — Que me demandes-tu, voyageur téméraire ?
> » Philomèle plaintive, hélas ! ne chante plus.

» Elle vient exhaler ses regrets superflus
» Dans les lieux où jadis elle avait l'art de plaire !....
» — Qui peut donc t'éclipser? — Une jeune bergère.
  » Tous les matins sa voix
  » Fait retentir les bois,
  » Pour cette enchanteresse,
  » Hélas! on me délaisse.
  » Le langoureux amant
  » Soupire en l'écoutant,
  » De sa paupière humide
  » Une larme timide
  » Coule... et sèche à l'instant.
» Elle viendra bientôt enchanter le bocage.
» A ce nouveau talent va porter ton hommage ! »
  Le voyageur surpris
  Doute encore s'il veille;
Son cœur brûle en secret d'entendre la merveille
Qui sur le rossignol sût remporter le prix.
Soudain un léger bruit vient frapper son oreille !
  Plein de trouble et d'espoir,
  Il écoute... et croit voir
  Marcher d'un pas timide
Un objet enchanteur... C'était Adélaïde !
  Philomèle gémit,
  L'ardent moineau frémit.
  « Oiseaux, faites silence,
  » La bergère commence;
  » Écoutez ses accents.
  » Cessez votre ramage,
  » Venez lui rendre hommage:
  » La reine du bocage
  » A droit à votre encens! »

. . . .
. . . .
. . . .
. . . .

« — Eh bien! dit Philomèle ,

» Le chant de cette belle

» A-t-il touché ton cœur ?

» Tu ne me réponds pas ? Ah! ma perte est certaine !

« — Dussè-je m'attirer ton courroux et ta haine,

» Lui dit le voyageur,

» De sa brillante voix je suis admirateur.

» Je veux bien te donner un conseil salutaire :

» Quitte au plus tôt ces lieux : Tu n'as plus l'art de plaire!

« — Tantôt tu me vantais ! ô regrets superflus !

» Eh bien ! c'en est donc fait : je ne chanterai plus ! »

P. DUMAS.

LA TENTATION.

—

1854

—

Ah! la chair me dévore en ma froide cellule;
Comme un ruisseau de feu la passion me brûle,
Et l'artère en émoi bat mon front palpitant.
Mes yeux sont éblouis d'une étrange lumière :
Prions.... allons prier!... Ridicule prière;
Tout l'enfer me dévore : une femme m'attend !

Ange, femme ou démon, que m'importe? elle est belle;
Elle souffle la fièvre au lévite rebelle,
Et soulève en mon cœur un océan d'espoir;
Aux jardins de ce cloître elle est déjà venue :
Quand de ses feux nouveaux l'aube éclairait la nue,
C'est à moi qu'elle a dit : — Je serai là ce soir.

Elle est délicieuse.... Et vague fille d'Eve,
Je l'ai vue au matin s'en aller comme un rêve.
— Qui l'amène en ces lieux? Je ne le sais, hélas !
Je l'ai vue au milieu des charmilles écloses,
Folâtre et se jouant rose parmi les roses;
Et ses parfums d'amour embaumaient nos lilas.

Cette femme apparaît plus blanche, je le jure,
Que le lys panaché dans sa noble parure ;
Elle a de beaux habits que je n'ose toucher,
Le corsage de soie, et le collier d'opale ;
Elle vous damnerait la pourpre épiscopale :
Je me sentais perdu... je n'osais approcher...

Vient-elle de Grenade ou bien de Ségovie,
L'ardente senora dont j'ai l'âme ravie...
Qui peut la dérober à ces moines jaloux ?
Tous les feux de Vénus sont répandus chez elle ;
Enivrant coloris, souplesse de gazelle,
Une taille mauresque, et des pieds andaloux.

Elle m'attend ce soir ! Oh ! pendant la journée,
Je pressais du regard l'aiguille promenée
Sur l'horloge si lente au coupable désir ;
Voici l'heure écoulée, et je frissonne encore :
Comme je la maudis, et comme je l'implore !
Monde à la voix profane ! est-ce là ton plaisir ?

Allons prier ! L'airain qui vibre à la chapelle
D'une voix bien connue, et murmure et m'appelle :
Qui peut me rendre aveugle aux clartés de la foi ?
O Ciel ! je ne suis pas avec les jeunes frères,
Je n'entends plus ce chant qui guérit nos misères :
Le fier Magnificat a résonné sans moi.

Que de fois j'ai maudit les charmes et le piège
De ce joli démon, dont la grâce m'assiège,
Quand le remords brisait mes membres chancelants ;

Que de fois j'ai crié, pâle et la voix brisée :
Arrachez-moi, Seigneur ! la tunique embrâsée
Qui flétrit mon épaule et me ronge les flancs !

Oui, l'enfer après moi fait rugir sa cabale :
Rêve, œillade, soupir, illusion fatale ;
A ces liens de fer je me vois attaché ;
Comment de ces poisons conjurer la morsure ?
Je n'ai que la prière et ma jeune tonsure.
Moi ! je ne suis qu'un homme ; et les saints ont péché !

Pourtant, c'est beau l'église et ses arches romaines ,
Ah ! mille fois plus beau que leurs splendeurs humaines ,
Céleste mélodie... encens ! ornements d'or ,
Dans ton sein la douleur trouve un lit pacifique ;
Et l'âme, déployée en son vol séraphique,
Embrasse le Ciel pur de son rapide essor.

Eglise ! à toi mon cœur, adorable retraite !
L'homme sur ton parvis avec bonheur s'arrête.
Quoi ! j'allais m'exposer à l'orage des sens ?
J'allais marcher enfin sur le chaste Evangile ;
Et plus que tous les miens, prêtre lâche et fragile ,
Me livrer en pâture aux démons rugissants ?...

Allons prier !... — Seigneur ! la belle jeune fille,
Comme elle fait voler sa coquette résille !
Elle a l'épaule ronde et les bras demi nus ;
Seigneur ! elle m'attend , là-bas, dans cette allée ;
Par son pied de zéphir l'herbe est déjà foulée ,
J'entends frémir ses pas dans les sentiers connus.

Arrière, ô vains remords ! A moi folle caresse.
A moi ! J'ai par le Ciel ! la plus belle maîtresse ;
Me voici le rival de l'heureux don César ;
Avant de voir l'enfer, sa rage et ses supplices ;
Je veux plonger ma coupe en ces larges délices,
Comme le vieux roi Maure en son vieil Alcazar.

Derrière ce bahut ciselé dans l'érable
Je cache à tous les yeux ce Xérès vénérable,
Ce jus étourdissant, mûri par nos soleils ;
Fume, ô vin généreux ! roucoule dans mon verre,
Tu sais parler plus haut que le remords sévère ;
Les fronts sont colorés par tes reflets vermeils.

Ah ! c'est que j'ai vingt ans, et je suis fils d'Espagne,
Même au fond d'un couvent, le délire me gagne ;
Ne suis-je pas au cœur de la ville d'amour ?
Madrid !... Madrid palpite autour de ces murailles ;
Ce croître est enfiévré jusqu'au fond des entrailles
Comme un roc échauffé par les chaleurs du jour.

Ici, dans nos jardins, aux longues promenades,
Vient gazouiller l'écho des folles sénérades ;
Pour tous la mélodie, et pour nous les regrets !...
L'amour frémit dans l'air, dans les bois, dans les plaines,
Et dans les mille fleurs, fugitives haleines,
Et dans l'écho roulant du chaud Mançanarès,

Pour accomplir le vœu d'une mère pieuse,
On effeuille en ces lieux ma jeunesse rieuse :
L'évêque de Tolède est mon parrain, je crois ;

Je suis de haut lignage et de vaillante race ;
Au lieu du froid séjour qui me creuse la face ,
Je voudrais une épée et la faveur des rois.

Bien des fois, me courbant sous une règle austère,
Je sens le flot du cœur remuer dans l'artère ,
Je rêve les défis, les généreux combats ;
Par tous les saints du Ciel, regardez mes ancêtres :
On y voit des guerriers beaucoup plus que des prêtres ;
Ils vivaient à cheval, mais à genoux !... non pas.

La cloche vibre encor .... — Sa cadence dernière
M'annonce que là bas va finir la prière ;
Je suis loin du troupeau, comme font les maudits.
— On vous promet le ciel !... Ce sont promesses folles ;
Non ! Les cieux sont peuplés de ces anges frivoles.
Sans la femme adorée est-il un paradis ?

Elle m'a dit son nom que jamais je n'oublie ,
Nom de perle et de fleur, bien cher à ma folie :
Margharita !... Ce mot réveille mon ardeur.
Plutôt que d'oublier ce nom, divin murmure,
J'aimerais mieux, cent fois sacrilége et parjure,
Du bout de ce poignard le graver dans mon cœur.

Pour bannir de céans la fatale chimère,
Dans ton pieux cercueil éveille-toi, ma mère ;
Et viens m'illuminer avec la vérité ;
Le masque séducteur cache un démon livide ;
Et dans ton paradis , lorsque ma place est vide,
Ange ! tu vas pleurer sur mon éternité.

Ma mère ! ah ! c'en est fait, la chair est triomphante ,
Et je cède aux ardeurs d'une flamme émouvante ;
Fille de l'Alhambra ! c'est ta voix , je l'entends :
Puisse Dieu, trop clément, pour châtier mon crime,
Envoyer ma jeune âme au néant de l'abîme ;
Pourquoi suis-je Espagnol, et n'ai-je que vingt ans ?

— Le lévite, à ces mots, marche d'un pas rapide
Vers le bois, où l'attend la sirène perfide ;
Des mots entrecoupés sont échangés dans l'air.
Feuillages saints ! voilez votre ombre avec mystère,
Un moine, s'adonnant aux plaisirs de la terre,
Pour un baiser d'amour vend son âme à l'enfer !

BENJ. KIEN.

LE POËTE ET LA MUSE

DIALOGUE,

LU PAR L'AUTEUR A LA SÉANCE PUBLIQUE DE LA SOCIÉTÉ
DUNKERQUOISE DU 23 JUIN 1856.

(Un poëte expose les attraits qui l'engagent à écrire. La Muse lui oppose les
raisons qui doivent l'en détourner.)

LE POÈTE.

Muse, je veux... écrire une page d'histoire !...
Des héros de Crimée illustrer la mémoire !...
Dire des alliés l'héroïque valeur !...
Viens donc !... Viens me broyer ta plus chaude couleur !
Si rien n'égale encor, dans les fastes des âges,
Ce que nous avons vu sur ces lointains rivages,
Je veux qu'à notre tour, dans un livre nouveau,
Nos vers, à leur bravoure, arrivent de niveau !!...

LA MUSE.

Commençons !...

LE POÈTE.

Il faudrait prendre le ton de l'ode !
C'est le ton du sujet, d'ailleurs, c'est à la mode !...

LA MUSE.

J'y consens... Commençons.

LE POÈTE.

Pourquoi cet air craintif ?

LA MUSE.

Commençons : tu verras bientôt, par quel motif...

LE POÈTE.

« Aux rives de l'Euxin sont deux tombes épiques ;
» Sur l'une, on gravera ce mot : *Sébastopol !*
» *Sébastopol !* grand nom.... digne des temps antiques,
» Nom de l'un des géants qui dorment sous le sol !

» Du volcan Malakoff, la lave s'est éteinte ;
» Son cratère muet est un second tombeau
» Où sont tombés, unis dans la suprême étreinte,
        » Tant de milliers de nos héros ! *

» Quel nom graverons-nous sur la pierre funèbre ?
» Quel mot désignerait, ô France ! tes soldats ?...
» Ce mot.........................
» .... »

        Muse, à mes vœux, montre-toi plus propice !
Sinon, de la Russie on te croira complice....
Quand je suis tout de feu, pourquoi cette froideur ?
Parle ; blâmerais-tu ma généreuse ardeur ?

LE POÈTE.

Pauvre ami ! Tout novice à poursuivre la rime,
Tu crois pouvoir tracer un tableau si sublime ?...

---

* *Héros* ne rime pas avec *tombeau;* c'est ce que la Muse signale au poète dès le premier vers de sa réplique :
    « *Pauvre ami! tout novice à poursuivre la rime.* »

Avant de seconder ton poétique essor,
Je voudrais t'engager à réfléchir encor...
Alors tu calmerais cette fiévreuse audace
Qui te porte à franchir les vallons du Parnasse.
Réfléchis !... C'est pour toi le parti le plus sûr...
A l'ombre, tu jouis d'un sort calme et si pur !
Pourquoi vouloir rimer ? Quel vertige t'égare ?
Rappelle-toi le sort de l'imprudent Icare ;
Vois, par mille chagrins, tes jours empoisonnés !
D'ignobles envieux à te perdre acharnés,
Le bon goût te blâmer, et surtout l'ignorance
Payant, de ses sifflets, ta folle confiance !
Ajourne un peu, crois-moi, ce funeste dessein !...
Parfois, pour assembler un modeste quatrain,
D'une page en entier tu noircis la surface...
Et tu voudrais... Allons ! écoute-moi, de grâce !
Ne vois-tu pas sur nous pleuvoir les quolibets ?
On prépare, là-bas, d'impertinents couplets...
Car si d'un goût nouveau notre ville est saisie,
A coup sûr ce n'est pas pour notre poésie !
On y préfère encore, il faut le dire net,
La bière, le tabac, le whist, le lansquenet...
Ici, poète et fou, c'est presque synonime.
Prends un meilleur moyen d'obtenir quelqu'estime,
Ce qu'on préfère à tout...

LE POÈTE.

C'est ?...

LA MUSE.

C'est le *positif*,

LE POÈTE.

Voilà, convenez-en, un bien triste motif !

LA MUSE.

Triste, je le veux bien ! Il est du moins solide.
Si de rimer encor tu te trouves avide,
Laisse-toi gouverner un peu par la raison !
Ne franchissons jamais le seuil de ta maison !...
A ces conditions faisons une épigramme ;
Les souhaits de bon an ; une épître à ta femme ;
Un sonnet, une énigme, un couplet à Jean Bart ;
Mais n'étends pas plus loin tes vœux ni ton regard !
Sinon l'on pourrait bien, au coin de chaque rue,
Te signaler du doigt à la foule accourue !
On n'aime ni les vers ni les gens qui les font.
Les lire, c'est déjà s'exposer à l'affront !
Si donc tu fais des vers, au moins reste anonyme,
Tu pourras décliner le châtiment du crime...
Suis le conseil d'Horace, et, prudemment jaloux,
Pendant neuf ans entiers tiens-les sous les verroux.
Ou fais mieux ! n'écris point ! laisse en repos ta verve.
Pourquoi vouloir écrire en dépit de Minerve ?
Et d'un cerveau tendu, fatiguer les ressorts ?...
Le vers aimé du ciel s'écoule sans efforts ;
Chaque mot à son tour vient tomber à sa place !
A de nobles penseurs il imprime la grâce...
Heureux, cent fois heureux, l'auteur de tels écrits !
Il sait toucher le cœur, éclairer les esprits...
Semblable à ce ruisseau, dont l'onde fugitive
Suit, sur un sable d'or, les contours de la rive...
Dans les détours du bois, il se cache et s'enfuit,
Se dérobant trop tôt au regard qu'il séduit.
Tu connais ces auteurs dont la France s'honore :
Or, toi, pauvre rimeur, incertain météore,

Dont la pâle lueur arrive à peine aux yeux,
Oserais-tu jamais te placer auprès d'eux ?
Si tu ne craignais pas l'écueil que je signale ,
Songe qu'il en est un , dant l'approche est fatale ;
Un écueil où , demain , tu seras arrêté ;
Faut-il te le nommer ?... la Médiocrité !

LE POÈTE.

Votre avis est fort bon... et je veux y souscrire...
Convenez , cependant, qu'il est bien doux d'écrire ,
Et le nom de poète a de certains appas...
D'ailleurs , on fait des vers, mais on n'imprime pas...
On lit à des amis quelque pièce légère ,
Voilà tout... Mais pour soi, si l'on est plus sévère ,
Qu'on veuille d'un censeur se procurer l'avis,
Sous le sceau du secret on prend vos manuscrits ,
On consulte pour vous des personnes prudentes ,
Mais sans aller plus loin...

Mes fables sont charmantes.

Mais qui vous dit qu'on songe à se faire imprimer ?
Après tout, si l'auteur a su se faire aimer ,
Si son genre sait plaire , et les sujets séduire ,
Pourquoi ne pas tenter? A qui pourrait-il nuire ?
A lui seul, après tout ! !... Admettons même enfin
Qu'oublié dans la route il se noie en chemin...
Il ferait là, ma foi , ce que fit plus d'un autre ! !

Ce n'est pas que je veuille ici me faire apôtre
De tel qui , du public, en tous lieux rebuté ,
Ne dut qu'à des affronts quelque célébrité;
Ni de tel autre encor qui sèche et se consume ,
Les ciseaux à la main , pour former un volume !

Mais, qui sait? On a vu tant de gens parvenir
Pour avoir su rimer !... Si j'allais réussir,
Non pas à mettre au jour quelqu'illustre merveille,
Qui m'élève au-dessus de Racine et Corneille,
Ou marque sans délai ma place au Panthéon...
Ponsard fut-il admis d'emblée à l'Odéon ?
Piron commença-t-il par la *Métromanie?*
Racine par *Esther* ou bien par *Athalie?*
Un fleuve à sa naissance est un faible ruisseau !
La reine des cités fut d'abord un hameau !
Le plus vaste incendie est fils d'une étincelle! ! !
Et qui pourrait douter d'une cause si belle ?
Quel monstre a méconnu le charme des beaux vers
Le poète à ses pieds voit venir l'univers
Rendre un brillant hommage au transport qui l'anime.
Il est, quand il le faut, vif, enjoué, sublime ;
Son vers harmonieux sait chanter tour à tour
Les héros et les dieux, la jeunesse, l'amour !
Il subjugue, il séduit, il commande, il soupire ;
Tout cède à son pouvoir, reconnaît son empire ;
C'est un astre éclatant qui lance mille feux...
Alors son souvenir chez nos derniers neveux,
Comme un accord divin parvenant d'âge en âge,
Traversera le temps sans ombre et sans nuage...

Muse, le feu sacré n'est point entre mes mains :
Mais il n'est refusé qu'aux vulgaires humains ;
Et si, par mes efforts je parviens à l'atteindre,
Un Zoïle oserait s'efforcer de l'éteindre?
Au risque d'étouffer dès son premier soupir
Quelque cygne nouveau...
                              Sans aller m'éblouir,

Ne puis-je pas tenter ce qu'ont fait d'autres hommes ?
Il est peu d'immortels dans le siècle ou nous sommes ;
Je répondrais peut-être à la postérité
De dérober mon nom à l'immortalité !...
Sans doute, tu diras que bien haut je m'élève,
Que tous ces beaux projets ne sont rien moins qu'un rêve.
Tu ris... je parlrais qu'il est plus d'un rimeur
Qui tient pareil discours dans le fond de son cœur...
Moi du moins, franchement je t'ouvre ma pensée.

LA MUSE.

Je vois que, sans retour, sa cervelle est blessée.

Mon ami, je connais quelqu'un ayant ton goût,
Mais qui te passe fort en ceci comme en tout ;
Homme de vrai talent, de solide science ;
Cité pour son esprit et pour sa conscience, ...
Il a vu quel était ici le vrai besoin,
Et, plus prudent que toi, n'a pas été plus loin.
Contre tous ces attraits son âme est affermie.
S'agissait-il parfois de.... telle académie,
Se hâtant de sortir, ou refusant d'entrer,
Il t'enseignait comment tu devrais te montrer,
L'intelligence ici, peut-être, est paresseuse...
Poésie.... idéal... c'est une viande creuse...
Il faut à ses repas plus solide morceau.
» Dix pour cent ! vingt pour cent ! 200 francs par tonneau.
» Armer pour la baleine ou pour les colonies...
» Vendre du Grand central, du Quatre-Compagnies. »
Hors de là, mon ami, tout n'est que vanité,
Et pour rien (ou pour peu) devrait être compté !

LE POÈTE.

C'est là l'exception, mais ce n'est pas la règle !

Muse, pas n'est besoin d'avoir un regard d'aigle
Pour voir à tout cela d'éclatants démentis!
Des esprits élevés, au-dessus des partis;
Des cœurs nobles et grands, donnant avec mesure
Et de l'âme et du corps ce que veut la nature;
A qui rien d'excellent ne demeure étranger,
Et qui perdraient beaucoup s'ils venaient à changer!
Ton prétendu conseil n'est donc plus qu'une épreuve!
Mais la ruse, vraiment, n'est ni fine ni neuve...
Quoi! tu m'engagerais de céder à la loi
D'une erreur que chacun condamne comme moi?
Muse, tu me dirais: *Deviens pusillanime!!*
Et cent fois, devant moi, tu flagellas l'estime
Des sentiments qu'ici tu parais professer!
J'ai de nobles instincts, pourquoi les rabaisser?
Pourquoi sacrifier à... certains personnages
Le *vrai* qui seul a droit à d'éternels hommages?
Sacrifier le *beau*, ce trésor sans pareil?
D'ailleurs, le *vrai*, le *beau*, c'est comme le soleil:
Au fond, chacun les aime...

LA MUSE.

Eh! j'en sais, dans le nombre,
Que la chose incommode et qui préfèrent l'ombre.

LE POÈTE.

Muse, je t'en supplie, arrêtons ces débats!
Ce rôle est odieux et ne te convient pas;
Dans quel but feindrais-tu d'être déraisonnable?
Faisons à chaque chose une part équitable;
En demandant à Dieu le pain de chaque jour,
Qu'un travail sérieux intervienne à son tour,
Et que jamais l'orgueil non plus que la paresse

Au mépris du travail ne poussent la mollesse,
Mais restreindre la vie au soin matériel ;
Prohiber la pensée et les choses du ciel ;
De l'âme qui murmure étouffer le reproche,
Pourquoi? pour ajouter quelques sous dans sa poche ?
N'ayant plus d'autre amour que la terre et l'argent,
Au sein de l'abondance être presqu'indigent !
Exiger de chacun que la sainte marmite
Soit l'astre autour duquel l'existence gravite,
Et pour le reste avoir le plus profond dédain...
C'est trop fort !! Je proteste au nom du genre humain !
Ah ! non moins que Noblesse, Intelligence oblige !
Quand on reçut du ciel ce glorieux prestige,
On doit frayer pour tous le sentier du devoir !
On doit donner l'exemple et non le recevoir !
On doit braver les cris que pousse la sottise !
Car, le règne des sots est court, quoiqu'on en dise...
Et la raison finit toujours par l'emporter...

LA MUSE.

Ai-je été patiente? ai-je su t'écouter?
Maintenant, je te suis... écrivons, je te prie,
Ecrivons, déclamons... puisque c'est ton envie :
. . . .
Prends la plume, et voyons de quoi tu vas parler,
Sans te faire, d'abord, à l'ordre rappeler.
Si tu poses le pied au terrain politique,
Halte là! C'est fermé d'un cachet hermétique ;
Un lieu plus fréquenté, mais que tu connais peu,
C'est la Bourse, tripot où tout se met en jeu...
Dans ton Eldorado, *République des lettres*,
Où tant de citoyens pensent être les maîtres,

Va-t-on te recevoir avec fraternité?
On te va, pour salut, jeter par les fenêtres !
Au risque de choquer un peu l'égalité,
On taira tes succès ; on publiera tes fautes ;
Les gens les plus tarés deviendront tes censeurs...
Ils diront que tes vers ménagent peu les mœurs,
Que le désordre en toi trouverait un organe...
Alors, gare !!! Un arrêt par lequel on condamne
Rimeur à la prison !

. . . .
. . . .
                              Le terme est expiré !
Après vingt-quatre mois te voici libéré !
Craignant d'être repris pour fait de récidive,
Tu tâches de calmer ta diction trop vive.
Tu cours chez tes amis, croyant t'y consoler,
Mais ce n'est pas ainsi qu'il fallait calculer !
L'un fait, en te voyant, une mine à la glace...
Il ne t'attendait pas... il postule une place...
Et dans ce temps... parfois... il craindrait... tu comprends !
Du reste, tout à toi !... Tel autre, par ses gens
Se fait toujours nier quand tu viens à sa porte.
Bientôt tes créanciers, désolante cohorte,
Fondent pour s'emparer d'un bien que tu n'as plus,
Et dont tout le restant vaut cent livres au plus.
Les procès, des tourments, la lutte, la misère...
Voilà, voilà le fruit d'un caprice éphémère !

Eh bien ! rimeur, eh bien ! tu ne réponds plus rien ?
De prévenir ces maux, connais-tu le moyen ?
Connais-tu le moyen dans ce rude esclavage
De plaire à tout venant? aux fous tout comme au sage ?

LE POÈTE.

Plaire aux sages, aux fous... je me sens désarmer,

Muse, allons, j'obéis... je renonce à... RIMER!!!
Mais... un instant!.. je sens un remords qui me touche!
Dans tout ce qui vient là d'échapper de ta bouche,
Dans ces mots désolants, positifs, sans pitié,
Tu peins du genre humain la vilaine moitié ;
Ma's tu ne me dis rien de l'autre!... Est-ce équitable?
La plus belle moité, surtout la plus aimable?
Je regagne d'un bond tout le terrain perdu
Et que j'avais d'abord mollement défendu!
Je renais à l'espoir!!! Oui, le cœur de la femme,
Foyer du feu sacré!!... son esprit et son âme,
Arbitre du bon goût, trésor de sentiments,
Voilà, pour m'inspirer, de riches éléments :
Compagne, mère, fille, amante, sœur, épouse...
C'est de vous plaire, ici, que mon âme est jalouse.
Tout ce qui vient de Dieu, tout ce qui tend au beau,
Aux fibres de vos cœurs, a toujours un écho !
Quand la nuit régnerait au sein de notre race,
Du ciel, auprès de vous, on reverrait la trace...
Mesdames! grâce à vous, mes vers sauront charmer ;
Tous les esprits, comprendre ; et tous les cœurs, aimer!
Allons, Muse, à mon tour, c'est moi qui te convie,
Des bravos du public, tu seras accueillie;
Viens! et si notre effort n'obtenait pas ce prix,
Ayons du moins l'honneur de l'avoir entrepris ?

V. DERODE.

EPISODE DE LA GUERRE DE RUSSIE (1812).

Et dulces moriens reminiscitur Argos.
Een. lib. I.

1835.

« Edgard sommeille,
» Seule je veille
» En ces climats
» Blancs de frimats.

» O ma patrie !
» France chérie!
» A nos malheurs
» Donneras-tu des pleurs?

» La lance meurtrière
» De mon Edgard a déchiré le flanc ;
» L'infortune pour lit n'a qu'une froide pierre
» Qu'il baigne de son sang.
» A son sort enchaînée

» De ces climats j'ai bravé la rigueur;
  » Aux combats entraînée
» J'ai vu la mort moissonner la valeur.
» Edgard, comme un lion altéré de carnage,
» Long-temps autour de lui promena le trépas,
» Mais ses forces enfin ont trahi son courage
  » Et demi-mort il tomba dans mes bras!

   » O ma patrie!
   » France chérie!
   » A nos malheurs
  » Donneras-tu des pleurs?

 » Je n'irai plus sur la verte colline,
  » Sous le tilleul qui la domine,
» Entendre et répéter ces doux accents d'amour,
» Qu'en des jours plus heureux, hélas! et sans retour,
  » Edgard chantait d'une voix douce et belle,
» Alors que dans les camps la fortune cruelle
» N'appelait point encor son bras et sa valeur!
  » Edgard! ô regrets! ô douleur!

   » O ma patrie!
   » France chérie!
   » A nos malheurs
  » Donneras-tu des pleurs?

» Le sommeil un instant a fermé sa paupière,
» Il dort; et s'il s'éveille hélas! c'est pour souffrir!!
» Mais si la mort.... Seigneur! exauce ma prière,
  » Avec Edgard fais-moi, fais-moi mourir!...

» Hé quoi ! déjà mourir !... mourir loin de la France,
» Loin du toit paternel où notre belle enfance
 » N'a connu que des jours heureux !
 » Mourir en ces climats affreux !!...

 » O ma patrie !
 » France chérie !
 » A nos malheurs
 » Donneras-tu des pleurs ?

 » Mais un bruit sourd a frappé mon oreille,
 » Qui donc s'avance en ces lieux pleins d'horreur ?
» Est-ce un ami ?... Non, non, c'est la garde qui veille
 » Sur les guerriers tombés au champ d'honneur ! »

Elle disait, et des larmes glacées
 Tombaient lentement de ses yeux ;
La garde qui veillait aux lignes avancées
L'entendit répéter ces accents douloureux :

 « O ma patrie !
 » France chérie !
 » A nos malheurs
 » Donneras-tu des pleurs ? »

Et puis, plus rien... Et la neige en silence
Tombait, et les couvrait d'un voile épais, immense !...

      ORTILLE.

A LA VIOLETTE.

—

1849

—

Vois la brillante rose
Au front si radieux,
A peine est-elle éclose
Que l'abeille y repose
Ses baisers amoureux;

La tulipe si fière
De ses mille couleurs,
Ainsi qu'une bannière,
Lève la tête altière
Au-dessus de ces fleurs;

L'œillet avec souplesse
Brille sur le gazon,
Et, fier de sa richesse,
Etale avec noblesse
La pourpre de son front;

.... Hélas! ces fleurs si vaines

De leurs riches couleurs,
Tombent, si dans les plaines
Les vents de leurs haleines
Font sentir les fureurs !

Mais qu'importe l'orage,
A toi, modeste fleur?
Dans le sombre bocage,
Sous ton humble feuillage,
Tu braves sa fureur.

EDOUARD SAINT-AMOUR.

SUR LA MORT D'UN GOURMAND.

—

1834

—

Truffivor, un matin, d'une douleur si vive
Est saisi, qu'à l'instant le médecin arrive.
Une diète sévère éloigne le danger
Du mal inopiné qui menace sa vie.
Las ! Truffivor échappe à cette maladie ;
Mais il meurt de chagrin de ne pouvoir manger.

GUSTAVE FLEURY.

LA JEUNE AVEUGLE.

ÉLÉGIE.

—

1852

—

Hélène !... le Seigneur a voilé ta paupière
D'une ombre inaccessible à la douce lumière.,..
J'ai vu s'appesantir l'horizon du malheur :
Et tu n'admires plus la robe printannière
      De nos jardins en fleur.

Vainement le soleil, de sa féconde haleine,
Échauffe ton visage et l'herbe de la plaine,..
Ses feux réparateurs ne peuvent t'éblouir ;
Sous les chaleurs du ciel aucun regard d'Hélène
      Ne va s'épanouir.

Le mirage des airs, la campagne adorée,
Le printemps, que ranime une joyeuse loi,
Et Flore, déployant son aile bigarrée,
      Rien n'est plus fait pour toi.

Plus rien ! plus rien, hélàs !... que des couleurs funèbres,..

Et le son de la voix, qui murmure éperdu,
Comme le barde anglais, chante dans les ténèbres
Le Paradis perdu !

Il me souvient des jours où, libre et palpitante,
Tu pressais dans les bois ta course haletante,
En dépouillant la fleur des jeunes arbrisseaux ;
Pareille au nénuphar, ton image éclatante
Se mirait dans les eaux.

Alors je m'enivrais au feu de ta prunelle !...
Je me sentais revivre à ce parler charmant,
Lorsque nous engagions notre foi solennelle
Avec ravissement !

Mais l'aube, aux reflets d'or, s'évanouit dans l'ombre ;
Nous gémissons, courbés sous le faix rigoureux ;
Et c'est par nos douleurs que nous marquons le nombre
De nos jours amoureux.

Allons ! viens sur mon bras mollement raffermie,
Viens respirer là bas une atmosphère amie...
Viens ! tu rayonneras, blanche au milieu des lys :
Et nous verrons jouer sous la brise endormie
Tes cheveux si jolis !

Viens ! l'ange qui console effeuille en abondance
Les roses de l'espoir sur le calvaire humain ;
Comme l'azur du ciel, la bonne Providence
Réjouit le chemin.

Pourquoi céder aux flots de la mélancolie ?

Laissons le vent houleux rugir au flanc des monts;
Tu soupires encore, Hélène!,,. et c'est folie
      À l'heure où nous aimons.

Viens! le rayon de l'âme éclaire la pensée;
Nous allons saluer ce glorieux flambeau
Qui nous dévoile encor, ô chaste fiancée,
      Un avenir plus beau.

Ma parole d'amour pour toi fera revivre
Ces bleus trésors de mai dont le regard s'enivre;
Tu verras par mes yeux, tu vivras par mes sens:
D'une précoce nuit mon zèle te délivre
      Par ses efforts puissants.

J'aurai pour toi les soins d'une mère attentive
Dont l'âme vous devine, et ne sait qu'adorer;
Le souffle du malheur, ô chère sensitive,
      Ne pourra t'effleurer!

Viens! nous allons ensemble admirer le parterre
Qu'on te voyait jadis élever et chérir:
Les fleurs, que ravivait ton amour solitaire,
      Ne doivent pas mourir.

Et bénissons le Dieu qui nous rapproche encore:
De sa magnificence adorons le pouvoir.
Ton malheur a changé le feu qui me dévore
      En un pieux devoir.

En mes bras dévoués mon Hélène est captive;

A son guide soumis rien ne peut l'arracher ;
Elle craint les écueils ; nacelle fugitive,
      Il lui faut le nocher.

La coupe du bonheur est loin d'être épuisée ;
Aux appels de l'hymen on la voit tressaillir,
Ma timide caresse efface la rosée
      Que ses pleurs font jaillir.

Ah ! ne regrette point la lumière ravie :
Quel ange peut vouloir nos clartés d'ici bas ?
— Le monde et ses fureurs, les hontes de la vie...
      Tu ne les verras pas !

La moderne Babel fait gronder son empire ;
L'infâmie a souillé la pâle humanité ;
Mais tu gardes au front le virginal sourire,
      Au cœur la pureté.

Tu ne verras jamais qu'un monde exempt de blâme
Créé par l'innocence et pour les yeux de l'âme :
La prière, la foi, la charité, l'amour
Sont les divins rayons qui colorent la femme
      Mieux que le plus beau jour !

Noble inspiration de la jeune chrétienne,
Vous allez nous bercer de songes immortels :
Un foyer de bonheur pour mon âme et la tienne
      Brille au pied des autels.

La vie est devant nous, suave, illuminée,

Déployant vers nos pas mille sentiers bénis ;
Nous foulerons le sol de notre destinée,
    A jamais réunis...

Et, parvenus au bout de la molle carrière,
Nous ne pâlirons pas devant l'heure dernière :
La mort sera pour nous sans fiel et sans adieu...
Tu deviendras mon guide et l'ange de lumière
    Qui nous mène vers Dieu !

               BENJAMIN KIEN.

NAPOLÉON Ier.

—

1853

—

O toi, vaste génie, abaisse ta hauteur ;
L'œil se trouble, ébloui devant tant de grandeur !
En esquissant les traits de ton mâle visage,
Ma main hésite et tremble à la première page.

Dans son rapide vol, cet aigle audacieux
Pour diriger le monde interrogeant les cieux,
Aux peuples divisés, sans culte, sans doctrine,
Apparut, à la main tenant sa loi divine.

Les États ébranlés, disloqués, chancelants,
Frissonnaient, entraînés sous leurs appuis croulants ;
Son bras vient redresser le monde sur sa base,
Et le monde affermi le contemple en extase !

Impétueux lion, sortant de cent combats,
Cent victoires marquaient la trace de tes pas ;
Les plus fières cités, quand éclatait ta foudre,
S'écroulaient, s'abîmaient sous des monceaux de poudre.

Aguerris sous tes yeux, tu montras tes soldats
Formés à ton école, aux plus divers climats,
Tantôt vifs, emportés, bouillants sous la mitraille,
Impassibles tantôt, transformés en muraille.

Facile en ta bonté, terrible en ton courroux,
Tu vis des rois déchus, tremblants à tes genoux,
Chercher à découvrir sur ton visage auguste
L'irrévocable arrêt d'un coup-d'œil toujours juste.

Tes braves, dont tu fus le constant défenseur,
Tombaient en s'écriant : Vive notre Empereur !
Leurs glorieux débris, jusqu'à l'heure dernière,
Pleurent ton souvenir, le soir, dans la chaumière.

L'univers en suspens, jusqu'aux derniers confins,
Retentissant du bruit de tes fameux destins,
D'une commune voix te proclama grand homme !
A toute heure, en tous lieux, c'est toujours toi qu'on nomme.

Le merveilleux instinct du peuple a deviné
Que sa force, son droit en toi s'est incarné ;
Aussi toi seul as pu faire courber sa tête,
Que n'avait pu plier l'effort de la tempête.

Politique profond, sage législateur,
Guerrier tacticien, éloquent orateur,
Tous ces titres brillants, rehaussés par la gloire,
T'assignent une place unique dans l'histoire.

Ton immortelle armée élevait jusqu'aux cieux,

5

Couverte de lauriers, ton nom mystérieux,
Ton nom qui transportait, électrisait chaque âme,
Ton nom dans tous les cœurs écrit en traits de flamme.

Quand sur ton trône assis, maître de tant d'États,
Tu recueillais l'encens des plus grands potentats,
Ton œil s'illuminait devant tant de puissance,
En contemplant en toi la splendeur de la France.

L'ange exterminateur penché sur ton berceau,
T'embrasa de ses feux, te marqua de son sceau,
Contre tout trait mortel garantit ta poitrine,
Pour que rien n'entravât la justice divine.

C'est que pour t'élever jusqu'au suprême rang,
Tu devais traverser un océan de sang,
Des peuples et des rois essuyer la furie;
Tant il fallait d'effort pour sauver la patrie!

Quand, fier de te porter, ton coursier fendait l'air,
Et rejoignait l'armée, aussi prompt que l'éclair,
Un moment l'ennemi vainqueur en ton absence,
Comme la neige au vent, fuyait à ta présence.

De royaumes nouveaux jetant les fondements,
Tu dotais l'univers d'imposants monuments
Que tu faisais éclore après toi, dans ta course,
Des colonnes d'Hercule aux barrières de l'Ourse.

Pour mieux perpétuer ton pouvoir surhumain,
Tu gravas tes hauts-faits sur un livre d'airain;

Lisible à tous les yeux , ce merveilleux poème
Est compris du savant et de l'ignorant même.

Mais les rois tant de fois écrasés sous tes coups,
Enfin sentent la honte allumer leur courroux ;
Dussent-ils épuiser et sujets et finance,
Ensemble ils jurent tous d'abattre ta puissance.

Que peuvent contre toi les projets des mortels ?
Intervertiront-ils les décrets éternels ?
Attendez, pour marcher, vaillants maîtres du monde,
Que s'arment avec vous le ciel, la terre et l'onde.

De colonnes de feu l'impétueux spiral
S'élance en rugissant... C'est le sanglant signal !
Rois, empressez-vous tous de laver votre injure ;
Courage! dans vos rangs vous comptez la Nature.

Cesse de te raidir contre les éléments :
Le froid saisit au cœur, glace tes régiments ;
La Nature sur toi remporte la victoire...
Oserait-il ce Russe un jour en tirer gloire ?

Franchissant les pays, tu passes comme un trait ;
De ce retour subit le monde est stupéfait.
De longs flots de fumée annoncent ta venue,
Tout tremble, tout frémit, tout s'enfuit à ta vue.

Tels les vents furieux sur les champs déchaînés
Font voler les épis dans leur course entraînés ;
Telles plus vite encor, bien loin de nos frontières,
L'étranger voit voler ses cohortes altières.

Le torrent comprimé se redresse en fureur,
Se partage en cent bras. Spectacle plein d'horreur !
Ses flo's se faisant jour à travers les murailles,
Du pays découvert gagnent jusqu'aux entrailles.

La louve à qui l'on vient de ravir ses enfants,
Le tigre dont la lance a labouré les flancs,
Exhalent moins d'ardeur, de feu, de violence,
Que n'en allume en toi le malheur de la France.

La foudre dans les mains et l'éclair dans les yeux,
Tes pas brûlant le sol, tu bondis en tous lieux ;
Que de vides profonds partout sur ton passage,
Plus les rangs sont pressés, plus vaste est le carnage.

De l'immuable Tout bénis la volonté
Qui dans cet ouragan, à dessein, t'a jeté ;
Dant l'art des grands moyens le péril te consomme,
Au monde tu fais voir tout ce que peut un homme.

Non, non, ce ne sont point d'indicibles exploits
Qui seuls au premier rang vont assurer les droits ;
C'est encor des revers la redoutable épreuve.
Il faut qu'à tes malheurs tout l'univers s'émeuve.

De la cime d'un roc dans les mers égaré,
Si ton ombre descend... l'œil des rois effaré
Croit voir se rallumer la foudre sur leur tête,
Et ton souffle enfanter une horrible tempête.

Quelle affreuse torture invente leur fureur !

Les tourments de l'enfer inspirent moins d'horreur,
Et pourtant pas un mot, pas la moindre faiblesse
Ne vient de ta grande âme obscurcir la noblesse.

Tu meurs objet de haine, objet d'aversion,
Loin des tiens, de ton fils! loin de ta nation!
Toi, dont un geste seul faisait trembler le monde,
Tu languis, tu t'éteins dans une nuit profonde!

Tu meurs! comme d'un poids le monde est soulagé,
Le monde à ce forfait tout entier engagé.
Sa victime au tombeau vient enfin de descendre.
Quel déluge de maux va sortir de sa cendre!

Tremblez, princes et rois! Un jour viendra, tremblez!
Que ce nom si maudit, ce nom que vous brûlez,
Ce nom qu'à déchirer chacun de vous s'empresse,
Pourra seul vous sauver dans vos jours de détresse!

ARNOULD RICQUER.

STANCES

A L'OCCASION DE LA SOUSCRIPTION OUVERTE A DUNKERQUE

EN FAVEUR DES FAMILLES DES MARINS PÉRIS EN MER

—

1836

—

Silence, ô funestes tempêtes,
Vous dont l'audacieux effort
A fait trop long-temps sur nos têtes
Planer la tristesse et la mort !
De votre cruelle furie
Loin de moi le bruit redouté ;
Je chante le divin génie
Qui préside à l'humanité !

Hélas ! que de sombres images,
Quels désastres encor récents
Vinrent affliger nos rivages
Frappés de nos cris gémissants !
Ciel ! que de marins intrépides,
Soudain disparus sans retour,

Vos influences homicides
Ont arrachés à notre amour !

Amis ! pleurons sur les victimes ,
Sur leurs veuves et leurs enfants ,
Et qu'à des regrets unanimes
Se joignent d'autres sentiments !
Lorsque le malheur vous implore,
Fils de Jean Bart ! vous êtes là !
L'humanité qui vous honore,
Brille toujours du même éclat !

Tel , lorsque grondent les orages
Au sein de l'empire des eaux ,
Le soleil perce les nuages
Et répand ses bienfaits nouveaux.
De la noble philantropie
Honorons le culte en ces lieux ;
Par elle l'espoir et la vie
Raniment les cœurs malheureux.

Voyez-vous sur l'humide plage
Ces malheureux nochers luttant
Contre les horreurs du naufrage
Et le trépas qui les attend ?
Combien, sur la côte orageuse,
De débris où l'œil attristé
Des maux de la tourmente affreuse
A découvert la vérité !

Si dans ce monde de misères

Où le destin est si changeant,
Nous devons nous montrer tous frères,
C'est bien surtout en ce moment !
Apprécions l'âme accessible
A la pitié pour les douleurs.
Heureux cent fois l'homme sensible
Qui se plaît à sécher des pleurs !

H.-A. Gouttière.

ÉPITAPHE.

1850

Je ne fus qu'un petit poète;
Mais si, de mes poëmes courts,
Il est un seul vers que répète
Une lèvre chère aux amours,
Sous l'herbe verte où je repose
Me viendront des parfums de rose.

N. Martin.

HOMMAGE

A LA MÉMOIRE D'UN ANCIEN CONDISCIPLE,

ÉDOUARD GOMBERT.

—

1856

—

« Pourquoi, si jeune encor, mon Dieu ! faut-il mourir ?
» Ne pouvais-je espérer un meilleur avenir ?
» Lorsque mon âme, enfant, dans sa douce innocence,
» Pleine d'illusion, s'ouvrait à l'espérance,
» Faudra-t-il qu'ici-bas, malheureux voyageur,
» Je subisse du sort l'implacable rigueur ?
» Et qu'à jamais privé du jour, de la lumière,
» Dans la nuit du tombeau je ferme ma paupière ?
» Cependant j'aurai tant désiré vivre encor
» Pour voir réalisés mes brillants rêves d'or !
» Pour aimer, pour chérir, dans une sainte ivresse,
» Mes amis, mes parents, soutiens de ma jeunesse !
» Hélas ! il n'est plus temps ; mon sort est arrêté :
» S'accomplisse du Ciel la sainte volonté !... »

— Tels étaient les regrets qu'en sa douleur amère,

Près de finir, hélas! sa trop courte carrière,
Un jeune homme exhalait, malade et languissant,
Pauvre fleur que la mort arrachait en naissant!
Nous l'avons tous connu, ce condisciple affable,
A l'étude, au travail, ardent, infatigable;
Lorsque, le front déjà par le mal desséché,
On le voyait encor sur ses livres penché.

. . . .

Maintenant il n'est plus.... Nous laissant dans le deuil,
Il repose à jamais dans le froid du cercueil!
Puis, quittant ce berceau d'une seconde vie,
Il s'envolera pur vers une autre patrie.

Réunis sur sa tombe, amis, versons des pleurs,
Et venons y souvent répandre quelques fleurs!...

Numa Vancauwenberghe.

DOUTE.

—

1839

—

Oh ! comment donc ce corps fait de terre et de boue,
Avec lequel le mal comme un enfant se joue,
Ce corps faible et souffrant, composé de besoins,
Que fatiguent toujours nos craintes et nos soins ;
Oh ! comment donc ce corps si chétif et si frêle,
Qu'il suffit d'un éclair, ou d'une faible grêle,
D'un caillou qui le heurte et que l'œil ne voit pas,
Pour le faire passer de la vie au trépas ?
Oh ! comment donc ce corps contient-il la pensée ?
Pourquoi se souvient-il d'une chose passée ?
Comment vers l'avenir marche-t-il en rêvant ?
D'où lui vient son pouvoir ? D'où vient qu'en les bravant,
Au milieu des dangers qui l'entourent sans cesse,
Il s'avance sans crainte et sans nulle faiblesse ?
D'où vient aussi le feu qui brûle notre sang ?
Qu'un mot ou qu'un regard nous fait battre le flanc,
Que notre front soudain et s'élève et s'enflamme,
Qu'alors notre pinceau s'étend en traits de flamme,
Ou que si nous parlons, nous avons dans la voix

Des sons qui font penser tout un peuple à la fois?...
Comment? Pourquoi? Qui sait? Ineffable mystère!
Est-ce le feu du ciel, ou le nerf de la terre?
Bien souvent j'ai rêvé. J'ai consulté souvent.
Rien en moi. Rien non plus dans le monde savant.
L'imagination! galvanique couronne
Qu'un génie inconnu pour nous punir nous donne.
Pour nous punir! Pourquoi? quel mal avons-nous fait?
Un Dieu doit être bon: c'est un être parfait.
Un être bon, punir? Erreur, sainte folie!
Un Dieu cherche le bien. Pardonner est sa vie.
Son essence l'entraîne à tarir nos douleurs.
S'il est un Dieu, pourquoi nos yeux ont-ils des pleurs?
Le mal conduit au bien: il faut par la souffrance
Racheter un péché commis par ignorance.
On connaît mieux le bien lorsque l'on a souffert,
En expiation le mal nous est offert.
Non, cela n'est pas vrai; non, cela ne peut-être:
Celui qui prévoit tout et qui doit tout connaître,
Le Tout-Puissant, aurait évité ce malheur.
Son essence est le bien. Pourquoi donc la douleur?
Quand notre âme pouvait rester vierge sublime,
Pourquoi, pour la laver, la souiller dans un crime?
Mais c'est donner le pas au forçat repentant
Sur tout homme de bien qui, toujours combattant,
Sortit victorieux de cette affreuse lutte
A laquelle, toujours l'honnête homme est en butte.
Oh! cela n'est pas vrai. Qui donc pour le guérir
Voudrait voir seulement un animal souffrir?

Mais se peut-il, alors, que notre faible tête
Contienne les ressorts où notre âme s'apprête?

Et que notre cerveau soit ou l'extrémité
Ou le centre de tout? Constamment agité
Qu'il perçoive à l'instant l'impression reçue,
La renvoyant soudain aussitôt que perçue,
Suivant que notre front est plus ou moins bien fait,
Que le travail qu'il rend soit plus ou moins parfait.
Instrument dont se sert, avec intelligence,
L'être pour propager sa verve et sa puissance;
Que plus ses nerfs sont forts, achevés, mieux il rend
Ce que la tête ou l'âme aux extrémités prend.
Quand un regard d'amour nous saisit et nous presse,
Il trouble notre front, et notre folle ivresse
Se répand aussitôt comme un flot vers le cœur.
Pourquoi donc avons-nous dans l'âme du bonheur,
Quand on parle d'honneur et de mâle courage,
De sainte liberté, de pieux esclavage?
Comment donc se fait-il que notre sang, soudain,
Fasse gonfler l'artère et trembler notre main?
Ou pourquoi sentons-nous sous notre corps débile
Se dérober nos pas, alors que par la ville
Nous voyons l'injustice affichant son pouvoir
Et que, sans nous venger, il faut pourtant la voir?
Pourquoi, lorsque le sang s'échappe de la veine,
S'en va notre pensée, et le souffle et l'haleine?
Et si d'un autre sang l'on fait la transfusion,
Opère-t-on de l'âme ainsi la révulsion?
Pourquoi? toujours pourquoi? Je me perds dans le vide,
Et le jalon laissé par les savants pour guide,
Loin de me ramener vient m'égarer encor.
Ah! c'est donc essayer un inutile effort
Que vouloir déchiffrer la loi de la nature,
Qu'importe qui la fit et le temps qu'elle dure?

Pour les uns qu'elle soit la volonté d'un Dieu,
Le principe des corps, leur fin ou leur milieu.
Je m'y perds... je me lasse et je baisse la tête,
Pour me taire aujourd'hui; mais demain je m'arrête
Et je commence encor, en me sentant souffrir,
A me redemander pourquoi vivre et mourir?

Bᵒⁿ COPPENS DE NORDLANDT.

MANUEL LE CHANTEUR.

1842

I

Le jour baissait, jamais soirée plus riante et plus douce n'avait rafraîchi la terre d'Espagne, jamais la rosée n'avait exhalé de plus suaves parfums. C'était l'heure où les jeunes filles de Madrid, lasses d'une vie nonchalante, parcouraient les promenades semées de fleurs pour respirer cet air pur comme la mélancolie, pur comme un rêve d'amour; — et les nobles cavaliers y venaient aussi chercher la fraîcheur après un jour brûlant. Mais ils cherchaient surtout les jolies promeneuses qui passaient avec leurs robes de soie et leurs voiles de gaze, comme des fantômes légers.

C'était alors l'année 1492, cette époque chevaleresque du règne d'Isabelle: vers le déclin d'un beau jour d'été, les promenades de Madrid étaient pleines de délices: la foule s'y pressait, chacun aspirait le frôlement des robes, le murmure tendre des conversations... Il y avait là bien des intrigues amoureuses et bien des jaloux trompés. Oh! comment ne pas aimer, lorsqu'on est Espagnole et lorsqu'on goûte la molle tiédeur d'un soir naissant!

Voyez dans les jardins ces deux dames qui marchent sous les bosquets solitaires: l'une d'elles, par son maintien gracieux et sa fine tournure, annonce une personne riche de jeunesse et de bon ton; c'est en effet une senora charmante, Marietta, la fille de l'opulent joaillier Pérèz; Marietta qui a vu tant de cavaliers à ses genoux et pour qui les écoliers

ont fait entendre leurs plus galantes chansons! — Marietta!
dont le pied charmant et les frêles épaules ont fait rêver de
dépit les brillantes duchesses de la cour!... — Celle qui
l'accompagne paraît être d'un âge avancé, mais elle n'a
point l'austère démarche de ces duègnes qui font métier
d'espionner jour et nuit. La bonne Laura est la suivante,
presque la mère de la jeune fille: elle a vu grandir son
enfance; maintenant elle connaît tous les secrets de son
cœur... — un cœur de seize ans!

Marietta semble en proie à l'inquiétude la plus vive : elle
jette çà et là des regards interrogateurs; tantôt son pas est
lent, tantôt rapide... une larme brille dans ses yeux comme
une perle de la rosée.

— Chère senora, dit la vieille suivante, si vous marchez
si vite, je ne pourrai vous suivre. Me voici presque hors
d'haleine! Ah! le temps est passé où j'étais alerte et svelte
comme vous... Sainte Vierge! je crois que vous pleurez,
pauvre enfant? Est-ce qu'on pleure à votre âge, lorsqu'on
aime et qu'on est aimée... A propos, savez-vous qu'il n'est
pas trop catholique à nous de courir ainsi sous ces bosquets
à la rencontre de votre Manuël. Mon révérend confesseur,
le frère Ignace, m'a donné des scrupules... et si votre père
connaissait ma complaisance, je crois qu'il me gronderait
fort. Ne ferions-nous pas mieux de rentrer chez vous pour
tenir compagnie au seigneur Pérèz, et lui faire à voix haute
quelque lecture de chevalerie ou de piété?...

— Laura, dit-elle, il ne viendra pas ce soir!

— Rentrons alors, fit l'autre qui ne comprenait plus
l'impatience d'une amante; votre père n'aime pas que nous
tardions long-temps ; sans doute ce beau Manuël s'amuse à
jouer de sa mandoline sous le balcon de quelque Andalouse,
tandis que vous l'attendez ici comme une âme en peine. Il
faut que je sois bien faible pour avoir permis qu'il vous
entretienne dans vos promenades, comme il le fait chaque
jour. Et vous l'aimez tant aujourd'hui que je n'ai plus le
courage de le renvoyer, ainsi que mon devoir l'ordonnait
sans cesse. Disons aussi que s'il était un peu plus riche, il
serait fort joli garçon; mais pas une pistole! Rien! Il faut
que vous soyez bien amoureuse pour préférer cet aventurier
au duc noble et puissant qui vous adore, le fameux don
Henrique de Lénoz!

— Il ne viendra pas, murmurait encore la jeune fille ; et c'est demain...

La phrase commencée expira sur ses lèvres ; la joie brilla dans ses noires prunelles ; et déjà Manuël, le troubadour, était auprès de l'heureuse Marietta. — Cet homme avait de longs cheveux noirs et des yeux bleus si doux qu'on y lisait l'amour et la tristesse. Ses vêtements, d'une honnête simplicité, ne cachaient point l'élégance de sa taille. Il portait une mandoline sur l'épaule ; à ses côtés, une épée. — Manuël aimait Marietta depuis qu'il l'avait vue ; ils s'aimaient, l'un sans songer à sa pauvreté, l'autre à son opulence. Et dans cet amour si pur, ils étaient heureux de quelques mots échangés en passant, heureux de l'avenir qu'ils rêvaient ! Jamais un baiser n'avait même effleuré le front virginal de Marietta. C'est ainsi que l'on doit s'aimer au ciel !

— Mon bon ange, fit tendrement Manuël, je te salue comme une vision de bonheur ! Sans toi, les arbres ne sont plus embaumés, l'air n'a plus sa fraîcheur odoriférante....

— Ami, sois le bien-venu, reprit-elle vivement ; si je ne t'avais vu ce soir, j'aurais désespéré de l'avenir. Tu ne sais pas : demain, don Henrique de Lénoz, premier seigneur de Castille, viendra chez mon père me demander pour épouse.

La jeune fille avait dit cela bien vite comme pour soulager son âme. A cette parole, Manuel courba la tête et sentit le poids du malheur. On aurait cru voir un damné qui venait d'ouïr la sentence de Dieu.

— Don Henrique! s'écria-t-il ; don Henrique! le plus noble, le plus riche de tous ! Qu'il soit maudit pour son titre et ses richesses. Après tout, j'étais un insensé : moi, pauvre chanteur inconnu, j'aimais la fille du joaillier Pérez, que l'or a fait l'égal des rois. Adieu donc, señora ; pour chanter j'avais besoin d'être inspiré par vous ; pour vivre, j'avais besoin d'être aimé par vous ; adieu ! demain l'aurore n'éclairera plus ma paupière!...

— Tu parles de richesses et je te parle d'amour, reprit l'ardente Espagnole ; tu parles de mourir, quand je t'aime... Es-tu donc un lâche, Manuël ?

— Moi ! un lâche!... parle, parle ; as-tu besoin de mon épée, de mon sang, de mon âme ?

— Ecoute : c'est demain, vers la douzième heure du jour

que don Henrique ira chez mon père... Viens à cette heure aussi frapper à la porte de notre maison; ose demander à Pérèz Marietta pour ta fiancée. Alors je dirai que c'est toi que j'aime; je le dirai à mon père, en face de don Henrique lui-même, en face de l'Espagne entière, s'il le faut! Mais pour cela, tu ne dois pas oublier à quelle heure je t'attends. Réponds! Viendras-tu ?

Le jeune homme mit la main sur son cœur palpitant d'ivresse; il regarda les cieux pour y chercher une étoile d'espérance; puis il s'écria avec délire :

— Je viendrai! je viendrai! En doutes-tu?... Oui, dussé-je être traité de fou pour lutter avec un grand d'Espagne, dût l'arrogant seigneur de Lénoz me faire assassiner par ses valets, je serai là, fort de ton regard et de ta parole... Merci de tant d'amour, ô ma belle amie! Pour toi toute ma vie, je le jure sur la tombe de mon père! toujours à toi! Oh! j'étais un lâche de ne plus croire à Dieu, quand tu m'aimais...

Mais l'heure fuyait, l'ombre était plus épaisse : la prévoyante Laura songea que c'était le moment de la retraite : elle entraîna vers elle Marietta qui s'oubliait : les deux amans se séparèrent ainsi; et de loin, ils s'envoyaient encore ces mots qui résumaient tout leur espoir :

— A demain.... demain !...

Cette nuit-là, Marietta ne dormit point; le soleil levant la vit même dans sa rêveuse insomnie. Vraiment c'était un coup bien hardi qu'elle avait médité dans ses pensées brûlantes. Introduire dans la maison paternelle un simple chanteur comme le rival du plus fameux seigneur de la Castille! Il est vrai : Pérèz était le meilleur des pères, un homme droit et généreux qui ne savait point tourmenter le cœur de sa fille pour la sacrifier à l'égoïsme de l'ambition. Déjà bien des partis avaient été refusés, selon les désirs de Marietta, quoique l'intérêt eût commandé de les accueillir avec empressement. Mais si le vieux joaillier chérissait son enfant par-dessus tout, il eût été fier de la voir unie à la puissance, à la noblesse. Souvent il l'avertissait, par d'affectueuses gronderies, qu'il était temps de faire pencher son amour vers l'un ou l'autre de ses nombreux prétendants. Et la jeune fille, bercée dans sa tendresse, confiante dans l'avenir, déguisait toujours son secret par de folâtres réponses.

Mais lorsque don Henrique de Lénoz, que tout le peuple saluait et redoutait, eut fait savoir à Pérèz qu'il viendrait lui demander la main de Marietta, le vieillard sentit se réveiller surtout son amour-propre de père! Il résolut d'accueillir l'homme puissant et riche, bien que la jeune fille eût d'abord reçu avec sa froideur accoutumée la nouvelle de cette offre magnifique... Cette fois, l'amante de Manuël comprit que la destinée de sa vie allait être décidée par un seul jour!...

Dès l'aurore, la maison de Pérèz prit un air de fête et de luxe pour recevoir dignement la visite solennelle du grand seigneur; Marietta vit ces préparatifs et frissonna : elle se ranima l'âme avec son courage, et pria la madone et le Christ. Quand elle parut avec ses bijoux et sa parure aux yeux de son père, celui-ci ne remarqua point la pâleur de ses joues ni l'éclat fiévreux de son regard. — L'œil paternel ne voit pas comme celui d'une mère... et la pauvre enfant n'avait plus de mère, hélas! — Elle était pâle et recueillie comme une créature que l'Eternel va juger... Elle attendait le bonheur ou la mort avec résignation. Le temps s'écoula lentement comme un siècle d'agonie.

Enfin don Henrique de Lénoz entra, superbement vêtu, hautain comme un noble qui s'allie à un bourgeois. Pourtant, lui qui restait la tête couverte devant la reine d'Espagne, il daigna saluer la vieillesse de Pérèz et la beauté de Marietta. Le joaillier lui fit un geste affectueux, la jeune fille resta froide et muette, et nul trouble ne parut sur son visage, tellement une femme sait comprimer le volcan de ses pensées.

— Maître bijoutier, fit Lénoz d'une voix grave, je suis, vous le savez, le plus noble et le plus riche des chevaliers d'Isabelle... Mes aïeux remontent à la plus ancienne origine, et ma fortune est inépuisable comme mon crédit. Eh bien! je viens à vous en ami... le dirai-je? en suppliant! Oui, Pérèz, je préfère à tous les blasons de nos jeunes duchesse l'œil noir de votre fille, qui éclipsera les plus belles, les plus fières. Je lui donne l'éclat de mon rang, l'égide de ma puissance... Et pour cela, je ne demande qu'un mot de tendresse. Je l'adore! qu'elle soit donc mon épouse... ou le bonheur ne peut exister pour moi...

Le duc se tut; Pérèz allait répondre sans même regarder sa fille, tant le bon vieillard était fier et joyeux.

Soudain, l'horloge gothique de l'église voisine sonne douze coups lents et sonores; et le marteau, placé à la porte extérieure de la maison, retentit comme l'écho de la dernière vibration. C'était sans doute un visiteur nouveau. Il y eut un moment de curiosité silencieuse... et sur le front de Marietta descendit une auréole de bonheur, d'espérance!

Le hardi chanteur était fidèle à sa promesse. Manuël, le pauvre troubadour, parut dans les salons de Pérèz pour disputer son amante au seigneur Henrique. L'extérieur simple de l'humble jeune homme contrastait avec le luxe étalé de toutes parts autour de lui; mais il avait dans les traits quelque chose de ferme et de solennel. La vue de sa bien-aimée le transporta d'une exaltation nouvelle; et ce fut sans pâlir qu'il contempla son orgueilleux rival.

— Que voulez-vous, ami? fit le vieux joaillier avec étonnement, et néanmoins avec bienveillance. — Car il n'était pas de ceux qui jugent l'homme par ses habits.

— Allons! hâte-toi, manant; reprit le duc avec insolence.... Tu es un audacieux faquin d'entrer ici sans notre permission. Parle, que veux-tu?...

— Je ne répondrai pas à vos injures, M. le duc, dit Manuël avec calme. Vous, Pérèz, écoutez-moi: je suis fils d'un soldat mort au champ de la gloire, et je n'ai pour toute fortune que l'épée de mon père, cette mandoline et l'avenir! Point d'or, point de titres; bien des gens croient que parce que l'on est pauvre, on n'a pas de cœur pour aimer, ni d'âme pour sentir! Les nobles nous regardent comme des créatures inertes, sans pensée et sans énergie. Ils se trompent: ce cœur bat, ce sang bouillonne. Oui, Pérèz, toute la vie est à moi: il faut un ange qui m'inspire la force et la consolation dans les jours de souffrance. J'aime votre fille, je l'adore! qu'elle partage mon jeune espoir... Elle sera ma fiancée, mon existence, mon sang! En la donnant à la puissance, vous ne faites qu'un de ces marchés qui se font tous les jours dans les familles; mais en la donnant à mon vaste avenir, vous ferez une noble action qui vous méritera le bonheur.

— Mais ce misérable est fou! s'écria don Lénoz, au comble de la stupéfaction.

— Fou! pourquoi donc, monseigneur? Je suis un homme, et dès-lors je puis aimer comme vous aimez. Fou!

pourquoi?... Parce que vos ancêtres furent de nobles sires? Ah! si les souverains pouvaient récompenser justement la vaillance, le fils du brave soldat Nillo aurait un manteau de velours et des chapeaux empanachés comme les vôtres, monseigneur!...

— Vous! vous, le fils du soldat Nillo!... dit Pérèz en saisissant avec empressement la main du hardi Manuël.

— Mon père, mon bon père, reprit Marietta agenouillée : vous m'avez dit souvent que la vertu vaut mieux que l'opulence. Pardonnez-moi donc d'avoir oublié la pauvreté de Manuël pour l'aimer!...

— Toi, le fils du brave Nillo, fit encore le vieillard ; et ma fille t'aime! C'est le ciel qui l'ordonne. Viens dans mes bras, tu seras aussi mon enfant. Viens! Viens...

Des larmes de joie baignèrent la figure vénérable de Pérèz. Don Henrique se crut le jouet d'un songe; et modérant avec peine son impatience, il s'écria :

— Etes-vous tous insensés ?

— Non, dit le vieil artisan avec enthousiasme, non, j'ai toute ma raison, tout mon cœur. Savez-vous, don Henrique, que moi aussi j'ai été soldat, que moi aussi j'ai été pauvre. Alors j'étais presque jeune comme lui, j'avais toute une existence comme une large carrière ouverte devant moi. Oh! je ne rougis pas du passé. J'ai été soldat sans grade et sans fortune; soldat comme le père de Manuël. Nillo fut trois ans mon ami, mon frère d'armes, et j'étais peut-être alors plus heureux que maintenant, car j'avais l'amitié de Nillo. Trois ans, nous partageâmes le même pain, les mêmes fatigues, les mêmes dangers. Que de fois il a sauvé ma vie en exposant la sienne! Un jour, funeste souvenir! un lâche ennemi le frappa par derrière; et je ne pus voir le coup maudit de cette épée pour le parer. Noble ami! ce fut moi qui recueillis son dernier soupir... En mourant, il me légua son fils Manuël, son fils à peine sorti du berceau et laissé à Barcelonne sans ressource et sans appui. Je jurai par notre amitié d'adopter l'enfant, de lui servir de père, mais, à mon retour à Barcelonne, le petit Manuël avait disparu. Malgré toutes mes recherches, tous mes soins, je ne pus le retrouver : la Providence me réservait pour d'autres temps cette douce mission confiée par un mourant à l'amitié la plus sainte. Te voilà, fils de Nillo! Maintenant je suis riche, je te dois la richesse ; je suis vieux, je te dois le bonheur : Viens ! tu seras mon fils.

L'heureux Manuël et sa fiancée Marietta, émus de surprise et de ravissement, tombèrent dans les bras du généreux Pérèz. Il y avait entre eux une félicité si pure qu'il n'y eut que des larmes et du silence. Don Henrique seul se tenait à l'écart : il ne comprenait pas la sublimité de cette triple union. Il sentit la rage fermenter dans sa poitrine, et le sentiment de la vengeance domina seul l'arrogant seigneur.

— Ah ! murmura-t-il sourdement, vous me bravez tous ! Malheur à vous !...

— Pardonnez, don Henrique, dit Pérèz. Vous avez l'âme généreuse, et vous me comprendrez... Pour que le ciel bénisse le vieillard, il faut qu'il écoute la vertu et qu'il fasse des heureux.

— Adieu donc, fit le duc en frémissant ; adieu téméraires ! La vengeance d'un grand outragé sera terrible. Manuël, malheur à toi !

En disant ces paroles, il jeta sur le fils de Nillo un regard de tigre, un de ces regards humides de sang ; puis il s'éloigna avec son cortège de valets...

Manuël ni Marietta ne remarquèrent ce regard foudroyant et cette parole menaçante : ils étaient unis. Pérèz oubliait tout comme eux, et répétait sans cesse d'une voix tremblante d'émotion :

— Ami, tu seras mon fils !

II

A l'époque où se passait l'histoire que j'écris, l'Inquisition étendait sur l'Espagne la tyrannie la plus infâme et la plus sanglante. La postérité a jugé sans ménagement les hommes dépravés qui ne craignaient pas de couvrir leurs turpitudes d'un manteau vénérable et qui osaient multiplier les supplices au nom d'une religion de clémence et de vérité. L'inquisition, on le sait, fut une œuvre de barbarie et de scandale, qui vivait de l'ignorance des siècles et servait les vengeances des grands, en même temps qu'elle dépouillait ceux qui causaient de l'ombrage par leur puissance et leurs richesses. Heureux ceux qui sont nés dans un temps meilleur, quand les préjugés les plus infâmes ont enfin disparu devant le soleil de la civilisation !...

Le plus fougueux et le plus cupide des inquisiteurs avait nom don Bernard de Sarragosse. Il exerçait une grande influence sur ce tribunal odieux. C'était lui qu'on avait chargé du rôle de dénonciateur ; et disons qu'il n'y avait pas de limier plus fin, de lévrier plus habile à flairer l'odeur de l'or. Grâce à lui, les Juifs les plus opulents avaient fini dans les bûchers et les tortures ; leurs biens avaient été confisqués, et don Bernard avait eu sa part belle dans la confiscation de ces trésors. Ce qui faisait dire au misérable, lorsque un jour se passait sans nouvelle victime : « L'Inquisition a perdu sa journée. »

Il faisait nuit, le sommeil et le silence régnaient sur la ville espagnole : L'inquisiteur seul ne dormait pas : — les bourreaux d'ailleurs n'ont point de sommeil. — Dans une salle souterraine de l'archevêché, salle obscure comme le repaire d'une bête fauve, don Bernard veillait. Une torche pâle et fumeuse vacillait devant lui : un second personnage, don Luis, secrétaire particulier de Bernard, était assis à côté, et mettait en ordre divers papiers et parchemins.

— Bien, bien ! mon cher Luis, dit l'inquisiteur en se frottant les mains avec satisfaction ; je vois que notre zèle est couronné de succès... Demain nous allons brûler Abraham, le marchand ! Sais-tu que c'est une fameuse prise ; rien que pour ta part il y a déjà deux cents ducats !... L'hérétique Jules d'Arragon doit être bientôt mis à la question. Fasse le ciel que le traître nous avoue où ses richesses sont enfouies. Encore une bonne aubaine ! Ce Jules d'Arragon devenait aussi par trop insolent et par trop riche. C'est un hérétique ; on le brûlera.

Une joie barbare animait les yeux ternes du moine. On eût dit un oiseau de proie alléché par l'odeur des cadavres. Et ce monstre parlait du ciel !

— Seigneur, fit don Luis, le secrétaire, ne me dicterez-vous pas la liste des accusés que vos archers iront, dès demain, arrêter dans leur domicile ? Je connais trop votre zèle pour croire que ce parchemin restera vide, n'est-ce pas ? J'attends.

Cette liste qu'il fallait remplir, c'était un livret de mort.

Jusqu'à ce jour, nul prisonnier n'était sorti des cachots de don Bernard que pour marcher de la torture au trépas.

— Ah! reprit Bernard avec un soupir; que ne puis-je inscrire sur cette page tous les noms que je voudrais! Oui, j'ai plusieurs accusés nouveaux à dénoncer au très-saint Tribunal. Eh! vraiment, ce ne sont que de petits bourgeois, presque indignes de notre attention. N'importe! Il faut que justice se fasse... Oh! si je pouvais exercer mon ardeur contre la noblesse! Mais je n'ose encore. Ce serait imprudent! Pour que l'Inquisition s'affermisse sur sa base, il me faut des protections très-hautes; il faut que je ménage les nobles. Mais un jour viendra, mon cher Luis, où je pourrai faire inscrire sur ta liste le nom du seigneur Henrique de Lénoz lui-même!... Cet homme me protège; il est presque mon complice. Pourtant je brûle d'être plus fort que lui pour l'écraser, tant je le crains et lui porte envie!...

Après avoir déroulé les replis de son âme, l'inquisiteur s'apprêtait à dicter les noms de ces *petits bourgeois*, lorsqu'un coup violent fit résonner la porte du souterrain. Les deux lâches pâlirent. En effet, les méchants tremblent toujours. Ne doivent-ils pas craindre sans cesse que Dieu tonne pour les châtier?

Bernard fit signe à don Luis d'ouvrir la porte qu'un second coup venait d'ébranler. Le secrétaire obéit d'un pas mal assuré, tandis que le moine préparait un poignard caché sous ses vêtements.

La porte s'ouvrit enfin; un homme parut, debout sur le seuil. Il était de haute taille et couvert par un long manteau. A peine eut-il laissé voir son visage, que don Bernard s'écria avec l'accent de la surprise:

— Comment! c'est vous, don Henrique de Lénoz!... Sur mon âme, je ne m'attendais pas en ce moment à l'honneur de votre visite. Je vous croyais en train d'ordonner les fêtes de vos fiançailles. Merci, monseigneur, d'avoir quitté si charmante compagnie pour visiter l'humble serviteur de votre puissance... Salut à l'astre qui nous protège!

Le nouveau venu était bien don Henrique; il jeta çà et là des regards sombres, et se rapprocha de l'inquisiteur.

— Bernard, fit-il d'un ton caverneux, j'ai besoin de toi!

— Vous ! noble seigneur, répondit l'autre, en redressant la tête avec orgueil.

— Oui, moi : J'ai quelqu'un à dénoncer à l'Inquisition... parce que je veux le voir brûler. Comprends-tu?...

— A merveille; c'est probablement un Juif bien riche, un hérétique de bonne maison qui vous gêne? L'Inquisition vous remercie en mon nom d'une si belle capture.

— Celui que je te dénonce, reprit Lénoz, n'est point riche, ni de bonne maison : C'est tout simplement un chanteur des rues : Manuël, fils du soldat Nillo,... Il demeure au quartier de l'Annonciade... et...

— Qu'est-ce ceci, monseigneur? interrompit don Bernard visiblement contrarié. Un gueux de chanteur! Vous voulez que je fasse arrêter pareille canaille. Il n'y a pas deux réaux à gagner en cette aventure. Trouvez bon que mes archers ne perdent pas ainsi leur temps. Du reste, cet homme doit être innocent, don Henrique. Voulez-vous donc me faire damner mon âme?...

— Ah! par mes aïeux! fit le seigneur avec une vive colère, l'inquisiteur Bernard a des scrupules aujourd'hui!... L'inquisiteur Bernard veut que je lui rende compte de mes volontés?... As-tu donc oublié que je suis le confident de tes infâmies, que je sais tout, tout ce que tu as commis d'exactions et de crimes? N'est-ce pas toi qui fis mourir dans les tortures le vieux Brunnado, parce que tu avais volé dans ses coffres une somme de trois mille ducats?

— Monseigneur!...

— N'est-ce pas toi qui fis condamner pour crime imaginaire d'hérésie le brave sergent Numy, pour que sa fille vînt te demander grâce, et que tu pusses la déshonorer en face du supplice de son père?...

— Epargnez-moi!

— N'est-ce pas toi qui vendrais ton âme pour six réaux, ton corps pour un ducat, ta mère pour un écu d'or!... Et c'est don Bernard qui me résiste! Misérable atôme... Demain, à l'audience royale, je dévoilerai l'histoire de ta vie: Isabelle saura tout... et d'un coup de pied, je renverserai l'Inquisition que j'avais daigné protéger d'abord. Ah! tu as des scrupules, et tu crois pouvoir te heurter à ma noblesse, toi! Tu te briseras, vois-tu. Non, non; tu ne seras jamais assez fort pour la lutte, et ton aiguillon ne nous mordra pas, serpent !...

Bernard écoutait avec rage ces reproches et ces injures; mais la crainte de voir sa vie dévoilée en plein jour le domina tout entier. Vaincu, il plia sous le courroux de Lénoz et lui répondit en balbutiant :

— Vous dites que ce chanteur demeure au quartier de l'Annonciade, et qu'il se nomme Manuël Nillo? écrivez, don Luïs; Manuël Nillo, accusé de judaïsme et de sorcellerie : cet homme sera brûlé demain.

Le secrétaire inscrivit ce nom sur le livre noir.

— C'est bien; à ce prix, je te pardonne, ajouta fièrement don Henrique; mais souviens-toi que tu es dans mes serres. Souviens-toi que si je m'abaisse à te protéger, c'est que j'ai besoin d'un bourreau; et quand je condamne, il faut frapper ! Au revoir...

Puis Lénoz se retira triomphant et dédaigneux. Quand il fut éloigné, l'inquisiteur tomba presque anéanti sur son siège, et des larmes convulsives inondèrent ses joues caves et violettes.

— Eh ! mon Dieu! fit Luïs, consolez-vous, cher seigneur; pourquoi donc aviez-vous oublié vos sages réflexions? Il faut encore ménager les nobles : nous ne sommes pas assez forts pour les écraser. Un jour viendra où l'Inquisition dominera même la royauté! Jusque là, sachez vous faire une âme insensible à l'outrage comme aux remords...

IV

Comme la vie paraît belle, lorsqu'on est heureux ! L'air qu'on respire est plus pur, la pensée ne reflète que de riantes images. On oublie si vite les souffrances du passé pour ne plus songer qu'au bien-être du présent. Le bonheur console de tant de maux par un sourire! On aime à voir, à revoir ces lieux où l'on a souffert, et qui semblent prendre part à vos sensations nouvelles... Lorsqu'on est heureux tout plaît, même un souvenir de la douleur.

Ainsi faisait le jeune Manuël. Avant de laisser pour toujours le modeste logement où s'étaient écoulées tant d'heu-

res de solitude et de pauvreté, avant de quitter le seuil de
la misère pour une vie douce et caressante, le pauvre chanteur était retourné dans sa petite chambre pour lui faire ses
adieux. Il portait la vue à droite et à gauche, examinant
chaque coin, chaque objet avec une joie d'enfant! On eût
dit qu'il fallait quitter un vieil ami; et des pleurs suaves
coulèrent de ses yeux. Peu d'hommes s'étaient vus trans-
portés par un changement si brusque de l'infortune à la
félicité. C'était presque un songe : la veille encore, il était
pauvre, orphelin, consumé par un amour sans espoir. Au
jourd'hui l'existence était dorée : il trouvait des richesses,
une famille... et, plus encore! une amante, une épouse,
trésor de tendresse, de grâces et de vertus!...

— Adieu donc, disait-il, adieu, séjour obscur qui s'il-
lumina tant de fois des rayons de ma faible espérance;
adieu, confident de mes rêves et de mes chagrins. C'est la
première fois que tu entends ma voix si joyeuse! Et pourtant, dès le jour où je vis Marietta, je l'adorai comme un
bon ange... et j'espérai! — merci, mon Dieu, pour un
destin si prospère : Merci; que vers vous remonte l'encens
de ma joie, ainsi que tout doit remonter à votre source éternelle : avec tant de bonheur, on n'a plus aucun mérite
d'avoir de la piété. Oh! vous le savez, mon Dieu, jamais ce
cœur ne douta de votre providence; car votre main est
toujours là pour relever celui qui chancelle dans le sentier
de l'épreuve.

Manuël se tut pour recueillir son âme et goûter silen-
cieusement les douceurs de la rêverie. Alors le soleil cou-
chant vint luire à sa fenêtre. C'était encore un beau soir
pareil à ceux où il voyait apparaître sa belle fiancée :

— Et toi, soir divin, fit-il, je te salue, emblème d'amour
et de poésie! Salut à toi... Souvent tu couvris nos entre-
vues de ton ombre mystérieuse, et ta brise murmurait avec
mes causeries d'amant. Aujourd'hui, je te rends grâce :
jamais tu n'avais protégé d'homme plus heureux ni plus
ému de reconnaissance...

Tout en achevant ces mots, Manuël réfléchit que Marietta l'attendait, et qu'il ne fallait pas rester ainsi loin
d'elle. Il prit son épée, sa mandoline, et jeta sur cette demeure un dernier regard. Déjà le jeune homme avait franchi la porte, lorsqu'il se trouva face à face avec une troupe

d'archers à sinistres figures. Le capitaine lui barra le passage et le repoussa dans la chambre avec un geste rude et menaçant.

— Au nom de la très-sainte Inquisition, dit le satellite, vous êtes notre prisonnier.

— Moi! seigneur capitaine, reprit Manuël avec étonnement; je suis bon catholique, et sans doute vous vous méprenez!

— Je ne me trompe jamais. J'ai ordre d'arrêter le chanteur Manuël, fils du soldat Nillo, au quartier de l'Annonciade. Vous voyez que c'est bien vous. Ah! votre affaire n'est pas bonne; l'on vous accuse de sorcellerie et de judaïsme.

L'infortuné demeura sans parole, accablé par cette fatalité qui s'acharnait à ses pas. Tomber du faîte de la prospérité dans un cachot de l'Inquisition, c'était là une terrible chûte à briser toute son énergie. Il pâlit en songeant au supplice qui devait remplacer la couche nuptiale : Et sa bouche fut près du blasphème. Puis une idée subite lui fit relever la tête, idée rapide comme le flot d'un torrent.

— C'est lui! c'est don Henrique, murmura-t-il; c'est sa vengeance! Je comprends tout. Le grand seigneur ignore que je porte une épée; il ne sait armer contre moi que des valets ou des bourreaux. Plus d'espoir! Perdue! perdue pour moi, Marietta... O rage!

Aveuglé par la douleur, Manuël saisit son glaive, comme pour lutter avec le destin; mais dix archers dirigèrent contre sa poitrine la pointe de leurs lances. Le lion était captif; la fatalité l'emprisonnait de ses réseaux.

— Oui, cria-t-il, ce grand d'Espagne est le plus fort! Il me l'a bien dit. Je m'en souviens à présent: la vengeance d'un grand sera terrible! Il me l'a dit; le lâche... Mais toi, tu ne seras pas captive comme moi; brave épée de Nillo!...

A ces mots, le chanteur brisa son épée dont il jeta loin de lui les débris avec fureur. Puis tout-à-coup cet accès de rage parut s'éteindre, et sa figure prit une expression sublime de douceur et de résignation :

— Hélas, reprit-il avec calme, je devais me défier de la fortune; le bonheur ici-bas n'est qu'une ombre, et Dieu nous le réserve pour un monde meilleur. Cette colère est impie. Soyons fort comme le Christ crucifié dans son corps et dans son âme. Du moins, continua-t-il en s'adressant aux soldats, avec un ton de regret, me permettrez-vous d'écrire quelques adieux à ma fiancée, à mon père adoptif?

Le capitaine fit un geste d'assentiment.

— Pauvre ange! se dit Manuël, tu souffriras presque autant que moi. Cette pensée me tue. Et, prenant un coin de parchemin, il écrivit d'une main rapide :

« Pérèz, Marietta, adieu! Ne songez plus au malheureux » que vous vouliez abriter sous votre toit d'ami; don Hen- » rique de Lénoz est mon ennemi, et je suis prisonnier de » l'Inquisition. N'espérons donc plus qu'en l'autre vie. O » Marietta! c'est la prière qui console : quand je ne serai » plus, souviens-toi de venir prier sur ma tombe s'ils m'en » laissent une, et de bénir la Providence, même quand elle » nous frappe si cruellement... Adieu! les archers sont » là; ils sont impatients de livrer leur victime. Marietta, je » te bénis; je prierai Dieu pour qu'il t'accorde la paix du » cœur. Je le sens, mon amante, il est un avenir au-delà » du tombeau... »

— Eh! pardieu, mon beau chanteur, dit le capitaine, vous faites bien de régler vos affaires promptement; car cette nuit même vous allez ouïr votre sentence. C'est tout exprès pour vous que s'assemble extraordinairement le saint Tribunal.

Manuël eut un sourire mélancolique comme en ont les martyrs! puis il confia sa missive à l'un des archers qui jura de la remettre fidèlement. Alors le prisonnier croisa les mains sur la poitrine, fit une courte prière, et dit aux soldats avec fermeté :

— Me voici prêt à vous suivre, messeigneurs!

V.

A peine l'aurore éclairait la terre depuis quelques heures, et déjà le roi Ferdinand et sa majestueuse épouse Isabelle tenaient audience dans le vieux palais. Ils étaient assis sur le même trône couvert par un dais magnifique, éclatant de pourpre et d'azur. La reine avait un air si ferme et si imposant qu'elle semblait porter seule le sceptre de l'Espagne et la glorieuse couronne qu'elle partageait avec son époux. Nulle princessse n'avait su mieux qu'elle se concilier l'admiration et l'amour des peuples par la sagesse, la justice et l'affabilité; et si l'histoire dit que Ferdinand fut un grand roi, c'est qu'Isabelle l'immortalisa d'un reflet de sa grandeur, le fortifia de son énergie, l'éclaira de ses lumières. Elle fut grande assez pour abriter deux têtes sous son auréole de gloire et de génie.

Les gens du peuple trouvaient facilement accès aux pieds du trône où siégeait une équité bienveillante. Ainsi, toujours les souverains illustres écoutèrent les plaintes de l'indigence et remplirent la mission sublime qu'ils recevaient de Dieu; les souverains illustres ne se contentèrent jamais d'un cortège de flatteurs et de grands.

On était à la huitième heure du matin; les portes du palais étaient ouvertes aux pauvres comme aux riches, aux nobles comme aux bourgeois. La reine lisait chaque pétition et faisait droit à chaque demande avec une rare habileté. Plusieurs postulants avaient déjà vu leurs suppliques accueillies, leurs contestations apaisées. Et chacun s'en allait, emportant pour le couple royal plus de gratitude et d'enthousiasme.

Alors vint le tour des grands qui furent admis à saluer les majestés; ils défilèrent devant elles et fléchirent le genou.

Puis un homme, vêtu d'une robe noire à capuchon, avec une large croix sur la poitrine, s'avança d'un air hypocritement doux. Cet homme... nous le connaissons déjà: c'était l'inquisiteur Bernard de Sarragosse.

— Au nom de la très-sainte Inquisition, fit-il, messire le roi, et vous, madame la reine, salut! Que le Ciel vous accorde puissance et longue vie. Le divin tribunal m'envoie dans ce palais pour vous donner connaissance des condamnations nouvellement subies par les hérétiques qui infestent le royaume.

— Encore de nouveaux condamnés! inrerrompit Isabelle avec douleur.

Sans doute la reine eût bien voulu détruire ce tribunal de sang, car elle avait compris l'Inquisition; mais la reine ne pouvait l'abattre, car l'Inquisition était trop puissante déjà, et le siècle trop barbare.

— Comme vous, grande reine, continua Bernard d'un ton moitié mielleux, moitié arrogant, comme vous nous déplorons la nécessité sévère qui jette sur nos pas tant de coupables à punir ; mais le devoir parle, et la clémence se tait. C'est nous que le Seigneur arma du glaive pour séparer du troupeau les brebis empestées. Trouvez donc bon, ma souveraine, que je vous donne lecture de ces noms maudits... Les condamnés subiront le supplice du feu dans une demi-heure, sur la place de Madrid.

En parlant ainsi, don Bernard déroula sa liste avec complaisance, et se mit à lire à haute voix :

— Par la volonté de Dieu très-bon, très-grand, le vingt-cinquième jour du mois d'Août, l'an 1490, ont été condamnés au feu comme infidèles et excommuniés : 1° Abraham, le marchand israélite ; sa maison sera rasée, ses biens confisqués au profit de la très-sainte Inquisition ; 2° Jules d'Arragon, bachelier, lequel fit entendre dans les campagnes sa parole impie, et maugréa les prêtres avec une audace infernale. L'Inquisition confisquera les biens de cet homme à son profit; 3° Manuël Nillo, chanteur, fils d'un soldat; ce dernier atteint de judaïsme et convaincu d'entretenir avec le diable de coupables relations...

L'inquisiteur en était là de sa lecture, lorsqu'une voix gémissante retentit dans les vestibules, et presque en même temps une jeune fille, pâle, défaite, échevelée, se précipita dans la salle d'audience, et vint tomber haletante sur les degrés du trône royal. Un vieillard suivait en pleurant la malheuse femme qui semblait insensée :

— Mon enfant, dit Isabelle émue de pitié, relevez-vous, parlez sans crainte....

A cette voix de femme, cette voix pleine de douceur, la jeune fille releva la tête avec espoir. Oh ! comme une nuit d'angoisses avait changé Marietta, l'amante de Manuël ! Adieu ses fraîches couleurs et son sourire ; une nuit d'angoisses... cela vous change comme la vieillesse qui glace, comme le vent d'automne qui effeuille les arbres verts.

— Justice ! justice, majestés ! s'écria Marietta palpitante de sanglots. Rendez-le moi ! Il est innocent ! Justice !.... Manuël Nillo... ils l'ont condamné au bûcher, lui si pieux, si doux, si simple de cœur. Son crime, c'est de m'avoir aimée lorsqu'un seigneur m'aimait aussi. J'ose dire cela à

l'abri de votre équité royale. Il est innocent! C'est un pauvre
chanteur qui vivait modestement, adorant Dieu, et répétant
sur sa mandoline les chants du rossignol. Son père fut un
vaillant soldat; il est mort sur le champ de bataille pour la
patrie, pour son roi, pour l'Espagne. Grâce, grâce au fils
pour le sang de son père!... Madame la reine, vous êtes
une femme si bonne, vous savez ce que c'est qu'un cœur
qui aime. Eh bien! ce jeune homme, c'est mon fiancé, ma
vie,.. Comprenez-vous? Hier il était à moi; aujourd'hui au
bûcher. Comprenez-vous comme je souffre? N'est-ce pas
que vous allez le sauver? Il n'y a plus d'espoir qu'en vous,
en votre clémence, en votre sensibilité. Sauvez-nous.....
Mais il est temps, fit-elle avec effroi; il est bien temps, car
déjà le peuple s'attroupe sur la place publique de Madrid, et
dans une demi-heure le bûcher s'allumera par la main des
bourreaux!...

Puis l'infortunée s'agenouilla, élevant vers la souveraine
ses mains jointes et tremblantes.

— Prince, dit à son tour le vieux Pérèz, qui avait suivi les
pas de sa fille, je viens aussi vous dire: grâce pour Manuël,
grâce pour mon fils!.... Vous pouvez écouter ma prière,
car mon sang a coulé pour la patrie. Je fus soldat comme
Nillo, mon frère d'armes, et comme lui j'ai combattu pour
l'Espagne. Tenez, ajouta-t-il en montrant sa poitrine couverte de cicatrices, au nom de ces blessures, au nom du sang
de Nillo, sauvez Manuël et Marietta...

Isabelle eût aimé, par une tendre sympathie, à voler
dans les bras de la jeune fille pour la consoler et lui rendre
le bonheur; mais elle était reine d'Espagne, enchaînée à sa
pourpre; il fallut se contraindre. Pourtant elle se tourna vers
l'inquisiteur, et lui dit avec l'accent de la sévérité:

— Don Bernard, quel crime a donc commis ce Manuël
pour le juger digne d'un tel supplice?

— Grande reine, répondit Bernard avec un mouvement
d'impatience, je vous l'ai déjà dit: ce mécréant entretient
commerce avec le diable.

La reine fit un sourire de dédain, et répondit fière et majestueuse:

— Nous, Ferdinand et Isabelle, souverains d'Espagne,
faisons à Manuel Nillo grâce pleine et entière.

— Oh! mon Dieu! fit Marietta stupéfaite, étourdie par le saisissement.

Cet acte de clémence épouvanta don Bernard. Les vautours ne lâchent pas leur proie sans frémir. Le dépit bouleversa ses traits hideux, mais sans qu'il osât violemment éclater au dehors.

— C'est impossible, dit-il, impossible, madame la reine. L'Inquisition a prononcé, et nul ne peut arrêter le châtiment qui frappe au nom du Ciel.

Ensuite il s'approcha d'Isabelle et lui murmura tout bas :

— Ce Manuël est le rival, l'ennemi d'un des premiers seigneurs d'Espagne, de don Henrique de Lénoz le puissant. Pardonnez-vous encore?...

— Si l'Inquisition condamne, reprit Ferdinand plus timide, un roi peut-il....

— Oh! silence, Ferdinand, interrompit la reine avec impétuosité ; qu'allez-vous dire? Si l'Inquisition condamne! Et s'il nous plaît à nous de faire grâce, n'est-ce pas aussi un droit sacré qui nous vient du Très-Haut? Ah! Manuël est le rival d'un seigneur... et l'Inquisition condamne! Eh bien! nous lui faisons grâce pleine et entière, entendez-vous, don Bernard. Vous irez le redire, si vous le voulez, à celui qui vous envoie... Mon Dieu! ne sentent-ils donc rien, ces hommes, que la vengeance et la lâcheté? N'y a-t-il que les femmes pour aimer, pardonner et souffrir?

Si belle et si magnanime, la souveraine semblait un ange que Dieu venait d'armer du sceptre et ceindre du bandeau, pour habiter la terre et la consoler.

Ferdinand, dominé par un ascendant irrésistible, apposa le sceau de l'État au bas d'un parchemin. Marietta le reçut des mains de la reine, sa sublime libératrice, qui jouissait en silence de son bienfait. La pauvre enfant ne put dire une parole; mais elle jeta sur Isabelle un regard plus éloquent que tous les mots et toutes les phrases d'une langue humaine.

Tout-à-coup l'amante de Manuël, poussée par une pensée subite, bondit vers la sortie du palais, entraînant sur ses pas le vieux joaillier qui contemplait la reine avec admiration.

— Venez, venez, mon père! s'écria-t-elle avec une nou-

7

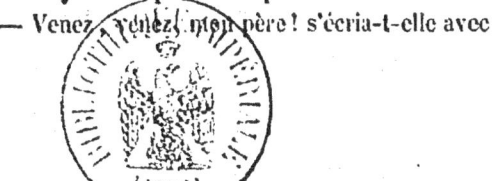

velle anxiété. Venez, ou nous arriverons trop tard. Chut!
N'entendez-vous pas les cloches funèbres qui sonnent l'heure
du supplice? Oh! venez!...

VI.

Déjà le sourd bourdonnement des cloches retentissait dans
la ville comme une psalmodie lugubre, et plusieurs bûchers
s'élevaient sur la vaste place des exécutions. La foule, toujours avide d'un spectacle de mort, se rassemblait de toute
part avec un murmure confus; elle était là curieuse, attentive, comme s'il s'agissait d'une lutte de taureaux ou d'une
procession religieuse de pénitents. On dirait, par moment,
que la foule n'a que des yeux, sans avoir de pensée, et
qu'elle est cruelle par instinct. Depuis une année, l'Inquisition la rassasiait de victimes, et rarement le peuple espagnol
se dispersait sans avoir vu sa curiosité satisfaite par un
spectacle nouveau. L'Inquisition avait une justice expéditive:
la nuit elle condamnait; le lendemain c'était l'affaire du
tourmenteur.

L'heure fatale avait sonné: le cortège des condamnés
était en marche, et l'airain funèbre tintait leur agonie. D'a-
bord venaient les divers corps de pénitents, bleus, blancs et
noirs, qui s'avançaient à pas lents, portant en main des
cierges de cire jaune; puis des inquisiteurs avec un air
contrit, puis des archers en grand nombre; enfin, les malheureux destinés au trépas. Parmi ces derniers se trouvait
Manuël, qui levait ses yeux bleus vers le ciel comme pour
y chercher Dieu, le vengeur de l'innocent. Il y avait sur sa
figure tant de douceur et de résignation, que le peuple aurait
dû crier grâce!... Mais le peuple ne regardait que le supplice... On l'avait abruti à force de l'effrayer.

Manuël avait accompli le sacrifice; il s'était dit: le bonheur n'est pas dans ce monde; que la volonté divine soit
faite! Le moment de la mort est celui de la délivrance, c'est
là fin de nos maux. Et le pieux jeune homme s'était résigné.
Cet avenir de félicité, de tendresse, il le reportait dans une
autre vie; il souriait à la tombe comme il souriait au lit nuptial. Son âme pure s'était détachée de toute idée de vengeance: il pardonnait à ses ennemis! La haine est une souffrance amère qu'il avait su dompter. Cependant, lorsqu'en

quittant son humide cachot, le pauvre chanteur respira les zéphirs du matin, lorsqu'il vit l'azur si bleu, le ciel si doux, son cœur se dilata par des pensées d'amour. La terre qu'il fallait fuir lui parut belle.... et l'image de Marietta vint éblouir sa vue comme une vision bien-aimée. Mais il fallait mourir! Sans la foi, c'eût été le désespoir. L'infortuné promena lentement ses regards sur la foule pour y chercher une femme, une amante.... Mais il ne vit rien, et sa tête pesante retomba avec un découragement douloureux.

— Hélas! murmura-t-il, si j'avais pu la voir encore une fois, un instant! Marietta!... Mon Dieu!...

Un des bourreaux qui escortaient les victimes entendit ces mots de Manuël; il s'approcha de lui et lui dit avec un long ricanement:

— Tu ne verras plus ta maîtresse, entends-tu, maudit!

Le jeune homme tressaillit au son de cette voix qu'il crut reconnaître; il se tourna rapidement vers le bourreau qui lui parlait ainsi. Mais une espèce de capuchon voilait le visage de cet homme: on ne voyait que ses yeux où brillait une lueur étrange.

— Qui que tu sois, dit Manuël, je te pardonne, et que Dieu te pardonne comme moi.

Le cortège était arrivé sur la place des exécutions; un silence glacial régna sur l'immense multitude; les exécuteurs se préparèrent à faire leur office. Manuël reçut la bénédiction du prêtre qui l'avait consolé dans cette heure solennelle, et monta d'un pas ferme sur le bûcher de l'Inquisition. Un bourreau — le même qui lui avait jeté sa désespérante parole — le suivit sur ces degrés effrayants. Le condamné frémit quand cet homme le toucha pour l'enchaîner à cet épouvantable tombeau.

Ce monstre, en liant les bras de Manuël, ricanait encore; puis, avant de mettre le feu au bûcher, il jeta son masque et regarda sa victime en face.

— Oh! fit le chanteur d'une voix éteinte; vous! vous, monseigneur de Lénoz! Quelle âme avez-vous donc, vous...

Cet exécuteur, qui avait suivi le condamné pendant toute la marche du cortège, ce misérable qui avait troublé la prière des agonisants, ce lâche qui liait son ennemi sur un

bûcher pour lui jeter une dernière insulte au visage....
c'était don Henrique de Lénoz, un grand d'Espagne, qui
portait une épée et ne savait que voler l'habit d'un bourreau....

— Quelle âme j'ai, s'écria-t-il, l'âme d'un Espagnol qui se
venge !... Ah! te voilà donc en mon pouvoir,... Quel délice !... Sens-tu comme je te hais ?... Un vil chanteur qui
s'imaginait lutter avec moi ; qui m'a humilié dans tout : dans
ma grandeur comme dans mon amour. Non ! tu ne l'auras
pas, cette Marietta détestée... tu ne l'auras pas. Oui, c'est
moi qui t'ai fait condamner, sais-tu, Manuël ? C'est moi qui
te ravis ton bonheur ; c'est moi qui vais mettre la flamme à
ce siège de mort où tu vas périr. Audacieux manant, vois
comme j'aime ma vengeance ; j'ai daigné quitter mon manteau d'or pour prendre cet habit ; c'est une honte peut-être,
mais une honte que lavera ton sang !

A ces mots, don Henrique remit son masque pour dérober
ses traits à la populace ; puis il saisit une torche avec ses
mains fiévreuses pour mettre le feu au bûcher....

— Grâce ! grâce ! arrêtez ! cria dans la foule une voix de
femme.... Grâce !

Et la foule livra passage.

Marietta, la courageuse amante, poursuivait son œuvre
de dévoûment. Elle criait grâce ! agitant au-dessus de sa tête
le parchemin libérateur. Enfin elle arriva jusqu'auprès des
gardes, et remit l'écrit royal aux mains du chef des archers.

— Au nom de Ferdinand et d'Isabelle, nos gracieux souverains, dit l'officier avec force, que cet homme soit libre !

Et désignant Manuël il arrêta le bras de l'exécuteur.

Par son ordre, deux soldats s'approchèrent du captif, et
bientôt le chanteur, délivré de ses liens, tomba, presque
anéanti de cette grâce inattendue, dans les bras de Marietta
et de Pérèz. Si le peuple aime les supplices, il aime encore
mieux la clémence. Ce fut une clameur universelle de joie
et d'admiration.

Don Henrique restait là, muet, étourdi, comme par le
bruit d'un coup de foudre. Si près de se venger, et voir le
triomphe d'un rival ; voir un destin railleur lui ravir sa
proie.... Le grand d'Espagne sentit que la justice divine

était plus forte que sa terrestre puissance, mais il ne voulut point plier sous la main de Dieu ; et, dans sa superbe impiété, il ne sut qu'étreindre son poignard homicide :

— Ah ! hurla-t-il, en se frappant avec rage, à toi mon âme, satan !

Puis il tomba sur ce bûcher, échafaudage de vengeance qui s'écroula sous son cadavre ensanglanté ; c'était un digne sépulcre que lui réservait la Providence, tandis que l'épreuve cruelle imposée à l'amour le plus pur était enfin terminée.

Le peuple ne vit point la mort du méchant : tous contemplaient l'intéressant Manuël agenouillé devant Marietta comme devant un génie tutélaire.

BENJ. KIEN.

LE VOYAGE.

—

1834

—

LE DÉPART.

Quand tu mettras le pied sur la barque fragile,
Prêt à franchir la mer inconstante, indocile ;
Quand tu fuiras la terre où tu n'aimais que moi,
    Edgar ; songe à ton Isabelle,
  Laisse au rivage un doux adieu pour celle
    Qui ne vit que pour toi.

Sur les flots inconstants de la plaine liquide
Si les vents déchaînés brisent ta voile humide,
Dans le pressant danger où tu seras sans moi,
    Edgard, songe à ton Isabelle,
  Conserve encore un doux penser pour celle
    Qui ne pense qu'à toi.

Lorsque l'astre du jour finira sa carrière,
A l'heure où dans le temple on dira la prière,
Dans les pays lointains où tu vivras sans moi,
    Edgard, songe à ton Isabelle,

Adresse au ciel ta prière pour elle,
Moi, je prirai pour toi.

L'ABSENCE.

Il est parti! tant qu'à mes yeux
Parut le brick au noir corsage
Qui l'emportait sous d'autres cieux,
Je n'ai point quitté le rivage.
La mer alors semblait dormir
La vague doucement expirait sur la plage....
Mais les flots sont trompeurs et long est le voyage...
Dieu! s'il n'allait plus revenir!!...
Allons, ma sœur, aux pieds de la madone,
Allons porter notre offrande et nos vœux;
Aux pauvres faisons une aumône,
Pour que d'Edgard le retour soit heureux.

Entends-tu pas le vent du Nord
Siffler, gronder sur notre tête?
Oh! vite, Emma, courons au port
Conjurer l'affreuse tempête...;
Comme la mer est en courroux!
Oh! vois comme les flots soulevés par l'orage
Avec un bruit affreux se brisent au rivage!
Dieu des amants protège-nous!
Allons, ma sœur, aux pieds de la madone,
Allons porter notre offrande et nos vœux,
Aux pauvres faisons une aumône,
Pour que d'Edgard le retour soit heureux.

LE RETOUR.

Sur les flots inconstants d'une mer orageuse
Quand le navire ouvrit sa course aventureuse,
En quittant le rivage où vivait mon amour,
      Je songeais au retour.

Quand le vent bruissait dans la voile gonflée,
Quand tombait sur le pont la vague amoncelée
Et qu'un nuage obscur voilait l'astre du jour,
      Je songeais au retour.

Sur la rive indienne, au bord de la rivière,
Quand le brame appelait le peup'e à la prière,
En invoquant le Ciel au nom de mon amour,
      Je songeais au retour.

Enfin, après dix mois d'une absence cruelle,
Sentant mon cœur brûler d'une flamme nouvelle,
Après avoir gémi la nuit comme le jour,
      Me voici de retour.

ORTILLE.

TABLEAUX FLAMANDS.

—

1844

—

Certain hiver dans une ferme
J'ai vécu rustique et pensif;
Quand le jour touchait à son terme,
Arrivait tout un peuple actif.

Hardis blondins, rieuses blondes
Se pressaient autour du foyer;
Je crois dans leurs bruyantes rondes
Les voir encor se coudoyer.

Le sarment pétillait dans l'âtre ;
Et bientôt le cercle frileux,
Léché par la flamme rougeâtre,
Se reculait à qui mieux mieux.

Décrochant de la crémaillère
Le lourd poids du souper commun,
La rude main de la fermière
Servait même part à chacun.

Parfois on frappait à la porte.
C'était quelque pauvre engourdi,

Qu'on le connût ou non, n'importe :
Il s'en allait ragaillardi.

Le repas fait, toute la troupe
Se dispersait en folâtrant.
Dans l'âtre alors restait un groupe
Digne du pinceau de Rembrandt.

— Le fils voûté de la fermière,
Grand et taciturne fumeur,
Mais que parfois un pot de bière
Mettait en plus aimable humeur ;

Un vieux chat noir sur une chaise,
Dont les yeux brillaient d'autant plus
Qu'au foyer s'éteignant la braise
Rendait tous les objets confus ;

Dans un coin l'hôtesse muette,
Dont un bizarre clair-obscur
Peignait la vague silhouette
Longue et tremblante sur le mur.

Quand la grêle et les vents sauvages
Heurtaient le ,éunssant carreau,
Epiant ces mornes visages
Je parlais d'un malheur nouveau,

D'un sort jeté par la sorcière
Du val noir ou du saule blanc,
— Vers la porte alors la fermière
Tournait un œil étincelant ;

Si, par hasard, à l'instant même,
Quelque dogue importun hurlait,
La vieille sur sa face blême
Se signait de son chapelet.

Mais lorsque l'on fauchait les herbes,
Au retour des blondes saisons,
Quel bonheur de nouer les gerbes·
Et de mettre en tas les moissons!

Plus tôt que le coq et l'aurore
Chacun s'éveillait et chantait :
— Honte à qui sommeillait encore
Quand l'essaim matinal partait !

Le tranchant des faux murmurantes,
Scintillant d'un éclat vermeil ,
Jonchait les plaines odorantes ,
D'épis qui fumaient au soleil.

Souvent une pauvre alouette,
Au bruit croissant du moissonneur,
Quittait sa couvée inquiète ,
Et chantait au ciel sa douleur.

La main des brunes jeunes filles
Dressait les gerbes en faisceaux
Où dansaient de joyeux quadrilles
Aux rares instants du repos.

Le soir, traversant les villages,
Les lourds chars criaient sous leur poids ;

Du sommet couvert de feuillages
S'échappait un concert de voix.

O vrai trésor des mœurs champêtres !
Plaisirs naïfs des laboureurs !
Royauté plus douce des maîtres !
Destin moins dur des serviteurs !

Rendre son âme familière
Aux soupirs des bois et des eaux ,
Et l'envoyer comme écolière
Parmi les fleurs et les oiseaux ;

Vieillir, quoique toujours robuste,
Comme ce haut et fort tilleul
Que l'on planta jadis arbuste
Et qui lui même est un aïeul ;

Mourir enfin un soir d'automne ,
Sous un rayon plus pâlissant
De cette saison monotone
Que l'on préfère en vieillissant ;

Voilà mon seul vœu de Poète
Et de cœur modeste et fervent :
— Je vois déjà ma maisonnette
S'ouvrir du côté du Levant ;

J'entends déjà dans la bruyère
Le frais gazouillis des oiseaux,
Et je sens l'odeur printannière
De l'aubépine des hameaux.

N. MARTIN.

A VICTOR HUGO,

SUR LA MORT DE SA FILLE, MADAME CHARLES VAQUERIE.

—

1843

—

> Aime celui qui t'aime et sois heureuse en lui :
> Adieu ! sois son trésor, ô toi qui fus le nôtre !
> Va , mon enfant chéri, d'une famille à l'autre ,
> Emporte le bonheur et laisse-nous l'ennui.
>
> VICTOR HUGO
> (Le jour du mariage de sa fille.)

Oh ! si Dieu te disait, à toi, le grand poète,
Toi, qui sous tes lauriers dois incliner la tête ;
Qui vois plus d'un grand nom marchant derrière toi,
Emprunter son éclat à ta vaste lumière ,
Ainsi qu'un satellite à l'astre qui l'éclaire...
...Toi... dont la palme d'or vaut le sceptre d'un roi...

...Oh ! si Dieu te disait : « Je te rendrai ta fille.
» Mais mon souffle éteindra l'auréole qui brille,
» Cercle de gloire, autour de ton front triomphant !...
» Sur le siècle l'oubli faisant couler son onde,
» Cachera ta splendeur sous sa vague profonde
» Et brisera ton luth... désormais impuissant. »

Tu dirais, n'est-ce pas? « Reprenez cette gloire :
» Si je devais avoir une page en l'histoire,
» Déchirez-là, Seigneur, oh! mais ne privez pas
» L'arbre du plus beau fruit, le rosier de sa rose...
» Et pour ma fille... fleur, qui sous les fleurs repose,
» Faites évanouir les ombres du trépas! »

Las! ainsi qu'autrefois précédé d'un miracle,
Dieu ne se montre plus, comme au saint tabernacle,
Ou comme au Sinaï, quand il dictait ses lois;
A l'aveugle son doigt ne rend plus la lumière.
— Comme autrefois pour rendre un enfant à son père,
Il ne fait plus ouvrir les tombeaux à sa voix.

Dieu te l'avait donnée, — et Dieu te l'a reprise,
Cette enfant qu'aujourd'hui les anges voient assise,
L'égale de leur Reine auprès de l'Eternel...
...Elle est leur gloire aussi comme elle fut la vôtre...
— Va-t-elle pas encor d'*une famille à l'autre?* —
Ange elle était sur terre, ange elle est dans le ciel.

Puis ne vaut-il pas mieux mourir, lorsque l'aurore
N'a pas vu s'obscurcir le rayon qui la dore?
Pour ces pauvres enfants le tombeau s'est ouvert.
Quand chaque jour était dans leur belle existence,
Hier... un doux souvenir, demain... une espérance...
...Ils sont morts dans leur rêve, avant d'avoir souffert...

Ils sont heureux là-haut!... mais toi... mais ces deux mères,
Qui sur la double tombe épanchant leurs prières,
Au beau couple endormi semblent vouloir s'unir...

...C'est affreux ! n'est-ce pas?... et ton âme abattue,
Nacelle sans nocher par l'ouragan battue,
S'abandonne au courant et voudrait s'engloutir !

Oh ! que veux-tu?... Souvent on voit venir l'orage,
Quand le ciel trop long-temps est resté sans nuage !
Et les jours s'élevaient pour toi si radieux ? —
Tant de bonheur, de gloire embellissaient ta vie,
Que peut-être, vois-tu, fis-tu naître l'envie
Sur le sol, vierge encor, du royaume des cieux.

Oh ! relève ton front !... résiste à la tempête !
Prends ton luth — car les chants sont les pleurs du poète ;
Et si la voix du barde adoucit le malheur,
Chante pour tes enfants ; pour leur mère éplorée,
Oh ! pour la France entière ! et ton âme inspirée
Dans nos âmes... aura son écho de douleur ?

Ed. Saint-Amour.

RÉPONSE DE VICTOR HUGO.

—

Dans mon deuil, Monsieur, je vous remercie ; il y a
dans vos beaux vers le cœur d'une femme et l'âme d'un
penseur. Les consolations de la poésie, comme celles de la
religion, sont pour moi les biens venues. J'ai perdu un enfant, ce monde a perdu un ange. Hélas ! que la volonté de
Dieu soit faite.

Victor Hugo.

CONSTANTINE ET DAMRÉMONT.

POÈME DYTHIRAMBIQUE.

—

> Des caprices du sort triste et sublime chaîne!...
> Comme on disait jadis Saint-Hilaire et Turenne,
> Nos neveux un jour uniront
> Le nom de Perregaux au nom de Damrémont.
> H. TOURNILBON.

—

1837.

—

I.

Humide encor des pleurs que je versais naguère
En chantant les vertus et la mort de ma mère,
Ma lyre a préludé par de lugubres chants,
Ses accords sont plus doux et ses airs plus touchants...
D'un malheur que j'ignore infaillibles présages,
Errent autour de moi de funèbres images,
Et mes doigts contractés, malgré mes vains efforts,
N'arrachent que des sons pareils au glas des morts.

Quelle est la main de fer qui m'écrase et m'opprime?

D'un caprice du Ciel suis-je ici la victime ?
Ou , par un sort fatal conduit aveuglement,
D'un démon de l'enfer suis-je , hélas ! l'instrument ?
De quel droit insolent un pouvoir invisible
Viendra-t-il m'imposer sa volonté terrible ?...

Dieu des vers , dont jadis j'ai connu la bonté ,
De ton amour pour moi , suis-je déshérité ?
Sur le sacré vallon , où tu marquais ma place ,
Aurais-tu de mes pas déjà perdu la trace ,
Et d'un adorateur qui respecte tes lois
Pourrais-tu mépriser la suppliante voix !...

II.

Lors, dans mon sein rempli d'un souffle poétique ,
J'ai senti s'éveiller un nouveau sentiment.
Un trouble involontaire , un désordre magique
Y faisaient murmurer des mots confusément.
 Un sang plus chaud bouillonnait dans mes veines ;
 Mes yeux brillaient d'un éclat flamboyant,
  Et des clartes surhumaines
 Semblaient jaillir de mon front chatoyant.
Mes cheveux se dressaient sur ma tête enflammée,
Et je sentais frémir tous les poils de ma peau ;
Tel était Jupiter quand Pallas tout armée
  Allait sortir de son cerveau ;
  Telle était l'antique prêtresse
  Sur le trépied inspirateur,
Prédisant les succès , les revers de la Grèce,

Au milieu des transports d'une sainte fureur,
Et se tordant en vain sous le joug oppresseur
Du Dieu qui l'obsédait sans cesse.

III.

Fixés sur des objets qu'ils ne distinguaient pas,
Mes regards se troublaient... mon âme appesantie
A de vagues pensers restait assujettie...
Soudain je crus ouïr les cris de nos soldats;
Il me sembla voir la victoire,
Mêler au cyprès du trépas
Les brillants lauriers de la gloire;
J'entendais, au milieu de confuses clameurs,
Le bruit étourdissant du bronze des batailles,
Le cliquetis du fer, la chute des murailles,
Les plaintes des mourants et les chants des vainqueurs,
Et puis... un beau triomphe, et puis... des funérailles...
Et ces guerriers vaillants, la douleur sur le front,
Le mousquet renversé sous leur bras invincible,
Tristes, accompagnaient un cercueil insensible
Et, tout bas, murmuraient le nom de Damrémont.

Damrémont!... Damrémont!... Pardonne, ô mon génie,
Si je n'ai pas compris ce que tu veux de moi,
Et si, méconnaissant ta puissance infinie,
J'ai voulu m'affranchir un moment de ta loi.
Le héros que pleure la France,
Sur moi répandit une fois
Les faveurs de sa bienveillance;

Depuis long-temps il a des droits
A ma vive reconnaissance ;
Aux jours qu'il était mon appui
Ma muse indépendante et fière
Ne voulut jamais devant lui
Courber un peu sa tête altière.
Alors , mon vers adulateur
Eût semblé mendier une illustre faveur.
Aujourd'hui qu'un boulet l'a frappé d'impuissance ,
Je puis le célébrer avec un juste orgueil,
La sincérité de mon deuil
Sera prouvée encor par cette indépendance
Qui m'éloigna toujours du seuil
Des grandeurs et de l'opulence.
D'autres encenseront les satrapes vivants ;
D'autres , après leur mort, baveront sur leur bière ;
Moi, quand mes ennemis sont encore puissants ,
Je leur voue une haine amère ,
Mais je ferme mon cœur à mes ressentiments ,
Quand ils ont fermé la paupière.
Quand mes amis sont pleins de vie et de pouvoir,
Je concentre en mon sein mon amitié sincère ,
Mais quand ils ont fini leur brillante carrière ,
Je commence aussitôt à sentir mon devoir,
Et sans bassesse , sans espoir,
Je les célèbre et les vénère.

IV.

Damrémont est tombé! Constantine est à nous !...
Une grande douleur, une noble victoire,

Des larmes de chagrin , des poèmes de gloire ,
Voilà ce que mes vers vont décrire pour vous ,
Peuples qui reposez dans une nuit profonde.
    (Car suivant la commune loi ,
    Moi , je ne suis pas de ce monde);
    Peuples futurs , écoutez-moi :

    Sur les tours d'Alger-la-guerrière
L'étendart glorieux des chrétiens triomphans
    Avait remplacé la bannière
    Des infidèles Musulmans.
Bougie était soumis ; le mur qui l'environne
Ne put sauver Oran d'un semblable destin ,
Et le Français vainqueur, près des remparts de Bone
Exhumait à loisir sous les débris d'Hyponne
Les souvenirs sacrés de l'évêque Augustin.
Mais l'Arabe indompté , sur les monts, dans les plaines,
Prolongeait contre nous une guerre de mort ,
    Et par des résistances vaines
Bravait insolemment nos foudres et le sort.
Des cîmes de l'Atlas descendant avec rage,
    Rapide comme le simoun , *
    Abd-el-Kader et Ben-Zamoun
    L'amenaient sans cesse au carnage.
C'était à chaque instant d'inutiles trépas,
C'était à chaque instant de nouvelles alarmes ;
Et, quoique le succès ne quittât point ses armes,
La France avait toujours à pleurer des soldats.
Mais un jour, Ben-Zamoun paya son arrogance,

* Le *Simoum* , vent du désert.

Puis, vaincu, se cacha dans le fond de ses bois;
Un jour, de ses efforts comprenant l'impuissance,
Abd-el-Kader soumis se courba sous nos lois.
Alors nous espérions un calme salutaire,
Alors nous espérions un instant de repos;
L'Arabe, en son fourreau, gardait son cimeterre,
    Et nos intrépides héros
      Sommeillaient près de leur tonnerre.
Au sommeil du lion ils étaient tous livrés...
Soudain, un cri de guerre ébranle la montagne
Et, prompts comme l'éclair que la foudre accompagne,
A de nouveaux exploits ils se sont consacrés;
C'était l'orgueilleux chef des courageux Numides,
    Le successeur de Jugurtha
Qui derrière les murs de l'antique Cirta
Osait nous provoquer de ses clameurs perfides.
Clauzel, pour le punir, tenta de vains efforts,
L'hiver paralysa sa vieille expérience,
Un blanc linceul de neige enveloppa nos morts
Et les corps des guerriers qu'a regrettés la France
De l'Ampsague * surpris engraissèrent les bords...|
Superbe Achmet, attends, ce triomphe éphémère
N'est que le précurseur de tes propres revers;
    Il annonce à toute la terre
Pour toi, des jours obscurs; pour ton peuple des fers.
Tu descendras du trône où ton orgueil t'enchaîne,
Tu ne sauras bientôt où cacher ton affront,
Sans or et sans guerriers tu fuiras dans la plaine
Où doit te suivre encor l'ombre de Damrémont.

---

* L'*Amsaga* des anciens, à présent l'Wad-il-Kébir, coule
près des murs de Constantine.

V.

Du haut d'un minaret que le croissant domine,
Achmet d'un télescope avait armé ses yeux,
Et portait ses regards sur le sol glorieux
Qui de *Sidi-Tamtam* sépare Constantine;
Ben-Oussa, qui de Bone avait fui les remparts
Le jour où le succès nous en ouvrit les portes,
Ben-Oussa, brave chef d'intrépides cohortes
Qui près de lui sans crainte affrontaient les hasards,
Cherchait à ranimer sa valeur ébranlée :
« Aux bords de la Seybouse ils seront retenus,
Lui disait-il; d'*Alba* * la boiseuse vallée
» Offre à nos alliés des sentiers inconnus
» Où leur marche sera facilement troublée
» Et près du *Zénati* ** nous ne les verrons plus. »

Comme il parlait ainsi, le bey vit dans la plaine
Poindre et grossir bientôt nos hardis bataillons.
Son cœur a tressailli d'une terreur soudaine
Qui de ses yeux troublés obscurcit les rayons
Et, gonflé d'un courroux qu'il contient avec peine :
« Mahomet voudrait-il déjà m'abandonner?...
» Le sultan de Stamboul deviendrait-il avare
» Des soldats que pour vaincre il devait me donner?...
» Et Tunis, pour chasser les hordes du barbare,
» N'a-t-il plus de croyants que je puisse entraîner
    » Au saint combat qui se prépare?... »

* Le *Ras-el-Akba*.
** L'*Oued-Zénati*.

Inutiles discours!... Les vaisseaux du sultan
Sont traqués par Gallois, l'heureux vainqueur d'Ancône;
Et Lalande, à Tunis, tient le mahométan
Dans le repos forcé dont le vieux bey s'étonne.
C'est qu'on n'insulte pas un roi de France en vain ;
Contre ce prince auguste, objet de notre hommage ;
Le jour qu'un insensé se permet un outrage ,
Pour cet insensé-là n'a point de lendemain.

Cependant nos soldats arrivent en silence...
Le calme du courage et de la confiance
D'un battement égal fait palpiter leur cœur.
Ils s'avancent en ordre, et leur froide valeur
Ne semble ni prévoir, ni craindre les alarmes.
Mais quand, plus près des murs (la gloire a tant de charmes !)
Ils peuvent distinguer le Turc à son turban,
L'Arabe à son burnous, le Kabyle à ses armes ,
Ils se montrent saisis d'un martial élan,...
Ils bondissent... De joie on voit couler des larmes...
L'air retentit des cris d'une noble fureur...
Chacun veut à l'instant exercer sa valeur...

Damrémont, qui sourit à leur impatience,
D'un signe les contraint à garder le silence,
Et donne au même instant le signal du repos,
On obéit soudain aux ordres du héros.
Il veut, pour commencer l'attaque et le carnage,
De ses guerriers épars terminer l'assemblage ;
Il prévoit s'il doit craindre ou s'il doit espérer.
Les remparts que de l'œil il vient de mesurer
Semblent d'un grand succès lui promettre l'attente;
Tel, au fond des déserts de la Lybie ardente,

Le roi des animaux à l'aspect du chasseur
S'arrête irrésolu , mais s'arrête sans peur :
On dirait, pour la lutte offerte à son courage ,
Qu'il cherche à réunir ses forces et sa rage ;
Il roule autour de lui des yeux étincelans ,
Sa queue à coups pressés résonne sur ses flancs ,
Ses ongles près de lui font voler la poussière ,
Et sur son front ridé se dresse sa crinière.

VI.

Voyez ces bataillons... Tous ces jeunes soldats
Ne le cèdent en rien à la plus vieille armée :
Le calme est dans leur sein, la foudre est sur leur bras,
D'une enivrante ardeur leur tête est enflammée...
Pour la première fois ceux qui vont aux combats
D'un baptême de sang respirent la fumée,
Et sentent tout l'honneur d'un glorieux trépas.
Damrémont , qui conduit ces phalanges guerrières,
Damrémont , jeune encor, suivit dans les combats
      Nos impériales bannières,
Et se montra partout brave dans les combats.
Il grandit sous la tente et, dans ce temps illustre,
Où de nombreux héros s'éclipsaient tour-à-tour,
Sa gloire au milieu d'eux brillait d'un nouveau lustre,
      Et s'augmentait de jour en jour.
C'est auprès du vainqueur d'Austerlitz et d'Arcole ,
Qu'il apprit la victoire et le commandement ;
      Fut-il jamais une plus belle école,
      Ü i r̓ ̓s fécond enseignement?...
Naguère, quand la France occupa l'Algérie ,

Comme aux jours de l'empire encore il s'illustra,
Et fut un des premiers enfants de la patrie
Qui vainquit sur ce sol où bientôt… il mourra…
Près de lui, remarquez le courageux Valée,
Dont l'intrépidité mille fois signalée
Est bien moins grande encor que son rare talent…
Puis, voilà Perregaux, qui bientôt sur l'arène
Près de Damrémont mort, tombera chancelant :
Des caprices du sort triste et sublime chaîne !…
Comme on disait jadis Sainte-Hilaire et Turenne,
    Nos neveux un jour uniront
Le nom de Perregaux au nom de Damrémont…
Nemours dont la jeunesse aux dangers aguerrie
D'une noble valeur a su briller déjà,
Préside dignement au siège de Cirta.
Là, Trézel, dont le sang versé pour la patrie,
A lavé maintes fois le malheur de Macta,
Va s'ennoblir encore en exposant sa vie
    Sur la cime de *Mansoura*.
Ici, Combès, moins plein des souvenirs d'Ancône
Que des nobles exploits de l'aigle impérial,
Va combattre en soldat, penser en général ;
Et, pour trouver la mort que la gloire environne,
Avec impatience il attend le signal.
    Eh! que ne doit-on pas attendre
Des soldats commandés par de tels généraux?…
    Sans crainte on peut tout entreprendre
Quand on compte en ses rangs de semblables héros…

VII.

Pour l'assaut tout est prêt… Du haut de leurs murailles,

Les Africains déjà font pleuvoir parmi nous
Les globes destructeurs que le dieu des batailles
Semble avoir inventés pour servir leur courroux,
Et qui, chez les Français, féconds en funérailles,
Portent assurément de plus terribles coups.
Le plomb siffle dans l'air... Les balles homicides
Eclaircissent les rangs... Déjà de toutes parts
On voit s'enfuir, tremblants, les Turcs et les Numides
Que notre ardeur poursuit jusque sur leurs remparts.

Mais ne vous livrez point à l'ivresse incomplète
Qu'un précoce succès peut donner à vos cœurs :
Le destin, qui gouverne et vaincus et vainqueurs,
N'a point encor sonné l'heure de la conquête,
Et Damrémont déjà maîtrisant vos fureurs
Fait résonner partout l'ordre de la retraite.
Soldats !... retirez-vous.... Assez pour aujourd'hui...
Quand l'ennemi fuyait devant votre vaillance,
Le bronze des combats, dont vous étiez l'appui,
Trouait dans la muraille une ouverture immense
Qui demain servira votre noble vengeance....
Soldats !... retirez-vous... assez pour aujourd'hui....

VIII.

Le lendemain, en proie à de vives alarmes,
Loin des murs lézardés de la vieille Cirta,
    Achmet lâchement déserta,
Et dans les champs voisins mena ses hommes d'armes.
La ville était à nous... Nos valeureux guerriers
N'avaient plus qu'à marcher par la brèche formée,
Quand un boulet frappa le chef de notre armée
Au moment de cueillir ses plus brillants lauriers....

Le brave Damrémont est tombé dans la plaine....
Ne pleurons pas sa fin.... D'un honorable éclat
Elle couvre sa vie, hélas! déjà si pleine
            D'honneurs, de gloire et d'apparat....
Ainsi que Duguesclin, et Bayard et Turenne,
Il vient de succomber de la mort d'un soldat.
Bayard eut un Nemours, Turenne un Saint-Hilaire;
Damrémont eut aussi Nemours et Perregaux.
Quand Duguesclin alla dans la nuit des tombeaux,
La ville, où fut le but de ses derniers travaux,
Vint déposer ses clefs sur son lit funéraire,
Et Damrémont dormait de l'éternel repos
Quand son corps mutilé sur l'arène guerrière
Entra dans Constantine orné de nos drapeaux....
Son destin est plus grand.... il est digne d'envie....
Que cette mort est belle après tant de hauts-faits!!!
Heureux pour son pays qui perd ainsi la vie!....
        Les héros ne meurent jamais.

                            HECTOR TOURNILHON. *

* M. Hector Tournilhon, officier au 67e régiment de ligne,
est bien connu des Dunkerquois, car il a pendant plus de deux
ans tenu garnison dans notre ville. Ce littérateur, que distinguait l'esprit le plus agréable et le plus fécond, a trouvé, depuis lors, sur le sol d'Afrique, une mort regrettable. Toutes
les poésies qu'il a composées ont vu le jour à Dunkerque; et
c'est à ce titre que nous croyons pouvoir en faire figurer
quelques-unes dans notre recueil.

PREMIERS RÊVES.

—

1840

—

I.

Dès que je vis combien la noble poésie
Sait mêler de vigueur, d'éloquente énergie,
Et de grâce à la fois dans ses nobles accens,
Dès que je vis briller le flambeau de mon âme,
Et qu'un regard de Dieu vint fondre, douce flamme,
    La glace de mes premiers ans ;

Dès qu'enfin je saisis l'enivrante parole
Que module le barde, à la voix souple et molle,
Et qui si bien résonne à l'oreille du cœur;
Dès qu'un sylphe secret tout bas m'eût venu dire
Combien ce beau langage est empreint de délire,
    De charme puissant et vainqueur;

Un désir fugitif, une vague harmonie
Remua tout mon être, habita mon génie ;
J'entendis comme au loin des lyres qui chantaient...

Mais je ne savais pas écouter mes pensées ,
Ni maîtraiser encor leurs ondes insensées ,
     Ni dire ce qu'elles étaient !

— Car un moment arrive où l'enfant devient homme ,
Où le rêve naissant, rapide et gai fantôme ,
Plisse son front , lui montre un avenir d'espoir ;
Où de mâles soucis bouillonnent dans sa tête ,
Où son cœur, mer fougueuse , a ses flots , sa tempête ,
     Son ciel d'azur et son ciel noir !

Or, quand j'eus secoué mes enfantines chaînes ,
Quand mon sang tout en feu palpita dans mes veines
Et battit ma poitrine avec plus de chaleur,
J'aimai la poésie et son accord suprême
Comme la douce voix de la femme qu'on aime
     Ou la caresse d'une sœur.

Des poètes surtout je chéris la lecture :
Mon âme avait besoin de cette nourriture...
Et souvent , en silence , elle osait admirer
Les chants mélodieux des modernes Orphées ,
Que le peuple à genoux vient charger de trophées ,
     Que l'univers vient adorer.

J'aimais, dans les transports d'une extase divine ,
A suivre pas à pas soit Corneille ou Racine,
Noms que livra la Gloire à l'Immortalité ;
J'aimais les chants hardis de Hugo l'énergique
Ou ceux de Lamartine , à la voix angélique ,
     Pure comme un beau soir d'été !

Et le miel de leurs voix coulait en moi, suave ;
Et leurs vers embrâsés, comme une ardente lave,
Exaltaient mon esprit bouillant de mille feux ;
Mais parfois j'enviais tant de fameux ouvrages,
Et je disais, froissant le livre aux saintes pages,
    « Hélas ! ils ont tout pris pour eux !... »

Trop tard !... il est trop tard pour que mon cœur s'abuse,
Pour qu'au festin sacré de la divine Muse
Un convive nouveau puisse s'asseoir encor ;
La Gloire, en prodiguant ses souris, sa tendresse,
Epuisa tout son feu, tous ses baisers d'ivresse
    Et toutes ses couronnes d'or.

Mais que vais-je parler de gloire et de génie,
Parce qu'un écho faible, un soupçon d'harmonie
A vibré dans mon âme et l'a fait tressaillir ;
Parce qu'un doux rayon de flamme a fait éclore
Quelques modestes fleurs sur ma terre d'aurore,
    Et que j'ai voulu les cueillir ?...

II.

Oh ! que l'homme est heureux, quand son âme vermeille
Pour la première fois pense, sourit, s'éveille
Aux fécondes chaleurs de son joyeux printemps ;
Quand les roses de vie ouvrant leurs frais calices
Inondent de pensers, parfument de délices
    Son jeune front de dix-huit ans !

Le parfum d'une fleur, le regard d'une femme

Font éclore les sens qui dormaient dans son âme,
Comme au printemps nouveau se lève un beau lys pur ;
... Oh! laissez-moi rêver, car c'est mon plus bel âge,
Et le ciel d'avenir m'apparaît sans nuage
  Avec son sourire d'azur.

Mais ceux qui plus avant ont marché dans la vie,
  Foulant un sentier de malheurs,
Qui virent s'effeuiller sur leur tête pâlie
  Leurs espérances et leurs fleurs ;
Ceux qui, pensant cueillir les roses de la joie
  Et boire le miel le plus doux,
Ont vu leurs cœurs brisés et leur jeunesse en proie
  Aux rigueurs d'un destin jaloux ;
Ceux qui, vidant les jours de leur morne existence,
  Ont eu sans cesse leur ciel noir,
Jettent leurs froids regrets, leur sombre expérience
  Comme un voile sur notre espoir !
Et tellement que nous, jeunes gens, nous qui sommes
  Radieux d'un naissant plaisir,
Nous devons, en voyant les misères des hommes,
  Douter, hélas ! de l'Avenir.
L'amour que nous voyons surgir dans notre espace
  Comme un fanal sûr qui nous luit,
On le peint comme une ombre, un éclair qui s'efface,
  Un flambeau qui s'évanouit ;
On le peint comme un Dieu malfaisant qui déchire,
  Qui torture avec cruauté...
Et déjà nous craignons l'amour et son sourire
  Et sa céleste pureté !
— Puis cette Poésie, humble et pudique amante,
  Qui nous rit et nous tend la main...

Il faut la fuir, dit-on , comme une mendiante
    Qu'on doit laisser mourir de faim.
Jeune homme , tu l'entends : la sainte Poésie
    Est un penchant triste et fatal
Qui ne donne à Gilbert , pour payer son génie
    Que la fièvre, un lit d'hôpital ;
Jeune homme , tu l'entends : l'Amour c'est la souffrance,
    Le chant du luth c'est la douleur ;
Dis : où sont maintenant tes rêves d'espérance
    Et tes longs pensers de bonheur ?...

Mais le monde du moins nous invite à ses fêtes
    Et nous appelle à ses banquets ;
Il vient, jetant des fleurs pour en parer nos têtes ,
    Nous offrir ses brillans hochets !
C'est beau , dit-on , le bal quand l'éclat des bougies
    Rend à la nuit les feux du jour,
C'est beau , quand le vin coule au milieu des orgies
    Pétillant d'écume et d'amour !
— De près , il est affreux ce beau monde, où sans cesse
    Tout est fiel , mensonge abhorré,
Où l'on vous pèse un homme au poids de sa richesse
    Et de son écusson doré ;
Où l'on court admirer toutes ces grandes dames
    Avec leur souris pâle et mort
Qui de leurs yeux ternis ont énervé les flammes
    Au reflet jaunissant de l'or ;
Qui de l'or font leur dieu, leur âme et leur idole,
    Qui demandent de l'or toujours ,
Ne livrant qu'à ce prix leur aimante parole
    Et l'ivresse de leurs amours ;
Qui s'en vont se jeter, gracieuses et belles ,

Aux bras d'un vieil et sot époux ;
Et cela !... pour avoir des robes, des dentelles,
Des parures et des bijoux !...
Le bonheur !... est-ce donc une opulence vaine
Qui donne des plaisirs si faux ,
Opulence d'un jour que la faiblesse humaine
Grave même sur les tombeaux ?..
Le bonheur !... Est-ce donc une noblesse vile
Qui n'a rien qu'un peu de fracas ?...
Est-ce la vanité d'un haut titre inutile ,
Pauvre richesse d'ici-bas?...

Moi, je suis plus heureux !...

     — Là bas, dans la prairie ,
Rositta promenait sa vague rêverie ;
Elle me vit : son œil fut humide d'émoi ;
Puis cette blonde enfant, à l'âme fraîche et pure,
Mit hier une fleur de plus à sa parure ,
  ... Et je crus que c'était pour moi.

Benj. Kien.

LES DUNES DU NORD DE LA FRANCE,

LEUR PASSÉ ET LEUR AVENIR

—

1856

—

> Enfants déshérités des flots et de la terre,
> Nous n'avons rien de ce double élément,
> En vain nous demandons des eaux à notre père ;
> En vain réclamons-nous les fleurs de notre mère :
> Nous n'avons que le dénûment.
>
> *Poésie des Dunes.* PH. GUTHLIN.

En l'an 1107, un moine quittait les terres fertiles du Berry, traversait la France, et venait aux extrémités de la Flandre, au bord de l'Océan, ensevelir son existence dans la solitude et l'oubli des hommes.

Une chaîne de collines sablonneuses, arides, constamment battues par le vent et les flots, sépare la ville de Dunkerque de celle de Furnes en Belgique. Ce fut là, au milieu de ces sables, dans ces dunes, pour me servir du mot propre, que le pauvre religieux se construisit une cellule pour prier et vivre dans l'intimité de Dieu.

Bientôt le bruit se répandit qu'un solitaire vivait là saintement. Poussés par la curiosité, quelques jeunes gens allèrent visiter l'ermite. A sa vue, l'amour divin embrasa leurs cœurs ; il furent épris d'admiration pour cet homme qui savait mourir au monde pour ne penser qu'au Ciel. Ils demandèrent à rester près de lui comme des enfants soumis à un père ; cette faveur leur fut accordée, et l'humble cellule se transforma peu à peu en un monastère, qui devint à son tour une riche et florissante abbaye.

Comment cela arriva-t-il? Par le travail des religieux et les libéralités des princes. Un siècle s'était à peine écoulé depuis la fondation du couvent des Dunes, que l'abbé Nicolas de Bailleul s'écriait : *Ecclesia de Dunis est quasi mons argenteus.* En effet, il avait alors autour de lui cent vingt moines et deux cent quarante frères convers, qui tous, plein de zèle et d'activité, s'adonnaient aux travaux les plus variés. Les uns, cultivateurs, cherchaient à fertiliser les sables et les ensemençaient, les autres étaient charpentiers, forgerons, tisserands. Enfin les comtes de Flandres, et notamment Philippe d'Alsace, leur donnèrent les Moëres à dessécher, — vaste marais situé entre Furnes et Bergues, — et la direction des écluses établies sur les territoires de Furnes et Nieuport (V. *Opera diplom. Auberti Miræi*, t. III, p. 61, et t. IV, p. 211).

Heureuse combinaison! Les dunes avaient besoin d'eau pour produire, les Moëres devaient être desséchées pour être livrées à la culture. Il n'y avait donc qu'à conduire l'excédant des eaux du marais dans les sables qui en manquaient, et l'équilibre était rétabli. C'est ce que les religieux comprirent parfaitement, et le succès leur a prouvé qu'ils ne s'étaient pas trompés. En un mot, l'abbaye remplissait les fonctions d'une commission administrative d'irrigation et de desséchement.

L'eau des Moëres a fait naître l'herbe dans les dunes, car avec de l'eau on fait de l'herbe, dit un proverbe allemand. L'herbe a appelé les bestiaux, les bestiaux ont donné de l'engrais, et, comme l'engrais engendre les moissons les plus riches, la fortune est entrée dans l'abbaye, à tel point qu'un historien fait déjà remarquer le luxe et les dépenses excessives des abbés en 1265.

Et cependant, après un exemple aussi éclatant, après un si beau triomphe obtenu par le travail persévérant sur la nature ingrate et rebelle, ces mêmes collines sablonneuses sont incultes aujourd'hui! Elles sont stériles comme avant le douzième siècle!

Vivement préoccupé de la cherté des denrées alimentaires, le public se demande s'il n'est pas possible de rendre ces dunes productives. Cette question a été maintes fois agitée

au conseil municipal de Dunkerque, et M. le Sous-Préfet de
cette ville a récemment encore, au sein du conseil d'arrondissement, provoqué une solution.

Que l'on permette à un simple citoyen d'émettre à ce sujet quelques observations et de rappeler ce qui s'est fait
dans un pays voisin en pareille occurrence.

Par lettres patentes en date du 20 Avril 1775, le roi
Louis XVI a octroyé aux villes de Dunkerque et de Bergues,
la propriété des dunes comprises entre Dunkerque et la frontière de Belgique, — désert d'une étendue de quatorze cents
hectares. Le premier acte administratif de ces villes a été de
mettre en adjudication la destruction des nombreux lapins
qui habitaient dans ces garennes, circonstance à laquelle il
faut sans doute attribuer le sobriquet de *mangeurs de lapins*,
donné aux Dunkerquois, ainsi que nous l'apprend un poète
flamand du XVIᵉ siècle :

Adieu, metten conijneters van Dunkercke goet.

Depuis lors, rien n'a été fait pour la culture des dunes
jusqu'en l'an IX de la République française. A cette époque,
M. Dieudonné, préfet du département du Nord, voulut les
faire planter. « Il est reconnu aujourd'hui, dit-il dans sa
statistique, que le seul remède efficace contre les alarmants
débordements de sables mobiles des dunes, est de les fixer
par des plantations. Le pin, celui surtout connu sous le
nom de pin maritime ou pignada, le sapin, le mélèze, y
viendraient fort bien étant semés avec soin et cultivés avec
attention ; le genêt ordinaire et épineux, le hoyas, l'élème
des sables s'y plaisent ; ou pourrait donc en faire, avec succès, les semis et plantations en grand.

« Les dunes d'une partie du département de la Gironde
n'offraient aussi, dans le principe, aux yeux du voyageur,
qu'une blancheur qui fatiguait la vue, une perspective
monotone, un terrain montueux et nu, enfin un désert
effrayant ; aujourd'hui elles sont couvertes de belles et vigoureuses forêts de pins maritimes qui ont arrêté leur marche. Pourquoi n'obtiendrait-on pas des résultats aussi
avantageux dans celles du département du Nord, dont les
sables paraissent, d'ailleurs, plus propres à la végétation ?

» Déjà des essais partiels de quelques cultivateurs ont été
couronnés du plus grand succès.

» Lorsqu'on va de Dunkerque à Furnes par l'Estran, on traverse, après avoir quitté les bords de la mer, une certaine étendue de dunes nommée *Grande-Panne;* le gouvernement autrichien, à qui ce pays appartenait, l'ayant concédé à divers particuliers à charge de les cultiver, aussitôt il s'y est formé une petite colonie de pêcheurs qui est aujourd'hui un hameau assez considérable, et ces braves gens, quoique peu agriculteurs à raison de leur état, sont parvenus cependant à fertiliser ces sables arides où ils récoltent les légumes nécessaires à leurs ménages, et ils ont, en outre, planté des arbres de la famille des sapins qui réussissent assez bien. Mais, sans aller chercher des exemples étrangers, et sans sortir du département du Nord, la partie des dunes située au nord du canal de Furnes et à l'est de Dunkerque est déjà en pleine culture, et son sol est porté aujourd'hui presqu'à la valeur des bonnes terres. Le seul hameau dit *Rosenthal,* qui y est établi et qui était si beau avant le dernier siège de cette place, vient fournir presqu'exclusivement, pendant toute l'année, les marchés de cette ville de bons et excellents légumes; c'était cependant autrefois un amas de sables arides, incultes et de nul produit, comme le reste des dunes.

» J'ai déjà cité ces faits au Gouvernement, en lui exposant la nécessité de prendre des mesures promptes pour la plantation des dunes. Laissant aux hommes de l'art le soin d'indiquer les moyens les plus efficaces pour faire réussir cette plantation, je me suis borné à lui dire que la voie qui me paraissait la plus sûre pour y parvenir promptement, était de faire des concessions de parties de ces terrains à tous les particuliers qui en demanderaient : il n'y a pas de doute qu'il s'en présenterait beaucoup, notamment des pêcheurs, la partie des dunes qui borde la mer étant très-convenable pour faire des établissements de cette nature. On sait qu'en pareilles choses l'industrie et l'activité des particuliers, stimulées par l'intérêt personnel, opèrent beaucoup plus efficacement que le zèle et les soins d'agens intermédiaires, quel que soit d'ailleurs leur dévouement.

» Le fruit de ces plantations si ardemment désirées, ne serait pas seulement la fixité des dunes d'où dépend la conservation des communes voisines ; l'état y trouverait encore une augmentation de la masse d'un combustible précieux, et la culture du pays un abri contre les vents, qui, étant

brisés par les touffes des arbres, ne viendraient plus chaque
année, dessécher plus ou moins les grains sur pied et surtout les pâtures de l'arrondissement. »

L'Empereur partagea les idées de M. Dieudonné, et, le
14 Décembre 1810, il ordonna la plantation des dunes. Ce
décret n'a pas été exécuté.

On ne tenta plus d'améliorer les dunes, si ce n'est en
1824 et sans succès.

En 1841, la ville de Dunkerque jugeant la propriété de
ces sables plus onéreuse qu'avantageuse pour elle, résolut
de la vendre.

En 1844, elle renonça à ce projet et décida qu'elle serait
affermée pour dix-huit années. Personne ne se présenta pour
faire une offre convenable.

En 1850, le Conseil municipal de Dunkerque, reprenant
la question des dunes, revint au système de plantation
proposé quarante ans auparavant. Plusieurs conseillers le
combattirent par les raisons suivantes :

« On ne se rend pas compte du résultat de la dépense à
faire pour un pareil travail, dans des terrains composés de
sable pur qui se déplace journellement par l'action des vents.

» La ville possède 660 hectares de dunes. En supposant
que le cinquantième de cette superficie ait besoin d'être fixé
de suite par des plantations pour garantir les propriétés
voisines, cela donnerait une contenance réduite de 1320 ares.

» Un are contient 100 mètres carrés, et pour planter
cette superficie il faut 100 souches ou boutures, attendu
qu'on ne peut leur donner plus d'un mètre d'espace ; or, en
supposant que l'on accorde cinq francs par chaque are pour
salaire du planteur et pour le prix des boutures, on devrait
faire une dépense de 6,600 francs pour planter le cinquantième de la totalité des dunes, et pour planter la totalité
dans les mêmes conditions, la dépense s'élèverait à la
somme de 330,000 francs. * — Quelle est la personne qui,
pour cinq francs par are, voudrait entreprendre un semblable travail et rester responsable de la réussite et de toutes
les causes qui peuvent empêcher la reprise des boutures

* 700,000 francs pour la totalité des 1100 hectares.

plantées? car la ville ne pourrait, en tout cas, payer que
lorsque le bois mis en terre ou plutôt dans le sable, serait
bien repris.

» Quant à la vase du port, l'administration municipale
pourrait peut-être disposer de celle que MM. les ingénieurs
des ponts-et-chaussées ont fait transporter, il y a deux ans,
à moitié chemin de l'entrée des dunes, et dont l'importance est d'environ 450 mètres cubes ; mais ainsi que le
fait observer très-bien M. le maire dans son exposé de la
délibération du 15 Mai dernier, à quoi un pareil effort
pourrait-il aboutir, lorsqu'il est certain que cet amas de
vases est à peine suffisant pour améliorer un demi hectare
de dunes ? Il est impossible à la ville de faire ce qu'un agri-
culteur peut faire en pareil cas, et toutes les personnes qui
voudront se rendre compte de la dépense à faire pour le
transport des vases sur les dunes, le nivellement des terrains, les frais de main-d'œuvre, etc., demeureront con-
vaincues que ce moyen est impraticable et contraire aux
intérêts de la ville. » (V. Rapport de M. Waguet au Conseil
municipal de Dunkerque, sur les dunes, 1850, pages 27-28).

D'après ces considérations, le Conseil municipal de Dunkerque abandonna le projet de plantation des dunes. * Mais
l'Etat semble aujourd'hui vouloir y donner suite, et M. le
Sous-Préfet de Dunkerque en parla à son Conseil d'arrondissement, dans la session du mois de Juillet 1856.

« J'ai le regret de vous annoncer, a dit ce magistrat, que
le projet d'ensemencement de 200 hectares de dunes à l'Est
de Dunkerque, prescrit par l'administration, ne lui a pas
encore été soumis. Les ingénieurs, en me signalant ce
retard, qu'ils motivent sur leurs occupations exception-
nelles, font espérer que l'année ne s'écoulera pas sans que
ce travail soit expédié. Ils m'informent aussi qu'ils sont
autorisés à dépenser à titre d'essai un crédit de 4,500 francs
qui pourrait être employé cet hiver. Du reste, cette ques-

---

* Les dunes sont maintenant louées, mais provisoirement
et momentanément, à des cultivateurs qui y font conduire
des troupeaux de bœufs et des ânes. Ces bestiaux déracinent
le peu d'herbe qui s'y trouvent et déplacent en le piétinant le
sable déjà fixé.

tion de la mise en culture des dunes est trop importante,
comme moyen de préservation pour les terres voisines,
comme au point de vue de l'hygiène générale et du produit
possible, pour ne pas appeler la plus sérieuse attention,
non-seulement du Gouvernement, mais encore des particuliers qui, en y appliquant des capitaux importants, pourraient obtenir des résultats plus avantageux qu'on ne le
suppose généralement. Jusqu'ici les propositions qui ont été
faites à l'Etat, pour se substituer à lui, étaient trop peu
sérieuses pour être acceptées ; mais j'ai quelque raison de
penser que, dans peu de temps peut-être, une réunion
d'hommes éclairés, présentant la consistance financière
indispensable, et dont on est habitué à trouver les noms à
la tête de toutes les entreprises d'intérêt public, se présen-
tera pour réaliser une amélioration considérable que les
communes et l'Etat ne sont pas en situation d'entreprendre.
Qu'il me suffise, pour justifier cette intelligente et patrioti-
que initiative, de rappeler que la contenance des dunes de
notre arrondissement dépasse 1,400 hectares, dont 112
environ plus ou moins cultivés dans les deux cantons de
Dunkerque; le surplus reste complètement stérile par l'in-
curie des hommes plus que par la faute du sol, qui, partout
où il a été sollicité par la culture, a prouvé qu'il pouvait
donner des bois et surtout du jardinage d'une qualité excep-
tionnelle, et dont le produit, avec la facilité d'approvision-
nement des engrais par les canaux, le port et la ville elle-
même, serait illimité. »

De tous les documents officiels qui précèdent, il résulte
que les dunes peuvent être cultivées, mais que les communes qui en sont propriétaires et l'Etat lui même sont
impuissants pour diriger une telle entreprise. En outre les
chiffres énoncés plus haut, et empruntés à des calculs du
Conseil municipal de Dunkerque, prouvent combien le
système de plantation est dispendieux, d'un résultat douteux
et, dans l'hypothèse d'un succès complet, d'un produit très-
lent à recueillir.

Aussi, pensons-nous qu'il faut y renoncer et adopter celui
indiqué par M. Kümmer et suivi par le gouvernement belge,
quand il s'est agi de livrer à la culture les sables de la
Campine, contrée inculte qui touche aux frontières de la
Hollande. « On ne peut, a dit l'ingénieur belge, former de

la Campine * une vaste forêt. Semblable création serait une faible amélioration de l'état actuel des choses. Les capitaux qui y seraient employés se trouveraient, par la suite, singu-lièrement compromis. C'est cependant la seule amélioration produite jusqu'à ce jour par les ventes partielles de bruyères, auxquelles se sont enfin résolues quelques communes. Ne pouvant ou ne voulant faire les avances pour la création de fermes, les acquéreurs se sont arrêtés à planter, et presque généralement même, à semer du sapin.

« On ne peut, d'autre part, donner à la culture des céréales un trop grand développement; le défaut d'engrais s'y oppose, et ici la présence même de communications navigables est un moyen impuissant pour se procurer les engrais en quantité suffisante et à des prix qui en rendent l'emploi favorable....

» Il faut, selon notre opinion, créer des prairies; non comme accessoire ordinaire d'une culture quelconque, mais bien comme principe unique de végétation, comme le seul agent efficace de l'action active et vigoureuse duquel dépend le défrichement général des bruyères, le développement que réclame son importance.....

» C'est dans l'emploi d'un système raisonné d'irrigation que nous faisons consister toute la prospérité future de la Campine....

» L'irrigation est une amélioration permanente du fonds; elle forme la base de la valeur positive de la propriété; elle est bonne et utile dans toutes les contrées, sous toutes les latitudes. »

On le voit, le système de M. l'ingénieur Kümmer pour fertiliser un terrain sablonneux, est le même que celui pratiqué, il y a sept siècles, par les moines de l'abbaye des dunes. Nous concluons de cette coïncidence que l'eau doit être ici, comme dans la Campine, l'agent fécondant, car la nature des deux terrains est la même. Il faut donc établir

---

* « La presque totalité de ce territoire consiste en vastes et arides bruyères ou en marais tourbeux... Le terrain se com-pose généralement d'un mélange de sable quartzeux et de terreau dans des proportions variables; on y rencontre par-fois de l'oxide de fer... La seule production du sol est la bruyère. »   KUMMER.

dans les dunes de Dunkerque comme dans les sables de la Campine des canaux d'irrigation.

« L'établissement des canaux, continue M. Kümmer, auquel sera due la possibilité de créer des prairies artificielles, favorisera de plus l'exportation des produits et permettra ainsi de semer et de récolter au-delà des besoins de la consommation; cette consommation deviendra elle-même beaucoup plus considérable, en raison de l'augmentation de la population, dont l'accroissement est indubitable, car il ne sera que le résultat du mouvement commercial, conséquence immédiate de l'établissement des canaux. Le sol de la Campine (et des dunes) ne sera plus un désert inhabitable; la possibilité de se procurer les choses nécessaires à la vie, les matériaux indispensables pour les constructions, la possibilité de créer et d'exporter, y attireront le colon et opéreront indubitablement sur cette localité un déversement de la population nécessiteuse des deux Flandres......

» Pour être efficace, pour être praticable, la création des prairies artificielles ne peut être abandonnée à l'industrie particulière : c'est à la solution de cette question que doit s'attacher la sollicitude, la protection du Gouvernement, je dirai même son intervention plus ou moins directe. »

On ne doit pas conclure de ces dernières lignes que l'Etat devrait cultiver par lui-même. Non, M. Kümmer ne demande au gouvernement que les travaux d'utilité publique qui peuvent faciliter la culture des sables ; mais quant à la culture proprement dite, il l'abandonne à l'industrie privée, qui, stimulée par l'intérêt personnel, cherchera toujours à en retirer le plus grand profit possible. Alors, une société ou une seule personne deviendrait propriétaire ou locataire des dunes, à charge de les rendre productives ; et dans ce cas, il est probable qu'elle les louerait ou sous-louerait à un grand nombre de particuliers.

Voyons maintenant quels seraient les travaux d'utilité publique que l'Etat aurait à faire exécuter et ce qu'ils coûteraient :

D'après M. Kümmer, ces travaux devraient consister en terrassements, en canaux, en chemins, en ponts, en cascades, rigoles, buses, aquéducs, et coûteraient 137 fr. par hectare.* Au moyen de ces œuvres d'art et d'une distribution intelligente des eaux on parviendrait à arrêter la mobilité du sable.

Celui qui entrerait en possession des dunes ainsi préparées et voudrait les rendre fertiles, aurait à dépenser encore par hectare 684 fr., y compris le prix d'acquisition du terrain, s'il en est acquéreur.

Ainsi, moyennant 1,149,400 fr., dont 191,800 fr. à supporter par l'État, et 957,000 fr. par l'acquéreur ou le fermier des dunes, cette étendue de sable pourrait être, au bout de deux à trois ans, livrée à la culture régulière, et chaque hectare vaudrait alors de 16 à 1800 fr., c'est-à-dire le double de la somme dépensée.

Tel est l'avantage du système d'irrigation sur celui de la plantation. Mais où aura-t-on de l'eau pour irriguer les dunes? — Je réponds : Le canal de Furnes à Dunkerque la fournira en abondance.

Les dunes, une fois pourvues d'eau douce, on y appellera, comme ont fait les moines d'autrefois, des laboureurs, des laitiers avec leurs bestiaux, des jardiniers, des forgerons, des maçons, des charpentiers, des tisserands, des marchands, tous les ouvriers qui travaillent à rendre la vie facile. Ils y viendront avec leurs femmes et bâtiront des maisons; ils y créeront la famille domestique, ensuite la famille communale. Puis, à cette nouvelle agglomération de population, on donnera une église, une mairie, une école, et une nouvelle commune sera née à la France!

Ce sera un beau village aux prairies émaillées de fleurs, où s'établiront d'élégantes villas, où l'on viendra respirer l'air embaumé des champs et l'air pur et frais de la mer!

Alors les dunes n'inspireront plus au poètes ces vers mélancoliques :

---

* On comprendra que nous n'entrons pas dans les détails des travaux à exécuter; c'est là une question dont la solution est laissée aux hommes de l'art. — Nous devons faire remarquer aussi que dans la somme de 137 fr. par hectare, n'est pas compris le prix d'achat des terrains dans lesquels il faudrait creuser les canaux qui viendraient s'alimenter au grand canal de Dunkerque à Furnes.

Si peut-être, en vos cœurs, fleurit quelque beau rêve
Qui toujours recommence au moment de finir,
Allez le porter sur la grève ;
Et confiez au flot qui s'incline et s'élève
Vos indécis pensers d'amour et d'avenir.

Mais si votre âme a bu le fiel des infortunes,
Si l'aspect du sourire augmente vos douleurs,
Alors laissez vos pas s'égarer dans les dunes :
Là règne un deuil muet qui respecte les pleurs.

Là, le malaise amer dont une âme est saisie
Aspire, avec le vent qui souffle dans ces lieux,
Le charme âpre et mystérieux
De leur profonde et sombre poésie.

Car, en voyant ce désert nu,
Composé de collines mornes
Qui vont se perdre à l'horizon sans bornes :
On croit voir les tombeaux d'un grand peuple inconnu.

C'est une immense solitude
Où, dans les sables croupissants,
Rampent les spectres jaunissants
De la décrépitude.

C'est aussi comme le miroir
Où se peignent les traits de quelque âme isolée,
Qui regarde le ciel et reste désolée ;
Qui boit les feux du jour et les larmes du soir
Et néanmoins demeure aride ;

Et qui laisse, à ses pieds, chanter le flot limpide,
En gardant le silence avec le désespoir.

Et quand même parfois ce désert monotone
Chante, avec l'ouragan qui le vient labourer,
  Avec l'insecte qui bourdonne
  Ou l'alouette qui fredonne :
C'est un chant que le deuil peut seul bien savourer.

Car voici ce que dit la voix de ces collines
Que le Seigneur parut maudire en les créant :
« Malheur, malheur à nous, arides orphelines
  De la Terre et de l'Océan !

» Enfants déshérités des flots et de la terre,
  Nous n'avons rien de ce double élément.
En vain nous demandons des eaux à notre père ;
En vain réclamons-nous les fleurs de notre mère :
  Nous n'avons que le dénûment.

  » L'onde azurée a le murmure,
  La fraîcheur et la liberté ;
  Les campagnes ont la verdure,
  Les fleurs et la fécondité ;
Mais nous, nous n'avons rien, ni richesses ni charmes ;
  Rien que parfois les froides larmes
  D'un nuage compâtissant,
  Comme l'aumône d'un passant.

» A peine le printemps nous donne-t-il l'ombrage
D'arbustes épineux et frappés de pâleur ;

A peine des chardons nous offrent-ils l'image
D'un peu d'espoir, vivant même au sein du malheur.
    Ces tristes lambeaux d'existence
    Font seulement contraster mieux
    La laideur de notre indigence
    Auprès de la splendeur des cieux.

» Et si, durant l'été, nous tissons la corolle
De quelques pauvres fleurs qui daignent nous aimer,
C'est le rêve d'amour, le seul qui nous console;
C'est bien le seul bonheur qui nous vienne embaumer.

» Hélas! il dure peu. Bientôt le vent d'automne
Emporte l'alouette et glace le grillon.
Et les fleurs, dont l'amour était notre couronne,
Ne veulent pas survivre au dernier papillon.

    » Alors notre mélancolie
Se change en désespoir morne et silencieux.
Ou bien, dans les accès d'une sombre folie,
Nous jetons notre sable aux quatre vents des cieux! »

Voilà ce qu'on entend quand, assis sur la dune,
    On est rêvant comme sur un tombeau,
A l'heure où, dans le ciel, le croissant de la lune
    Semble être un funèbre flambeau.

Mais quand on réfléchit aussi que dans le monde,
    Mainte misère est plus profonde
    Que l'abandon de ces lieux désolés;
Quand on songe aux regards qui dans les pleurs s'éteignent,

Aux esprits dans le doute, aux mille cœurs qui saignent
    Et devraient être consolés;

Alors, si l'on est homme, on se fait la promesse
De chercher quelque part une obscure détresse
Que l'on puisse éclairer d'un rayon de bonheur.
Et jaloux de bien faire, aussitôt l'on se lève;
Et l'on bénit la place où l'on a fait un rêve
    Qui fortifie et rend meilleur.[*]

Non, tels ne seront plus les pensers du poète quand il
verra la vie sociale animer ces dunes aujourd'hui si tristes
et si abandonnées. Mais si jamais on leur applique le système
d'irrigation que je propose, il pourra dire un jour avec un
autre poète, M. N. Martin, qui, lui aussi, a foulé ces sables
arides :

    S'il est un jour de fête au monde;
    Un jour d'azur et de soleil,
    C'est le jour où la moisson blonde
    Tombe sous le tranchant vermeil.

    La récolte riche et superbe
    Promet à chacun son trésor.
    La veuve y trouvera sa gerbe
    Et l'orphelin son épi d'or.

    Combien d'indigents, sous leurs chaumes
    Vont rapporter, contents de peu,
    Un cœur moins haineux pour les hommes
    Et plus reconnaissant pour Dieu!

[*]Ces vers sont de M. Ph. Güthlin, professeur d'allemand au
collège de Dunkerque.

Ta sueur est sainte et féconde,
Laboureur au front sillonné,
C'est ta main qui nourrit le monde,
Par toi le pain nous est donné.

Royauté pacifique et douce,
Tes conquêtes sont les moissons ;
Ton trône, un peu d'herbe et de mousse ;
Tes ordonnances, des chansons.

Le nouveau village qui s'élèverait dans les dunes, je le nommerais d'un nom emprunté à la langue que parleront ses habitants, c'est-à-dire, à la langue flamande qui a donné un nom à Dunkerque (Église des Dunes) et au Rosendael (Vallée aux Roses), comme à toutes les localités du littoral du Nord ; ce village je le nommerais *Sandhove*, le Jardin dans les sables.

En résumé, — puisqu'aujourd'hui il faut tout résumer en chiffres, — les dunes auront coûté à l'Etat et aux particuliers 1,149,400 fr. ; après dix ans elles rapporteront à ces derniers au moins 112,000 fr. an. Mais ce n'est pas là le seul avantage qui découlera de la fertilisation de ces sables. Six mille habitants y seront nourris et moralisés par le travail, et la richesse territoriale de la France augmentée !

Louis De Baecker.

APPENDICE.

Le 29 Août 1856, j'ai soumis au Gouvernement français le système d'irrigation exposé dans les pages qui précèdent.

Le 15 Septembre suivant, S. E. M. le Ministre de l'agriculture, du commerce et des travaux publics m'a fait l'honneur de m'adresser la lettre suivante:

« Monsieur, j'ai l'honneur de vous informer que, par dépêche en date de ce jour, j'ai transmis à M. le Préfet du Nord, pour avoir son avis et celui de MM. les Ingénieurs, la pétition que vous m'avez fait l'honneur de m'adresser à l'effet d'obtenir que l'État fasse exécuter des canaux, chemins et autres travaux hydrauliques pour la fertilisation et la mise en valeur des dunes de Dunkerque et de Bergues.

» Dans le cas où vous auriez de nouvelles observations à présenter, vous voudrez bien les adresser directement à M. le Préfet.

» Recevez, monsieur, etc. »

UN CHANT A BAZZINI.

—

1852

—

Artiste aimé de tous, homme chéri des cieux,
De quel nom t'appeler, quand tu viens en ces lieux
Ajouter une fleur à mille autres couronnes,
Exciter en nos cœurs ce que partout tu donnes:
Le délire, l'extase et les ravissements ;
Subjugant notre esprit, l'arrachant aux tourments
Dont cette vie, hélas! est toujours parsemée ;
Heure à jamais bénie, où notre âme charmée
Goûte d'un bonheur pur les doux enivrements.

Frénétiques bravos, bruyants trépignements,
Préparez vos accords, saluez le grand maître
Qui, dans ce temple encor, ce soir doit apparaître ;
Redoublez vos transports, et, par mille moyens,
Dites-lui de nos cœurs les charmants entretiens,
Que comme un doux espoir, comme un chant d'allégresse,
On voudrait écouter et redire sans cesse.
Mais qu'entends-je ? Déjà, quels suaves accents
Saisissent mon oreille et charment tous mes sens ?

Est-ce une illusion? Est-ce de la magie?
De mes esprits confus est-ce une rêverie?
Quels prodiges nouveaux! quels sons délicieux!
Est-ce d'un Séraphin le luth harmonieux?

Oh! non: je ne dors point, je vis, je sens, je veille;
De la création j'entends une merveille;
Un être aimé de Dieu, que son souffle divin
Remplit, anime, embrase et qui s'épand sans fin
En sons doux, gracieux, que la corde sonore
Reporte à notre oreille et qu'on écoute encore,
Lors même qu'a cessé le chant harmonieux
Que vient de nous donner l'ange venu des cieux!

O toi divinité! Suprême intelligence!
Où va, s'arrête donc ta bonté, ta puissance?
Est-ce pour nous charmer par une illusion
Que tu voulus créer tant de perfection?
Veux-tu qu'en ce délice où notre âme se noie,
Elle goûte un instant cette céleste joie
Qu'éprouvent près de toi les saints et les élus,
Mais qui sont ici-bas aux mortels inconnus;
A moins que, parmi nous, et comme aujourd'hui même
Sur un de tes enfants ta puissance suprême
Etalant à nos yeux, à tous nos sens surpris,
D'un talent tout divin les charmes infinis;
Et, par des traits si beaux qui tiennent du prodige,
Des célestes concerts nous donnent le prestige.
O mortel tant aimé des hommes et des cieux,
Merci pour cet instant, il fut délicieux.

Ami, si quelquefois, dans ta course rapide,

Une épine t'effleure et provoque une ride ;
Si l'envie, au cœur sec, au regard terne et creux,
Te jette son venin et son regard affreux,
Si, dans ton bel été, parfois gronde l'orage,
Sur l'infidèle mer si tu crains le naufrage,
Ah ! chasse loin de toi la terreur, le souci,
Mille voix, au Seigneur, montent pour Bazzini.

PAULINE VERMERSCH.

L'HEUREUSE SANTÉ.

CONTE.

—

1825.

—

Vraiment, Damon, je vois à ton maintien
Que la santé va mieux. — La goutte me tourmente,
    L'asthme me tue et mon catharre augmente ;
Mais du reste, merci, je me porte assez bien.

VICTOR SIMON.

—

Je rêvais de bonheur à toute heure du jour.
Que j'aime de ces temps la douce souvenance !

Malgré l'heure froide et le vent,
Au matin que j'allais souvent
Voir le soleil mêler à l'onde
La pourpre et l'or dont il inonde
La vague au long reflet d'argent !
Que j'aimais à voir du rivage
L'heure trompeuse du mirage
Quand la brume quitte les eaux !
J'aimais, à bord de nos vaisseaux,
Le tambour à l'écho sonore,
Le canon saluant l'aurore,
Et qui va mourir dans les flots !

Ainsi qu'un lac d'azur, quand la mer était belle,
J'aimais, dans ma vive nacelle,
A fendre le flot en ramant ;
Et puis, éloigné de la grève,
Sur la lame qui nous soulève,
A fuir ma chaloupe en nageant !

Au soir, avec de jeunes filles
Au front si blanc, au teint si frais,
Que mes regards étaient distraits ;
J'aimais à chercher des coquilles ;
Et quand, par de nombreux soupirs,
Mon regard devenait humide,
Je courais ; ma course rapide
Éteignait le feu des désirs.

Pagination incorrecte — date incorrecte

NF Z 43-120-12

Auprès de ces débris que la vague dépose
Sur ce sable si fin où le pied qui se pose
Ne laisse point de trace, oh! j'aimais à rêver!...
Que de rêves d'amour qui viennent s'achever
Sur cette froide grève où la vague qui roule
Laisse, en passant, un mât déchiré par les flots,
Une fraîche coquille arrondie, et qui moule
La lame, en apportant des débris de vaisseaux!

Que j'aimais l'algue verte
Que la mer en fuyant
Nous jette découverte
Sur le sable ondoyant!
Quand le flot se retire
En la laissant à nu,
Honteuse, elle soupire
D'être au premier venu.

J'aime l'algue; il me semble,
Lorsque le flot s'en va,
Qu'elle se cache, et tremble
D'être comme cela,
Par le flot déposée,
Toute nue, exposée
A l'œil qui la veut voir.
On dirait vers le soir
Une femme timide
Qui s'échappe du bain,
Et qui n'a que sa main
Contre un regard avide...

Autrefois que j'aimais le chant des matelots

A l'heure de quitter la plage ;
Autrefois que j'aimais, assis sur le rivage,
Voir à mes pieds mourir les flots !

Alors j'étais heureux ; je parlais d'espérance,
Je regardais le ciel, d'un doux regard d'enfance,
Et mon cœur était plein de pensers de bonheur !
Je demandais à Dieu de me donner un ange
Pour me guider ; et moi, j'apportais en échange
De son divin regard, l'avenir et mon cœur !
Alors j'étais heureux ; j'étais comme un pilote
Qui fixe son étoile, et, la quittant des yeux,
Laisse porter au vent son beau vaisseau qui flotte,
Et s'endort sur la foi des cieux.

Maintenant, comme lui frappé par la tempête,
Sans une étoile aux cieux pour me guider ; soudain,
Quand j'ai voulu saisir la barre de ma main,
Ma barque talonnait, et la mort était prête
Se tenant au rocher ; je m'efforçais en vain...
Le flot qui va toujours me posa sur la grève,
Et dès lors je fus seul. Et mon songe d'espoir,
Ce long rêve d'amour commencé chaque soir,
Sur un lit d'algue verte il est là qui s'achève !...

Bᵒⁿ COPPENS DE NORDLANDT.

DÉCOURAGEMENT.

A L'AUTEUR DES ALGUES.

—

1844

—

> Et bien souvent dans ma longue tristesse
> J'ai désiré le jour qui part sans lendemain.
> Baron COPPENS (*Déception*).

Ainsi qu'un nuage éphémère
S'efface et se dérobe aux yeux ;
Ainsi qu'une vapeur légère
S'élève et se perd dans les cieux ;
J'ai vu ma rapide jeunesse
Comme une ombre s'évanouir ,
Mon été touche à ma vieillesse ,
Ma tête qui blanchit me laisse
Sans un rêve pour l'avenir.

Comme la feuille languissante
Que détache le tourbillon ,
Comme la moisson jaunissante
Qui dorait hier le sillon ;
Comme ces fleurs si tôt fanées

Qu'un soleil flétrit sans retour,
J'ai vécu!! Mes belles années
Ont passé comme passe un jour.

Et j'irais regretter la vie !
Pour troubler mes derniers instants
J'irais, par une folle envie,
Navrer mon cœur de noirs tourments !
Non ! L'espérance est un mensonge
Qui m'abusa dès mon berceau ;
C'est une illusion , un songe,
Que tout homme aveugle prolonge
De sa naissance à son tombeau !!

Bien long-temps j'ai cherché des amis, une femme ;
D'amour et d'amitié j'ai voulu m'abreuver ;
Mais ces rares trésors que convoitait mon âme,
      Hélas ! je n'ai pu les trouver.

Jeune encor, j'ai senti que j'étais né poète,
Et j'ai rêvé souvent, aux jours d'illusions,
La gloire pour mon nom , les lauriers pour ma tête,
      Pour mon âme les passions.

Les seules passions en leur temps sont venues
A mon appel m'offrir de délirants combats ,
Et des élans de feu de leurs poitrines nues,
      Elles m'ont brûlé dans leurs bras.

Pour elles je croyais avoir des jours sans nombre ,
Et d'éternels baisers, et des forces sans fin ;

Mais de moi-même, hélas ! je n'étais plus que l'ombre,
Quand je me suis vu seul au quart de mon chemin.

Elles m'avaient trahi : j'ai demandé ma route
A ce que dans le monde on appelle amitié ;
Mais sur ce sol ingrat j'ai récolté le doute,
Car on ne m'a donné qu'une froide pitié !

Alors, un seul espoir vint encor me sourire,
Et je redemandai des concerts à ma lyre,
Des accords à ma voix et des vers à mon cœur.
Mais pendant son repos, ma voix s'était perdue ;
Ma lyre, à mon chevet, trop long-temps suspendue,
        N'eut plus de chants pour ma douleur.

Et vingt fois je repris ma route délaissée,
Ma route, sous mes pas par mes pleurs effacée ;
Toujours je m'égarais lorsque tombait le soir.
Le lendemain toujours ressemblait à la veille,
Et j'entendis enfin s'éteindre à mon oreille
        La voix qui me disait : espoir.

Ainsi le nautonnier qui vit dans la tempête
Les vagues en courroux engloutir son vaisseau,
A peine dans le port, prend courage et s'apprête
        A braver un danger nouveau.

L'ancre est levée, il part ; oublieux du naufrage,
Il se confie encore à l'élément jaloux ;
La fortune l'attend à la lointaine plage,
        Il espère des flots plus doux.

Mais l'Océan mugit, mais dans dans les airs approche
L'ouragan dont le souffle évoque le trépas;
Le navire égaré se brise sur la roche ;
  Le nautonnier n'échappe pas. . . .

Comme lui, quand je fais naufrage
En proie à la fureur des vents,
Et que je n'ai plus en partage
Qu'un tombeau parmi les vivants;
Irai-je, ennemi de moi-même,
Disputant ma vie à la mort,
Saisir, en ce moment suprême,
Un débris pour rentrer au port?

Non. Que la mer en ses abîmes
En m'engloutissant pour toujours,
Me joigne aux nombreuses victimes
Dont elle a dévoré les jours ;
Ou que la vague, en son caprice,
Me porte d'un élan propice
Vers le rivage et le secours ;

Ma voix ne fera plus entendre
Le souffle qui lui reste encor ;
Je ne ferai rien pour défendre
Ce vain souffle, comme un trésor.
Au destin désormais je laisse
Tout le soin de me secourir ;
Qu'il décide dans sa 'sagesse
S'il faut vivre encore ou mourir !!

     G. FLEURY.

LA SULTANE FAVORITE.

ORIENTALE.

—

. A MADAME G.

—

—

1840

—

I.

Au harem de Stamboul Zuléma triomphante
Voit l'amour couronner les songes qu'elle enfante ;
L'opulence et l'orgueil dorent ses jours heureux ;
Et le sultan Raschid, vicaire du prophète,
    Mire son âme satisfaite
Dans son œil noir que voile un nuage amoureux ;

Pour combler Zuléma de mollesse et de joie,
Damas file un tissu de la plus belle soie ;
Médine a ses parfums ; Badgad a ses tapis ;
Le duvet somnolent dans l'alcove s'étale ;
    Et sous la plume orientale,
Les bruits légers des pas semblent même assoupis.....

Les fruits, les pommes d'or et les grappes vermeilles
Pour l'heureuse beauté s'épanchent des corbeilles ;
Les mets les plus exquis garnissent les plats d'or ;
Et l'on dit que parfois (ô secret redoutable!)
  Malgré le Koran respectable,
Le vin de Ténédos la rend plus belle encor.

Le diadème brille en ses cheveux d'ébène :
Pour flatter ses désirs, que d'esclaves en peine !
Maudit qui lui déplaît,., sa tête roulera !
Zuléma fait un signe ; et l'eunuque stupide
  Obéit d'un geste rapide :
Il lance un corps inerte aux flots de Marmara,

Agas, spahis, visirs, et les pachas eux-mêmes
Jusqu'à ses pieds mignons courbent leurs rangs suprêmes ;
Elle les fait plier sous ses regards vainqueurs ;
Les filles du harem, jusque-là sans égales,
  Etouffent leurs clameurs rivales.,.
L'encens fume au boudoir ; la rage est dans les cœurs !

Allah ! c'est la sultane, et c'est la favorite !
Sa gloire impérissable en cent lieux est écrite ;
Pour les autres beautés, Raschid n'a que mépris :
La frivole Stamboul chante la reine fière ;
  Et le muphti, dans sa prière,
Voit briller la divine au milieu des houris.

La vive Zuléma, née au sol de la France,
Au palais des sultans règne avec assurance ;
Elle n'est point l'esclave aux dociles amours ;
Le caprice volage embellit son empire ;

Elle rit, frissonne et soupire ;
Et son regard flatteur vous adule toujours.

La France la vit naître en ses rives lointaines,
Mais elle cueille ici des faveurs plus certaines :
L'amour d'un grand seigneur, l'hommage des visits ;
Et l'écume des mers follement l'a posée
      Aux bords d'une plage arrosée
Par les yeux de l'aurore et le flot des plaisirs.

Son enfance rêvait les gloires musulmanes,
L'Orient parsemé de grandeurs ottomanes,
L'esclavage des cours et ses pâles hasards ;
Fuyant son beau pays et sa mère adorée,
      Elle a nié la foi jurée ;
Elle s'est mélangée aux vierges des bazars !

Allah ! pour mieux choyer la déesse étrangère
On méprise aujourd'hui la sirène légère
Bacchis..... que Praxitèle eut faite sa Vénus ;
L'attique est son berceau.... l'amour est sa patrie !
      Son œil est bleu de rêverie,
Et le ciseau des dieux a poli ses bras nus.

On a même oublié les filles du Caucase,
Près desquelles naguère on vivait, plein d'extase ;
Celles qu'au poids de l'or vous livraient les marchands ;
Les vierges de Tifflis, aux ardentes narines,
      Et les Circassiennes divines
Que l'Asie au ciel d'or fait mûrir dans ses champs.

Allah ! le fier Raschid n'en adore plus qu'une,
Celle que le harem poursuit de sa rancune,

Zuléma, la Française ; et tout cède à ses lois ;
Sous le culte d'Omar la chrétienne aime à vivre ,
    Et le souverain qu'elle enivre
Est surpris d'obéir, lorsqu'on tremble à sa voix....

II

L'orgueilleuse triomphe, et ne voit pas l'orage ;
Mais chacun l'espionne avec un froid courage ;
Et l'œil de sa rivale a du poison qui mord.
Tu ne dors plus aux bras de la France paisible...
    A Stamboul, la ville inflexible,
Une injure à l'époux se venge par la mort.

Et l'infidélité... c'est une larme, un rêve,
Un voile qu'au hazard la sultane soulève,
Un bouquet qui s'effeuille aux pieds d'un jeune émir ;
Un mot, que le soupir fait rouler dans l'espace,
    Que sais-je?... une brise qui passe !
Le sultan veut qu'on l'aime, il défend de gémir.

On sait que, l'autre jour, près de la jalousie,
Le jeune et bel Osman chanta sa poésie ;
Zuléma l'aperçut de son regard coquet ;
Pensive, elle aspira la molle ritournelle ;
    Et la sultane criminelle
Osa lever son voile, et jeter son bouquet !

On sait qu'elle a parlé d'Osman à ses compagnes ;
Et qu'elle aime à le voir bondir vers les campagnes,
Effleurant les sillons qu'il rase de ses pas ;
Puis, quand le jeune émir vient saluer la reine,

La douce et bonne souveraine
Le suit d'un œil humide, ou lui parle tout bas!

On sait qu'Osman, bravant le fer et l'anathème,
Dans le chant qui roucoule a murmuré : Je t'aime,
Et couvé le bouquet d'un baiser frémissant...
Tremble! Raschid sait tout! Sa colère est profonde ;
  Et l'amour joue au sein de l'onde,
Quand déjà sous l'esquif l'abîme est menaçant.

Pour la dernière fois, le maître qui frissonne
A fouillé du regard l'esclave qu'on soupçonne,
Et d'un signe fatal il marque le boudoir;
Lorsque la favorite, à ses plaisirs vouée,
  Est plus belle, plus enjouée,
Hélas!... il la quitta bien froidement, ce soir...

Dans l'ombre, entendez-vous ces rumeurs infinies?...
Quels sanglots déchirants... Dieu! quelles agonies?...
C'est Osman qui périt sous le sabre cruel ;
Raschid le fait mourir d'un infâme supplice;
  Et la sultane, sa complice,
Ne verra plus jamais l'aube éclairer le ciel!

Déjà quatre muets, d'un pas morne et farouche,
Profanant le boudoir, s'avancent vers la couche,
Où dormait Zélumà, rêvant le paradis ;
Il faut les suivre, allons! Mais quel affreux mystère!
  Quel noir pressentiment l'attère?
Pourquoi ces vils suppôts et ces apprêts maudits?...

Grâce! elle a tout compris... Grâce! elle les supplie;

La mort... pour un élan de naïve folie ;
Au souverain plus doux elle veut recourir ;
Mais en vain dans la nuit gémit sa voix rebelle.
            Raschid dort près d'une autre belle !
Et Stamboul n'entend pas les gens qu'on fait mourir !

Grâce... ô frivole espoir ! ô parole insensée !
La clémence jamais sur ces murs n'est passée ;
Du seuil de ce harem effacez le pardon.
Le plus noble pacha, quand le fellah s'avance,
            S'incline lui-même en silence ;
Et sa lèvre docile effleure le cordon.

La mer va dévorer la sultane volage,
Et déjà les muets la guident sur la plage,
Où le Bosphore apprête un murmurant cercueil ;
Elle meurt sans pitié, renégate et profane,
            Pleurant son rôle de sultane !
Loin de la belle France, et de sa mère en deuil...

Le lendemain, Raschid avait l'humeur joyeuse ;
Calme, il enveloppait d'une flamme oublieuse
L'athénienne Bacchis, folle de son bonheur...
Le harem souriait, non moins que le Bosphore ;
            Le Muphti chantait, dès l'aurore :
« Allah ! gloire à Bacchis, et gloire au grand seigneur ! »

                                        BENJAMIN KIEN.

LE PÊCHEUR D'ISLANDE.

ÉPISODE DE 1839.

—

1841

—

SISKA.

Viendra-t-il aujourd'hui, mon bien-aimé? O comme il me tarde de le voir! Combien le vent qui soufflait cette nuit avec violence m'a donné d'insomnie! Il me semblait que chaque effort de la tempête qui faisait vibrer ma fenêtre mettait en danger le navire qui porte mon cher Jean-Louis.... Mais que j'étais folle!... Ce vent qui me faisait frissonner lui était au contraire favorable et hâtait son retour.... Oh! oui, il doit l'amener au port à la marée!... Je le sens aux battements de mon cœur!...

Et, pleine d'espérance, Siska se levait et s'agenouillait devant une image de la Vierge, protectrice des marins; ses bras entouraient le verre qui recouvrait la statuette grossièrement taillée de la Mère du Sauveur, et par cet enlacement elle semblait invoquer avec plus de ferveur la gardienne des mers pour son bien-aimé. Elle sortit de cette sainte extase, et procéda lentement à sa toilette modeste, mais qui, ce jour là, ne fut pas dépourvue de coquetterie. Elle couvrit sa tête d'une gracieuse cornette dont la blancheur tranchait avec ses bruns cheveux naturellement bouclés; un sourire de satisfaction effleura ses lèvres lorsqu'elle se regarda dans la seule glace qui ornât sa mansarde, et qui, altérée par le temps, était loin de reproduire toute la fraîcheur de ses traits. Siska, sans être jolie, avait une physionomie expressive, des yeux rendus plus vifs par des sourcils touffus et bien arqués, et l'incarnat de ses joues faisait ressortir d'autant plus la blancheur de son teint. Elle n'avait pas cette taille légère que, chez les dames du monde, le lacet rend plus svelte encore : Siska était fortement constituée, et ses formes avaient acquis cet embonpoint que donne souvent un travail rude. Néanmoins, telle qu'elle était, avec son jupon de laine bleue aux amples plis, son casaquin blanc rayé de rose, et surmonté d'un simple mouchoir de coton dont les extrémités étaient retenues devant par les rubans d'un long tablier à carreaux, Siska offrait une de ces beautés vigoureuses que vingt ans rendent encore plus piquantes.

Après avoir rangé sa chambre, contemplé le dessin encadré du brick sur lequel Jean-Louis était embarqué, repassé une à une dans ses mains les six assiettes de faïence anglaise qui ornaient sa cheminée et qui étaient un hommage de son bien-aimé, Siska descendit dans la rue et prit le chemin du port. Son regard semblait interroger les matelots qu'elle rencontrait; elle eût voulu demander à tous si, d'après l'époque du départ et les vents qui avaient régné, il y avait probabilité que le navire, objet de sa sollicitude, entrât à la marée prochaine. Elle n'osait cependant, retenue par une certaine pudeur et peut-être aussi par la crainte de n'avoir point une réponse conforme à ses espérances. Elle arriva ainsi au Belvédère dont elle monta les degrés en tremblant. Là, contemplant ce vaste horison qu'elle avait tant de fois interrogé, elle aperçut au loin plusieurs voiles que son œil distinguait avec peine et que plusieurs canotiers lamaneurs cherchaient à reconnaître à l'aide d'une longue-vue. C'est une goélette, disait l'un ; — non, c'est un brick, disait l'autre : j'ai vu parfaitement le navire par le travers. Oh! comme le cœur de Siska bondissait d'espoir! comme elle cherchait à forcer ses yeux à distinguer ce point presque imperceptible que son regard fatigué n'apercevait même plus !...

Elle attendit que le navire s'approchât, flottant entre la tristesse et la joie, selon que les curieux qui se succédaient sur le Belvédère émettaient une opinion favorable ou contraire. Enfin, elle fut tirée d'incertitude: le navire arriva dans la rade, on vit distinctement ses mâts, ses vergues, ses

voiles; chacun le reconnût : c'était lui! il allait entrer à la
marée, mais il fallait encore attendre midi. Qu'importe ! elle
était sûre au moins de le revoir ! Elle descendit du Belvédère
avec vitesse, courut plutôt qu'elle ne marcha ; ses yeux,
en passant, observent le cadran du Leughenaer qui ne marquait encore que dix heures. Oh! combien elle eût voulu
avancer cette aiguille si lente pour le cœur qui attend! A
mesure qu'elle approche de sa demeure, son émotion s'ac-
croit, sa démarche se précipite. Elle est dans la rue des
Arbres... elle ouvre avec vivacité la porte de la maison
qu'elle habite, en s'écriant: Moeder! Moeder! il est là!...

MOEDER N.

Moeder N., à qui la jeune fille adressait son exclamation,
était une honnête femme, véritable type de la classe des pêcheurs si caractéristique à Dunkerque. Fille, sœur, épouse
et mère de marin, elle était accoutumée dès l'enfance aux
angoisses que l'ouragan fait naître au cœur de ceux qui
ont quelqu'un des leurs exposé aux dangers des flots. Restée
veuve jeune encore, moeder N. avait pourvu par son travail
à l'existence de ses trois enfants, dont Jean-Louis était l'aîné.
Elle avait même pu continuer à étendre sa sollicitude ma-
ternelle sur Siska, fille d'une parente éloignée, et qui était
encore au berceau lorsqu'elle perdit sa mère. Moeder N. avait
été touchée de la position malheureuse de cette pauvre orpheline, et l'avait adoptée au temps où les voyages productifs
de son époux procuraient l'aisance à son ménage. Il lui eût
été trop douloureux de l'abandonner lorsqu'elle se trouva
réduite à ses propres ressources : elle préféra s'imposer des
privations plutôt que de se séparer de cette jeune fille, dont
l'affection vraiment filiale était pour elle une si douce com-
pensation. Bien des fois pourtant sa santé l'avait obligée à
restreindre son travail ; elle s'était vue manquer alors du
nécessaire et avait eu le cœur déchiré, non de sa propre
misère, mais du dénûment où se trouvaient réduits ses pauvres enfants. Ses sentiments religieux avaient néanmoins
soutenu son courage : elle avait compris qu'elle était le seul
appui de sa jeune famille et qu'elle devait vivre et se dévouer
pour elle. Dieu lui donna confiance dans un avenir meilleur;
elle triompha de l'adversité. Sa santé, il est vrai, avait été

en s'affaiblissant et l'obligeait à plus de repos; mais Jean-Louis, son fils bien-aimé, avait grandi : robuste autant qu'actif, c'était lui maintenant qui pourvoyait en grande partie aux besoins de la famille , car les autres enfants de moeder N., beaucoup plus jeunes, ne pouvaient encore se suffire à eux-mêmes. Le ciel secondait les généreux efforts de Jean-Louis : tous les ans, à la pêche à Islande, le navire qu'il montait s'emplissait de poisson et des premiers il revenait au port. L'hiver, le jeune marin ne restait pas oisif comme la plupart de ses camarades ; il faisait la navigation du cabotage, et comme il avait une conduite rangée et qu'il ne manquait pas d'intelligence, il était recherché par tous les capitaines.

Jean-Louis avait d'ailleurs une espérance qui stimulait son zèle : élevé avec Siska, accoutumé dès l'enfance à prendre part à ses jeux, à partager ses plaisirs et ses peines, son affection fraternelle était devenue de l'amour. Moeder N. avait vu avec joie le changement que l'âge développait dans le sentiment qui unissait ses deux enfants , comme elle se plaisait à les appeler. Elle avait compris que par ce moyen l'établissement de Jean-Louis ne la priverait pas de l'assistance qu'elle en recevait, et que tous continueraient à ne former qu'une seule famille , heureuse d'une affection réciproque. Au bonheur qu'elle entrevoyait dans cette union, se mêlait la pensée qu'elle se verrait revivre dans ses petits enfants , et qu'habitant sous le même toit, elle pourrait sans cesse les voir, leur prodiguer ses caresses. Le mariage avait cependant été ajourné, parce que Moeder N. avait jugé nécessaire que Jean-Louis fît quelques économies et s'amassât un petit pécule , afin de pourvoir aux dépenses de la noce et à l'installation de la famille dans une habitation un peu moins restreinte que celle qu'elle occupait alors.

Idolâtre de son fils, moeder N. apprit avec la plus grande joie qu'elle touchait au moment de le revoir. Elle sauta au cou de Siska qui lui en apportait la bonne nouvelle, et bientôt tout le monde , endimanché, prit la route du port. Siska conduisait par la main les plus jeunes enfants de sa bienfaitrice, qui suivait elle-même, mais lentement, tant la souffrance plus que l'âge avait épuisé ses forces. Le navire entra enfin dans le port.... Jean-Louis s'élança à terre.... serra dans ses bras sa mère, sa bien-aimée.... Comment peindre leur bonheur de se trouver encore une fois réunis ! Quel pinccan décrirait la joie, le délire de ces embrassements après une longue absence! Les larmes coulaient.... les questions se succédaient, se croisaient, et ce fut ainsi pendant tout le trajet jusqu'à la ville, trajet qui, pour le marin arrivant, est une véritable marche triomphale. L'habitant des villes de l'intérieur eût été ému à ce spectacle touchant que l'habitude fait passer inaperçu à nos yeux. Il eût remarqué Jean-Louis au teint animé, à la barbe longue, aux vêtements mouillés par les vagues, marchant au milieu du groupe, et heurtant à grand bruit le sol du poids de ses immenses bottes de mer, et sa mère et la bonne Siska, chargées toutes deux de ses provisions, de ses bagages, et les enfants qui suivaient, portant aussi quelques cadeaux, quelques jouets; et tous parlant haut, interrogeant, racontant, et semblant dire à ceux qui les voyaient: c'est lui!... Le voilà!... Nous sommes heureux!...

PROJETS.

On était alors au mois de Février 1839. Le voyage que Jean-Louis venait de faire au cabotage avait été lucratif; il fut résolu par la petite famille qu'il ferait encore une campagne à Islande et qu'à son retour le mariage serait célébré. Qu'on se figure la joie des deux amants, le bonheur qu'ils se promettaient! O mon Jean-Louis! disait Siska dans un de ces épanchements pour eux pleins de charmes, combien je sens que le nouveau lien qui va nous unir accroîtra encore mon attachement pour toi! Combien je souffrirai encore plus quand le devoir t'éloignera de moi, et que j'aspirerai davantage après l'instant du retour! Mais surtout reste-moi fidèle. N'oublies jamais que tu es tout pour ta Siska, et que si, dans tes voyages, quelqu'autre femme.... Oh! l'idée seule me ferait mourir!...

— Va, ne crains rien, chasse de pareilles pensées: ne sais-tu pas, ma Siska, que c'est toi seule que j'aime, que je t'aimais déjà quand nous étions enfants et qu'un pareil amour ne saurait cesser qu'avec la vie?

— Quand tu seras absent, reprenait la jeune fille, je m'occuperai sans cesse de toi. J'ornerai notre petite chambre pour le moment de ton retour. Je me livrerai au travail avec plus de gaîté, et surtout avec plus d'ardeur que jamais, pour te surprendre par l'achat de quelque meuble nouveau ou de quelque bel habit pour toi.

— Bonne Siska!... Mais j'ai aussi des idées, moi. J'espère ne pas rester toujours simple matelot. J'ai l'espoir que l'an prochain je pourrai trouver à m'employer comme second capitaine. Il en résultera des bénéfices plus grands qui me permettront de rester quelque temps à terre, d'étudier pour me faire recevoir maître de pêche, et alors...

— Oh! oui, Jean, avec ton intelligence tu ne peux manquer de réussir... C'est cela, tu resteras une année près de moi... Quel bonheur!

— Et une fois maître de pêche, Siska, nous pourrons décupler nos petites économies. Je pourrai prendre un intérêt dans le bâtiment que je commanderai... Qui sait, peut-être pourra-t-il entièrement m'appartenir...

— Oui, oui, Jean, et alors tes bénéfices seront plus grands encore.... Nous pourrons songer à amasser pour avoir à nous une maison. Oh! une maison toute modeste! il faut si peu pour être heureux! Et puis qu'il sera doux de pouvoir donner de l'instruction à nos enfants... car Dieu nous en accordera, Jean... et nous les aimerons bien, afin qu'ils puissent nous aimer aussi... Notre fils ne sera pas marin, c'est un état trop périlleux. Nous le garderons près de nous, nous lui laisserons choisir un métier qui ne l'exposera pas à des dangers continuels. Notre fille... Oh! oui, nous aurons aussi une fille... Je l'élèverai dans la crainte de Dieu... J'en ferai une bonne ménagère... Je lui enseignerai à rendre heureux l'époux qui lui sera un jour destiné.

— Confions-nous dans l'avenir, ma Siska: avec du cœur et une bonne conduite nous améliorerons notre sort; notre petite famille grandira dans l'aisance....

— Oh! mais, Jean, nous ne quitterons jamais ta bonne mère! Nous n'oublierons jamais les doux soins qu'elle nous a prodigués, les privations qu'elle a souffertes pour nous!... pour moi surtout qui étais une étrangère, une orpheline que l'hospice eût recueillie sans sa charitable adoption! O Jean! quand je songe à ce que je dois à ta mère, mes larmes courent malgré moi...

— Excellente fille! mon cœur sympathise avec le tien. Ainsi, c'est convenu: toujours Moeder et mes jeunes sœurs resteront près de nous.

— Oh! pour tes jeunes sœurs... elles grandiront... il faudra songer à les établir aussi... Le bon Dieu nous secondera pour que nous puissions les aider... et, quand elles seront heureuses dans leur ménage, combien j'éprouverai de bonheur à penser que j'aurai pu faire quelque bien dans ma vie !

Ainsi s'écoulaient ces heures de doux entretiens où les amants aimaient à anticiper sur l'avenir qu'ils entrevoyaient pour eux. D'autres fois, moeder N. était en tiers dans leur conversation. Ils convenaient des détails de la noce. Siska aurait une belle robe en mousseline-laine, une beau châle blanc à palmes ; une forte chaîne d'or entourerait son cou ; de grandes boucles pendraient à ses oreilles... Ensuite, on inviterait les amis .. Le repas serait à la fois abondant et modeste... Il y aurait de la joie pour tous... et le soir... oh! le soir on danserait, car rien ne paraissait à Siska plus triste qu'une noce où l'on ne danse point... Comme chacun eût voulu déjà toucher à ce moment fortuné!... Et cependant, il fallait se résigner à se quitter encore... Il fallait pendant six mois au moins rester séparés. Cette cruelle pensée dissipait promptement leur félicité anticipée... Siska frémissait à l'idée qu'elle aurait bientôt à trembler de nouveau pour les jours de celui qu'elle aimait le plus au monde.

DÉPART.

Jean-Louis contracta un engagement avec le capitaine de l'un des plus grands dogres du port. Déjà l'armement s'opérait, et Siska, aidée de moeder N., s'occupait activement de la confection des effets de mer qu'il est nécessaire d'avoir si multipliés pour un long voyage dans les climats glacés du Nord. Siska apportait ses soins ingénieux aux plus petits détails, et faisait mainte innovation qui pouvait contribuer à garantir du froid son cher Jean-Louis. A mesure que l'époque fatale approchait, la tristesse se répandait dans la petite famille. On possédait moins aussi le jeune marin qui tout le jour travaillait à bord. Le dimanche, cependant, un peu de gaîté reparaissait. Les frimats commençaient à disparaître pour faire place à de beaux jours : nos amants profitaient du temps qui leur restait à passer ensemble, pour goûter le plaisir si doux qu'offre la campagne pendant ces premiers rayons d'un tiède soleil, prémices du printemps. Leur promenade habituelle était le Rosendael. C'était au jardin spacieux du *Grand-Salon*, rendez-vous ordinaire de la classe des marins et des pêcheurs Dunkerquois, qu'ils allaient se délasser pendant quelques heures des travaux et des soucis de la semaine. Dans ce lieu champêtre, où la foule se presse, où règne la joie bruyante, tout concourait à faire diversion aux réflexions pénibles de la pauvre Siska. Elle se livrait à la danse, mais avec une modestie, une retenue qui contrastaient avec l'abandon et le laisser-aller de beaucoup de ses compagnes. Elle aimait surtout à partager cet innocent plaisir avec son amant, dont la danse vive, animée, les mouvements souples et gracieux, attiraient toujours l'attention de ceux qui les entouraient. Elle était fière alors de l'espèce d'hommage que chacun lui rendait, et, en contemplant la stature bien proportionnée, la mâle figure de Jean-Louis, il lui semblait que toutes les femmes enviaient son sort. Le jeune marin trouvait du charme dans ces réunions joyeuses, mais sans partager ces libations trop multipliées, qui parfois y portent atteinte à la raison, et finissent par y rendre la joie tumultueuse et désordonnée.

Mais ces plaisirs eurent bientôt un terme : les navires destinés pour la pêche commençaient à opérer leur départ. Celui de Jean-Louis était fixé. Déjà nos amants avaient vingt fois répété le serment de s'aimer toujours, de songer sans cesse l'un à l'autre, comme si l'instant de se quitter fût déjà venu. Il n'arriva que trop tôt, hélas ! La famille reprit encore le chemin du port, mais quelle différence cette fois avec le jour de l'arrivée ! Siska, penchée au bras de son bien-aimé, semblait vouloir le retenir. Elle prit sa main et, la serrant avec effusion, elle passa à l'un des doigts un anneau d'or, symbole de leurs fiançailles. Promets-moi, mon bien-aimé, lui dit-elle à voix basse, de ne jamais le quitter. Je te jure qu'il me suivra au tombeau, répliqua Jean-Louis, en serrant tendrement le bras de la jeune fille. Chacun resta silencieux jusqu'à ce que l'on atteignit le navire : alors, le jeune marin alla prendre part aux préparatifs de l'appareillage, puis revint donner le baiser d'adieu aux êtres qui lui étaient si chers. Le navire s'éloigna enfin, et chacun suivit des yeux Jean-Louis jusqu'à ce qu'il ne fût plus possible de rien distinguer à bord. Bientôt le navire lui-même ne parut plus qu'un point à l'horison, et la famille revint, morne et abattue, en son-

12

geant combien s'écouleraient d'innombrables heures avant
que sonnerait celle du retour.

CROYANCES.

Quelle solitude régnait maintenant dans cette maison naguère si animée ? Quelle tristesse avait succédé à la joie que
répandait la présence de l'être aimé ? Plus de chants , de
causeries, de promenades ; mais le travail, les lectures pieuses, et, le dimanche, les devoirs religieux. On compta d'abord
l'absence par les jours, les semaines, puis enfin par les mois.
Le temps, en s'écoulant, ramena insensiblement l'espérance
au sein de la petite famille : Septembre arriva , et chacun
commença à se livrer de nouveau à de doux épanchements,
à s'entretenir du retour prochain de Jean-Louis.

Un soir, c'était au temps de l'équinoxe, la famille était
réunie autour d'une petite table sur laquelle scintillait la faible clarté d'une chandelle. Moeder N. filait, Siska s'occupait
de couture et les enfants étudiaient la leçon qu'ils devaient
réciter le lendemain à l'école des Sœurs de la Providence,
pieuses femmes qui consacrent leurs jours à l'instruction de
l'enfance pauvre. Le bruit monotone du rouet se mêlait à
celui du vent qui commençait à souffler avec force, et qui
rendait tout le monde triste et pensif. Bientôt l'ouragan
s'éleva avec plus de violence : les croisées mal jointes menaçaient de se briser à chacun de ses efforts, et leur craque-
ment faisait chaque fois tressaillir la famille qui , reportant
sa pensée à Jean-Louis, croyait voir son navire lutter contre
la tempête. Chacun craignait de communiquer son inquiétude
poignante pour ne pas accroître celle des autres, et gardait
le silence.

Hélas ! dit enfin Moeder N., il faisait un pareil temps lorsque le ciel, mes enfants, nous enleva votre pauvre père !

Le groupe, à ce souvenir pénible, se resserra en tremblant.

Il y a dix ans de cela, continua moeder N., et ma mémoire
se retrace tous les détails de ce terrible évènement comme
s'il fût arrivé hier.

— Je m'en souviens aussi, dit Siska.

— C'était un bien digne homme que votre père. Toi, Sis-

ka, tu l'as connu, mais ton âge ne te permettait pas encore
d'apprécier à quel point il méritait notre affection à tous.

— Oh ! si, moeder : il était si bon pour moi !

— C'était l'un des meilleurs marins du port, mon enfant ;
aimé de tous ses camarades pour son empressement à rendre service. Pendant plus de douze années il a navigué pour
le même armateur, M. ***, dont il avait gagné la confiance et
l'estime. Il est mort à son service....— Mort à quarante-cinq
ans !

Moeder N. leva les yeux au ciel en essuyant une larme.

— Je vous disais, reprit-elle, que c'était par un temps
effrayant comme celui qui règne en ce moment. Le soir,
j'étais assise auprès du feu, tenant sur mes genoux l'un de
mes enfants. C'était toi, Régina, dit-elle à sa plus jeune fille :
ta sœur dormait dans son berceau. Je songeais avec effroi,
en entendant le sifflement du vent, au danger qui menaçait
votre pauvre père, attendu depuis plusieurs jours, et qui ne
pouvait se trouver éloigné de nos parages. Mes angoisses
n'étaient, hélas ! que trop fondées ; un grand malheur s'accomplissait ! Dieu permit que votre père vînt lui-même me
l'annoncer....

— Il est venu ici ? demanda Régina toute tremblante.

— Oui, mon enfant ; non son corps, mais son âme, avant
de rejoindre le séjour céleste. Le ciel accorde quelquefois
cette faveur à ceux qui vivent dans sa sainte foi.... Il est
venu nous dire un dernier, un éternel adieu ! vous donner
encore une fois, mes enfants, sa bénédiction !

Toute la famille frissonna.

— Dans un instant, reprit moeder N., où le bruit du vent
était comme suspendu, j'entendis très-distinctement frapper
trois coups sur l'une des vitres, bien que les volets fussent
fermés...

Moeder N. s'interrompit.... Au même moment on crut entendre trois coups frappés avec force sur les carreaux de
l'une des croisées.

Toute la famille se précipita spontanément à genoux, glacée par la terreur.

— Jésus-Maria ! dit Siska, qu'est-il arrivé ?... Elle n'a-
cheva pas sa pensée...

Chacun sentait un frisson circuler dans tout son corps...
On continua d'écouter, mais on n'entendit plus que le vent
qui sifflait à travers les fentes des volets.

Le silence se prolongea. Moeder N., bien qu'atterrée elle-
même, comprit qu'il était nécessaire de dominer son émotion
pour rassurer ses enfants.

— Ce n'est rien, leur dit-elle enfin ; c'est une illusion de
notre esprit frappé du récit que j'étais à faire.

Siska secouait tristement la tête.... Elle était sûre d'avoir
bien entendu.

— C'est la peur, continua moeder N., qui a trompé nos
sens. Qu'avons-nous à redouter, d'ailleurs ? Lorsque nous
avons perdu votre pauvre père, son navire était tout près
d'ici ; la mer le brisa sur la côte, et le lendemain on en re-
cueillit les débris sur la plage. Mais Jean-Louis est bien éloigné de nous ; son navire doit à peine avoir quitté la pêche,
et il n'est nullement probable que la tempête qui nous épouvante s'étende aussi loin.

— Prions Dieu pour lui, dit Siska.

— Pour son heureux retour, mes enfants, répliqua moeder
N.; le ciel entendra nos vœux et le rendra à notre amour.

On pria long-temps en silence, et un peu de calme reparut, mais personne n'eut le courage de se coucher de toute
la nuit. La pauvre Siska surtout ne parvenait pas à bannir la
pensée d'un affreux malheur : elle était certaine d'avoir entendu ce qui, naguères pour sa bienfaitrice, avait signifié un
cruel adieu.

ÉPILOGUE.

Le pressentiment de Siska ne se réalisa que trop. Les
jours, les mois s'écoulèrent dans une attente vaine : le navire de Jean-Louis ne reparut point. Ce fut inutilement que
la malheureuse famille interrogea tous les équipages des bâ-
timents rentrés : personne ne l'avait vu depuis long-temps,
et il n'était plus douteux qu'il n'eût péri, ainsi que tant
d'autres, dont la perte signala cette campagne désastreuse.

Privée de son fils, la santé de moeder N. s'affaiblit de

plus en plus, et la misère, qui vint se joindre à ses maux, concourut encore à la conduire au tombeau.

Ses jeunes enfants, privés de secours, furent adoptés par l'hospice; et la malheureuse Siska, frappée à la fois de tant de calamités, fut comme privée d'intelligence. Elle est aujourd'hui, en qualité de domestique, chez d'honnêtes bourgeois de la rue du Collège, qui se montrent indulgents pour elle en souvenir de ses malheurs.

A. DASENBERGH.

ANECDOTE.

1825

Un jour monsieur l'abbé Quital
Voulut se faire cardinal.
Il court à Rome et sollicite;
Il n'obtient rien et revient vite.
Ce fut en Janvier qu'il partit,
Et son retour en Mars se fit.
Si bien qu'en revenant de Rome
Un gros rhume gagna notre homme.
Parbleu ! c'est clair, disait Bonneau,
Il est revenu sans chapeau.

GOUCHON.

LE CHANT DES ORPHELINS.

—

1835

—

Transis de froid et pâles de misères,
Où courons-nous, nus pieds, pauvres enfants ?
Dans nos sanglots, vainement, à nos mères,
Nous demandons du pain, des vêtements....
Béni soit Dieu ! nos plaintes déchirantes
Ont attendri la sainte humanité !
Mêlons en chœur nos voix reconnaissantes,
Voici venir l'ange de charité.

Sur une harpe d'or, répétés par Marie,
Nos douloureux accents, nos cantiques pieux
Montent vers l'Eternel, dans des flots d'harmonie....
            Saluons la Reine des cieux !

Séchons nos pleurs. O vierge tutélaire !
Ton doux regard est descendu vers nous ;
La charité, comme une tendre mère,
Sous son manteau nous abritera tous.

Le vrai bonheur se cache dans l'aumône,
Car, du ciel même, elle ouvre le chemin.
Ne craignons pas que Dieu nous abandonne :
Toujours il veille au sort de l'orphelin.

Sur une harpe d'or, répétés par Marie,
Nos douloureux accents, nos cantiques pieux
Montent vers l'Eternel, dans des flots d'harmonie....
    Saluons la Reine des cieux !

Vincent de Paule ! ô toi qui fus le père
De l'orphelin pauvre et déshérité,
Apparais-nous, déployant la bannière
De la foi sainte et de l'humanité.
Riches ! cédez à la voix qui supplie....
Un enfant souffre.... Ah ! donnez-lui du pain.
De Dieu toujours une aumône est bénie ;
Ayez pitié du petit orphelin.

Sur une harpe d'or, répétés par Marie,
Nos douloureux accents, nos cantiques pieux
Montent vers l'Eternel, dans des flots d'harmonie....
    Saluons la Reine des cieux !

J. FONTEMOING.

LE BERGER CORRIGÉ.

SONGE.

—

1827

—

Un jour je sommeillais à l'ombre d'un ormeau :
Dans le vallon errait mon paisible troupeau ;
    Soudain une image légère
Vint répandre en mon âme un rayon de clarté ,
Et mon esprit, bercé d'une douce chimère,
    Par le mensonge apprit la vérité.

Charmante illusion ! la reine de Cythère
    S'était montrée à mes yeux éblouis ;
    A ses côtés marchait son jeune fils ,
    Dont le regard se baissait vers la terre.
« Berger, me dit Vénus, par d'héroïques sons
» Ta voix a célébré les dieux et les moissons,
    » Et ton harmonieuse lyre
» N'a jamais des amours chanté l'heureux délire :
» Je t'amène mon fils ; apprends-lui tes chansons. »
La déesse, à ces mots, s'entoure de la nue,

Remonte vers les cieux et se cache à ma vue.

    Saisi d'un doux ravissement,

J'éprouvais ces transports qu'on ressent au jeune âge,

    Lorsque d'un objet séduisant

Pour la première fois on aperçoit l'image.

Mon trouble de l'Amour secondait le dessein :

De son maître il avait résolu la conquête,

    Et déjà son souris malin

    Semblait annoncer ma défaite.

Enhardi cependant par son air gracieux,

Je prélude, et bientôt à chanter je m'apprête,

Au petit dieu j'apprends que l'art ingénieux

De tirer d'un roseau des sons mélodieux

    Fut inventé par un satyre ;

Que Minerve nous fit le plus doux des présents

Quand par la flûte oblique elle ravit nos sens ;

    Qu'à Mercure l'on doit la lyre,

Et que, banni des cieux, pour charmer ses instants,

Apollon chez Admète enseigna la cithare.

    De mes leçons je n'étais point avare ;

    Mais Cupidon cesse de m'écouter,

    Son œil s'anime, il va chanter,

Et sur sa lyre d'or sa jeune main s'égare.

Je me tais. Il célèbre en vers voluptueux

Les amours des mortels et les amours des dieux.

Il dit de Jupiter les maîtresses nombreuses,

De la tendre Sapho les stances amoureuses ;

Il me peignit, enfin, en traits si séduisants

Les doux plaisirs promis à de jeunes amants,

Que, vaincu, j'oubliai les ordres de sa mère,

    J'oubliai mes premiers chants,

Et nous chantions tous deux l'art d'aimer et de plaire.

Sexe enchanteur, ce rêve séduisant
A ma mémoire est encore présent :
Mon âme en est émue, et si la poésie
De quelques fleurs un jour doit parsemer ma vie,
Par ton pouvoir vainqueur me sentant enflammer,
Je chanterai l'amour et le bonheur d'aimer.

A. VANWORMHOUDT.

A MON AMI FÉLIX DE L........,

SUR LA MORT DE SON CHIEN.

—

1856.

—

De la pauvre Mina courte fut l'existence,
Et de son prompt trépas vous êtes affecté !
    Pleurez, mon cher, j'aime à voir l'inconstance
    Regretter la fidélité.

P. SIMON.

A JEAN-BART.

—

1845

—

Air : *Le Soleil de ma Bretagne* (BÉRAT).

Salut, Jean-Bart! Enfin le jour a lui,
Où de tes fils la pieuse mémoire
Paie à ton nom consacré par la gloire,
Un tribut noble et si digne de lui.
    Intrépide corsaire,
    Ici la France entière
    Salue avec amour
    Ton triomphal retour.
Oui, te voilà!... te voilà!... Ton vaisseau
Vainqueur encor te ramène à la plage;
    De la chaleur de l'abordage
    Sur ton mâle visage,
    Que le reflet est beau !

Parti d'un rang où ton nom s'effaçait,
Sans autre appui que la foi dans toi-même,
Tu t'élançais vers le poste suprême
Où, fier de toi, ton roi t'anoblissait.

Comme ta forte épée,
Ton âme était trempée ;
Pour toi chaque combat
Était un coup d'éclat ;
Sur l'Océan, le pavillon français,
Mirant aux flots sa couleur éclatante,
Toujours cloué sur ta poupe écumante,
Répandait l'épouvante
Partout où tu passais.

Sublime exploit !... Les vaisseaux ennemis
Bloquaient les ports de la France affamée ;
Mais une voix, de ton cœur bien aimée,
Te criait : Meurs, on sauve ton pays !
Soudain tu pars dans l'ombre,
Et sans souci du nombre,
Semant partout l'effroi,
Tu rejoins le convoi ;
Ton pavillon, aux lueurs du matin,
Reparaissait, et, grâce à ta vaillance,
Symbole heureux de l'espérance,
Rapportait à la France
De la gloire et du pain.

Et toi, David, amant religieux
Des vrais héros, l'honneur de la patrie,
Tu consacras à leur culte ta vie,
Et ton ciseau des hommes fait des Dieux.
Par son beau caractère,
Jean-Bart devait te plaire :

Ton magique talent
Aujourd'hui nous le rend.
O notre orgueil! ô bronze respecté!
Du temps jaloux tu braveras l'outrage,
Et, don sacré du Génie au Courage,
Passeras d'âge en âge
A l'immortalité.

AL. PHILIPPE.

IMITATION D'UNE ÉPIGRAMME

DE MARTIAL.

1826

Vois le teint bilieux de l'avare Mondor,
Le jaune dans sa peau de tous côtés pénètre.
— Mon cher, c'est naturel, tout esclave de l'or
Doit porter la couleur du maître.

VICTOR SIMON.

LA PÊCHE D'ISLANDE.

POÈME.

—

1855

—

Matelots, matelots, vous déploierez les voiles, etc.
V. Hugo.

—

LE DÉPART.

Enfin d'Avril naissant sonne la première heure !
La nature sourit au réveil du printemps ;
Le soleil, des Poissons quittant l'âpre demeure,
Réchauffe le Bélier de ses feux éclatants,

Sur le sol reverdi que la brise caresse,
L'insecte aux reflets d'or brille comme un écrin ;
Et poussé vers le bord avec plus de mollesse,
Sur les galets luisants glisse le flot marin.

Le germe contenu du sillon se détache,

Le ciel s'est repeuplé des oiseaux babillards,
Et le bourgeon sur l'arbre éclate en vert panache,
Où s'arrêtent les pleurs de nos derniers brouillards.

Tandis que recevant son hôtesse fidèle,
La chaumière, où s'abrite un nid chaud et joyeux,
Pour fêter le retour de la douce hirondelle,
Remplit l'air odorant de ces concerts joyeux,

Sur l'aile du zéphyr le nuage s'élance ;
Vers le pôle engourdi la chaleur arrivant ;
De l'Océan-arctique ouvre le flanc immense,
Et fond la glace en bloc qui s'en va dérivant.

Sur le chantier marin l'activité redouble ;
Dans le bassin à flot le navire est lancé,
Et les vieux matelots, qu'aucun souci ne trouble,
Reprennent les refrains de leur chant cadencé.

Ils frappent les échos du chenal qui s'anime ;
Et fixant sur les mâts leur hardi pavillon,
Ils mêlent à l'envi la chanson maritime
Et les cris du départ aux airs du carillon.

Où vont-ils ces vaisseaux qui sortent de ton port ?
Où vont ces matelots qui méprisent la mort,
        Et qui chantent du haut des hunes ?
Où vont tous ces patrons qui, laissant ton rempart,

T'adressent par trois fois les hourras du départ,
    O ma vieille ville des Dunes ?....

Cette mer vers laquelle ils ont tourné les yeux,
Ces flots impétueux qu'ont dompté leurs aïeux,
    Que sillonnera leur navire,
Cet Océan du nord sombre, froid et brumeux
Sait bien de ces secrets tristes ou glorieux
    Qu'en grondant il pourrait leur dire.

C'est par là qu'ont passé le Picte conquérant,
Les Saxons dont les flots roulaient comme un torrent,
    Les vieux Romains du Capitole ;
Là, les bateaux normands à la côte échoués
Ont fait luire de loin leurs brandons secoués
    Sur les campagnes de la Gaule !

Là, flotta dans les airs le drapeau des croisés,
Là, Richard assembla sur ses mâts pavoisés
    La noblesse de l'Angleterre.
Là-bas, de l'Armada l'étendart orgueilleux,
O mer, tu t'en souviens, sous tes flots périlleux,
    S'est englouti dans ta colère !

C'est là que Maës, Dauwère, et tant d'autres depuis,
Sous les feux de l'éclair, au sein des sombres nuits,
    Se sont joués de la tempête ;
Et que Jean Bart, vainqueur, sur les flots défiés,
Passa majestueux, l'abîme sous les pieds,
    Le soleil de Dieu sur la tête.

Quoi; vont-ils s'élancer dans le même sillon;
Ces marins dont on voit flotter le pavillon,
      Où le blanc et l'azur alternent?
La patrie en danger les a-t-elle appelés?
A-t-elle enfin jeté du fond des cieux troublés,
      Ces cris d'angoisse qui consternent?

Comme en des jours récents, a-t-on vu l'Empereur
Grouper, les bras croisés, le front sombre et rêveur,
      Sa flottille obsidionale?
D'un œil d'aigle sondant cet orageux détroit,
A ses soldats bouillants a-t-il montré du doigt
      Le cœur saignant de sa rivale?

Non... La France a levé son insolent blocus;
A tous ses ennemis qu'elle a cent fois vaincus,
      Elle a tendu sa main meurtrie.
Un astre pacifique illumine ces mâts,
Et guide ces vaisseaux aux modernes combats
      Du commerce et de l'industrie.

      Un vent propice enfle les voiles,
      Partez intrépides marins;
      Livrez à la foi des étoiles
      L'esquif qui porte vos destins,
      Dans cet océan redoutable,
      Que votre rame impitoyable
      S'enfonce comme un éperon;
      Et que votre main vigoureuse,
      Secouant la vague houleuse,
      La fatigue de l'aviron.

Partez, chauds de nos embrassades,
Partez, mes hardis compagnons,
Glissez entre les estacades
Au bruit des salves, des canons.
La ville entière est accourue,
Et sa voix immense salue
L'aurore de cet heureux jour.
Du beffroi la cloche pieuse,
De la même chanson joyeuse,
Accueillera votre retour.

Vos femmes, en proie aux alarmes,
Tout bas, pour vous, invoquent Dieu,
Et leurs bouches mêlent aux larmes
Les tendres baisers de l'adieu.
Du bout de la double jetée
Leur voix dans vos cœurs répétée
Vous envoie un dernier signal,
Tandis qu'à l'horizon de sable,
De plus en plus insaisissable,
Se meurt l'écho du sol natal.

Au loin emporté par la vague,
Sous le vent fuit votre vaisseau ;
Et votre œil plongé dans la vague,
Ne voit plus que le ciel et l'eau.
Amis, cette heure est solennelle :
Vos bras vers la voûte éternelle
Se sont levés en suppliant ;
Vous implorez votre patronne,
Et, du ciel, la Sainte-Madone
Vous a bénis en souriant.

Tendre mère de Dieu, douce reine des Anges,
    Etoile de la mer,
Secourez le marin qui chante vos louanges
    Et qui vous est si cher !

Salut, source de vie et de miséricorde,
    Notre espoir le plus doux !
Bénissez tous les biens que votre amour accorde
    A vos fils à genoux !

O Vierge immaculée ! animez nos courages,
    Et comblez tous nos vœux ;
Guidez de vos rayons dans la nuit des orages
    Nos vaisseaux hasardeux !

Douce Sainte Marie, ô clémente, ô pieuse !
    Priez, priez pour nous
Celui qui, consacrant votre mamelle heureuse,
    Voulut naître de vous !

Protégez vos enfants sous vos ailes fidèles
    Au milieu des périls,
Et répandez sur eux les grâces éternelles
    De votre divin fils !

LA TEMPÊTE.

Pendant de longues nuits, des jours laborieux,
Au sein des grandes mers voguant sous d'autres cieux

Le vaisseau qui cherche le pôle
Par le courant rapide au hasard emporté,
En tournant les écueils, vers quelque astre aimanté,
    Suit l'aiguille de la boussole.

Les vapeurs de la nuit s'élèvent au zénith ;
Le firmament plombé, de son sein qui frémit,
    Lance sa flamme glaciale,
Et par le vent du nord l'incendie allumé
Consume lentement le nuage enflammé
    Des feux d'aurore boréale.

Un bruit sinistre court dans les cieux ébranlés,
Ils vomissent bientôt de leurs flancs désolés
    Comme une lave qui ruisselle ;
Et la nuit lumineuse aux brumes se noyant
Jette sur l'horizon son voile flamboyant
    Que l'ardente étoile constelle.

Du météore éteint les dernières clartés
Colorent les glaçons sur les flots agités,
    L'écume fouette les visages ;
Déjà des profondeurs du gouffre ténébreux,
L'Océan rebondit vers le ciel sulfureux
    Où s'amoncellent les nuages.

Quel est ce point obscur qui du morne horizon
S'élève, et d'où bientôt jaillit comme un t'son,
    Le feu des éclairs de phosphore ?
Quel autan en courroux chasse vers le vaisseau,
Et qui, plein de tonnerre, étend son noir réseau
    Aux quatre coins du ciel sonore ?

Alerte !... le sifflet du maître a résonné ;
Sur le pont de l'esquif le flot aiguillonné
  Bat l'écoutille sans relâche ;
La rafale, en hurlant, sur le tillac s'abat,
Et la foudre s'attache à la pointe du mât
  Comme un éblouissant panache.

On dirait que le ciel, croulant avec fracas,
De sa voûte de feu dispersant les éclats,
  Tombe sur la mer en cascade ;
Ou que dans ses transports, le bouillant Océan,
Entassant flot sur flot, comme un autre Titan,
  Des Cieux veut tenter l'escalade...

  Alerte, alors, c'est la tempête !...
  C'est la lutte des éléments ;
  C'est le Ciel qui, sur votre tête,
  S'ébranle dans ses fondements !
  C'est le tourbillon formidable
  Qui soulève les bancs de sable
  Et les emporte dans son flanc ;
  C'est l'orage qui vous assiége,
  Empourprant l'éclatante neige
  De ses éclairs rouges de sang !

  Alerte ! alerte ! de la foudre
  Se rapproche le roulement ;
  La nature va se dissoudre
  Sous les débris du firmament.
  O matelots ! votre pensée
  Vers le pays s'est élancée

Du sein du suprême combat ;
Des regrets vous sentez l'atteinte,
Mais du moins ce n'est pas de crainte
Que sous la main le cœur vous bat.

Dans cette scène d'épouvante
Qui glacerait d'autres d'effroi,
A chaque coup de la tourmente
Du vaisseau craque la paroi ;
Le câble brisé se torture
Et s'enroule dans la mâture
Avec un aigre sifflement,
La voile tombe et se déchire,
Et des sombres flancs du navire
Sort un confus mugissement.

La foudre allumant l'incendie
Dans les entrailles du vaisseau,
De cette grande tragédie
Eclaire le dernier tableau ;
En vain dans les flots de fumée
Ta frêle barque est enfermée,
O marin, conserve ta foi !
Et, combattant l'ardente flamme,
Invoque tout bas Notre Dame,
Car la mort passe devant toi !

Tendre mère de Dieu, douce reine des Anges,
Etoile de la mer, etc.

LA PÊCHE.

. . . .
. . . .

LE RETOUR.

Mais de votre retour le signal est donné :
Les vaisseaux allourdis vers la France ont tourné
      Leur proue au choc des mers meurtrie ;
Le marin fatigué de son rude labeur,
Sous sa calleuse main, sent tressaillir son cœur
      Au souvenir de sa patrie.

Déjà l'astre du jour, dont les feux ont pâli,
D'un rayon, que l'automne a bientôt affaibli,
      Perce la brume congelée.
Déjà, du fond du Nord, la bise qui gémit
Traverse en tourbillon le ciel qu'elle obscurcit
      De sa première giboulée.

La voile s'est tendue et l'amarre a glissé ;
Et de son bras nerveux le marin a hissé
      Le cordage qu'il développe ;
Et le flot qui s'abaisse et s'enfle tour à tour
Balance mollement le vaisseau de retour
      Dans les eaux de la vieille Europe !

O mère bien-aimée ! enfants chéris ! ô sœur !
Epouse ou fiancée ! ô souvenirs du cœur,
      Aux âmes long-temps contenues!
Et vous, durs compagnons, à la rive enchaînés,
Vous que depuis six mois, sur ces bords étonnés,
      Interrogez ces mers connues !...

Accourez sur la plage, inondez le chenal,
De la haute marée arborez le signal,
      Gagnez le canot qui circule.
Interrogez de l'œil l'horison incarnat,
Et cherchez sur les flots la pointe de ce mât
      Qu'enveloppe le crépuscule !

Il vogue lentement chargé de son fardeau ;
Tandis que des frimas prochains, l'on voit sur l'eau
      Voler déjà les blancs fantômes,
Lui, fuyant vers le sud l'approche de l'hiver,
Il creuse fièrement cette neigeuse mer
      Que bordent quatre grands royaumes.

Il approche ! il arrive ! il gagne le détroit
Dont le lit agité, dans ces ondes reçoit
      Le Rhin superbe et la Tamise !
Il borde les rescifs de l'ancien continent ;
Le vent, le flot, l'étoile à l'envi le guidant,
      Il touche à la terre promise !

Le voilà ; le voilà qui double le grand banc !
Il glisse au pied du phare ! il presse de son flanc
      Le sein de la terre natale !

Le voilà répondant aux cris partant du bord !
Le voilà repliant la voile dans le port.

. . . .

Salut à toi, France chérie,
Soleil béni, ciel enchanté !
Salut dou·e et chère patrie,
Sol sacré de la liberté !...
O France ! indomptable et féconde,
Arbitre des destins du monde,
Providence de l'univers?
C'est toi qui répands la lumière,
Et qui, sur le double hémisphère,
Arme les bras et romps les fers !

Salut, ô nouvelle Atlantide !
Salut terre des dévoûments !
Salut sentinelle intrépide
Qui surveilles deux éléments !
Salut Dunkerque, cité fière,
Toi dont la fanfare guerrière,
Frappe l'écho dans tous les temps ;
Et dont les revers et la gloire
Se sont inscrits dans notre histoire
En caractères éclatants !

Que ta muraille se festonne !
Que sur ton rempart pavoisé
Les derniers bouquets de l'automne
Parent ton front cicatrisé.
Du haut de tes tours sourcilleuses

Que tes chansons les plus joyeuses
Fêtent l'aube de ce beau jour !
Bénis le ciel qui t'est prospère,
Et sois heureuse, ô tendre mère,
Voilà tes enfants de retour !

Et maintenant dans la chapelle,
Dont la dune abrite le toît,
Que l'équipage se rappelle
Le vœu qu'à Notre-Dame il doit !
C'est elle qui, gardant la poupe,
Protégea la frêle chaloupe
Contre le gouffre et l'ouragan !
Aux pieds de la patronne sainte,
Chantant la naïve complainte,
Priez, enfants de l'Océan !

Tendre mère de Dieu, douce Reine des Anges,
Etoile de la mer, etc.

VICTOR DE COURMACEUL.*

* La pièce qui précède a obtenu une mention honorable
à la séance publique de la société Dunkerquoise, le 25 Juin
1855; c'est à ce titre que nous l'insérons dans ce volume.
Elle mérite, du reste, bien évidemment le nom d'Œuvre
Dunkerquoise, car elle traite avec un vrai talent poétique un
sujet éminemment local.

SOIR D'AMOUR.

A MADEMOISELLE STÉPHANIE ****.

—

1840

—

Salut, astre des nuits, douce étoile argentine
Qui déjà viens reluire au pâle firmament ;
Salut, ombre du soir qui descends lentement
Sur les sommets voilés de la tendre colline ;
Heure de poésie et de recueillement !
Soir naissant, soir d'azur, solennelle agonie,
  Blanc linceul du jour qui s'éteint ;
Sommeil de l'existence, invisible harmonie,
Salut, heure paisible où s'endort toute vie ;
  Salut, salut beau soir serein !

  Dieu vient d'ordonner le silence
  Aux mille voix de l'univers ;
  Et la terre, à cet ordre immense,
  Etouffa tous ses bruits divers.
  Tout se tait : mais j'entends encore

Folâtrer le zéphir sonore
Et la mer mugir sans repos ;
Taisez-vous, brise murmurante,
Taisez-vous, ma pensée errante,
Taisez-vous, grande voix des flots !...

Quand la nature est assoupie,
Quand le flambeau du jour est mort,
Zéphir, ton murmure est impie,
Car il trouble le Ciel qui dort ;
Océan, ta sourde parole
Me semble une menace folle
Contre cette invincible loi ;
Troubler la nuit aux blanches voiles
Et la sainte paix des étoiles,
C'est troubler la paix de ton roi !

O ma pensée ! ouvre tes ailes
Comme la colombe des cieux,
Comme la voile des nacelles,
Au contour svelte et grâcieux ;
Tel que la mer et sa cadence
L'esprit n'a jamais de silence,
L'esprit n'a jamais de repos;
Au milieu du soir le plus tendre
Il me faudra toujours entendre
Mon âme, la brise et les flots !...

. . . .

A ce moment de calme et de rève, à cette heure
Où la nuit a vaincu l'aspect bruyant du jour,
Il faut que l'âme aussi rê e, sommeille ou pleure,
Ou bien module un chant d'amour.

Quand tout bruit s'est éteint dans les sombres vallées,
Quand le zéphir dormant ne murmure plus rien,
J'aime à porter mes pas dans les fraîches allées,
    Un bras de femme sur le mien !

Au milieu de cette ombre on est bien solitaire :
Et l'on ne forme à deux qu'un seul être, un seul cœur ;
Tout est pour la pensée espérance et mystère,
    Joyeux songe, divin bonheur !

Dans sa couche d'amour la nature repose ;
Parlons, parlons tout bas, jeune ange au doux soupir :
Il ne faut point troubler le sommeil de la rose
    Ni de l'oiseau qui va dormir !

Puis, quand tu parles bas de ta pure tendresse,
Je sens couler en moi plus de secrète ivresse ;
Oui, mon âme entend mieux, lorsque seule elle entend
La parole de feu qui de ton cœur descend.
Oh ! parle, parle bas, car j'aime ton langage
Comme les pleurs du soir qui brillent sur l'ombrage,
Comme le riche accent du rossignol des bois
Qui roule les flots d'or de sa limpide voix ;
Comme une vierge fleur qui verse son sourire
Ou l'onde d'un beau lac qui ruisselle et soupire.
Parle bas, parle bas ; car ta voix est mon miel,
Car ton âme est mon âme et ton amour mon ciel ;
Que je ne perde rien de ta sainte parole
Qui dans les airs jaloux si rapide s'envole,
Et que mon cœur avide, en ces moments heureux,
Boive tous les parfums de ton cœur amoureux !

— Mais dis-moi, jeune fille, oh! dis, peux-tu comprendre
Ce mutuel penchant si céleste et si tendre
Ce mystère sacré, songe délicieux,
Qui nous luit souriant et nous fait croire aux cieux?
Réponds-moi, jeune fille, interroge ton âme,
Sonde tous les replis de tes rêves de femme;
Dis : qu'est-ce donc l'amour, ce terrestre soleil
Qui du jour de la vie éclaire le réveil,
Et dont l'homme ébloui ne peut voir la lumière,
Car un trop vif rayon blesserait sa paupière?...¹
Mais toi, ma blonde enfant, ne te souviens-tu pas
D'avoir vécu jadis autre part qu'ici bas?...
Femme, tu fus sans doute ange avant d'être amante,
Dieu sans doute a nourri ton enfance charmante;
C'est Dieu qui dans ta voix a mis tant de douceur,
Qui dans tes longs regards a versé la chaleur;
C'est Dieu qui, t'embaumant de grâce et d'ambroisie,
Fit ton âme de miel, de fleurs, de poésie,
Te mit consolatrice en notre froid séjour....
Fille du Ciel!... dis-moi, dis-moi ce qu'est l'amour.

L'amour pour moi, vois-tu, c'est une sainte chose,
Grande comme le ciel, tendre comme une rose;
C'est une passion molle et forte, une voix
Caressante, joyeuse et plaintive à la fois;
C'est le vaste foyer, secret ressort de vie
Qui d'un monde mortel entretient l'harmonie,
Qui fait que la nature, insensible au trépas,
Renaît de sa poussière et ne s'éteindra pas;
C'est une loi féconde, universelle, immense!...
L'amour, enfin, c'est Dieu, sa force et son essence.
Tout est amour : l'aurore exhalant ses couleurs,

L'abeille qui se pâme au calice des fleurs,
Le zéphir se jouant dans la verte campagne,
L'oiseau, dans les forêts, appelant sa compagne,
Le calme ombreux du soir, la splendeur d'un beau jour;
Tout dit: « Dieu Créateur! » Tout crie: « Amour! amour! »

— Et notre amour à nous c'est une destinée
Que je lis en moi-même et ne sais définir;
Ton âme, je le sens, pour la mienne était née:
    Elle devait m'appartenir!

Comme un Dieu tutélaire égoutte la rosée
Sur le front rafraîchi d'une brûlante fleur,
De même sur ma lèvre, ô femme! il t'a posée
    Suave goutte de bonheur!

BENJ. KIEN.

UNE MÈRE ET SON ENFANT.

CONTE TRADUIT D'ANDERSEN,

1856

Une mère pleurait auprès du berceau de son enfant; la peur qu'elle avait de le voir mourir était grande. Les yeux du petit enfant s'étaient fermés peu à peu; il était pâle; sa respiration était faible et entrecoupée. La mère entourait cette pauvre créature des soins les plus empressés.

Tout-à-coup on frappe à la porte, et un vieillard entre enveloppé dans un manteau. Il en avait besoin, car c'était au cœur de l'hiver. Tous ceux qui devaient sortir étaient à l'instant couverts de neige et de glaçons. Le vent soufflait avec furie, à fendre le visage.

Pendant que le vieillard tremblotait de froid et que l'enfant paraissait dormir, la mère versa un peu de bière dans un vase qu'elle posa ensuite sur les cendres chaudes, pour faire chauffer le liquide.

Le vieillard berçait l'enfant; la mère alla s'asseoir près de lui, portant tristement les yeux sur le petit malade qui respirait si péniblement. Elle prit sa petite main dans la sienne. « N'est-ce pas, dit-elle au vieillard, je pourrai le garder? Le bon Dieu ne m'en privera pas? »

Le vieillard — c'était la Mort en personne — secoua la tête d'une manière si singulière, qu'on ne sut s'il disait oui ou non. La pauvre mère ne put supporter son regard ; les larmes roulèrent de ses joues. Peu à peu elle laissa pencher sa tête appesantie par le sommeil, — depuis trois nuits elle n'avait dormi ; — elle sommeilla à peine quelques minutes, et se réveilla soudain effrayée et tremblante de froid. « Qu'est cela ? » cria-t-elle en jetant autour d'elle un regard effaré. Le vieillard avait disparu..... et l'enfant avec lui. Dans un coin de la chambre se mouvait le balancier d'une vieille horloge et faisait entendre son tik-tak monotone. Tout-à-coup le lourd poids de plomb tombe à terre : bom ! et le balancier s'arrête.

La pauvre mère s'élança de sa chaumière et demanda son enfant à grands cris.

Elle rencontra une femme vêtue d'un long vêtement noir, qui était assise au milieu de la neige, et lui dit : « La Mort a visité votre demeure ; je l'ai vue s'éloigner avec votre enfant ; mais elle va plus vite que le vent, et ce qu'elle prend elle ne le rend pas. »

« Oh ! montrez-moi le chemin qu'elle a suivi, s'écria la bonne mère ; montrez-moi le chemin ; je la rejoindrai bien. »

« Oh ! je connais le chemin qu'elle a suivi, répondit la femme vêtue de noir ; mais avant que je vous l'indique, vous devez me chanter toutes les chansons que vous avez chantées pour votre enfant. J'en suis folle, savez-vous ; je les ai si souvent entendues ! Je suis la Nuit, et maintes et maintes fois je vous ai vue pleurer en chantant. »

« Je vous chanterai toutes mes chansons, dit la mère ; mais, je vous en supplie, ne me retenez pas long-temps.... Je pourrai la rejoindre encore, je pourrai retrouver encore mon enfant ! »

Mais la Nuit resta inflexible. Alors la pauvre femme commença à chanter et se tordit les mains de désespoir. Elle chanta beaucoup, beaucoup de chansons, mais versa beaucoup plus de larmes encore.

Enfin la Nuit dit : « Allez là-bas par ce bois sombre de sapins ; j'ai vu disparaître de ce côté la mort avec votre enfant. »

La pauvre mère courut tout ce qu'elle pouvait courir. A l'endroit le plus touffu et le plus noir du bois, les chemins

14

se croisaient ; elle resta immobile, car elle ne savait lequel de ces chemins il fallait choisir. . . .

Elle aperçut un petit buisson couvert d'épines qui n'avait ni feuilles ni fleurs, car c'était au milieu de l'hiver, et les flocons de neige pendaient à ses branches.

« N'avez-vous pas vu passer la Mort avec mon enfant? » demanda la mère.

« Je l'ai vue, répondit le buisson, mais je ne vous indiquerai pas le chemin, si vous ne me réchauffez sur votre cœur. La gelée me tue. Je suis à moitié engourdi. »

Bien vite elle pressa le buisson contre son sein et avec tant de force que sa chaleur le ranima. Les épines pénétrèrent dans ses chairs, son sang jaillit en grosses gouttes, et sous chaque goutte de son sang s'épanouissent de belles feuilles vertes, tant était brûlant ce cœur de mère! Alors le petit buisson lui montra le chemin qu'elle avait à suivre.

Bientôt elle arriva aux bords d'un vaste lac, sur lequel elle ne vit nul bateau pour le traverser. Il n'avait pas assez gelé pour marcher sur la glace ; il était trop profond pour le passer à la nage. Elle plia les genoux et se pencha pour boire le lac. — C'était chose impossible pour une créature humaine ; mais la pauvre mère croyait dans sa douleur être capable d'une action surnaturelle.

« Ah ! que ne ferais-je pas pour avoir mon enfant? » s'exclama-t-elle, et à ces mots elle se précipita dans les flots.

Les flots la portèrent comme si elle eût été une nacelle. Sans peine naviguant à travers les glaçons, elle parvint à l'autre rive, où elle trouva une maison d'un aspect bizarre qui était bien longue d'un quart de lieue. La malheureuse ne pouvait distinguer si c'était une montagne avec ses cavernes et ses forêts, ou si c'était une maison de bois ou de pierre. A force de pleurer, elle était devenue presque aveugle.

« Où trouverai-je la Mort qui a enlevé mon enfant? dit-elle. — La Mort n'est pas encore de retour, répondit une vieille, très-vieille femme, la gardienne des tombeaux ; mais comment avez-vous su le chemin qui mène ici? Qui vous est venu en aide ? »

« Le bon Dieu, dit la mère. Il est si compâtissant ! et vous aussi vous m'entendrez ; mon enfant, où est mon enfant? »

» Je ne sais, dit la vieille femme; beaucoup de fleurs, beaucoup d'arbres sont morts cette nuit; bientôt la Mort reviendra pour les replanter. Vous savez, sans doute, que chacun a dans ce monde sa fleur et son arbre de vie; c'est le même cœur qui bat dans chaque être humain et dans l'arbre ou la fleur qui lui correspond. Les enfants y ont aussi leur cœur. Allez de ce pas au champ de la Mort; peut-être reconnaîtrez-vous votre enfant. Mais que me donnerez-vous pour ce que je vous ai dit, pour ce que vous aurez à faire ? »

« Je n'ai rien à vous donner, répondit la mère, mais j'irai pour vous au bout du monde. »

« Que voulez-vous que j'aie à faire là? répliqua la vieille femme; vous me donnerez votre longue et belle chevelure noire. Elle est si belle! Je veux en avoir une comme celle-là; et pour cela vous aurez mes cheveux gris. »

« Vous ne demandez rien de plus ? répartit la mère. Oh! je donne cela avec bonheur » ; et elle donna toute sa chevelure noire et reçut en retour les cheveux gris de la vieille.....

Puis elle dirigea ses pas vers le champ de la Mort, où les arbres et les fleurs croissaient d'une manière si étrange et se heurtaient les uns contre les autres. Là, on vit de belles hyacinthes sous des cloches de cristal et des flambes bleues et jaunes; des fleurs d'eau dont les unes étaient fraîches et épanouies, les autres fanées. De noirs crapeaux rampaient sur leurs larges feuilles, et des couleuvres suçaient le suc de leurs calices.

Là, on voyait de beaux buis, des planes et des chênes, le thym fleuri et le persil. Chaque plante, chaque fleur avait un nom propre et correspondait à une vie humaine. Ceux dont la vie n'était pas ici rappelée par le nom d'une plante, vivaient encore, les uns en Chine, les autres dans le Groënland ou sur un autre point de la terre. Ici de grands arbres étaient plantés dans des cuvettes étroites et leur croissance était embarrassée ; là se balançaient en rang des fleurs aux tiges élancées, plantées dans un sol gras, couvertes de mousse et cultivées avec soin.

La mère retenait son haleine et se penchait vers les petites plantes, pour écouter comment y battait le cœur humain. « Voilà le sien! s'écria-t-elle tout-à-coup, en tendant une main frémissante vers une petite fleur bleue, qui laissait tomber sa corolle maladive. Elle avait reconnu la fleur de son enfant entre un million d'autres.

« N'arrachez pas cette fleur, lui dit la vieille femme, restez ici et lorsque la Mort viendra, — elle ne peut plus tarder long-temps, — défendez lui de la cueillir. Elle sera étonnée : car elle est responsable devant Dieu de ces arbres et de ses fleurs, et personne ne peut les cueillir si elle n'en a décidé ainsi. »

Un vent glacial siffla dans les longues allées de ce grand jardin, comme un écho des gémissements et des lamentations. La Mort apparut à la jeune femme tremblante.

« Comment avez-vous pu trouver le chemin qui conduit ici ? lui demanda-t-elle. Comment se fait-il que vous soyez arrivée ici avant moi ? »

» Je suis mère, » répondit modestement la pauvre femme.

Et la Mort tendit la main vers la douce petite fleur bleue ; la mère, saisie de frayeur, retint son bras avec un effort surnaturel et une main crispée. Mais la Mort souffla sur sa main, et la pauvre femme tomba anéantie. L'haleine de la Mort était plus froide que le vent glacial du Nord.

« Vous ne pouvez rien sur moi, dit la Mort. »

« Le bon Dieu est plus puissant que toi, murmura la mère mourante de douleur. »

« J'accomplis sa volonté, reprit la Mort. Je suis son jardinier. Je prends ces fleurs et ces arbres et les replante dans le grand jardin du Paradis, dans la terre inconnue ; mais je ne sais jamais ce qui s'y passe. »

« Rendez-moi mon enfant ! reprit la mère, et elle pleura et pria. Aussitôt elle prit deux belles fleurs aux tiges vigoureuses et élancées, une dans chacune de ses mains et appela la Mort. Je vais arracher ces fleurs, car je suis dans le désespoir. »

« N'y touchez pas, dit la Mort. Vous disiez que vous étiez si malheureuse ! et vous voulez rendre une autre mère aussi malheureuse que vous ? »

« Une autre mère ! » balbutia la pauvre femme. Aussitôt elle ouvrit les deux mains et lâcha les deux fleurs.

« Regardez près de vous dans cette grotte ; reprit la Mort ;

Je vous dirai les noms de ces deux fleurs que vous vouliez cueillir, et vous allez voir toute leur vie à venir, toute leur existence humaine. Voyez ce que vous auriez fait périr. »

Elle regarda dans la profondeur de la grotte, et un théâtre magnifique apparut à ses regards. L'une de ces fleurs répandait autour d'elle plaisir et bonheur ; elle était aimée, bénie de tous.... Puis se déroula devant ses yeux l'existence de l'autre fleur. Sa vie, parsemée de malheurs sans nombre, était pleine de tristesse et d'affliction.

« Toutes deux suivent la volonté de Dieu, » dit la Mort.

« Quelle est la fleur de l'adversité et quelle est celle du bonheur ? » demanda la mère.

« Je ne puis vous le dire, répondit la Mort. Je sais seulement qu'une de ces deux vies que vous avez vu paraître devant vous, est celle de votre propre enfant. »

« Alors ! s'écria la mère épouvantée, laquelle de ces vies est celle de mon enfant ? Dites-le moi ; détournez de mon enfant une existence qui ne lui est pas due, sauvez-le de tous ces malheurs.... Portez-le plutôt dans ce monde. Conduisez-le plutôt dans le royaume de Dieu. Oubliez mes larmes, oubliez ma douleur, oubliez tout ce que je vous ai dit ! »

« Je ne vous comprends pas, dit la Mort. Voulez-vous que je vous rende votre enfant ? Dois-je le porter dans les pays lointains, inconnus, où tout est mystère ? »

La pauvre infortunée, succombant sous le poids des angoisses, se tordit les mains, se jeta à genoux et implora le Dieu de miséricorde : « Oh ! ne m'exaucez pas si ma prière est contraire à votre volonté, qui est toujours la meilleure ; ne m'exaucez pas ! ne m'exaucez pas ! »

Et sa tête se pencha et tomba sur son sein.

La Mort prit le petit enfant et disparut pour le porter dans les pays inconnus.

Louis De Baecker.

PRESSENTIMENTS.

—

A M. LOUIS DE BAECKER.

—

1856

—

Qui donc va chevauchant, sans souci de l'orage,
    Aux tortueux sentiers des bois?
Où donc, noir cavalier, où donc votre voyage?
    Pourquoi ces sanglots dans la voix?

Les pins, mornes vieillards aux têtes chevelues,
    Se penchent pour le voir passer;
Les feuilles du chemin et les bruyères nues
    Bondissent devant son coursier.

Au loin, le Rhin grondant sur son linceul de roches,
    Entre ses deux rives de fleurs,
Semble le glas des morts que bourdonnent les cloches
    Dans les cathédrales en pleurs.

Et dans l'immensité, d'innombrables fantômes

Errent à pas silencieux :
Ainsi font, à minuit, les sylphes et les gnomes,
        Lorsque s'éteint un souffreteux.

        Se balançant sur les nuées
Aux dômes ébréchés des antiques manoirs,
Etincelle parfois le doux astre des soirs,
        Comme le croissant des mosquées.

.   .   .   .

En ce moment, passa dans la sombre bruyère
        Comme le souffle d'un zéphyr :
On aurait dit le son de la sainte prière
        Montant sur l'aile d'un soupir.

Qui donc va chevauchant, sans souci de l'orage,
        Aux sentiers tortueux des bois ?
Où donc, noir cavalier, où donc votre voyage?
        Pourquoi ces pleurs dans votre voix?. . . .

Quand le cavalier noir arrêta son coursier,
        Au ciel était sa bonne mère!. . . .
.   .   .   .
C'était le cri d'adieu qui venait de passer
        Aux arbres du bois solitaire.

ÉMILE GASSMANN (d'Armboustcappel.)

DIEU.

—

—

1851

—

Mon âme, abandonnons un monde de misère !
Ici-bas, toute chose est fausse et mensongère !
La gloire des héros n'est qu'un vain souvenir.
Babylone n'est plus !... Tout passera comme elle !
Irais-je consacrer la voix d'une immortelle,
  A dés êtres qui vont périr ?

O muse de Sion, viens guider mon génie ;
Pour m'apprendre des cieux la divine harmonie,
Permets-moi d'assister à tes pieux concerts :
Fais passer dans mon cœur le transport qui t'anime ;
Que je puisse, en mes vers, par un élan sublime
  Chanter le Dieu de l'Univers !

Séraphins enflammés, que vos brûlantes ailes
M'élèvent un instant, aux voûtes éternelles !
Prêtez à mon regard votre céleste appui !
Que vos saintes ardeurs embrasent ma pensée ;
Je dirai sa louange, et la terre abaissée
     Se prosternera devant lui.

Que les flatteurs des grands se traînant dans la fange
Prodiguent pour de l'or une fade louange ;
Que leurs crayons menteurs grandissent les portraits ;
Dans les frissons glacés d'un zèle tout profane
Qu'ils aillent comparer la rampante liane
     Au cèdre roi de nos forêts.

Plein de la majesté du Dieu que je révère,
Moi je veux, empruntant la voix de son tonnerre,
A travers tout l'abîme exalter sa grandeur.
De mes puissants accords tout sentira l'empire ;
Et le fils de Méon, laissant tomber sa lyre,
     Me reconnaîtra pour vainqueur !

De sublimes pensers, quelle sublime source !
Tantôt, comme un torrent précipitant ma course
Je dirai son éclat répandu dans le ciel :
Pour peindre sa bonté, les mots en abondance,
Se rangeant sans efforts aux lois de la cadence,
     Couleront plus doux que le miel !

Mais où va m'emporter une ardeur inconnue ?
Si, dans le sein de Dieu, je veux plonger ma vue,
Je la sens défaillir !... Telle au foyer brûlant

La cire en perles d'or est bientôt divisée,
Ainsi les feux du jour desséchant la rosée
    L'ont dissipée en un instant.

Que ma course sans fin traverse tout l'espace,
Qu'elle franchisse au loin le cercle qui l'embrasse,
Je sens que je m'aveugle au sein de sa clarté!...
Je prends pour m'élever l'aile de la colombe ;
Mais dans mes vains désirs il faut que je succombe :
    C'est par lui que je suis porté.

Partout je l'aperçois, mais comment le décrire ?
Mon esprit entraîné par un pieux délire,
Au-delà des soleils s'est senti transporté! !
Où poser une borne à cet être suprème ?
L'Univers c'est un point... Ce qui n'est pas lui-même
    N'est qu'un nom sans réalité.

Et c'est encor trop peu de ma propre faiblesse,
La crainte d'offenser la suprême sagesse
Vient m'éloigner du but qu'imprudent je poursuis :
A dire son essence oserais-je prétendre,
Quand du sein du buisson il nous a fait entendre :
    « Je suis celui qui suis ».

Tel, en sortant des flots, l'astre de la lumière
D'Orion fait pâlir la lueur passagère,
De mes vœux impuissants voyant la vanité,
Je cesse de sonder un être impénétrable,
J'avoue, en m'inclinant, son principe ineffable,
    J'adore son immensité.
                  V. DERODE.

L'OBOLE DE L'ANGE.

—

LE PAUVRE.

—

1855

—

Prenez pitié de moi, vous que le faste couvre !
　　　　Soulagez ma douleur.
Je tends vers vous les mains, que votre bourse s'ouvre
　　　　A l'appel du malheur !

Ils sont sourds à ma voix ! Comme vous j'étais riche,
　　　　O regrets superflus !
Dieu ne m'avait laissé que mon pauvre caniche,
　　　　Mon caniche n'est plus !

Quoi ! j'ai vu s'écouler toute la matinée
　　　　Sans un morceau de pain ?
La pierre où je m'assieds durant une journée
　　　　Est bien froide... et j'ai faim ! »

—Prenez, brave homme. —O ciel ! c'est la voix d'un archange!
　　　　Quel maintien gracieux ;

Quel sourire enchanteur ! Est-ce une femme ? un ange
      Qui s'échappe des cieux ?

Dites-moi votre nom ? Ma fervente prière,
      En ce jour solennel,
En passant par mon cœur, joyeuse messagère,
      Ira vers l'éternel ! »

—Stéphanie est mon nom. — Ma mémoire fidèle
      Saura s'en souvenir.
La charité repose au sein de son modèle,
      Le ciel doit le bénir.

Elle fuit ! Je le vois, de l'ange j'ai l'obole ;
      Prions avec ferveur !
Oui : j'ai vu sur son front l'éclatante auréole
      Des élus du Seigneur !

P. Dumas.

SUR LE PARRICIDE VERGER.

—

1857

—

Facit indignatio versum.

Suppôt de l'enfer, ta fureur
A quelque chose du délire.
La haine qui seule t'inspire
Nous glace d'une sombre horreur.
Le doux nom de Christ à la bouche,
Toi, monstre! oses-tu bien nommer
L'homme-Dieu? Crains de blasphémer,
Quand déjà le bourreau te touche.

Mais la bête fauve rugit;
L'ange même de la clémence,
Se voilant le front en silence,
Devant Dieu s'incline et rougit.
Du peuple irrité la justice
A crié, formidable voix :
Assassin! — Tremble cette fois;
Tremble, Caïn: marche au supplice.

AD. ALISSE.

A LA FAMILLE

HYMNE.

1842

J'ai chanté la patrie en citoyen pieux ;
Je chante la famille en fils religieux.
Oui ! Patrie et Famille : est-il pour une lyre
Une plus sainte muse, un plus noble délire?
Pour unir les mortels en robustes faisceaux
Est-il des noms plus doux et des liens plus beaux ?
L'antiquité l'a dit, nourrice qu'on délaisse,
Et de sa bouche d'or ruisselait la sagesse.
Mais pourquoi remonter dans les âges anciens?
Rappelons-nous ce cri des sauvages indiens,
Ce cri du cœur jeté par un peuple unanime,
Aux vainqueurs étonnés de le trouver sublime :
« Dirons-nous donc aux morts: ossements, levez-vous;
» Ossements paternels, marchez et suivez-nous? »

Mourons pour le pays, vivons pour la famille ;

A nos foyers divers que ce double feu brille!
Qu'il enflamme l'enfant, ranime le vieillard,
Fasse battre le cœur et luire le regard!
Comme un bois résineux alimente la flamme,
Que sans cesse l'amour vienne électriser l'âme!
Resserrons, il est temps, les nœuds trop relâchés;
Ramenons dans leur lit les fleuves épanchés:
Se dilater épuise, et se mêler altère:
Famille et Nation meurent par l'adultère.

Femmes, qui pouvez tout pour le bien et le mal,
Vous, dont un seul regard nous lie au sol natal,
Qui d'un mot, d'un sourire, et souvent d'un caprice,
Enfantez la vertu, l'héroïsme ou le vice;
Femmes, qu'on peut nommer Providence ou Destin,
Tant votre empire est grand sur le bonheur humain,
Pressez-vous à l'entour du foyer domestique;
Nous y suivrons en cœur votre grâce pudique,
Nous y rattacherons nos vœux et notre orgueil
Qu'un mirage trompeur égara loin du seuil.

Les vertus sont des sœurs qu'une harmonie enchaîne;
La Famille est le gland, la Patrie est le chêne;
Femmes, de la Famille enchantez le lien,
Car toujours le bon fils sera bon citoyen.

N. MARTIN.

PAUVRE MARIE!

—

1850

—

Le front sur tes genoux, sur les yeux tes mains blanches,
Dans tes cheveux noyé comme un tronc dans ses branches,
Emu profondément, tu gémissais tout bas,
Et tu ne levas point la tête au bruit des pas.
De quoi peux-tu pleurer, bel enfant, à ton âge ?
(Sainte-Beuve).

Jadis folle et rieuse
Au bal tu t'élançais,
Et tu n'étais rêveuse
Que lorsqu'encore heureuse,
Le matin tu pensais
A la valse enivrante
Qui t'entraînait, puissante,
Rapide comme un flot ;
.... Ou qu'un nom dans ton âme
Passait comme une flamme,
Pour en sortir bientôt ;

Quand près de toi la danse
Tourbillonne aujourd'hui,

Loin de la contredanse
Tu restes en silence;
Ton œil, avec ennui,
Suit ces femmes parées
Qui volent, entourées
D'un parfum de bonheur,
Qui de plaisirs ardentes
Se jettent, palpitantes,
Aux bras d'un beau danseur.

Naguère un peu coquette,
A tous tu souriais,
Et de ta brune tête,
Oublieuse et distraite,
Parfois tu me laissais
Prendre un bouton de rose,
Fleur qui s'ouvrait éclose
Sous mes baisers nombreux;
Qui, sur mon sein posée,
Bientôt mourait, brisée
Par mon cœur trop heureux.

..,. Plus de fleurs parsemées
Sur ton bandeau luisant;
Ces roses tant aimées
Se fanent, consumées
Sur ton front trop brûlant.
.... Oh! quand sous ta couronne,
Feu mourant qui rayonne,
Nous te voyons pâlir;
Sans doute elle se change
En épines, pauvre ange!
Pour te faire souffrir.

15

— A ton œil , jeune fille,
Bien souvent, de douleur
Une larme scintille
Comme un peu d'eau qui brille
Sur le bord d'une fleur ;
Lorsque ton front se penche
Sur ton épaule blanche,
Le regard douloureux ,
Qui voile ta prunelle,
Semble chercher une aile
Pour t'envoler aux cieux ;

Lorsque ta voix plaintive
Nous fait entendre un chant,
Triste elle nous arrive,
Ainsi que sur la rive
Le cri du goëland,
Qui nous dit sur la plage
Que s'avance l'orage,
Que le flot va bondir. ..
Oh! sur ta jeune tête
Est-ce que la tempête
Déjà viendrait mugir?

.... Mais pourquoi, je t'en prie,
Caches-tu cette fleur
Desséchée et flétrie ?
Déjà l'amour, Marie,
S'est glissé dans ton cœur ?
.... Enfant ! de cette flamme
Eloigne-toi ! ton âme

Perdrait ses ailes d'or;
Et, pauvre ange, sans aile,
Lors comment pourrait-elle
Vers Dieu prendre l'essor?

Ed. Saint-Amour.

A M. ALBERT B....

—

1856

—

Pour une sœur, qu'on dit jeune et jolie,
Vous éprouvez le plus doux sentiment,
Amour de frère, amour sans jalousie,
Le seul amour sans désenchantement....
N'aimez jamais que de cette tendresse
     Qui nous fait chérir une sœur ;
     L'amitié console le cœur,
          L'amour toujours le blesse.

P. Simon.

LA MORT DE NÉRON.

—

POÈME HISTORIQUE,

LU A LA SÉANCE SOLENNELLE DE LA SOCIÉTÉ IMPÉRIALE ET
CENTRALE DE DOUAI (AGRICULTURE, SCIENCES ET ARTS)
LE 17 AOUT 1853.

—

1853

—

Il fait nuit; Rome dort: la géante sommeille:
Quoi! Rome ose dormir, lorsque Néron s'éveille !
Ils sont loin ces moments, où le fier souverain,
Armé du joug de fer et du sceptre d'airain,
Faisait plier sous lui la ville humiliée :
Rome, la grande Rome à son pouvoir liée!
Néron s'éveille, ordonne, et veut régner encor ;
Il promet aux guerriers du pillage et de l'or ;
Le palais est désert.... en vain, sa voix fébrile
Appelle la cohorte à ses forfaits docile :
« A moi, prétoriens! qu'on sème la terreur ;
» Levez-vous! armez-vous! et vengez l'Empereur ;

» Entendez-vous, amis, ce gouverneur rebelle
» Galba !... dont l'insolence en son camp vous appelle?...
» A moi, prétoriens !... que le glaive puissant
» Donne aux reflets du Tibre une couleur de sang :
» Ne suis-je plus Néron? Malheur à qui conspire!
» Oh! mes lions armés ! Si pour voler l'Empire,
» Mille conspirateurs renaissent sur mes pas,
» Néron de cruautés ne se lassera pas. »

Ainsi parle César; mais sa voix éperdue
N'éveille que l'écho de l'immense étendue.
Le prince abandonné se dresse avec stupeur :
Seul avec ses forfaits, Néron connaît la peur.

Tu n'es pas seul, Néron ; ta parole cruelle
Appelle vers ta couche une garde nouvelle;
En ce moment sinistre, accueille sans effroi
Les fantômes connus qui s'avancent vers toi :
Ils viennent longuement des angles de la salle
Et grossissent les rangs d'une troupe infernale.
Là.... c'est Britannicus, le candide héritier
D'un sceptre que vola ton despotisme altier;
Et, pour mieux affermir une puissance injuste,
Tu livras sa jeunesse aux poisons de Locuste;
Livide, il redemande à son frère cruel
Les roses de l'enfance et l'éclat paternel.
Il passe.... et te maudit ! — Vois non loin de cette ombre,
Une femme, l'œil fier et le visage sombre :
Elle est morne et sanglante ; et le fer assassin
D'une blessure impie a labouré son sein,
Quel foudroyant courroux l'échauffe et la domine :
Ah ! tu la reconnais ! c'est ta mère Agrippine :

Ta mère, qu'égorgea l'excès de ta fureur,
Bien que ses nobles flancs aient porté l'Empereur ;
Sa pâleur, son courroux te dévoue aux furies.
Plus loin,... la veine ouverte et les couleurs flétries,
Ruisselante de sang, et pleurant ses beaux jours,
Octavie est frappée, en pardonnant toujours :
Epouse douce et pure, à l'exil condamnée,
Elle trouve un bourreau sur le char d'Hyménée,
Et lève, en expirant, son regard triste et doux,
Pour supplier les Dieux d'épargner son époux.
Dans la foule lugubre, eh quoi!... je vois encore
La suave beauté que l'Empereur adore :
Poppéa qui, briguant ce périlleux honneur,
Dans la couche princière a rêvé le bonheur !   •
Néron par son amour eut l'âme remuée :
Oui... Néron l'adora ; mais Néron l'a tuée!
Allons ! regarde encore,... et vois tous ces Romains
Que fauchèrent jadis tes ordres inhumains;
Sous un règne abhorré la vertu fait le crime,
Et le sang rajeunit la pourpre illégitime :
Sénèque, qui forma tes débuts glorieux,
Lucain qui t'adulait de vers mélodieux,
Les prudents sénateurs qui, par des flatteries,
Espéraient museler le tigre et ses furies ;
Ces rudes officiers qui, purs de trahison,
Eveillaient chaque jour la haine et le soupçon.
Tous sont frappés!... Amis, ennemis,.. tout succombe.
Rome pour ses enfants n'est qu'une large tombe!
Puis les chrétiens, jugés ennemis de l'Etat,
Fournissent la curée au hideux potentat :
Hommes, femmes, enfants, vierges que l'on amène
Repaissent les lions au milieu de l'arène !

Et cependant César, le front paré de fleurs,
Harmonise son luth au cri de leurs douleurs!
Le sang, le désespoir, le râle et l'agonie
Ont le mieux échauffé sa ronflante harmonie!
Mais aujourd'hui, les morts se lèvent des tombeaux;
Euménide sur eux promène ses flambeaux.....
Tu n'es pas seul, Néron! Mais quelle foule horrible!
Des fantômes muets l'éloquence est terrible;
Ne crois-tu pas ouïr leur formidable voix
De malédictions te charger à la fois?
N'entends-tu pas ces mots que leur souffle Euménide:
« Adultère! Voleur! Assassin! Parricide! »
Pour contenir les flots de ce peuple maudit,
Le palais des Césars est déjà trop petit.

Ils s'éloignent enfin de la couche funeste,
Les fantômes s'en vont, la réalité reste!
Et Néron se rassure; il brave encor les dieux,
Il redouble aux soldats ses appels furieux;
Il écoute.... On n'entend que des clameurs lointaines,
Clameurs vagues encore, et pour lui trop certaines:
C'est Galba qu'on acclame! et les prétoriens
Mêlent leur voix guerrière aux cris des citoyens;
Il prête encor l'oreille, une clameur semblable
Aiguise sans pitié le tourment qui l'accable.
Ce ne sont plus ici de vulgaires complots,
Impuissants à rider la surface des flots;
Plus de vils conjurés, qu'on envoie aux supplices,
On riait de Vindex, des Gaulois ses complices....
Mais le sage Galba, l'heureux triomphateur,
A de chaque Romain fait un conspirateur.

Allons, César, debout !.... prends le glaive et l'armure !
Etouffe sous tes pieds la ville qui murmure !
Un Empereur de Rome a le cœur d'un guerrier :
Il abat les complots sous son glaive d'acier.
Va, cours, vole, menace,.... et conjure l'orage :
Le meilleur bouclier, Néron, c'est le courage !
Non ; — le lâche ! il a peur, il craint le fer, les feux ;
La sueur de l'effroi perle dans ses cheveux ,
Et puis,.... comment braver cette foule en délire ?
Pour marcher aux combats, Néron n'a qu'une lyre ! !
C'est un grand baladin , dont Rome quelquefois
Applaudit au théâtre et la grâce et la voix ;
C'est un acteur fameux qui , vainqueur de la scène,
Ravit plus d'une palme en cette molle arène ;
Il est le plus habile entre tous les Césars
A manier la paume, à conduire les chars :
Vous en souvenez-vous ?... Sa parole hardie
Chantait des vers fameux , quand l'immense incendie
Enlaçait Rome entière et ses flancs embrasés ?
Quel superbe monceau de Romains écrasés ;
O théâtre brillant ! magnifique ruine !
Néron sur ce sujet fit une ode divine :
Quand Rome s'écroulait, Néron sur une tour
Par des chants radieux signalait son retour ;
Le royal baladin, qui palpitait de joie,
Célébrait fièrement la ruine de Troie,
Et, pour récompenser ses accents destructeurs,
Néron trouvait encor des milliers de flatteurs ! !
Mais à ce beau triomphe il faut donner relâche ;
C'est l'heure des combats, Néron n'est plus qu'un lâche.

Parmi les confidents à sa voix accourus,

On trouve Epaphrodite, et Phaon et Sporus :
Intimes compagnons de sa débauche vile,
Ils redoutent l'éclat de la foudre civile !
Quatre ou cinq affranchis au cœur efféminé
Sont les prétoriens de Néron détrôné.
Du peuple débordé la vague roule et monte ;
Le tyran s'en émeut d'impuissance et de honte,....
Il écume, il rugit : quel sera son dessein ?
Sur qui faire tomber son courroux d'assassin ?
Néron voit la misère où sa fougue est réduite ;
Le héros désarmé se résigne à la fuite,....
Et le noble palais, dont il franchit le seuil,
En tressaille à la fois d'allégresse et d'orgueil !
Il va fuir ; près des murs de la ville éternelle,
Phaon offre à son maître un asile fidèle ;
C'est un petit logis perdu dans les chemins
Qui voilera le prince à tous les yeux romains !
Néron toujours tremblant, s'éloigne des murailles ;
De loin, le bruit des camps, large écho des batailles,
Lui fait dresser l'oreille, et comble sa terreur ;
« Vive à jamais Galba, le nouvel Empereur ! »
Oui...., les prétoriens, parjures satellites,
Redisent à grands cris ces paroles maudites.
O douleur ! le ciel même, où l'éclair a frémi,
Du monarque éploré se déclare ennemi :
Le fulgurant tonnerre a vibré dans la nue ;
Prodiges éloquents ! voix terrible et connue !
Vous proclamez des dieux la sévère équité :
En vain le criminel rêve l'impunité ;
En vain il court chercher l'asyle des ténèbres ;
Le remords le poursuit de ses torches funèbres,....
Et l'enfer, qui dans l'ombre a jeté ses vapeurs,
Illumine Néron d'éternelles pâleurs !

Au milieu des périls d'une course craintive
Au logis de Phaon la pâle escorte arrive ;
Néron, pour s'y glisser, rampe dans les buissons,
Jusqu'au sein des roseaux flairant les trahisons ;
Pareil à la couleuvre, il s'allonge sur terre :
Aux fanges d'un marais, César se désaltère ;
Un morceau de pain noir est le royal festin,
Une loge d'esclave abrite son destin,
Néron n'a plus enfin , pour abreuver sa rage,
Du sang pour nourriture, et du sang pour breuvage !

Mais le sinistre cri du peuple révolté,
Poursuit jusqu'en ces lieux le prince épouvanté :
« Qu'est-ce ? Phaon !... Sporus !... mes amis , mes fidèles ,
» Entendez-vous là-bas ces menaces cruelles ?
» Suis-je encore trahi ? suis-je encor découvert ?
» Quel asile perfide à mes pas s'est ouvert ?
» On appelle Néron.... Néron demande grâce.
» Que voulez-vous de plus , multitude vorace ?
» Rome a soif de mon sang ! elle ne l'aura pas ;
» Non ! vous m'arracherez à ce hideux trépas.
» Grâce, grâce. » Il tremblait, priait, versait des larmes ;
L'abattement des siens redouble ses alarmes ;
Et les rares amis, qu'il a su découvrir,
Lui répondent : César, il est temps de mourir !

Il ne sait que pleurer, le remords de ses crimes
Lui montre le Tartare , aux éternels abîmes ;
Il mendiait sa grâce , implorait un retard,
Et, d'une main fiévreuse, essayait le poignard.
Courage ! de tes mains il faut finir ta vie !...

A ton indignité la puissance est ravie;
Contre un lâche bourreau le monde a protesté!
Mais toi, qui fus César!... meurs dans ta majesté...

Plus d'espérance?... Oh! non; Rome entière se lève;
Du despote écrasé le châtiment s'achève;
Le Sénat proclamant Galba comme Empereur,
Ruine par décrets un règne de terreur;
Et, pour régénérer les lois et la justice,
On condamne le monstre au plus cruel supplice:
L'encens fume aux autels; les citoyens joyeux
D'innombrables clameurs font résonner les cieux...
En ces jours fortunés, que l'avenir féconde,
Rome s'appelle encor la maîtresse du monde!!

Expire, ô vil Néron!... Déjà les cavaliers
D'un pas inquisiteur ont franchi les halliers:
On entend les chevaux et leur marche sonnante,
Quand Néron parle encor d'une voix frissonnante:
« Vous l'exigez, cruels! Ce fer doit me percer;
» Ah! sous ce froid poignard mon cœur doit se glacer;
» Ou je vais, achevant ma sombre destinée,
» Livrer à des bourreaux ma tête couronnée!....
» Non; je veux être digne et de vous et de moi:
» Fils de Domitius! j'expire sans émoi....
» Je veux mourir; non, non! destinée exécrable!
» Pour un si bon chanteur quelle fin misérable...
» Rome infâme! sais-tu que tu m'applaudissais?...
» Oui; tu couvrais mes chants d'ivresse et de succès;
» Comme nous avons eu des cirques et des fêtes!
» Allons! mes chers amis! que vos lyres soient prêtes!
» Acté! mon affranchie, aux fidèles amours,

» Prends soin que ma parure éblouisse toujours :
» Je veux cueillir le prix des chars et de l'arène,
» Et charmer par ma voix Rome la souveraine :
» Au cirque, où va la foule, il est temps d'accourir... »

. . . .

Tous répondent : « César ! il est temps de mourir ! »

Oui, c'en est fait ; Néron va, d'une main peu sûre,
Essayer dans ses flancs une faible blessure ;
Le sang rougit le fer ; il a peur de son sang,
Il s'éloigne, à l'aspect de ce flot jaillissant :
A se frapper encore il recule, il hésite ;
Il lui faut pour mourir l'aide d'Epaphrodite !
Soudain, la porte s'ouvre ; et de nombreux soldats
Font luire en ce logis l'appareil des combats.
Ils vont saisir Néron, le punir comme un traitre ;
Chargé d'ignominie, à Rome il va paraître ;
Mais lui, d'un dernier coup se traverse le flanc ;
Vers ses prétoriens il se dresse sanglant,
Et, d'un geste de maître éloignant leur approche,
Il ose, en expirant, leur jeter un reproche,
De ce qu'ils sont venus, parjures à l'honneur,
Porter leur main rebelle au front d'un Empereur.

Néron vient d'expirer, l'échafaud perd sa proie :
Ce cri vole dans l'air et vient combler la joie ;
Il n'est plus ! Il n'est plus, le tyran détesté
Qui régna par le fer et par l'iniquité.
Néron vient d'expirer, il suffit qu'il périsse :
Aux glorieux Romains qu'importe son supplice ?
Même, on déposera ses restes odieux
Dans le noble sépulcre où dorment ses aïeux :

Aux temples, au Forum quelle foule se presse !
Quelle douce union ! Quelle touchante ivresse !
Soldats et citoyens, s'animant tour-à-tour,
Ont vu ressusciter l'éclat d'un nouveau jour,
Du trépas de Néron tout le peuple s'énivre ;
Et son dernier soupir, Rome!... te fait revivre.

BENJ. KIEN.

ÉPIGRAMME

SUR LE SORT DES OUVRAGES DE DAMON.

1824

Du poète Damon conçois-tu la misère ?
Ses enfants dans la tombe ont précédé leur père...

M. A. DUFLO.

LE JUGEMENT DE L'AIGLE.

ALLÉGORIE.

1853

« Sur l'image de Dieu. »

Les brises du mois d'Août, de leurs chaudes haleines
    Avaient desséché les marais,
    Doré les moissons dans les plaines,
Et jauni le sommet des monts et des forêts.
    L'herbe ondoyante des prairies,
    La robe verte des côteaux,
    Naguère fraîches et fleuries,
Partout se flétrissaient en l'absence des eaux.

C'est qu'il est une loi dans la nature entière,
Loi commune aux mortels comme à l'herbe des champs :
« Ainsi que les beaux jours l'orage est nécessaire;
» Il ne peut exister un éternel printemps. »

De même, à la merci du destin qui nous mène,

Si dans les jours heureux où renaît notre cœur,
Nous n'avions point connu la misère et la peine,
Comment apprécier le charme du bonheur?...

Mais du Dieu Créateur la sagesse profonde
Qui fait mouvoir l'atôme et l'immense Océan,
Donne aux fleurs la rosée et le soleil au monde,
Et pour qui sont égaux le prince et l'artisan,
Veillait sur la terre en souffrance....
La nue à sa voix s'ouvre et soudain, sous ses pleurs,
On vit renaître à l'espérance
Les ruisseaux, les forêts et les champs et les fleurs.

Mais dès lors chacun d'eux, ô nature volage!
Croyant être l'objet d'une unique faveur,
Voulut nommer en son langage
Et définir son bienfaiteur.
Le ruisseau s'écriait : « Aux voûtes infinies,
» Règne une immense MER d'azur
» Aimant à marier son cristal frais et pur
» Au doux bruit de mes harmonies. »

« Non, lui dit un grillon ; de mon bonheur jaloux,
» Quelque INSECTE géant vomissant la tempête,
». Veut m'inonder dans ma retraite;
» Mais sous ce chêne épais j'échappe à son courroux. »

« Vous vous trompez tous deux, leur répondit le chêne,
» Qui de perles d'argent arrosait le gazon ;
» Cent ans ont mûri ma raison,
» Vous pouvez m'écouter, ma parole est certaine ;

» Cet être qui domine et la terre et les mers,
   Est le grand ARBRE de la vie,
» Dont les rameaux légers flottant au sein des airs,
» Nous versent leurs trésors en gouttes d'ambroisie;
» Et qui, de nos destins suprême ordonnateur,
« Produit en agitant son magique feuillage,
» Ou la manne céleste, ou la douce chaleur,
         » Ou les aquilons et l'orage. »

Ainsi chacun parlait; lorsque, de leurs débats,
   Un aigle, témoin solitaire,
   Leur dit : « J'ai parcouru la terre,
» De la zône brûlante aux pôles des frimats;
» Et je n'ai vu partout que vaine créature
» Osant se comparer au Dieu de la nature!... »

MORALITÉ.

Dans tous les lieux, dans tous les temps,
Les hommes ont fait Dieu d'après leur propre image;
Tantôt sombre et jaloux, tantôt faible et volage,
   Suivant leurs goûts ou leurs penchants.
L'homme juste en son cœur en lui voit un bon père;
Le méchant, un tyran aveugle en sa colère
   Qui damne et maudit ses enfants.

                          PEROT.

ÉPITRE

A. M. B.-B., EX-PROCUREUR-GÉNÉRAL A LA COUR DE DOUAI.

—

1823

—

Il est une déesse, aveugle en son caprice,
Répandant, au hasard, sa volage faveur;
A nos vœux, rarement nous la trouvons propice;
La Fortune est son nom ! En cherchant le bonheur,
Ah! combien de mortels l'accusent d'injustice !

Cette nuit, du sommeil savourant le repos,
Je rêvais et j'avais oublié tous mes maux :
Mon esprit, caressé par un brillant mensonge,
Heureux, s'abandonnait aux prestiges d'un songe.
Le dirai-je? Et pourquoi, de ce rêve innocent,
     Vous ferais-je un mystère?
  Je suis certain de ne pas vous déplaire,
    Si vous daignez sourire en me lisant.
C'est un rêve, après tout... Jamais rêve n'offense.

A la cour de Douai, par royale ordonnance,
  J'étais nommé *Procureur général!*

16

Je vous l'avoue, en bonne conscience,
Jamais bonheur au mien ne fut égal.
L'aiguillon de la gloire éveilla mon génie,
Et m'embrâsa d'un feu nouveau.
Je m'élançai, l'âme agrandie,
Sur les traces de d'Aguesseau.
Vengeur de l'opprimé, je fis pâlir le crime;
De l'orphelin je défendis les droits :
Aux pièges du méchant, j'arrachai la victime :
L'amour du bien public ennoblissait ma voix.

L'estime de la cour devint ma récompense,
Et bientôt j'y jouis d'un crédit éminent.
J'eus, un beau jour, grâce à mon influence,
Le bonheur de vous rendre un service important.

Vous désiriez entrer dans la magistrature :
Vous étiez jeune alors, et pour votre début
Vous deviez commencer par être *Substitut.*
Mais hélas! vingt rivaux, dans la candidature,
Tous riches et puissants, enfants de la faveur,
Fiers d'entrer au parquet, déjà sûrs de la place,
Jetaient sur vous, pauvre solliciteur,
Un regard de pitié qui peignait leur audace.
Vous soupiriez... Au fait, loin d'être rassurant,
Leur ton vous paraissait un augure sinistre.
Vous étiez fort timide en me sollicitant.
Déjà, je vous ai dit combien j'étais puissant...
Je m'intéresse à vous et j'écris au Ministre.
Sa Grandeur me répond... et vous êtes heureux
Vous êtes *Substitut*, au comble de vos vœux!
Dans vos transports, déjà, plein de reconnaissance,

Vous bénissez le nom de votre protecteur,
Quand soudain je m'éveille et ris de mon erreur,
Abdiquant le parquet et mes airs d'importance.
Pourtant, l'œil entr'ouvert, je doute s'il fait jour.
Rassurez-vous, mon rêve était une chimère
   Qui ne change rien à la cour.
Vous possédez encor votre haut ministère.

Ah! long-temps, puissez-vous, j'en forme les doux vœux,
  Magistrat éloquent, député courageux,
Au talent le plus rare unissant l'énergie;
   A la justice, à la patrie,
Consacrer, tour-à-tour, vos instants précieux.

Mais parlons de mon rêve et du riant mensonge,
Que, sans art, dans ces vers, je vous ai raconté,
Daignerez-vous, pour moi, faire en réalité,
   Ce que pour vous j'ai fait en songe?

J. FONTEMOING.

LE DÉLIRE DU BOURREAU.

—

1837

—

> Oh ! que la nuit est longue à la douleur qui veille !
>
> *Saurin.*

Oh ! je voudrais dormir ; ma pesante paupière
Au sommeil ne s'est pas close de si long-temps ;
Et la nuit est si lente en sa triste carrière,
Quand il faut en compter les heures, les instants.
Un bienfaisant repos, salutaire rosée,
Ne pourra-t-il jamais éteindre ou rafraîchir
Le feu poignant et sourd de ma tête brisée !
Verrais-je donc toujours l'horizon se blanchir ?

Le jour ne peut-il pas finir sans que je veille ;
La nuit n'est-elle donc qu'une éternelle veille ;
L'heure sonnera-t-elle encore comme un glas ;
Ne pourrai-je dormir ? Et pourquoi donc, hélas !

Ah ! j'avais oublié !... Ma vie est criminelle !
Mon visage et mes mains sont maculés de sang ;

Et seulement sur l'homme au cœur pur, innocent,
Le sommeil désiré vient déployer son aile.

Oh ! je voudrais dormir ! Ma paupière est lassée ;
Mais peut-on empêcher le souvenir des morts?
L'esprit peut-il dormir quand veille la pensée,
Quand à votre chevet se couche le remords?

Comme autrefois des voix jetaient à mon oreille :
Jack, aiguise ta hâche et demain tu tûras.
Maintenant le remords m'écrasant sous son bras
Me clame : Souviens-toi, souviens-toi, Jack, et veille.

Le remords infernal, dont la sanglante lèvre
Vous jette en vifs éclats ses longs ricanements,
Qui bourdonne des cris et des gémissements ;
Quand votre corps brisé se dessèche à la fièvre
Qui vous glace les reins sous ses frissonnements
Et brûle votre bouche et votre gorge arides ;
Le remords qui vous casse et vous plisse les yeux ;
Qui creuse votre joue et blanchit vos cheveux,
Le remords qui vous grave au front de larges rides,
Et vous transforme un homme encor jeune en vieillard ;
Le remords éternel dont la lèvre vous brame,
Lorsque le repentir s'est fait jour dans votre âme :
Bourreau, tu te repents en vain, il est trop tard !

Bourreau ! bourreau ! bourreau ! cet être à qui l'on donne
Pour sa rouge escacercelle une sanglante aumône,
Prix d'un marché de sang. Bourreau, bourreau, bourreau !
Cet homme dont la hâche arrose l'échafaud !

Holà hé! tavernier! verse des vins de France,
Ah! tu ris, master John! Tiens, tiens, voici de l'or.
Du vin qui vous enivre et trouble la souffrance;
Va, que le bord écume; allons, du vin encor!

Oh! oui, je me souviens! quand la brûlante orgie
Pétillait dans le verre, éclatait au plafond,
A la taverne quand ma face était rougie,
A mon esprit venait comme un oubli profond.

Allons donc! que l'orgie à verres pleins circule!
L'oubli viendra peut-être. Ah! la gorge me brûle!
Un peu d'eau seulement, oh! quelques gouttes d'eau!
Un peu d'eau, par pitié, pour étancher la fièvre
Qui sèche ma poitrine et me hâle la lèvre!
De l'eau!... Rien, rien! Non, seul comme dans le tombeau!
Seul, seul avec le cri que me jette mon âme;
Car, pour me consoler, moi je n'ai point de femme
Qui me veille assidue au pied de mon grabat....
Pauvre fou, qu'ai-je dit? La souffrance m'abat.

Une femme pour moi, que ronge la souillure?
Ma main, ma main rougie eût touché sa main pure?
Mon cœur vil eût battu sur son cœur innocent?
J'eus sur son voile frais laissé tomber du sang?
Une épousée à Jack! c'eût été chose atroce!
Ah! ah! ah! mon amour, un beau présent de noce!
La Providence alors, s'il en est une aux cieux,
M'eût fait naître un enfant; et quand j'eusse été vieux,
Quand le temps eût marqué le terme de mon âge,
Mon fils, trouvant ma honte et ma hâche en partage,
Eût dit: Maudits soyez le père et l'héritage!

Ah! je le savais bien, moi, que j'étais heureux.
Oui, oui, c'est du bonheur pour l'homme d'infâmie,
Quand à sa voix ne vibre aucune voix amie ;
Et sur son lit de mort, quand expire un bourreau,
Il ne faut pas qu'autour, gisant sur le carreau,
Aucun être le pleure. Eh ! pleure-t-on au monde
Le mendiant mourant comme une bête immonde
Couché sur un fumier ? Non. Que nul au Clamart
Ne vienne accompagner le sanglant corbillard.
La terre doit laisser, quand un bourreau succombe,
Sa mémoire à l'oubli, le repos à sa tombe.

Malheureux paria, triste souffre-douleurs,
Son gazon ne doit point être arrosé de pleurs.
Oh! je voudrais dormir! je ne puis, et pourquoi?
Qu'est-ce, là-bas, là-bas, que ce millier d'atômes?
Des cadavres sanglants... les miens... un des fantômes
Se penche vers mon corps. Ah! ah! ah! laisse-moi!
. . . .
Ce fut une terrible, une sanglante histoire,
Un de ces faits affreux qui frappent la mémoire
Et demeurent gravés.... Voyez donc dans la tour
Cette enfant, ce vieux prêtre, et ces gardes autour.
Son nom c'est Jeanne Gray, la malheureuse femme,
Pauvre reine d'un jour! Voyez l'arrêt infâme,
Les murs tendus de noir; dans le fond, le bourreau,
Et le billot hideux, là, là, sur le carreau.
Voyez donc, voyez donc, cette enfant, elle pleure,
Non parce qu'un moment va faire tinter l'heure,
Mais parce qu'à Tyburn le sol est teint de sang,
Et que de l'échafaud l'exécuteur descend.
Son Dudley, son vieux père!...Ecoutez! l'heure sonne!

Ah! ah! ah! regardez le bourreau qui frissonne,
Oh! le lâche! il a peur! il a peur! et l'enfant
Sur le sanglant étal incline son front blanc.
Mais contemplez donc Jack, qui pâlit et se signe.
Sur ce cou doux et frais comme l'aile d'un cigne,
Le fer a lui trois fois et la tête a roulé!
Sa bouche murmurait encore: mon Dudley!
Trois fois, entendez-vous, trois fois sur ce cou frêle,
Frêle comme un roseau que sépare la grêle,
Ma hâche a pu tomber. Enfer! damnation!
Ce fut une terrible, une infâme action!
Un masque pour cacher aux regards mon visage
Rouge de honte; un masque, à moi, contre l'outrage!
Trois fois, trois fois, trois fois; mais c'est du déshonneur!
Et n'entendez-vous pas tout ce peuple moqueur;
Le peuple qui chérit cette lugubre scène,
Et qui vous bat des mains quand le coup qu'on assène
A frappé juste. Un masque! et puisque j'ai pâli,
Je ne lèverai plus mon bras; il a faibli!
Un successeur à moi, mais un masque à ma face
Qui me cache au mépris de cette populace,
C'était un crime infâme et je m'en suis souillé!
Mon fer aussi depuis sur le mur s'est rouillé.
J'avais fermé les yeux... Dieu! voilà ta vengeance!
Sans larmes, sans soupirs, supportons la souffrance.
C'est qu'elle est bien cruelle! Ah! je voudrais dormir!
Ne se lasse-t-on pas de m'entendre gémir?
Que la nuit est donc longue! Ah! je voudrais dormir!

E. WŒSTYN.

CHANT FUNÈBRE

—

AUX MANES DES VICTIMES DU SINISTRE DU 29 JANVIER,

G. NEUTS, M. BOMMELAER ET C. CELLE,

ET AUX PRINCIPAUX ACTEURS DE CE DRAME,

—

1857

—

Pleurez, Dunkerque, ô ma cité chérie !
Le trépas de trois dignes fils ;
Le dévoûment a clos leur belle vie,
O mort ! pourquoi nous les as-tu ravis ?

Que voulaient-ils ?... T'arracher une proie ?
Mais tant de fois leur généreuse ardeur
Avait donné l'ivresse de la joie
Où devait siéger la douleur.

Tant de fois tu les vis, secouant ton étreinte,
Oser, avec audace, à tes gouffres béants
Reprendre tes sujets, quand déjà ton empreinte
Engourdissait leurs membres palpitants.

Et cette fois encore un péril, un naufrage
Vient, provoque leur zèle et fait bondir leur cœur;
Oublieux des saisons et des glaces de l'âge,
Ils veulent affronter une mer en fureur.

Sur un trop frêle esquif, portés par leur courage,
  Ils poussent vers les naufragés;
  Dans les haubans, près d'être submergés,
Une amarre est jetée, elle atteint le cordage,
  Elle promet, elle montre le but;
Mais, se rompant bientôt, c'est à leur seul courage
  Qu'ils pourront devoir leur salut.

L'esquif les porte mal, un sinistre présage
  A fait jeter un cri d'effroi!
  Hélas! sur toute la plage
Tous les cœurs sont saisis d'un douloureux émoi.
  La vague écume et déferle avec rage;
  Elle bondit, gronde comme l'orage:
  L'esquif s'emplit, chavire et l'équipage....
  Hommes, canot.... plus rien ne s'en revoit!

Eh quoi! vont-ils périr ces types de vaillance?
Mais, prompt comme l'éclair, François Tixier s'élance;
Et Jouin, les Decleer, tous ces jeunes héros
Veulent les arracher à la fureur des flots,
Vain espoir! vains efforts! inutile courage!
Ils ne reverront plus leur bien-aimé rivage:
Le ciel l'a décidé, leur sort est dans sa main;
Ils auront en ce jour leur glorieuse fin!

  Cruelle mort! quel est donc ton empire?

Que tes traits sont affreux, que ton glaive est tranchant!
　　Et comment ne pas te maudire
　　Lorsque ton coup est si poignant?

　　Pleurez, ô ma cité chérie!
　　Le trépas de vos dignes fils:
Pleurez!... et puis chantez une aussi belle vie,
　Oh! mort! pourquoi nous les as-tu ravis?

　Pleurons!... hélas! ta douleur est la mienne.
Mais quoi! me dit mon ange, ô toi, fille chrétienne,
Où donc est ton espoir? qu'as-tu fait de ta foi?
Oserais-tu de Dieu méconnaître la loi?
Contre ce Dieu puissant, père de la nature,
Ah! cesse, faible enfant, cesse ton vain murmure;
Dans ce monde où tout passe, où nos jours sont bornés,
Il est doux de pouvoir, sans maux, sans maladie,
Sans regrets, sans douleurs, même sans agonie,
Il est doux de mourir comme nous sommes nés.
Sur l'aile de l'amour, vers la spère éthérée,
Notre âme d'un seul bond traverse l'empyrée!
Lorsque la charité, ce guide tout divin,
Vient la conduire ainsi vers sa terrestre fin,
Et dans un seul instant lui fait franchir l'espace
De ce séjour d'erreurs au trône de la grâce.

Ah! ceux qu'ici l'on pleure, au ciel seront admis,
Cette ardeur, cet élan, cet héroïque zèle,
C'est de l'amour du Christ la divine étincelle;
Ils verront du Seigneur les célestes parvis.

Pleurez! aussi chantez, ô ma cité chérie!
  Le trépas de vos dignes fils;
  Chantez une si belle vie,
  Car le Seigneur les a bénis!

Ah! pour pareille vie et semblable courage,
Il leur faut une couche au bord de cette plage,
Un vert tertre, une croix, de l'ombrage, un cyprès,
Que feront reverdir nos pleurs et nos regrets;
Et que leurs noms ainsi, gravés sur une pierre,
Redisent à jamais leur belle heure dernière.
C'est là l'encens du juste, et du brave, et du fort;
Le ciel même le dit par une telle mort!

Voilà ce que pour vous ma voix demande en grâce;
Vous, Celle, Gaspard Neuts, et Mathieu Bommelaer.
Et qui donc plus que vous a droit à telle place?
Quoi! ne te doit-on pas, à toi, digne Gaspard,
Non la distinction qu'un noble cœur envie,
Et que depuis vingt ans on aurait dû t'offrir,
Mais le socle immortel qu'on accorde au génie,
Sur lequel ton beau nom puisse encore grandir,

Afin qu'à tout enfant de ta chère patrie,
Afin qu'à tout marin, qu'à tout homme de cœur,
Le marbre, le granit témoigne de ta vie,
Pour que chaque passant puisse y jeter sa fleur.

Pleurez! aussi chantez, ô ma cité chérie!
  Le trépas de vos dignes fils;
  Entonnez l'hymne, ô gloria Marie!
  Pour ceux que son Fils a bénis!!

Et vous, jeunes héros, privés de vos modèles,
A leurs enseignements restez toujours fidèles ;
Ils vous associaient à leurs grandes leçons :
Montrez-vous à jamais leurs meilleurs nourrissons.
Du séjour des élus, dont leur âme, sans doute,
En quittant cette vie a pu prendre la route,
Ils vous verront encore, ils vont vous protéger,
Ils seront près de vous au plus fort du danger.
Et de ces lieux d'amour où s'entend la prière,
Leur grande ombre sur vous planera tout entière.
Peut-être... — il est si doux à l'homme d'espérer ! —
Peut-être, franchissant la céleste barrière,
Cette ombre parmi vous viendra parfois errer.
Ah ! que toujours de vous elle puisse être fière.
Soyez toujours comme eux simples, justes, humains,
Afin qu'à votre tour, à votre heure dernière,
La charité vous prenne en ses divines mains.

PAULINE VERMERSCH.

NOTE EXPLICATIVE.

On lit dans le journal *l'Autorité* de Dunkerque, du 31
Janvier 1857, l'article suivant qui fait le sujet de la pièce
que nous venons de reproduire :

« Avant-hier jeudi, vers midi, un chasse-marée, venant
d'Anvers, avec un chargement de diverses marchandises,
vint échouer à l'entrée de notre port, à une encâblure environ de l'estacade de l'ouest. On y fit immédiatement des
signaux de détresse qui furent aperçus par MM. Lefebure
(Jules), voilier ; Fleury, maître charpentier, et Tixier (Fran-

çois, entrepreneur de lestage, qui se trouvaient à l'extrémité de l'estacade ouest, du côté du phare.

Le vent était alors N,-N,-O, grand frais; la mer était forte et brisante. Cependant le chasse-marée se trouvant dans un péril imminent, une trentaine de généreux dunkerquois vinrent s'offrir pour aller lui porter secours: cinq hommes seulement furent à même de prendre place dans un canot des ponts et chaussés que l'on avait retiré du bassin Becquoy. On avait passé l'embarcation par dessus la digue, au pied du fort Risban.

Les cinq dunkerquois qui s'embarquèrent dans le canot dont s'agit étaient MM. le chef-pilote Bommelaer, chevalier de la Légion-d'Honneur et médaillé; Gaspard Neuts, décoré de plusieurs médailles; les pilotes Bolleman, Weins et Celle. Ils se dirigèrent avec le plus de rapidité possible vers l'endroit de la côte où les naufragés appelaient leur assistance.

Un quart-d'heure après, ils parvinrent effectivement le long du chasse-marée et recueillirent trois hommes de son équipage. Parmi ces derniers était le capitaine. Deux seulement restèrent encore à bord du navire échoué; c'étaient un matelot et un mousse qui se réfugièrent dans les haubans de misaine, en attendant de nouveaux secours.

Le canot sauveteur revint en toute hâte vers la terre pour y déposer les trois naufragés qu'ils venaient de recueillir. Ce fut en ce moment fatal qu'un fort coup de mer fit sombrer l'embarcation, dont tous les hommes furent engloutis. Plusieurs d'entr'eux se cramponnèrent à la quille du canot; mais les autres furent emportés au large, et ne tardèrent pas à trouver la mort au sein des vagues toujours grossissantes.

Trois hommes périrent ainsi; ce sont: le chef-pilote Bommelaer, Celle et Gaspard Neuts. Ils ont succombé d'une manière bien cruelle, mais aussi bien glorieuse. Leur souvenir vivra long-temps dans la mémoire des dunkerquois, et surtout dans le sein de cette population maritime qui n'oublie jamais les actes de dévouement et de courage.

Quant aux trois hommes recueillis du chasse-marée, ils étaient épuisés par la fatigue et la faiblesse: ils ne reparurent plus.

Au même moment, un second canot, appartenant comme

le premier aux ponts et chaussées, fut mis à la mer. De courageux et dévoués citoyens y prirent place.

On cite comme s'étant particulièrement distingués : MM. Tixier (François et Désiré), fils de l'entrepreneur du lestage; Jouin, leur beau-frère; Liénard et Decleer frères, demeurant à l'établissement de la Friture. M. François Tixier s'est jeté du haut de l'estacade dans les flots pour voler au secours d'un marin du navire en détresse; et dès ce moment, il déploya une énergie surhumaine pour accomplir son œuvre de sauvetage. Nous regrettons de n'en pas connaître les particularités avec plus de détails. Mais nous dirons que les frères Tixier sont renommés depuis long-temps pour leur intrépidité qui va jusqu'à l'héroïsme.

L'embarcation nouvelle fut assez heureuse pour arriver sans encombre à bord du chasse-marée; et les deux naufragés qui s'y trouvaient encore, n'ayant pu être recueillis par le premier canot, lui durent cette fois leur salut. On put sauver en ce moment aussi les deux pilotes qui étaient en danger de périr. »

BIOGRAPHIES DUNKERQUOISES

—

NEUTS, BOMMELAER ET CELLE.

—

1857

—

Au moment où la tombe vient de se refermer à jamais sur les restes de trois hommes morts au service de l'humanité, n'est-il pas opportun de retracer quelques lignes de rapide biographie sur ces Dunkerquois que pleure la ville entière? Mainte fois, nous l'avons dit, le journaliste écrit de l'histoire; — histoire d'autant plus véridique et plus saisissante, qu'elle est contemporaine et que l'on ne peut mentir au présent, comme on pourrait le faire pour le passé, — Mais combien cette fois notre tâche est douce et bénie! En vous parlant aujourd'hui de Gaspard Neuts, en faisant revivre pour une heure, sous notre modeste pinceau, cette vie éteinte dans un acte d'héroïsme, nous n'avons à citer que les hauts faits du dévouement.

Qu'est-ce, en résumé, l'histoire de Neuts? Une suite pour ainsi dire non interrompue de sauvetages; une de ces gloires plus nobles et plus aimées que celle des conquérants, car elles ne font couler ni le sang, ni les pleurs. Au contraire, elles n'ont d'autre but que de rendre la vie à celui qui va mourir, en disputant aux funèbres destinées leur pâture de victimes.

Neuts (Gaspard), naquit à Dunkerque en 1792. Depuis

long-temps il est renommé dans notre ville, et surtout au milieu de la population maritime, comme l'un des maîtres de pêche les plus expérimentés et les plus courageux. Mais là n'est pas son titre principal à la brillante réputation qui le distingue. Neuts, à toutes les époques de sa vie, déploya cette généreuse tendance à faire le bien, et ce courage surhumain qui fut sans cesse l'apanage des héros dunkerquois. En présence d'un navire en détresse, Gaspard Neuts ne voyait que l'infortune et le péril de l'équipage. Le spectacle de la vague menaçante disparaissait à ses yeux ; rien ne pouvait faire reculer ce lion de la mer. Il s'élançait, comme obéissant à quelque mission divine, sur l'embarcation la plus chétive. Bien des fois sa lutte acharnée contre les éléments en furie le rendait maître de la plus cruelle situation ; bien des fois, il ramenait au rivage des naufragés en péril de mort,... jusqu'au jour à jamais fatal où l'élément, tant de fois vaincu, l'entraîna lui-même dans ses abîmes.

Comment faire un éloge qui soit réellement à la hauteur du sujet ?... Ah ! devant cette tombe vénérée par tous les Dunkerquois, n'employons ni la poésie du langage, ni l'exaltation des pensées : la louange doit avoir la même simplicité que l'homme auquel on l'adresse. — Qu'elle soit digne et calme ! — Le plus bel éloge que l'on puisse faire de Gaspard Neuts, n'est-ce pas de raconter uniquement les diverses actions de sa vie ?...

Commençons la série des faits de sauvetage dont il fut l'auteur. Nous les rangeons année par année, et nous voyons que son existence est émaillée d'actes les plus héroïques ; toujours il rêvait le bien-être et le salut des hommes.

Au mois de Juin 1822, Gaspard Neuts, naviguant avec son beau-frère et cousin Pierre Neuts, aperçut, près de Lerwich (Angleterre), un bateau-pêcheur anglais, monté par neuf personnes de la même famille. Les gens de cet équipage, battus par les ouragans, se voyaient en péril de mort. Les deux Neuts s'élancent à leur secours, et sont assez heureux pour les arracher à cette position désespérée, en multipliant les efforts les plus magnanimes, et non sans avoir mille fois exposé leurs jours.

En 1825, le 4 Février, un trait de sublime courage rendit Gaspard Neuts populaire à Dunkerque. Le jour dont nous parlons, la marée, déjà fort grosse, était poussée encore avec

17

la plus extrême violence par un vent de nord-est. L'eau débordait de toutes parts; elle envahissait les quais et les estacades. Ce fut alors qu'une goëlette anglaise, le *Thomas-Eléonore*, capitaine Winn, fut rejeté du chenal sur la côte, et se trouva bientôt dans la plus affreuse détresse. Le malheureux navire était ballotté par les vagues, sous lesquelles il disparaissait de temps à autre, et les matelots éplorés s'étaient réfugiés dans les haubans. Une grande foule se répandit sur le port: on se disposait à mettre un canot à la mer; mais, à la vue d'un péril pour ainsi dire insurmontable, personne ne voulut braver les menaces de la tempête et se hasarder sur la barque de sauvetage. Seul, Gaspard Neuts se jeta dans le fragile esquif et se laissa froidement emporter par les lames. Il parvint à rejoindre les naufragés, après mille péripéties des plus saisissantes, dont la population vivement impressionnée fut témoin sur le rivage. Mais les hommes de la goëlette ne purent profiter de ce généreux secours: tous périrent en tendant les bras à leur libérateur. Neuts, dans cette entreprise, se fit une blessure à la main; il n'en réussit pas moins à sauver le pilote dunkerquois qui s'était rendu à bord du *Thomas-Eléonore*. Enfin, notre héros était tellement épuisé par sa lutte avec la mer, qu'on fut obligé de le hisser sur l'estacade: il était privé de sentiment. En récompense du trait de courage que nous venons de rappeler, M. le Ministre de l'intérieur décerna à Gaspard Neuts une médaille en argent, grand module. Ce signe d'honneur lui fut délivré en séance solennelle, le 28 Septembre 1825, par M. le maire de Dunkerque, qui était, à cette époque, M. Degravier aîné.

Comme nous le disions il y a quelques instants, cette bravoure herculéenne investit Gaspard Neuts d'une franche popularité dunkerquoise. L'incident dont il s'agit est encore présent et vivace au souvenir d'une grande partie de la population.

En 1840, le 10 Mai, par 52° 10' latitude N. et 3° 5' longitude E., Gaspard Neuts accosta le navire *Léontine*, qui avait perdu sa route, et dont l'équipage était, depuis quelques jours, dans un profond dénuement. Le généreux Neuts leur distribua des vivres en aussi grande abondance que possible, et jamais il ne voulut recevoir aucune indemnité en échange du service qu'il venait de rendre à ces matelots. Au courage il unissait ainsi la meilleure de toutes les philantropies, — la simple et touchante humanité.

En présence de ces nombreux sauvetages et de ce caractère intrépide, Gaspard Neuts fut nommé membre de la Société Humaine de Dunkerque, le 27 Octobre 1847. Notre héros était là dans son élément : ce devait être l'un des membres les plus ardents et les plus braves. Pour lui, la distinction était flatteuse..., mais combien il avait su s'en rendre digne ! Un nouvel honneur l'attendait, du reste, au sein de la Société Humaine : le 20 Décembre 1848, Gaspard Neuts fut désigné comme le plus capable de prendre le commandement du canot de sauvetage. Ce choix réunit, comme on le pense bien, les sympathies universelles.

En 1851, dans la nuit du 8 au 9 Février, Neuts se signale de nouveau par un fait qui rappelait celui de 1825. L'obscurité la plus profonde régnait de toutes parts ; la brume enveloppait les estacades et les phares ; — impossible de trouver sa route au milieu de la rade, changée, pour le moment, en périlleux labyrinthe. Un navire étranger, le *Norman*, allait périr ; pas un canot lamaneur n'osait affronter les brisants. Seul, Gaspard Neuts se rendit à bord, en se jouant du péril, et, d'une voix tonnante, il appelait d'autres secours. Enfin, sa conduite trouva des imitateurs ; les lamaneurs suivirent le brave Neuts, et grâce à ce dernier, on peut le dire, le navire fut sauvé des écueils.

La même année et le même mois, l'homme dont nous retraçons l'histoire courut au milieu des brisants et secourut le navire les *Huit-Frères*, capitaine Gicquel. Ce bâtiment, échoué sur le banc du port, était sillonné par de nombreuses avaries. N'importe ! grâce aux manœuvres énergiques de Gaspard Neuts, on put amener le navire dans le port, où il coula cependant ; mais l'équipage des *Huit-Frères* eut la vie sauve.

Des actes d'une autre nature, mais non moins utiles et non moins honorables, doivent encore être attribués à notre marin dunkerquois. En 1852, le 5 Mars, un sieur Jules Demay était tombé accidentellement à l'eau ; il allait perdre la vie, quand Gaspard Neuts vole à son secours et le sauve à l'instant même. Une décision ministérielle du 29 Juin 1852 récompensa cette action philanthropique par la délivrance d'une médaille en or de 2e classe.

Enfin, le 18 Septembre 1853, Gaspard Neuts sauva encore, au péril de ses jours, le nommé Lavie, en danger de périr dans les flots. M. le Ministre de la marine lui adressa, en témoignage de ce fait, un témoignage officiel de sa haute satisfaction.

En terminant cette longue série de traits admirables, une seule appréhension nous agite : ce n'est pas d'avoir exagéré la vérité ; mais, au contraire, d'avoir omis quelques-unes de ces actions héroïques qui forment l'auréole de notre brave Neuts.

Comme marin, il s'était distingué par une conduite de moralité et d'honneur à l'abri de tout reproche. Il avait navigué, pendant trente années consécutives, pour l'un de nos honorables armateurs, M. Pierre Lefebvre. Ainsi que tous les cœurs bien nés, Neuts était doué de la fidélité du travail.

Et c'est au moment où sa carrière était si bien fournie, si remplie de faits remarquables, que le brave Dunkerquois a trouvé cette mort regrettable et rapide !.... Il était plus que sexagénaire. Pourquoi ne livrait-il pas au repos ses dernières années ? N'était-ce pas un droit légitimement acquis par tant de nombreux et brillants services ? Le soldat ne cueille-t-il pas les bienfaits de la paix et du loisir après avoir servi la patrie ? Mais il n'est pas de retraite pour le sauveteur.

Non, non : Tant que le cri des tempêtes retentissait dans notre horizon, tant que les naufragés aux abois tendaient les mains vers nos parages, Neuts ne pouvait rester inactif ; il figurait le premier, entre les plus vigoureux et les plus jeunes, pour s'élancer vers ces lieux où grondaient le péril et la mort.

Neuts avait rempli sa tâche ; il avait reculé les bornes du courage, et se montrait héroïquement téméraire ! La mort l'a frappé sur son champ de bataille, à lui, sur les vagues bouillonnantes et déchaînées. Son existence et sa fin sont dignes l'une de l'autre. Dans la vie ou dans la mort, il ne s'est jamais un seul instant démenti.

Une morne réflexion nous oppresse, en présence de cette catastrophe imméritée... — Eh quoi ! disent les sceptiques, Neuts, qui a sauvé tant de fois la vie à ses semblables, devait-il périr au sein de l'élément perfide ? N'est-il pas une Providence pour le récompenser autrement que par un trépas horrible ?

Levez les regards vers le ciel, homme de peu de foi,.... vous y lirez la réponse !

Pourquoi s'étonner que les belles âmes s'envolent au ciel ?
Ne sont-elles pas, comme on l'a dit tant de fois, exilées sur
la terre ; et lorsqu'elles nous quittent pour un meilleur séjour, n'est-ce pas la patrie qu'elles vont revoir ?....

Rien de plus naturel aux yeux du chrétien : Dieu rappelle
vers lui les justes pour qui sonne l'heure de la récompense
éternelle.

Ce ne sont pas eux qu'il faut plaindre, mais bien les orphelins et les veuves, et tous ceux qui demeurent ici bas
pour pleurer et pour souffrir.

Il est vrai ! les égoïstes passent des jours plus nombreux
et plus souriants que les hommes de cœur. Ces braves font
bon marché de leur propre vie ; ils l'abandonnent au premier
souffle de la tempête. La mort peut les moissonner comme
une proie facile. L'égoïsme, au contraire, ne voit rien au-
delà de ce monde ; il se crée sur la terre une existence molle
et parsemée de plaisirs ; il étend le cercle de ses jours jusqu'à la plus extrême limite.

Mais pour les hommes généreux, la récompense est plus
sainte et plus élevée.

Aussi, comme nous l'avons dit il n'y a qu'un instant,
levons nos regards vers la voûte céleste, et cessons de déplorer la destinée de ces compatriotes qui viennent de recueillir
la palme des héros ou des martyrs.

Que nos larmes soient douces comme la mélancolie, et
nos hommages empreints d'une sainte confiance envers
l'Eternel. Dieu fait participer à la béatitude ineffable ceux
qui ont livré leur vie en sacrifice pour le salut des hommes.

Mais une consolation nous reste, à nous, Dunkerquois,
qui demeurons encore dans les sentiers de la vie : c'est de
ranimer sous la plume de l'histoire les actes accomplis par
ceux qui nous ont quittés.

Sous ce point de vue, nous avons récemment parlé de
Gaspard Neuts ; nous avons retracé les diverses phases de
sa carrière. Notre tâche n'est remplie qu'à moitié ; il nous
faut rendre un semblable hommage aux mânes de Bommelaer et Celle.

Si tous les Dunkerquois pensent comme nous, il n'en est
pas un qui ne lise avec intérêt ces rapides mémoires d'outre-
tombe.

Nous l'avouons cependant avec franchise : en ce qui concerne Bommelaer et Celle, les recherches sont devenues plus difficiles et les renseignements plus rares. Nous allons donner ce que nous savons ; mais peut être y aura-t-il dans l'esquisse de ces existences dévouées une lacune qui sera comblée par des écrivains plus heureux ou plus habiles.

BOMMELAER (Mathieu-Bonaventure), est né à Dunkerque le 14 Juillet 1791 ; on l'admit comme aspirant le 6 Mai 1813. Nommé pilote le 18 Mai 1822, il fut élevé au grade de chef en mer le 1er Août 1830.

Bommelaer était le plus ancien de nos pilotes dunkerquois. Jamais le signe des braves n'a brillé sur une plus noble poitrine. Les actes de sauvetage dont il fut l'auteur remontent, pour le premier, à l'an 1833.

Cette année-là, le 1er Septembre, deux brigs, un anglais et un français, se trouvaient en rade, à l'entrée du port. L'orage soufflait avec une violence extraordinaire ; aucune expression ne pourrait rendre l'image du péril qui s'offrait aux regards sous mille formes menaçantes. Les équipages des brigs multipliaient les signes de détresse ; mais ils ne conservaient plus aucune espérance de salut. Bommelaer n'écoute alors que son courage et sa philanthropie. Il se met à la tête de quelques généreux citoyens, et, bravant la tourmente, il court opérer ce sauvetage. Les matelots et les passagers de ces deux navires furent sauvés par lui, par son ardente initiative.

Un autre fait, non moins remarquable, mérite encore de trouver place dans les archives dunkerquoises. Le 26 Octobre 1834, un bâtiment russe, le Navarino, courait également un péril extrême à l'entrée des estacades. L'équipage de ce navire étranger était composé de 14 hommes. Que fit Bommelaer ? Il s'embarqua dans une frêle chaloupe ; puis, au risque d'être englouti sans cesse, il fit trois fois le trajet du navire russe à la corvette des pilotes. Grâce à ces dangereux voyages, et sans se préoccuper de la tempête qui hurlait autour de lui, notre héros sauva tous les marins du Navarino. Les témoins oculaires de cet acte de bravoure ne manquèrent pas de le populariser. L'admiration publique égalait la reconnaissance des matelots arrachés au péril. Bientôt le gouvernement connut la part si brillante que Bommelaer avait prise à ce sauvetage. Une récompense lui fut décernée : ce n'était qu'un acte de justice.

Suivant décision du 27 Novembre 1834, notre pilote reçut une médaille en or pour l'affaire du *Navarino*. Ce beau trait lui valut un peu plus tard la croix de la Légion-d'Honneur. Dès lors, en effet, la décision ministérielle qui lui déféra la médaille, le porta sur le tableau des marins ayant droit à la décoration.

Il est juste de rappeler ici qu'un pilote nommé Cordier (qui, plus heureux, vit encore au moment où nous écrivons), avait coopéré généreusement au salut du navire russe. Bommelaer avait trouvé dans ce pilote un appui des plus chaleureux et des plus utiles.

Cordier reçut, à cette occasion, une médaille en argent.

Le 30 Mai 1837, Bommelaer fut nommé Chevalier de la Légion-d'Honneur. Cette marque de distinction est surtout glorieusement conquise par les marins et les militaires : ils doivent la gagner en mettant leur vie pour enjeu.

Lorsque le chef des pilotes reçut la croix d'honneur, que lui adressait la munificence du gouvernement, une lettre de M. le Ministre de la marine y était jointe. Nous en extrayons le passage suivant :

« Bommelaer, j'ai rendu compte au roi des actes nom-
» breux par lesquels vous avez signalé votre humanité et
» votre courage pour sauver des personnes exposées à périr
» dans les flots.

» Voulant récompenser une conduite aussi méritoire, et
» vous donner une haute marque de sa satisfaction, Sa Ma-
» jesté vous a nommé chevalier de la Légion-d'Honneur.

» Rosamel. »

Une grande partie des habitants se rendirent au domicile du nouveau chevalier pour s'associer de cœur à la distinction qu'il venait d'acquérir. L'allégresse et les sympathies étaient unanimes ; l'opinion publique ratifiait solennellement la récompense ministérielle.

En est-il beaucoup qui peuvent montrer dans leur vie des pages aussi magnifiques ?

Enfin, au milieu d'un grand nombre d'actes de courage

isolés, et qui n'ont pas laissé de vestiges, nous démêlons un fait dont l'honneur revient à Bommelaer.

On connaît l'échouement du sloop la *Félicité* sur les côtes de Dunkerque et les circonstances qui s'y rattachent. Il arriva que sept hommes prirent part au sauvetage de ce navire, dans les circonstances les plus pénibles et des plus difficultueuses. Parmi ces Dunkerquois figurait le pilote Bommelaer, qui se porta, l'un des premiers, au-devant du sinistre.

On le voit par ce qui précède, et par les actions qui peut-être sont demeurées ensevelies dans le mystère, la vie de Bommelaer ressemble bien fidèlement à celle de Neuts, son compagnon d'infortune.

L'un et l'autre étaient animés des mêmes sentiments, d'un égal courage, d'un ardent amour pour l'humanité; l'un et l'autre avaient un commun mépris pour la menace des éléments en fureur. Aussi la vague les a tous deux enveloppés dans le même linceul. Ils eurent, pendant la vie, la fraternité de l'héroïsme; à l'agonie, ils ont la fraternité du trépas.

Mais n'oublions pas celui qui mourut près d'eux avec la même abnégation : c'est l'aspirant-pilote Charles-Louis CELLE.

Lui !.... l'unique soutien d'une épouse et d'une famille nombreuse, il avait oublié le foyer domestique pour voler au secours d'hommes inconnus.— Mais non, ceux qu'étreint la funeste tempête ne sont pas inconnus pour le digne enfant de Dunkerque... ce sont des frères.

Nous ne connaissons à Celle ni médaille ni distinction honorifique. Qu'importe! nous pouvons dire que sa fin prématurée est assez magnanime pour transformer en héros celui qui jusqu'alors n'était qu'un bon marin.

Celle, en effet, se distinguait dans la vie privée par les qualités les plus honnêtes et les plus touchantes. Sa conduite était citée comme un modèle. Excellent époux, digne père de famille. ... que de pleurs amers son trépas fait couler à l'intérieur de la maison solitaire!

Comme marin, Celle avait d'irréprochables antécédents. Il navigua, pendant dix années, sous la conduite du même chef, le patron Verrem, l'un des capitaines les plus expérimentés que l'on connaisse dans ces parages. Aspirant pilote, il était estimé, chéri par ses supérieurs et ses camarades.

Si l'existence de Celle se fût prolongée, combien d'actes de patriotisme l'eussent signalée encore ! Quel précieux avenir perdu pour les siens et pour la chose publique !

Nous avons terminé notre page d'histoire contemporaine. A l'œuvre maintenant, biographes et poètes ! Vous avez ici trois noms qui sont bien dignes de votre plume et de vos chants immortels.

La postérité n'oubliera pas ces trois mots enchâssés dans une même épitaphe :

NEUTS, BOMMELAER & CELLE !!

Dans une poésie, que nous avons insérée page 240, on exprimait le vœu de voir reposer au bord de la mer les cendres des marins ou pilotes morts en secourant les naufragés. — Ce n'est pas, disait-on, dans la terre commune que doivent sommeiller ces braves. Mais il faut creuser leur couche dernière dans le sable des dunes, au pied des falaises ; il faut leur dédier un champ de repos spécial qui deviendra pour leurs mânes un vrai champ d'honneur.

L'idée n'est pas moins généreuse que poétique. Nous ne croyons pas devoir la combattre, bien qu'elle présente peut-être des difficultés matérielles.

Mais aujourd'hui nous ne voulons parler qu'avec le sentiment ; ne discutons pas de misérables obstacles. Même si l'on ne peut inhumer au bord des flots les restes de nos pilotes, n'est-il pas facile d'élever, en cet endroit, une colonne commémorative? Ne doit-on pas fonder sur la grève un monument où s'inscriront leurs noms, leurs haut-faits, l'époque du sinistre qui les a ravis?... Le marbre ou l'airain vont bien à de pareils exploits, qui d'ordinaire se gravent en lettres d'or.

Quel Dunkerquois, et même quel étranger ne saluerait en passant le pieux mausolée?.... On apprendrait ainsi que chez nous le nombre des héros se multiplie ; on verrait que nous avons à citer d'autres gloires encore que celle de Jean Bart.

Et puis, ce souvenir funèbre, dominant la surface des mers, semblerait dire à la vague étonnée : « Ne fais plus » gronder tes colères, perfide Océan ! le destin a livré ta » part d'hécatombes. »

Il semble qu'alors les tempêtes devraient s'apaiser ; la rafale cesserait de mugir, et l'ombre de nos sauveteurs, planant sur ces rivages, les préserverait à jamais des périls et de la mort.

BENJ. KIEN.

PENSÉES ET MAXIMES

—

1854

—

— Le jeu est un travail auquel on finit toujours par perdre ; le travail est un jeu auquel on est toujours sûr de gagner.

— La gloire n'est qu'une riche épitaphe.

— Le suicide est-il un acte de lâcheté ou de courage ? C'est un acte de lâcheté religieuse et de courage humain.

— La jeunesse est un trésor qu'on disperse en prodigue, et qu'on pleure sitôt qu'il est dépensé.

— Pourquoi, si l'on veut honorer quelqu'un, demander s'il est riche ? Demandez-vous d'abord s'il est vertueux.

— L'amour est un feu de paille inutile et dangereux, toujours prêt à répandre au loin sa flamme incendiaire. L'amitié, c'est la douce flamme qui réchauffe le foyer pendant l'hiver de la vie.

BENJ. KIEN.

FABLES

—

1854.

—

I

L'AGITATION ET LE TOURMENT DU COUPABLE.

—

LE CHIEN COUPABLE.

Dans un recoin obscur, sur le sol étendu,
    L'œil inquiet, l'oreille basse,
Tremblant au moindre bruit que fait l'enfant qui passe,
    Brifaut paraît tout morfondu.
Quoi ? Brifaut, qui jamais ne connut la tristesse,
Que l'on voyait toujours courir à travers champs,
    Et qui, des gens quêtant une caresse,
    Sautait, jappait après tous les passants,
Sans recevoir d'aucun le refus, le reproche !
Le voilà, dans un coin, tout triste et tout rêveur,
Et le poil hérissé dès que quelqu'un l'approche !
Brifaut est malheureux ! D'où lui vient sa douleur ?

Il a surpris, en traître,
Et dévoré du coup le dîné de son maître.

Dès qu'on a fait le mal, plus de tranquillité :
Une secrète voix nous poursuit de sa plainte ,
Et nous vivons en proie aux remords, à la crainte
    D'un châtiment certain et mérité.

II

BONHEUR DE L'HOMME DE BIEN.

LE VIEILLARD ET LE PETIT RUISSEAU.

Accablé par les ans, l'ami de la sagesse
Sentait venir sa fin sans la moindre tristesse.
Le cœur tout plein d'amour et pour l'homme et pour Dieu ,
Il marquait par le bien son passage en tout lieu.
Aux pauvres il donnait l'aumône et le courage ;
Aux riches les leçons et l'exemple d'un sage.
— « Je n'ai point, disait-il, abusé de mon temps ;
Mais je suis fatigué d'un aussi long voyage !
Je n'ai plus la vigueur que j'avais au printemps !
Asseyons-nous ici, près de cette onde pure. . . .
Que me dis-tu, ruisseau, dans ton charmant murmure ? »
— « Ami, salut à toi, je fais, dans mon parcours,

Ce que tu fis toi-même, et je suis la ressource
Des champs et des troupeaux de tous les alentours.
Si je tourne les yeux quelquefois vers ma source,
C'est pour voir tout le bien que j'ai fait en marchant ;
(Tu connais ce bonheur ignoré du méchant!)
Comme toi, je bénis le Dieu de la nature ;
Mais, moins heureux que toi, je cours vers le néant :
L'immensité des mers devient ma sépulture !
Si l'ardeur du soleil, en vapeur la plus pure,
Me fait renaître encor, m'élève jusqu'au ciel ;
Je retombe soudain ! Mais toi, de l'Eternel
Tu pourras pénétrer la sublime nature,
L'adorer à jamais, toute l'éternité :
Ton âme vit toujours par l'immortalité ! »

N. BOULON,
Ancien capitaine d'infanterie.

PORTRAIT.

1857

. . . .
Elle avait le regard qui va jusques à l'âme,
Ce long regard voilé, mais qu'un éclair enflamme,
Et que l'on voit alors briller parmi les pleurs,
Comme un filon d'or pur sous le fer des fouilleurs.

Par un chagrin profond elle semblait minée ;
Aux côtés d'un cadavre on l'avait enchaînée,
Elle, vierge si pure, et pour qui les amours,
Douce et riante escorte, auraient eu de beaux jours.

Mais elle n'aura pas, vaincue et palpitante,
A des baisers de feu livré sa main tremblante ;
Sur son pudique front, un œil noir arrêté,
N'aura pas fait frémir son cœur de volupté.

Amis, oh ! plaignez-la. Cet homme, au dur visage,
Possesseur de sa foi, qui tient, tremblant de rage,
Sous de jalouses clés ce trésor enfermé,
A profané l'amour, et n'a jamais aimé.

AD. ALISSE.

A MESDEMOISELLES *** D'INGOUVILLE

APRÈS LES AVOIR ENTENDUES A L'UN DES OFFICES DU SOIR

(MOIS DE MARIE).

1857

De vos limpides voix lorsque la mélodie,
Vers la reine des cieux s'élève avec l'encens,
    Les anges suspendent leurs chants,
      Pour écouter des vôtres l'harmonie....
En de pareils instants, si la divinité
Sensible aux purs accords de vos touchantes hymnes,
Laisse tomber sur nous un regard de bonté,
Ah! c'est que tout s'émeut devant des voix divines!

PIERRE SIMON.

A L'ALLEMAGNE.

—

1840

—

Allemagne, Allemagne, ô mon cœur est à toi,
Terre de l'espérance et de l'antique foi,
Terre des simples cœurs, ô naïve patrie
De la grave science et de la rêverie !
Terre de souvenir et de fidélité,
Abri toujours ouvert à l'hospitalité,
Vallons mystérieux où les fleurs et les femmes
Ont les plus doux parfums et les plus vierges âmes,
Où l'austère devoir jamais ne parle en vain,
Où l'art est encor roi, l'amour encor divin,
La musique encor sœur des harpes séraphiques,
Et tout beau front orné de ses grâces pudiques !

Terre de l'espérance et de l'antique foi,
Allemagne, Allemagne, oh! mon cœur est à toi.

Aux bords sacrés du Rhin, que tes fils nomment père,
Je sais plus d'un lieu calme et plus d'un toit prospère ;
Aux bords du Rhin je sais, ô mes graves amours!

La place où je voudrais couler mes humbles jours,
Pieux comme le cœur de tes vierges aimantes,
Calme comme l'azur de tes sources dormantes,
Et reposant dans l'ombre et la limpidité
Mon flot par tous les vents aujourd'hui tourmenté.
Que de fois j'ai construit, aux poétiques heures,
Mon idéal Éden sur tes rives meilleures !

Terre de l'espérance et de l'antique foi,
Allemagne, Allemagne, oh ! mon cœur est à toi.

Et je pensais : Pourvu qu'en ce paisible asile
J'eusse la Bible, Homère et le tendre Virgile !
Ces livres suffiraient à mon cœur ; car là-bas
La nature dirait ce qu'ils ne disent pas.
La nature y médite en sa beauté pâlie ;
L'inspiration sort de sa mélancolie ;
Et je recueillerais dans l'urne de mes chants
Sa rosée, et ses fleurs, et ses secrets touchants,
Et j'en composerais si douce poésie,
Que toute âme voudrait boire à cette ambroisie.

Terre de l'espérance et de l'antique foi,
Allemagne, Allemagne, oh ! mon cœur est à toi.

Et j'aurais pour voisin bienveillant, mais austère,
Le pasteur vénéré du prochain presbytère,
Me racontant, le soir, tandis qu'un bâton blanc
Raffermirait son pas sous l'âge chancelant,
L'espoir qu'il ralluma dans plus d'un cœur fragile,
Où sa voix répandit le miel de l'Évangile,

18

La morale versée en symboles si doux,
La bénédiction accordée aux époux,
Le pain dont il nourrit l'orphelin, et la veuve
Dont il calma par Dieu la longue et rude épreuve.

Terre de l'espérance et de l'antique foi,
Allemagne, Allemagne, oh! mon cœur est à toi.

Et, pour rendre ma vie encore plus céleste,
Un seul ami sincère, une épouse modeste,
Violette cachée à l'ombre de mon seuil,
Que son parfum trahit, mais qui se voile à l'œil;
Et des enfants unis, jouant autour de l'âtre,
Animant la maison de leur gaîté folâtre,
Sur le rameau natal, frais oiseaux gazouilleurs,
Modulant l'innocence et l'espoir de leurs cœurs,
Et décuplant, pour ceux que leur présence enivre,
Le bonheur de s'aimer et le bonheur de vivre.

Terre de l'espérance et de l'antique foi,
Allemagne, Allemagne, oh! mon cœur est à toi.

Et dans mon champ, qu'enclôt l'odorante aubépine,
J'arroserais la plante ou taillerais l'épine;
Rustique travailleur courbé dès le matin,
Œil aussi vigilant que diligente main.
Le nourrissant ainsi du labeur qu'il réclame,
J'exercerais le corps pour mieux préparer l'âme;
Et, lorsque le soleil, plus haut à l'horizon,
Aurait bu lentement les perles du gazon,
L'humble repas frugal m'attendrait; puis l'ombrage
Protégerait l'étude après le rude ouvrage.

Terre de l'espérance et de l'antique foi,
Allemagne, Allemagne, oh ! mon cœur est à toi.

Et parfois j'aimerais, pèlerin sur ces rives,
Aller me rafraîchir aux légendes naïves
S'épanchant des récits du simple villageois,
Comme un flot transparent qui jaillit dans les bois.
Un matin de printemps je partirais sans doute,
Laissant la fantaisie au loin frayer ma route ;
Et j'aimerais surtout, le soir, à m'arrêter,
Au toit dont l'hôte heureux me prirait de rester.
Car toujours l'étranger laisse, en quittant le chaume,
Comme l'encens au vase, un parfum qui l'embaume.

Terre de l'espérance et de l'antique foi,
Allemagne, Allemagne, oh ! mon cœur est à toi.

Et, debout sur un mont, je voudrais, dès l'aurore,
Voir la vallée au bas comme un bouton éclore,
Disant, lorsque les toits perceraient la vapeur :
Chacun s'éveille là dans la paix de son cœur,
Et chacun bénit Dieu de cette autre journée
Qui s'ajoute au trésor d'une humble destinée ;
Et chacun, s'élançant plus fort d'un doux repos,
Vole d'ardeur joyeuse aux bienfaisants travaux,
Ainsi qu'un vif essaim d'abeilles matinales
Va puiser la rosée encor sur les pétales.

Terre de l'espérance et de l'antique foi,
Allemagne, Allemagne, oh ! mon cœur est à toi.

Et quand, plein du pays, comme les hirondelles,

Vers mon doux nid d'amour je tournerai mes ailes,
Quel bonheur, parvenu sur le dernier versant
D'où l'on découvre au fond mon pignon blanchissant,
De regarder, ému, si par la porte ouverte,
Qu'entoure de festons un cep de vigne verte,
Je n'apercevrai pas sortir d'un pied léger
Ceux que mon lent retour dès l'aube fait songer,
Ou, dans l'étroit sentier qui par le roc serpente,
Si j'entendrai les cris de leur troupe grimpante.

Terre de l'espérance et de l'antique foi,
Allemagne, mon cœur est à jamais à toi.

N. MARTIN.

UN VIEILLARD ENCORE JEUNE

—

A L'AUTEUR DES FLEURS DU MATIN.*

—

1840

—

Enfant, pour moi des vers la saison est passée,
La vieillesse m'accable, et ma veine glacée
    Charie avec lenteur
Un sang où jamais plus le désir ne bouillonne :
J'ai trop long-temps lutté, la force m'abandonne;
    Je sens mourir mon cœur.

Cependant, en lisant les pages de ton livre,
Un instant j'ai cru voir tout mon passé revivre;
    De mon printemps d'amour
Je me suis rappelé l'illusion, les songes :
Fantômes séduisants et décevants mensonges
    Qui n'ont duré qu'un jour.

*Premières poésies de M. B. Kien. — Douai, 1840. — Crépeaux, imprimeur-éditeur.

Au lointain comme toi je croyais voir la gloire ;
Et déjà par avance, arrageant mon histoire,
    Je m'étais couronné
De l'immortel laurier que cherche le poëte,
A l'espoir, mon cœur plein d'une ardeur indiscrète
    S'était abandonné.

Mais bientôt l'avenir se chargea de m'apprendre
Que la gloire est un fort qu'on ne saurait surprendre :
    Qu'il faut l'escalader.
Il est environné d'écueils, de rocs sauvages,
Et ce n'est qu'en bravant le souffle des orages
    Qu'on y peut aborder.

Et puis le temps n'est plus de ces lyres rêveuses
Modulant, larmoyant des paroles fiévreuses,
    Toujours sur le même air :
Arrière, arrière enfin la fade poésie,
Qui ne sait que phraser de fleurs et d'ambroisie,
    Car le siècle est de fer.

Des bardes, il en faut, mais à la voix puissante
Qui sachent gouverner la foule frémissante,
    La dompter, l'asservir.
Au sable du désert il nous faut un Moïse,
Car loin de nous encore est la terre promise :
    Il la faut conquérir.

Poëte, si plus tard tu dois chanter encore,
Laisse-là de l'amour la palette incolore
    Et tous ces jeux d'enfant.

De ce vaste univers aborde les problèmes,
Des mondes tour-à-tour explique les systèmes ;
      Là la gloire t'attend.

Va sur son origine interroger la foudre,
Au milieu des tombeaux descends, pèse la poudre
      Echappée au néant ;
Dis-moi ce qu'est la mort, dis-moi ce qu'est la vie ;
A quoi sert le rocher et ce que signifie
      Sa taille de géant ?

Car il est trop aisé d'une large mantille
De peindre les contours, ou d'un œil qui pétille
      Les regards séduisants.
Il suffit pour chanter les charmes de la femme
D'avoir senti son souffle, et de laisser son âme
      Exprimer ses élans.

Mais que nous font ces chants où toujours des redites
D'un vers bon ou mauvais cadençant les limites,
      N'apprennent rien de plus ?
C'est assez murmurer la phalange sonore
De ces mots : ciel, azur, amour, zéphir, aurore,
      Vains échos superflus.

Que le barde cessant d'être sa propre idole
Veuille, il en est bien temps, rentrant dans son vrai rôle,
      Instruire les humains.
La mer devant nos pas étend son noir rivage,
Dans ses flots orageux qui ferment le passage
      Qu'il ouvre des chemins.

Oui, qu'il reprenne enfin le ton mâle et sévère
Qui faisait qu'à genoux les rois et le vulgaire
   L'écoutaient autrefois ;
Que son livre profond, nouveau deutéronome,
Aux peuples égarés apporte un axiôme
   Pour appuyer leurs lois.

Car tout est confondu, tout redevient mensonge ;
Quel code dans la nuit du doute qui nous ronge
   N'est point anéanti ?
Tous les grands ont péché ; sur la pourpre du trône,
S'instruisant à l'astuce, oubliant leur couronne,
   Les rois même ont menti.

Poète, il ne faut pas une lyre vulgaire,
Mais des chants pleins de feu qui, remuant la terre,
   La viennent rajeunir.
Enfant, voilà, voilà le chemin qu'il faut prendre,
Si tu veux essayer d'assurer à ta cendre
   Un laurier d'avenir.

J. DUFESTEL,
Sous-Principal au collège de Dunkerque

MAZEPPA RACONTANT SON HISTOIRE.

—

FRAGMENTS TRADUITS DU POÈME DE LORD BYRON.

—

1831

—

NOTE DU TRADUCTEUR.

L'aventure de Mazeppa racontée par lui-même, dans le style et les idées de Lord Byron, présente un véritable intérêt ; non à cause de l'intrigue amoureuse du jeune page, mais, au contraire, par le châtiment qui en a été la suite. On sait dans quel état déplorable se trouvait Mazeppa lorsqu'il fut entraîné dans les vastes solitudes de l'Ukraine, attaché, nu, sur le dos d'un cheval sauvage ; on sait ses angoisses sans cesse renouvelées ; les événements spontanés de son long et pénible trajet dans le désert ; le tout en présence d'une mort qu'il devait croire certaine, inévitable !

Hâtons-nous de le dire, il fallait toutes les ressources d'imagination du poète anglais pour donner au récit de cette course désespérée et solitaire, l'attrait qu'y trouve le lecteur. Cet attrait, dont nous n'avons pu nous défendre, nous a suggéré l'idée de cette traduction. Puissent les beautés nombreuses de l'original ne s'être pas toutes annihilées sous la plume du traducteur !

. . . .

Bring forth the horse ! the horse was brenght.

IX

Puis quelqu'un dit : amenez le cheval ! —
On l'amena : ce coursier devait être
L'un des plus beaux que l'Ukraine ait vu naître ,
Et digne en tout de son pays natal.
Il me semblait devoir , par sa souplesse ,
De la pensée égaler la vitesse ;
Mais il était sauvage comme un daim ,
Ne connaissant l'éperon , ni le frein.
On l'avait pris seulement de la veille ;
Il hennissait et son crin se dressait ,
Mais vainement sa fierté résistait ,
Dans son excès de terreur sans pareille :
On m'approcha de l'enfant du désert,
Et de mon corps son corps fut recouvert ;
Saisi , lié par ces lâches esclaves
Je gisais-là sous d'étroites entraves ;
On le lâcha : le fouet vil , décevant
Le touche, il part — en avant ! — en avant ! —
Prompt comme l'onde ou rien comme le vent.

X

En avant ! — en avant ! — Je perds haleine —
Je ne vois pas où son ardeur m'entraîne :
C'était à peine encore au jour levant ;
Il écumait — en avant ! — en avant ! —

Les derniers sons de ces voix ennemies
Qui me lançaient de loin leurs infâmies,
Venaient à moi sous un souffle vainqueur
Avec un rire ironique, moqueur,
Derniers adieux de la gent mercenaire :
Plein de courroux, d'un effort surhumain,
Je dégageai mon cou de la crinière ;
Il s'y trouvait lié comme à dessein
Pour simuler les rênes ou la bride ;
Je leur lançai — malgré le trot rapide
De l'animal — ma malédiction ;
Et, je le crains, ils ne purent l'entendre.
Mais j'ai trouvé depuis l'occasion
De les payer de l'affront à leur rendre :
De ce château tel qu'alors je le vis
Ne reste plus portes, ni ponts-levis,
Murs, ni créneaux, ni remparts, ni barrière ;
On n'y voit plus, enfin, pierre sur pierre,
Et ce serait vainement, comme à tort,
Qu'on voudrait-là trouver un château-fort.
J'ai vu la flamme étreindre ses tourelles,
Et leurs créneaux tout fendus et croulants,
Les plombs en pluie unis aux étincelles
Tomber des toits noircis, des toits brûlants,
Dont l'épaisseur, comme la résistance
N'avaient prévu l'effort d'une vengeance.
Ils songeaient peu, le jour de mon malheur,
Lorsque lancé tel qu'un trait de la foudre,
Et menacé d'être réduit en poudre,
Que je viendrais, respirant la fureur,
En hardi chef d'une forte escouade,
Remercier le comte peu courtois,

De son étrange et longue cavalcade.
Ils avaient cru me réduire aux abois
En me liant sur leur cheval sauvage ;
Mais j'ai su , moi , me venger à mon tour
En saisissant ainsi l'heure et le jour :
Non, il n'est pas de pouvoir sur la terre,
Si toutefois n'intervient un pardon ,
Qui puisse rien contre qui persévère
Dans le désir de venger un affront.

P. ALARD.

LA MER ET LE CHATEAU DE SABLE.

ALLÉGORIE.

« Sur la civilisation. »

—

1854

—

Malgré tous les bienfaits, la divine influence
    Du progrès civilisateur,
De tout temps l'intérêt, la crédule ignorance
Tentèrent d'arrêter son souffle créateur.

    Au bord des sablonneuses plaines
Que découvre la mer non loin de Rochefort,
Deux jeunes villageois des rives vendéennes
Simulaient dans le sable un petit château-fort.

    Sous leurs mains novices encore,
    Bientôt ils eurent fait éclore
Les murailles, les tours, les donjons, les créneaux,
    L'aumônerie et la chapelle ;
Et tous ces vains semblants de piété cruelle
Dont s'entouraient jadis les palais féodaux.

Pauvres enfants, hélas !... Aux humaines misères,
Etrangers en leurs cœurs innocents et joyeux,
Ils ne se doutaient pas qu'ils se créaient des jeux
      Avec les chaînes de leurs pères !...

Le prodige s'achève et s'étale à leurs yeux ;
Nouveaux Pygmalions, en voyant leur ouvrage,
Ils allaient l'adorer à la face des cieux....
Lorsque la mer au loin revint baigner la plage.

Oh ! qui pourrait tracer leur profonde douleur,
Quand, voulant opposer au torrent destructeur
De fragiles remparts de sable et de poussière,
Ils virent l'édifice emporté sans retour,
Comme après la rosée humide et passagère,
      On voit une vapeur légère
S'éclipser aux rayons des premiers feux du jour.

Abandonnant alors leur vaine résistance,
Ils dirent à la mer, en répandant des pleurs :
     « Pourquoi, sans frein dans ta puissance,
» Viens-tu nous enlever l'idole de nos cœurs?
    » En paix nous jouions sur la rive,
» Et tous deux nous bercions, pleins de joie et d'espoir,
» Un rayon de bonheur dans notre âme naïve....
» Quand tout s'évanouit sous ton cruel pouvoir. »

     « Pauvres enfants pleins d'innocence !
» Leur répondit la mer ; en dispersant vos jeux,
    » J'obéis à la Providence
» Qui me pousse au rivage où je fais mille heureux.

» Ici je rends un fils à sa mère éplorée ;
» Là je vais enrichir la fertile contrée
» Qui comble de ses dons les peuples et les rois ;
» Et sur le sein mouvant de ma vague profonde ,
» Aux hordes du barbare allant porter des lois ,
» En tous lieux détruisant et créant à la fois ,
  » Je civilise ainsi le monde. »

MORALITÉ.

Les lois , les arts, les mœurs et les religions ,
Tout doit subir le cours des réformations.
Le progrès est un Dieu qui détruit et qui crée ;
Entraînant tout vers lui dans les routes qu'il fraie.
Tenter d'en arrêter les sublimes élans,
C'est vouloir dessécher le fleuve dans sa source,
Empêcher le torrent de mugir dans sa course,
  Ou dompter la foudre et les vents.

PEROT.

MARIE LA PÊCHEUSE.

—

1834

—

Sur les flots ont cessé les bruyantes tempêtes,
Et déjà des rochers les sourcilleuses têtes
      Se montrent au loin sur les eaux ;
Depuis le sol aux cieux , des cieux jusqu'à la terre ,
Les vagues ne vont plus entr'ouvant un cratère
      Comme un gouffre de noirs tombeaux.

D'en haut ne partent plus ces brillants jets de flamme,
Qui par reflets dorés se montraient sur la lame ;
      L'horizon n'est plus aussi noir.
Je vois déjà des flots l'écumeuse surface
S'abaisser doucement, s'unir comme la glace
      De mon miroir.

Je n'entends plus le cri des sinistres vigies ;
Le soleil s'est couché dans les ondes rougies ;
      Le phare s'allume là-bas.
Le frais du soir s'étend sur le sable des dunes ;
Puis rentrent au logis les pêcheurs des lagunes.
      Mais lui, ne reviendra-t-il pas ?

Pourtant il m'avait dit : « Dans trois jours, ô Marie !
» Des mers je n'irai plus affronter la furie,
          » Et l'hymen pour nous aura lui. »
Et moi je l'attendis deux jours, celui que j'aime,
Oui, deux jours, et bientôt finira le troisième
          Encor sans lui !

N'ai-je pas vu ?... Mais non, c'est la mouette grise
Qui vole sur les mers pour affronter la brise
          Et s'endormir sur le rocher.
Et là, dans les roseaux du pied de la montagne....
Du plaintif alcyon c'est la triste compagne....
          Elle vient comme moi chercher.

Et qui donc est couché sur la plage du hâvre ?
Vite, courons-y voir. O ciel ! c'est un cadavre,
          Un pêcheur tout défiguré !
Pendant cette tempête il tomba dans l'abîme,
Et des brisants son corps cloué sur une cime
          Sort déchiré.

Il presse dans sa main une croix : c'est la mienne ;
Ces traits, ce sont les siens...., et ces cheveux d'ébène...
          Oh ! oui, c'est lui, c'est mon amant !
Trois jours, m'avait-il dit, et tout à toi que j'aime.
Trois jours... Nous arrivons à la fin du troisième ;
          Il a bien tenu son serment.

La malheureuse fille, après cette parole,
Baisa la froide joue et soudain devint folle....
          Puis, prenant le corps du pêcheur,

                                        19

S'élança sur les rocs, comme un faon des montagnes
Chassé de ses forêts dans les vastes campagnes
         Par le chasseur.

O vent, apaise-toi ; vois, regarde, il repose...
Je veux, à son réveil, lui donner cette rose...
         Oh ! silence, silence, il dort !
Mais pourquoi sommes-nous tous deux sur ce rivage ?
Pourquoi cette pâleur et ce sang au visage,
         Dis, Carlo?... Mort!!

Le lendemain, le jour se levait sur la terre ;
Un chasseur et son fils, sortis de leur chaumière
         Pour aller parcourir le bois,
Virent sur les rochers qui ceignaient leur cabane
Deux corps enlacés comme au chêne la liane,
         Et l'un d'eux tenait une croix.

                                        E. WOESTYN.

NOTICE

SUR LE

PÉRISTYLE DE L'ÉGLISE DE SAINT-ÉLOI

DE DUNKERQUE

—

1857

—

C'était un singulier usage que celui d'inhumer dans les églises. On n'en comprit le danger que vers l'année 1775. Une déclaration du roi Louis XVI, datée du 10 Mars 1776, vint à jamais l'abolir. Cependant la loi ne reçut pas immédiatement son exécution dans toute la France, et ce fut seulement l'année suivante que l'on cessa d'enterrer les morts dans l'église paroissiale de Dunkerque (1).

Vers 1781, messieurs du magistrat s'étant déterminés à faire ajouter un portail à l'église qui, en ce temps, tenait encore à la tour par des murs et des arcades en maçonnerie, chargèrent M. Louis, architecte de Paris, d'en dresser le plan. M. Louis, qui était l'architecte du duc d'Orléans, jouissait d'une haute réputation, et la magnifique salle de spectacle de Bordeaux justifiait du bien que l'on en disait. Il y avait donc

(1) Recueil de pièces concernant les exhumations faites dans l'enceinte de l'église de St Eloy de la ville de Dunkerque. Paris, 1783. Pages 4 et 11.

tout lieu d'espérer une œuvre r marquable; mais devait-il
en être ainsi?

Le plan reçut la sanction du magistrat. On ne s'inquiéta
pas si le style gothique du monument, reconstruit de 1560
à 1562 (1), serait en rapport avec celui du péristyle d'imi-
tation romano-grecque. On passa outre; et, dès lors, il ne
s'agit plus que de mettre la main à l'œuvre. La première pierre
fut posée en grande cérémonie le 22 octobre 1782, et bénie
en présence des autorités par M. Bertrand Thiery, doyen-
curé de Saint-Eloi, en vertu de la délégation de monseigneur
De Wavrans, évêque d'Ypres, alors malade à Bruxelles (2).

La nécessité de jeter les fondations du portail et des six
nouveaux piliers à élever dans l'église, avait soulevé la question de savoir s'il n'y avait pas de danger pour la salubrité
publique dans l'extraction des terres à l'intérieur et à l'extérieur de l'édifice, et des cercueils que l'on y découvrirait.
Cette grave circonstance détermina, au mois de Décembre,
M. de Calonne, intendant de Flandre et d'Artois, ainsi que
le magistrat de Dunkerque, à ordonner que l'on ne procéde-
rait aux travaux d'extraction qu'après avoir pris toutes les
mesures capables d'en assurer le succès; on voulait avoir
aussi la certitude d'empêcher, par tous les moyens de la
physique aidée de l'expérience et de l'observation, les effets
du méphitisme et les émanations infectes que devaient produire le remuement des terres et les exhumations auxquelles
on allait procéder. M. Hecquet (3), chirurgien-major des
hôpitaux et l'un des échevins de la ville, fut chargé de rédiger
un mémoire sur les effets généraux qui résultent des exhalai-
sons putrides, des inconvénients locaux de l'église et des
moyens qu'il croirait les plus propres à garantir les habitants
des maladies contagieuses, et à préserver spécialement de
tout danger les ouvriers qui seraient employés à ce travail.

(1) Consulter l'inscription gravée sur une tablette de marbre
blanc adossée au pignon occidental de l'église de Saint-Eloi;
et la description historique de Dunkerque par Faulconnier.
Bruges, 1730, vol. 1er, page 64.

(2) Voir la même inscription qui rappelle le fait.

(3) M. Hecquet n'était pas le parent de M. Pierre-Augustin
Hecquet, fabricant de tabac et négociant à Dunkerque; mais il
en était l'intime ami.

Le 30 du même mois de Décembre, M. Hecquet présenta son mémoire à Messieurs du magistrat; mémoire parfaitement rédigé et dans lequel l'habile médecin avait prévu tout ce que la science et la prudence la plus éclairée peuvent inspirer en pareille occasion. Par surcroît de précaution, le mémoire fut immédiatement adressé à MM. Laborie, Parmentier et Cadet de Vaux, chimistes à Paris, pour qu'ils eussent à donner leur avis. Dès le 20 Janvier 1783, ces messieurs transmirent au magistrat de Dunkerque, un rapport entièrement favorable aux conclusions prises dans le mémoire du docte et honorable M. Hecquet.

M. Louis travaillait en ce moment à dessiner le plan définitif du péristyle, qu'il signait et datait de Paris du 18 Février (1). Deux jours après, M. Louis arrivait à Dunkerque, et l'on commença les travaux préparatoires dictés par la prudence. On enleva les ornements du culte et les vitrages de l'église afin d'y jouir d'un air constamment renouvelé; puis l'architecte traça une ligne pour la construction des six nouveaux piliers, afin d'y faire exécuter autant d'excavations de dix pieds carrés en superficie sur six et neuf de profondeur. Enfin les préparatifs pour l'enlèvement des terres, des corps et des cercueils, furent exécutés le 26 du même mois de Février.

Toute la population était dans une profonde inquiétude; il est facile de concevoir, a-t-on remarqué, (2) toutes les craintes que devaient naturellement inspirer les exhumations projetées. La nature de l'atmosphère de Dunkerque à cette époque, celle du sol, l'encombrement des cadavres auxquels on accordait que peu de terre, leur état de non consomption attesté par les lambeaux que les fossoyeurs étaient dans l'usage de retirer lorsqu'ils faisaient des fouilles pour de nouvelles sépultures; l'infection qui s'en exhalait toujours, étaient autant de circonstances de nature à effrayer les habitants. On voyait du reste avec bonheur les préparatifs d'exhumation, parce que l'on était convaincu que le nombre prodigieux de corps entassés dans l'église était une des causes de ces épidémies meurtrières dont Dunkerque avait

(1) Ce plan est déposé à l'école d'architecture de Dunkerque.
(2) Recueil de pièces, cité.

si souvent été frappé. (1) Les exhumations commencèrent
le lendemain 27 Février sous la direction de M. le docteur
Hecquet, en présence de M. Charles Thiery, premier échevin
et commissaire aux travaux de la ville, et prirent fin le 16
Avril suivant.

Dans cet intervalle on retira 818 cadavres dont 129 entiers ; 188 à moitié détruits, et 501 en ossements, non compris les corps d'un grand nombre d'enfants. Le 6 Mars on
enleva trois squelettes d'ecclésiastiques. A certains endroits
on rencontrait huit rangées de cercueils les uns sur les autres
arrivant jusqu'à quatre pouces (onze centimètres) de la superficie du sol. On trouva près de sept cents cercueils entiers.
Chaque jour des chariots, dans lesquels on déposait les cercueils avec de grandes pelles de fer, étaient conduits avec
toutes les cérémonies religieuses, au cimetière de la Basse-
Ville, à l'extrémité de la rue Saint-Charles, où se trouve aujourd'hui l'abattoir, près de l'église de Saint-Martin, qui en
était une dépendance comme chapelle. Là on jetait les cercueils dans des fosses profondes que l'on recouvrait sur-le-
champ de plusieurs pieds de terre.

Dans le cours de ces dangereuses opérations, on n'eut à
déplorer que deux malheurs : Deux jeunes gens, attirés par
la curiosité, vinrent voir les travaux d'inhumations. L'un
d'eux fut tout-à-coup frappé d'une douleur violente à la tête ;
trois ou quatre jours après la petite vérole se déclara, et il
mourut. Dans le nombre des cadavres dont il s'approcha,
plusieurs étaient infectés de petites véroles confluentes ; ce
qui prouve combien, dit un observateur, les germes destructeurs sont susceptibles de se propager et de se conserver, tandis que les germes de la vie s'altèrent si aisément.
Les jours suivants un ouvrier, usé par la débauche, la fatigue et l'ivrognerie, périt victime d'un autre genre d'impru
dence. Cet homme se jouait avec les débris des cadavres en
les prenant à pleines mains, et il croyait trouver dans l'emploi de liqueurs spiritueuses un spécifique suffisant. Attaqué
subitement d'une fièvre ardente, d'une douleur insupportable

(1) Consulter à cet effet la description historique de Dunkerque par Faulconnier. Bruges, 1730 ; les maladies de Dunkerque
par M. Tully, 1760 ; l'histoire de Dunkerque par M. Victor Derode, 1852.

à la tête et d'une inflammation gangréneuse à la gorge, il mourut presque aussitôt à l'hôpital général de la charité dit de Saint-Julien, où il avait été transporté.

M. le docteur Hecquet constata aussi une circonstance singulière qui s'offrit le 16 Mars. « Comme je faisais, dit-il, ouvrir les cercueils les uns après les autres, il s'est rencontré un cadavre entier, couché sur le côté droit, la tête et les genoux fléchis et poussant la planche placée dans cette direction, ayant l'autre bras, les fesses et les talons appuyés contre la planche latérale de gauche. On m'a raconté, ajoute l'observateur, qu'il était enterré depuis environ huit ans. Sa position, la seule que j'ai rencontrée de cette espèce, laisse croire que ce corps a pu être mis dans la bière à l'état de léthargie, et qu'en sortant de cet accès, le pauvre ressuscité se sera débattu, et que, mort enfin au milieu de ses impuissants efforts, il aura conservé l'attitude dans laquelle il a été trouvé. »

Le 16 Avril, le temps passa brusquement à une chaleur considérable pour la saison et l'on se vit contraint de cesser les exhumations. Au surplus, toutes celles que nécessitait l'établissement des fondations des piliers, du pignon et du portail, étaient terminées et l'on commença aussitôt à élever le péristyle. Déjà alors les toitures des trois nefs qui se prolongeaient jusqu'à la tour où l'on en voit encore les traces, et les murs de clôture qui en dépendaient, étaient tout-à-fait démolis; mais le passage que prenaient par là les voitures et les piétons, fut immédiatement interdit par l'autorité qui avait fait déposer dans cet emplacement les matériaux nécessaires à l'œuvre de construction, parmi lesquels on remarquait les belles pierres des carrières de Portland en Angleterre, qui devaient être employées aux colonnes du frontispice.

Les exhumations furent reprises à la fin de l'année. Elles eurent lieu en grande partie à l'endroit extérieur de l'édifice livré à la voie publique, et cela devenait absolument urgent: ce terrain aurait toujours été un foyer subsistant de méphitisme d'autant plus dangereux que les réparations indispensables du pavé eussent compromis chaque année la santé des habitants, et bien plus encore celle des ouvriers occupés à relever un pareil pavé. On ne pouvait prendre trop de précaution; on remarquait que nulle ville n'offrait dans ses annales d'exemples plus fréquents d'épidémies sans en excepter même la peste qui, en différents temps, y avait exercé ses ravages. (1)

Dans ces entrefaites, M. de Calonne, contrôleur général des finances, vint à Dunkerque avec l'architecte Louis, au mois de Septembre 1785 ; et, grace à leur présence, on activa les travaux de construction. (2)

Ce que l'on admira beaucoup alors, ce fut l'échafaudage qu'un charpentier-menuisier, Charles-François Meurillon, avait élevé devant l'église. Il ne laissait rien à désirer sous le rapport de la solidité comme sous celui de la légèreté et de l'élégance. Meurillon qui, avant de s'établir, était allé étudier quelques années à Paris, où il avait puisé de bonnes inspirations, était déjà connu à Dunkerque par deux constructions : la salle de spectacle, rue de Nieuport, dont on a fait une usine métallurgique en 1856, et l'hôtel des fermes du Roi ou direction des douanes, rue de Paris.

Les travaux de la façade et de l'intérieur de l'église, commencés du temps de l'administration de M. Louis Vernimmen (3), bourgmaître, et de M. Bertrand Thiéry, doyen-curé, ne furent définitivement terminés que lorsque M. Charles Thiéry, frère de ce dernier, était bourgmaître, et M. Joseph-Augustin Macquet, doyen-curé, le 27 Mai 1787.

L'entrepreneur principal M. Jacques Lemanissier, auquel il restait beaucoup de briques et de pierres de taille, eut l'idée de faire bâtir une maison avec ces matériaux pour le compte de son frère Jean et de lui. C'est la maison numéro 11, que l'on voit au côté méridional de la rue Caumartin et qu'habitent aujourd'hui les Frères de la doctrine chrétienne, du côté de la rue de l'Esplanade.

Le péristyle de Saint-Éloi est une œuvre admirable qui rappelle le frontispice de Néron, à Rome. On peut en dire autant de l'église. Mais si, — après avoir contemplé la façade à colonnes et au fronton corinthiens, — on entre dans le monument de construction ogivale, on est singulièrement surpris de l'anachronisme commis par l'architecte parisien, et l'on blâme le magistrat qui en a sanctionné le projet.

(1) Recueil de pièces, cité p. 4.
(2) Manuscrit de Diot, p. 170 et 171.
(3) Arrière-grand-père des fils de l'auteur de cette notice.

Comme ceux de nos jours, les archéologues de l'époque critiquèrent la conception de M. Louis et la trouvèrent étrange. Puis quand la révolution éclata, alors que l'on osait dire tout haut ce qu'autrefois on pensait tout bas, on se plaignit de l'administration municipale qui avait dépensé une somme de 800,000 livres dans la construction du portail, qu'un mémoire du temps (1) ne considérait que comme « un amas immense de pierres mis devant l'église. »

Ce portail, que la main des artistes a souvent reproduit sur le papier (2), est d'une longueur de 46 mètres et d'une hauteur de près de 28 mètres jusqu'au sommet du fronton. Il est formé de dix colonnes qui sont garanties chacune par deux bornes de grès du côté de la voie publique. On y trouve trois portes d'entrée, quatre niches faites en vue de recevoir les quatres Evangélistes, et deux campaniles de style grec de 36 mètres de hauteur, aux extrémités du frontispice, sur la frise duquel se trouvent inscrits ces mots éminemment chrétiens: Deo optimo maximo sacrum. « Consacré à Dieu très-bon, très-grand. » Le tympan offre une foule de têtes d'anges ailés convergeant au milieu des nues et de rayons de lumière vers le centre, où dans un triangle, image de la sainte Trinité, on lit le nom de Jehovah.

En 1793, l'inscription du frontispice fut enlevée par les terroristes qui s'en alarmaient. Mais comme si Dieu n'eut pas voulu laisser disparaître toute sainte pensée de son temple, la maculation des lettres resta empreinte sur la pierre malgré tout le soin que l'on prit à la faire disparaî   Au mois de Juin 1817, lorsque M. Augustin-Joseph l poix était Doyen-Curé, M. Nicolas-Marie Deschodt, Sous-Préfet, et M. Pierre De Gravier, Maire, l'inscription fut replacée sur la frise du temple en caractères de cuivre, dont le travail et la pose furent confiés à M. Jean-Marie Thill, forgeron-mécanicien à Dunkerque.

(1) Idées des doléances de la ville de Dunkerque par M. Poirier, 28 Mars 1789.

(2) Voir notamment l'annuaire Bottin du département du Nord, 1810, page 70 ; le manuscrit cité de M. Diot, dont deux exemplaires existent à Dunkerque, le plan de l'école d'architecture et vingt autres que des amateurs possèdent à Dunkerque.

En voyant un aussi beau monument, que l'on ne peut contempler qu'à une faible distance, on a souvent exprimé le regret qu'il ne tînt pas un des côtés d'une place.

Il fut long-temps question de démolir l'îlot ou une partie de l'îlot de maisons, placées entre la rue de la Vierge et la rue Maurienne, pour ne faire du marché au Poisson qu'une vaste place. En laissant seulement au nord de la tour autant de largeur à la voie publique que du côté de la rue de la Vierge, le résultat serait presque obtenu. Le péristyle de Saint-Eloi serait vu plus facilement, et la tour entièrement dégagée de toutes les constructions contiguës ou avoisinantes. C'était le vœu de M. de Calonne, dans le temps même qu'il était ministre des finances.

RAYMOND DE BERTRAND.

ADIEUX AU COLLÉGE DE DUNKERQUE.

—

1839

—

Avant que pour toujours j'abandonne l'asile
Où vient de s'écouler mon enfance tranquille,
Je dois, en m'éloignant aujourd'hui de ce lieu,
Lui dire mes regrets, lui dire un mot d'adieu !
Oui, quand je vais quitter cette terre chérie,
Ce beau sol paternel, mon berceau, ma patrie,
Je veux sur mon passé jeter un long regard!. ..
Aux riants souvenirs de ces jours de jeunesse
Inspire-toi, mon cœur, et viens, plein de tristesse,
      Soupirer le chant du départ.

C'est à vous que d'abord je devrai mon hommage,
Habiles précepteurs, dont la voix docte et sage
Me prodiguant toujours des conseils assidus,
Sut orner mon esprit, le former aux vertus ;
Merci, merci vous tous qui sous mon œil avide
Déroulâtes l'histoire et le passé splendide,
Et ces temps de valeur, de fière liberté
Où la Grèce écrasait la pâle tyrannie

Où Rome s'élevait, forte de son génie,
    Aigle de notre antiquité !

Par vos soins, vos talents, vos leçons paternelles,
Je suivis des héros les traces immortelles,
Et je puis, admirant leurs généreux exploits,
A la postérité joindre ma faible voix.
Vous me dites aussi ce qu'est le vrai poète,
Comme mâle et brillante, il relève la tête,
Comme son luth résonne à travers deux mille ans ;
Vous me fîtes aimer la vertu bienfaitrice,
Et mon âme, par vous, des abîmes du vice
    Sut redouter les bords glissants.

Ah ! si quelque succès doit embellir ma vie,
Si plus tard un rayon de gloire ou de génie
Pare de quelques fleurs mon naissant avenir,
Je porterai sur vous un plus doux souvenir ;
Et mon cœur me dira : par leur expérience
Ils ont formé, nourri, fait grandir ton enfance,
Et pour toi des destins ils ont orné le cours ;
Reconnaissance à ceux qui par zèle et tendresse
Ont de tes premiers pas soutenu la faiblesse !
    Reconnaissance pour toujours !

Et vous, chers compagnons, amis francs et sincères
Que toujours je chéris comme on chérit des frères,
Tout près de vous quitter enfin, je dois aussi,
Je dois du fond de l'âme à tous dire : merci !
Qui de nous oubliera ces heures fortunées,
Ces douces liaisons qui pendant huit années

D'une tendre amitié firent battre nos cœurs ?...
Qui de nous oubliera ces beaux jours du jeune âge
Coulés paisiblement sur un commun rivage
            Sans nul souci, nulles douleurs ?...

Hélas !... je vais bientôt sur l'océan du monde
M'exposer aux fureurs de la vague qui gronde,
Et ma barque timide, après un long repos,
Redoute, faible encor, ces infidèles eaux.
Je ne sais si, guidé par un joyeux zéphire,
Vers de tranquilles bords je saurai la conduire,
Sans qu'elle aille échouer contre un écueil secret...
Séjour, heureux séjour de calme et d'innocence
Qui de plaisirs si purs parsemas mon enfance,
            Que je te quitte avec regret !...

                              BENJ. KIEN.

AMITIÉ.

—

ÉLÉGIE.

—

1857

—

Je suis donc votre ami! J'ai dû m'y résigner!
A refuser ce nom que pouvais-je gagner?
Sans plaindre mes ennuis, sans permettre un murmure,
N'auriez-vous pas laissé le fer dans la blessure?
Sous votre front chagrin vos longs sourcils plissés
De mon malheureux sort m'avertissaient-assez.
Madame, de choisir étais-je encor le maître?
Ah! vous le savez bien : il fallut me soumettre,
Et comme ce vaisseau que la tempête bat,
Flottant, cadavre nu, sans voilure, sans mât,
Et jetant à l'abîme ancres, canons, cordages,
Ainsi, pour conjurer les flancs des noirs nuages,
J'ai dû lancer alors au sein des flots amers
Une part de mes biens, hélas! et les plus chers.
Vain tribut ' — et pourtant la poupe tournoyante
Se redresse en craquant sur la quille tremblante ;

Moins sombre, la nuée épaissit moins la nuit,
Et comme un coin du Ciel, parfois votre œil me rit.
Eh ! bien ; que l'amitié soit donc ma seule étoile !
Rattachant à mes mâts quelque lambeau de voile,
Sans crainte des écueils et des courants douteux,
Je consens à tenter, nocher peu hazardeux,
Les monotones flots de cette mer nouvelle,
Tranquille, sans tourments, et cependant moins belle.

Ad. Alisse.

AUX ENFANTS DU NORD.

—

1856

—

Salut, nobles enfants de notre noble mère !
Depuis long-temps ce jour à mon bonheur manquait ;
Que vous m'avez ému, quand vous m'avez dit : « Frère
     » Viens t'asseoir à notre banquet ! »

Eh ! quoi, m'appartient-il de suivre votre trace ?
Que me prépare à moi l'incertain avenir ?
Pourrais-je vous offrir, sans une étrange audace
Ma vie, écho sans voix, passé sans avenir !

Mais je suis accouru ; n'avais-je pas, pour titres,
Ceux que me décerna votre active bonté ?
J'espérais bien qu'auprès de généreux arbitres,
     Mon zèle aurait été compté.

Puis, chez nous, aux grands jours que chaque année amène
A la table, on admet jusqu'aux petits enfants,
Même celui qui peut balbutier à peine
     Quelques mots à ses grands parents.

Et, quand ce faible enfant bégaie un chant de fête,
Toute lèvre l'accueille et fredonne avec lui ;
L'espoir, de son rayon, colore cette tête
    Fière du fraternel appui.

Il écoute à son tour. Voyez... son âme avide
S'anime à leurs récits, d'une sainte chaleur ;
Un jour, on le verra, cet enfant si timide
    Les suivre au sentier de l'honneur.

C'est pourquoi me voici !... près de vous, mes modèles ;
Si j'étais plus prudent, sans doute je craindrais.
Papillon, je voulais au risque de mes ailes,
    Voir la lumière de plus près.

Quand, rentré dans le cercle, où l'existence roule,
Mes pensers reviendront sur ce jour écoulé,
Je pourrai m'isoler au milieu de la foule
    Par ce souvenir consolé.

A mes enfants aussi, lorsque mon âme heureuse
Dira quel fut pour moi votre courtois accueil,
A mes récits je vois leur âme généreuse,
    S'épanouir d'un noble orgueil.

En répétant vos noms, devenus populaires,
Ministres, magistrats, généraux ou savants,
Peintres, historiens, poètes, statuaires,
    Ils diront : Il fut dans leurs rangs ! !..

Le vase qui reçut une suave essence

Conserve le parfum dont il fut humecté!
Et moi j'emporterai, grâce à votre indulgence
Un germe de célébrité !

A chaque citoyen sa part : que l'industrie
Enfante, chaque jour, des prodiges nouveaux...
Son but est noble et grand: enrichir la patrie,
Du fruit d'ingénieux travaux.

Mais un culte plus pur, est celui de la gloire,
C'est celui qu'en vos cœurs la nature grava ;
Vous le faites régner, des rives de la Loire,
Jusques aux bords de la Néva. (1)

L'histoire, aux anciens jours, nous montre nos ancêtres
Tenant le sort du monde en leurs puissantes mains ;
Dans Byzance, au Bosphore, ils ont donné des maîtres,
Dignes héritiers des Romains.

Des sciences, des arts, dans la route sublime
Ils ont su conquérir un titre solennel ;
N'a-t-on pas proclamé, d'une voix unanime,
Alain, docteur universel ?...

Que la France ait vu naître et Racine et Corneille,
Ces gigantesques morts seraient restés sans voix,
Si le Nord n'eût produit une triple merveille :
Talma, Clairon et Duchesnois !

(1) M. Lemaire de Valenciennes était à St-Pétersbourg, pour
y travailler au fronton de l'église St-Isaac.

Ah! soyons fiers du sang qui coule dans nos veines ;
Si, chez nous, l'ennemi se présentait demain,
Donnons-lui rendez-vous au milieu de nos plaines,
    Entre Mons, Bouvine et Denain !

Montrons-lui nos remparts, redoutable barrière,
Que jadis sa fureur foudroya vainement ;
Il sait comment à Lille, on garde la frontière,
    Et ce que vaut notre serment !

Riche de souvenir, de vie et d'espérance,
O Flandre ! ô mon pays ! ô terre de l'honneur !
On appelle Paris la tête de la France...
    Quoi donc ? en serais-tu le cœur ?

V. DERODE.

LE SOLEIL ET LES NUAGES.

—

ALLÉGORIE.

—

1854.

—

Aux confins de la mer profonde,
L'astre qui rend la vie et la couleur au monde,
Quittant son lit de pourpre et d'or,
S'élevait radieux du point de l'étendue
Où l'onde avec le ciel semble être confondue,
Et, noble, prenait son essor.

Les ombres de la nuit avaient fui sa lumière ;
Et l'aube matinale, en humides vapeurs,
S'exhalait lentement, enlevant à la terre
Ses voiles douteux et trompeurs.

Les cieux ravis à sa présence
Revêtaient leur robe d'azur ;

Dans son miroir limpide et pur
La mer le réflétait avec reconnaissance.

Et des plaines de l'air un concert enchanteur,
Livrant aux vents son harmonie ,
Se mêlait aux transports de la nature unie
Pour saluer son bienfaiteur.

Partout la vérité succédait au mensonge ;
La lumière à l'obscurité ;
Et tout , dans l'univers, comme au sortir d'un songe,
Voyait renaître sa beauté.

Seul, parmi ces douces images ,
Ces tableaux riants et joyeux ,
Un essaim de sombres nuages
Restait morne et silencieux.

Ténébreux amants du mystère,
Et de l'ombre des nuits proprice à leurs projets,
Ensemble ils maudissaient l'éclat de la lumière
Qui les dévoilait à jamais.

Alors , à leurs desseins conformant leur langage ,
Ils dirent à la terre; « Ecoutez notre voix ;
Tout n'est que vanité , ce soleil vous outrage ;
Il veut vous éblouir et vous dicter des lois ;
Avec art sur vous il dirige
Son éclat brillant et trompeur ;
Fuyez de ses reflets le dangereux prestige !...
L'obscurité , c'est le bonheur. »

Mais la terre éclairée, et se sentant renaître,
Répondit à ces rois du nocturne séjour :
    « La nuit est la mort de tout être ;
    On ne vit qu'aux rayons du jour. »

MORALITÉ.

Encourageons l'élan des âmes généreuses,
Et fermons notre cœur aux sources ténébreuses
    Du fanatisme et de l'erreur !
Étouffer la raison, briser l'intelligence,
C'est méconnaître Dieu, ses œuvres, sa puissance ;
    C'est renier le Créateur !

PEROT.

ÉLÉGIE.

—

1827

—

Quand je te vois, Délie, un trouble involontaire
Sur mon front à l'instant fait monter la rougeur:
Vainement je contrains mes regards à te taire
Le secret qui fait seul ma peine et mon bonheur ;
Mes regards, malgré moi, trahissent mon délire
Et mon sein par l'amour doucement agité,
    Laisse échapper, brûlant de volupté,
    Le tendre aveu qui sur ma bouche expire.

Si ma main égarée à la voix du désir,
Timide, ose presser ta main douce et jolie ;
Si mes doigts enlacés dans les liens, ô Délie !
    Tremblants..., frémissent de plaisir !
Du trouble de mes sens ne vas pas me punir,
Ne me repousse pas, pardonne, ô mon amie !
Un dieu seul est coupable, et ce dieu c'est l'Amour.
De ses poisons cruels lentement consumée,
Ah ! puisses-tu jamais n'éprouver à ton tour,
    L'affreux tourment d'aimer sans être aimée !

Partout règne Vénus, et l'Amour de ses feux
    Embrase tout ce qui respire.

De mille heureux amants il cause le délire;
L'écho redit au loin leurs chants voluptueux.
Combien leur sort est doux.... Moi seul dans la nature,
  Au bonheur je semble étranger!
  Vainement mon âme murmure :
  Timide et tremblant passager,
Si mon cœur délaissé ne trouve pas d'amie,
Aux fragiles plaisirs qu'on goûte en cette vie,
  Hélas! je ne dois plus songer!

Je disais, et navré d'une douleur cruelle,
Des pleurs amers coulaient sur ma harpe fidelle;
Insensé! j'accusais et Délie et les dieux,
  Lorsque des sons mélodieux
  Frappant soudain mon oreille ravie,
Font renaître le calme en mon âme flétrie :

  « Il est une brillante fleur,
  » Du bel âge toujours chérie;
  » Elle séduit par sa fraîcheur
  » Et jamais n'est épanouie.
  » Son parfum est délicieux,
  » Du cœur il guérit la souffrance...
  » A cette fleur les malheureux
  » Ont donné le nom d'Espérance. »

  La voix se tut: bientôt mon cœur
  Palpita d'une douce ivresse
  Et l'Espérance enchanteresse
Fit briller à mes yeux l'image du bonheur.

     J. FONTEMOING.

UNE CRIQUE DE NORMANDIE.

—

1854

—

A la mer des Normands je demandais un port,
Biens moins qu'un port, une anse, et l'on m'indique Yport,
Village de pêcheurs, oublié sur la carte,
Mais où le Parisien, qui d'Etretat s'écarte,
Lorgnant à l'horizon le phare de Fécamp,
Et longeant les rochers d'un pied leste et fringant,
Bien qu'aux ravins nombreux nul pont ne courbe une arche,
Peut atteindre sans peine en deux heures de marche.

C'est donc Yport, vallon qui descend vers la mer,
Nid moussu dans le roc que bat le flot amer,
Coteaux couverts de bois où le lapin se cache,
Pommiers chargés de fruits, vergers où paît la vache ;
A mi-côte, des champs de seigle et de froment,
Vagues d'or que la bise agite par moment ;
Des sentiers qu'à l'envi joncs marins et fougères
Bordent, trésor futurs des pauvres ménagères,
Qui, sitôt que Septembre aura jauni les bois,
Viendront les arracher pour s'en chauffer aux froids ;
Plus bas, des toits d'ardoise étagés non sans grâce,

Que maint arbre touffu de ses rameaux embrasse,
Et tout au fond la mer : son lit, au bas du val,
S'est creusé dans le roc comme un fer à cheval ;
Des galets sur le bord, et nulle part du sable ;
La falaise à l'entour, barrière infranchissable,
Qui, là, se dresse à pic comme un haut mur d'airain,
Et la surplombe, abri cher à l'oiseau marin,
Qu'y s'y tient immobile et grave, et qu'au rivage
On voit plonger soudain avec un cri sauvage.
  D'Yport jusqu'à Fécamp, dont s'aperçoit le port,
On peut marcher ainsi par les galets du bord,
Rencontrant sur sa droite, à de courts intervalles,
Des fontaines où vont les pêcheuses rivales,
Rivales de labeurs, laver leur linge usé,
Ou quelque vêtement par le sel empesé.
C'est à qui, le matin, partira la première,
Afin de s'établir sur la plus blanche pierre,
Par la vague polie, et qu'un hasard heureux
Inclina vers la source à l'endroit le plus creux,

Ces sources, dont plusieurs vont sourdre sur la rive,
Et que la mer délaisse aux heures de dérive,
Tombent de la falaise en vifs et clairs filets,
Qui, brisés sur le roc, filtrent sous les galets
Pour revenir, au bout d'une secrète route,
Du rivage pierreux percer la dure croûte.

Une surtout provoque et tente mon pinceau :
D'un des plus hauts sommets jaillissant en arceau,
Son cristal, divisé par le roc qui surplombe,
Brille en pluie au soleil, goutte à goutte retombe

Sur la pente plus douce, où, criant, becquetant,
L'hirondelle, parmi la mousse qui s'étend,
Baigne son aile huileuse et palpite, enivrée
De boire allègrement chaque perle nacrée.

Sur la gauche d'Yport, à l'abri d'un rocher
D'où la barque, au gros temps, n'ose pas approcher,
Dix à douze bateaux, retirés sur la grève,
Tandis que les pêcheurs se donnent quelque trève,
Trois chaloupes encore, éparses sur les flots,
Voilà votre richesse, ô pauvres matelots !
Voilà votre avenir, voilà votre espérance !
Ah ! combien ces bateaux ont bercé de souffrance,
Qu'ils ont reçu de pleurs, et que souvent la mort
Les rendit plus légers pour revenir au port !
Mais suivons ce bateau qui rentre après la pêche :
Comme chacun à bord s'agite et se dépêche,
Et, comme à terre aussi, vieillards, femmes, enfants,
S'empressent pour fêter les marins triomphants !
De l'embarcation, qui lentement aborde,
Un mousse dans les flots saute avec une corde
Qu'il va nouer autour d'un cabestan voisin ;
Femmes, vieillards, enfants, s'y pressent en essaim :
Puis tous, les bras tendus sur la barre qui ploie,
Et s'excitant l'un l'autre avec des cris de joie,
Font tourner l'instrument gémissant du fardeau,
Et sur les hauts galets hissent le lourd bateau.

Autre aspect, maintenant. Voyez ces têtes blondes,
Folles troupes d'enfants bondissant vers les ondes :
Graine de vrais marins, gracieux polissons,
Gais comme des oiseaux, vifs comme des poissons.

En un clin-d'œil, adieu pantalons et chemises,
Les voilà nus (ici ces choses sont permises),
Courant où de plus grands auraient peur de marcher,
Et voilant d'une main ce qu'il sied de cacher.
Tous ces petits Saint-Jean, que le flot tiède allèche,
Qui se lancent l'écume et que le soleil sèche,
Avant d'entrer dans l'onde y tremperont leurs doigts,
Et se garantiront par un signe de croix.

Saluons doucement cette pâle famille
Qui longe les galets, père et fils, mère et fille ;
Ils vont, dans les paniers ballottant sur leur dos,
Recueillir le varech déposé par les flots :
Après le dur labeur d'une longue journée,
Heureux si la moisson péniblement glanée,
Les pieds dans l'eau, le front penché, leur met en main
De quoi se procurer le pain du lendemain !

C'est ainsi qu'employant mes loisirs sur ces plages,
Je transporte en mes vers leurs naïves images.
Puissent-ils en paraître un fidèle miroir,
Et puissent ces pêcheurs sourire de s'y voir !
Si le faste des grands l'a souvent endormie,
Ma muse est sœur du pauvre et du travail amie :
Ce qui domine et brille inspire moins ses chants
Qu'une humble destinée et qu'une fleur des champs.

N. MARTIN.

MATÉRIALISME.

—

1853

—

I

L'ANE ET LES ESPRITS FORTS.

Quelques cervaux brûlés, se disant Esprits-forts,
Voulant nier de Dieu l'éternelle existence,
Accordaient au Hasard la suprême puissance.
— « C'est lui qui réunit les atomes en corps :
L'un par l'autre attirés, ils formèrent le Monde ;
Car, disaient-ils entr'eux, la Matière est féconde ;
De tout temps elle existe et ne saurait finir ;
Ce qui naît chaque jour, seul, un jour doit mourir,
Pour rentrer au Grand-tout, y former autre chose,
En suivant à jamais de la Métempsycose
Les éternelles lois. — Le fait est bien certain,
Dit l'âne qui passait, et parmi vous, sans peine,
Je revois mes parents dans la famille humaine ! »
            — Bien dit, Martin ! —

Chaque jour on prétend inventer un système,
Pour expliquer le monde et nier Dieu lui-même !
Plus d'un sot vous dira qu'il croit, dans l'avenir,
Tomber dans le néant ou bête devenir !

SPIRITUALISME.

—

II

L'ENFANT ET L'ABBÉ.

— « Où donc est le Bon-Dieu,
Monsieur l'abbé ? Vous lui parlez sans cesse !
— Enfant, il est au ciel, sur la terre, en tout lieu...
— Mais je ne le vois pas ! Faites donc qu'il paraisse
A mes regards, car je ne puis l'aimer,
Le prier, chaque jour, sans jamais le connaître !
— Enfant, celui qui donne l'être
A tout ce qui respire, et pour nous fait germer
Les épis des moissons, sur toute la nature
A semé ses bienfaits.
Impénétrable aux yeux, sans corps et sans figure,
Il se démontre à nous par les nombreux effets
De sa bonté, de sa puissance ;
Et, sans jamais connaître son essence,
Ce n'est que par l'élan du cœur
Que nous pouvons du Créateur
Concevoir l'existence ! »

N. BOULON,
Ancien capitaine d'infanterie.

SCÈNES DÉTACHÉES DE GUILLAUME TELL,

TRAGÉDIE EN CINQ ACTES ET EN VERS,

IMITÉE DE SCHILLER.

—

1855

—

ACTE QUATRIÈME.

Le vieux baron de Sillinen est placé dans un fauteuil ; il est mourant. Les trois paysans suisses qui ont prêté le serment du Rutli, Walter Furst, Verner Stauffacher et Melchtal, s'empressent autour de lui ; le jeune fils de Guillaume Tell est à genoux devant lui.

SCÈNE PREMIÈRE.

LE BARON DE SILLINEN, WALTHER FURST, VERNER, MELCHTAL ET WALTHER TELL.

WALTHER FURST.

C'en est fait ! la mort tranche une vie aussi chère !
Ainsi de notre espoir se rompt l'ancre dernière !
Tell gémit prisonnier, et Sillinen n'est plus.
Hélas ! la seule voix qui nous eût secourus,
Muette, ne doit plus pour nous se faire entendre,

Et l'intrépide bras qui pouvait nous défendre,
Chargé de fers.....

VERNER, penché sur Sillinen

Voyez: on le croirait vivant...

Ses lèvres ont encore un faible mouvement.
Non... ce n'est pas la mort... c'est un sommeil tranquille.

Melchtal va à la porte et parle à quelqu'un.

WALTHER FURST,

Qu'on n'entre pas, Melchtal !

MELCHTAL.

A votre ordre indocile,

Votre fille, Walther, demande à vous parler.
Elle veut voir son fils...

WALTHER FURST.

Puis-je la consoler ?

Sur moi trop de douleurs à la fois viennent fondre;
Mon propre désespoir pourra seul lui répondre.

HEDWIGE entre.

Laissez-moi voir mon fils; laissez-moi....

VERNER.

Calmez-vous.

Songez que dans ce lieu la mort est avec nous !

HEDWIGE se précipitant vers son fils.

Mon Walther! mon enfant! tu vis donc pour ta mère !
Tu vis ! ensemble au moins nous pleurerons ton père.
Oui, tu m'es conservé; mon fils! je te revois...
O que j'entende encor les doux sons de ta voix !
Parle.

WALTHEL TELL dans les bras de sa mère.

Ma pauvre mère !

HEDWIGE.

Hélas! est-il possible?
(*Elle le regarde avec une sorte d'inquiet empressement.*)
Il a pu de sa flèche.... ô courage insensible!
Au-dessus de sa tête il a pu la lancer!..
Son propre enfant.... au but, il a pu le placer!

WALTHER FURST.

Oui, ma fille, il l'a fait, avec l'âme navrée,
Et de mille tourments à la fois déchirée;
Il l'a fait, mais contraint, menacé de la mort.

HEDWIGE.

Avant de se résoudre à cet horrible effort,
S'il eût eu pour son sang des entrailles de père,
Il fût mort mille fois.

VERNER.

A vous même contraire,
Pourquoi ne point bénir le Dieu qui dans vos bras
A remis votre enfant échappé du trépas?
Un prodige si grand...

HEDWIGE.

Vous voulez que j'oublie
Quelle main aurait pu trancher sa tendre vie?
Ce crime, un vain remords pouvait-il l'expier?
Je le sens, je vivrais pendant un siècle entier,
Que je verrais toujours la victime enchaînée,
Et son père, visant sa tête condamnée.
Cette flèche toujours vient me percer le cœur.

MELCHTAL.

Ah! vous ne savez pas ce que du gouverneur
Votre époux a souffert.

21

HEDWIGE.

Barbare indifférence !
Oui, tel est votre orgueil ! Qu'il subisse une offense,
Il ne connaît plus rien, et risque, en se jouant,
Et le cœur d'une mère, et les jours d'un enfant.

WERNER.

Pouvez-vous, accablant le plus malheureux père,
Méconnaître l'excès de sa souffrance amère ?
Ayez pitié des maux dont son cœur a gémi.

Hedwige se retourne vers lui et le regarde d'un coup-d'œil
dédaigneux.

Et vous qui me parlez, au malheur d'un ami
N'avez-vous à donner que des larmes stériles ?
Qu'attendiez-vous enfin, quand, témoins immobiles,
Vous avez, sans frémir d'un généreux courroux,
Vu charger de liens le meilleur d'entre vous ?
Vous avez vu ce crime avec indifférence !
Il a pu s'accomplir ! dans un humble silence
Vous avez d'un ami souffert patiemment,
Sans tenter un effort, l'indigne enlèvement !
Lui, pour les malheureux n'avait-il que des larmes ?

WALTHER FURST.

Pouvions-nous de leurs mains le délivrer, sans armes,
En petit nombre ?

HEDWIGE *embrassant son père.*

Et vous, mon père, vous aussi,
Oui, vous perdez un fils, pleurez, pleurez sur lui.
De sa triste prison l'amitié consolante
En vain voudra percer l'enceinte menaçante.
Mon père ! il est perdu pour son pays, pour nous.

Tous, nous sentons sa perte; hélas! il manque à tous.
Dans l'humide vallon, avant le tems fanée,
La fleur des Alpes meurt, sur sa tige inclinée;
Lui, parmi les vapeurs du funeste cachot,
Souffrant et sans espoir, il périra bientôt.

WERNER,

Ah! nous agirons tous, et de sa délivrance
La Suisse vous répond.

HEDWIGE,

Inutile assistance!
Tant que Tell était libre, on pouvait espérer,
En vain à son foyer nul ne venait pleurer,
Le faible en lui trouvait un appui tutélaire;
L'innocence un ami; les opprimés, un frère.
Il vous eût tous sauvés dans un commun revers,
Et vous ne pourrez rien, vous, pour briser ses fers!
        (A Walther Tell, en le prenant par la main)
Viens, mon fils: c'en est fait; de vous je me sépare;
Seule, je cours chercher un ennemi barbare;
Oui, bientôt, gouverneur, nous atteindrons tes pas:
Nous demandons des fers:.... tu nous écouteras.

    (Elle sort précipitamment avec son fils. Walther Furst veut
l'arrêter. Dans se moment Verner lui montre le baron de Sillinen qui se relève.

SCÈNE DEUXIÈME.

SILLINEN, WALTHER FURST, VERNER ET MELCHTAL.

VERNER,

Silence! il se réveille.

SILLINEN.

A mon heure dernière

Il devrait être là pour fermer ma paupière.

WALTHER FURST.

Qui donc ?

VERNER.

C'est son neveu qu'il demande.

WALTHER FURST.

Il viendra....

Consolez-vous... dans peu... Vos serviteurs déjà
Ont couru le chercher... Oui, du fond de son âme
Rudenz revient à nous. Son pays le réclame.
Il retrouve un enfant pour lui long-temps perdu,
Et votre dernier vœu du ciel est entendu.

SILLINEN *avec joie.*

Sa voix a donc osé s'élever pour la Suisse !
Qu'il vienne, ô mes amis ! que ma main le bénisse !
Qui le retient ? Pourquoi ne se hâte-t-il pas ?
Je sens venir ma fin,... elle approche à grand pas.

VERNER.

Vous vivrez ; du sommeil les heures bienfaisantes,
Seigneur, ont réparé vos forces languissantes,
D'un éclat pur et vif votre œil s'est animé.

SILLINEN.

Ah ! le tombeau sans moi ne s'est point refermé.
La mort m'attend... je viens... ma journée est finie.
Oui, vivre, c'est souffrir ; en sortant de la vie,
Walther, en même temps j'échappe à la douleur ;
S'il n'est plus d'espérance, il n'est plus de malheur.
Mais, hélas ! vous pleurez sur les fers de la Suisse ;
Pour la patrie en vain vous demandez justice,
Et je vous laisse tous, orphelins désolés ;

Et mes derniers regards ont vu vos maux comblés.
Malheur à qui survit, et qui perd l'espérance !
Ainsi, c'était pour voir à votre indépendance
Porter les derniers coups, que ma vie a duré
Au-delà de l'espace aux mortels mesuré.

VERNER à Walther Furst.

Sans un rayon d'espoir à la sombre tristesse
Laisserons-nous ainsi succomber sa vieillesse?
De ses derniers moments adoucissons l'horreur.
De votre abattement sortez, noble Seigneur :
Non, la Suisse n'est point entièrement perdue ;
Son malheur...

SILLINEN.

Et par qui maintenant secourue...

WALTHER FURST.

Par nous-même... écoutez : oui, pour les trois cantons
S'abaisse désormais la barrière des monts.
Le serment est prêté ; l'alliance est conclue.
Tous, avant que l'année expire, révolue,
Pour l'accomplissement de nos justes desseins
Nous saisirons le glaive oublié par nos mains,
Et cette terre esclave, où vous allez descendre,
Libre alors, sentira tressaillir votre cendre.

SILLINEN.

Ah ! répétez-le moi ! le serment est prêté !

MELCHTAL.

Tout est prêt, le jour, l'heure. Au cri de liberté
Les trois cantons armés tout-à-coup se soulèvent,
Et, soldats en un jour, les paysans se lèvent.
La tyrannie en vain crut enchaîner nos bras ;

Elle marche ; le sol s'abîme sous ses pas,
Et ce secret, couvert d'une ombre inviolable,
De tant d'hommes connu, demeure impénétrable.

SILLINEN.

Mais les châteaux long-temps arrêteront vos coups?

MELCHTAL.

Dans le même moment ils succomberont tous.

SILLINEN.

Et les nobles sont-ils entrés dans l'alliance?

VERNER.

Si leur secours importe à notre délivrance,
Nous osons l'espérer ; mais enfin le serment
Jusqu'à ce jour par nous est prêté seulement.

SILLINEN (*il laisse voir une grande surprise.*)

Eh ! quoi ? les paysans oseraient entreprendre
Entre eux, sans la noblese... Ah ! que viens-je d'entendre ?
En eux-même à ce point ils se sont confiés !
Puisque ainsi désormais nous sommes oubliés,
Nous pouvons sans regrets descendre dans la tombe,
Notre temps est fini ; l'ancien ordre succombe,
Et de l'espèce humaine un plus jeune pouvoir
Soutient la dignité reconquise en espoir.
Oui, les temps sont changés : une nouvelle vie
Va fleurir tout-à-coup, des ruines sortie.

VERNER à *Walther Furst.*

Voyez de quel éclat ses yeux brillent soudain !
Non, non, ce ne sont pas d'un flambeau qui s'éteint
Les mourantes lueurs ; c'est la flamme immortelle,
Les splendides rayons d'une clarté nouvelle.

SILLINEN.

Soumettant aux cités l'orgueil de leurs créneaux,
La noblesse, du seuil des gothiques châteaux,
S'élance, et court prêter serment de bourgeoisie.
Le mouvement s'étend ; déjà la Thurgovie
Salue avec transport ce généreux dessein ;
Berne, honneur des cités, lève un front souverain ;
Fribourg sert de rempart à votre indépendance ;
Zurich de ses enfants arme aussi la vaillance ;
Transformés en héros, ses nombreux ouvriers
Pour courir aux combats quittent leurs ateliers,
Et Dieu livre des rois la puissance brisée
A ces soldats d'un jour, objets de leur risée.
    (Il prononce ce qui suit d'un ton prophétique et ses discours
        semblent inspirés.)
Je vois, couverts d'acier, des princes, des seigneurs,
Accourir, pour combattre un peuple de pasteurs.
J'entends des cris lointains ! la guerre à mort, la guerre !
Que de combats sanglants illustrent cette terre !
Un instant arrêté devant un mur d'airain,
Le paysan se fraye un sublime chemin.
Il se jette au-devant d'une forêt de piques,
Les rassemble en faisceau dans ses bras héroïques,
Et des rangs en tombant ouvre la profondeur.
Le fer moissonne alors la noblesse en sa fleur,
Et de la liberté conquise par le glaive
L'étendart triomphant au sein des airs s'élève.
    (A Verner et à Walther Furst, en leur prenant les mains.)
Soyez tous fermement unis et pour toujours,
Veillez, du haut des monts, à ce qu'un prompt secours
Soit à chaque allié porté par l'alliance ;
Et que nul, occupé de sa seule défense,

Ne se sauve en laissant succomber ses amis !
Tous, du haut de vos monts, veillez, toujours unis.

(Il retombe dans son fauteuil et meurt.)

Ses mains tiennent encore les mains de Furst et de Verner; ils
se regardent long-temps en silence : puis ils se retirent, et chacun
se livre à sa douleur. Pendant ce temps les serviteurs du baron
sont entrés et s'approchent ; tous expriment leur chagrin ; les uns
avec vivacité ; les autres avec calme. Quelques-uns se jettent à genoux devant leur maître, baisent sa main et l'inondent de larmes.

Pendant cette scène muette, on entend la cloche du château.

AD. ALISSE.

UN AMOUR MAUDIT.

—

1844

—

I.

L'ADIEU.

Vers le milieu du siècle dernier, par une après midi du mois d'Avril, Blanche de Montarcis se trouvait retirée dans son élégante chambre à coucher, dont la fenêtre entr'ouverte livrait passage à la brise embaumée ; les parfums du jardin venaient caresser mollement ses rêveries de jeune fille. Elle était paresseusement étendue sur un sopha recouvert de damas rouge ; ses mains indolentes ne s'exerçaient même pas à quelque léger travail de broderie... Etait-ce mélancolie, souffrance ou réflexion que l'oisiveté de la jolie Blanche ? — Mélancolie ? elle n'avait jamais encore interrogé son âme de dix-huit ans ; — Souffrance ? on devinait tous ses caprices ; on prévenait ses moindres désirs.... C'était donc une nuée de réflexion qui voilait pour la première fois la sérénité de son âme. Oui, la femme insoucieuse, dont l'esprit ne s'était jamais envolé au delà du présent, Blanche de Montarcis daignait réfléchir avec un peu de gravité....

Est-il besoin de tracer le portrait de notre héroïne ? N'a-t-on pas déjà deviné l'expression de son visage d'après l'esquisse de ses habitudes, de son caractère ? Sa peau d'un blanc mat, ses traits nonchalants, ses yeux grands et beaux, mais sans ardeur, tout cet ensemble indiquait que son âme reposait encore dans les voiles de l'enfance. La satiété de la richesse, les mœurs guindées de l'aristocratie avaient contribué peut-être à lui donner ce stygmate d'indifférence et de calme profond.... Qui pourrait l'émouvoir, en effet? Qu'importe à cette riche et belle jeune fille la splendeur de son hôtel, de sa parure, de ses fêtes et de ses plaisirs? Que lui importe la vue de son boudoir et de son opulence? Depuis qu'elle est au monde, elle n'aperçoit que des salons dorés, des fêtes magnifiques et des hôtels somptueux ; elle ne respire qu'un air enchanteur, rempli de délices ; l'opulence est sa patrie, son atmosphère, son berceau. Elle passe ses jours au milieu de cet air si doux, sans songer qu'un sort pareil est un sort privilégié; elle ne réfléchit même pas qu'il y a d'autre destinées que la sienne; elle vit sans félicité malgré ses nobles splendeurs. Ainsi, la richesse, dégénérant en habitude, éloignée du pâle contraste de la misère, n'est plus une volupté pour ceux qu'elle couronne.

Mais pourquoi Blanche de Montarcis réfléchit-elle en ce moment?

Ah ! c'est que toutes les jeunes filles — les plus insouciantes, les plus joyeuses et les plus gaies — s'entendent pour réfléchir dans une occasion pareille. M. le marquis de Montarcis, le père de Blanche, vient d'annoncer à sa fille qu'elle doit se tenir prête afin de recevoir son futur époux... le soir même. — Le mariage... oh ! la magique parole qui jette toujours dans le cœur le plus glacé la plus vive étincelle ! N'est-ce pas un mot qui chasse, par un prestige surnaturel, toutes les autres pensées qui préoccupent l'esprit ? Pour les unes, c'est de l'ivresse comprimée par une pudique réserve; pour les autres, c'est un regret, un sacrifice, une passion méconnue qu'on immole au devoir; pour le plus grand nombre, c'est un sentiment de vanité flattée ; et pour toutes c'est de la réflexion.

Cependant Blanche, à cette nouvelle, n'avait éprouvé qu'un assez faible émoi. Son orgueil avait reçu trop d'encens pour être sensible encore; et son amour n'était pas éveillé. L'amour ! ce mot charmant qu'elle trouvait sans cesse sur les pages de ses livres, dans les mélodies que répétait sa voix ; l'amour lui paraissait quelque chose de vague et d'indifférent sur lequel on ne s'appesantit guère. Elle recevait souvent les hommages du monde en grave souveraine ; mais jamais elle n'arrêtait son attention sur les cavaliers qui la saluaient avec un sourire; jamais Blanche ne s'était dit : celui-ci est jeune et beau; celui-là vieux et laid. — Et lorsqu'elle apprenait un mariage, elle ne faisait pas comme la plupart, qui se mordent les lèvres avec dépit et n'en dorment pas de huit jours : mademoiselle de Montarcis n'y songeait plus une seconde après.

Il fallait bien qu'elle fut encore indifférente à ce sentiment si voluptueux et si tendre, car l'homme qu'elle avait agréé pour son prétendant, M. le baron de Néville, était d'un âge très-mûr. C'était tout enfant qu'il l'avait connue.

Blanche toutefois réfléchissait... non pas à l'homme qui devait se présenter chez elle; mais au changement de condition que ce mariage allait nécessairement amener dans son existence. Voici ce que disait à peu près sa rêverie :

« Mon père vient de m'annoncer qu'il m'a choisi pour
» époux le baron de Néville. Je le veux bien; je n'ai pas de
» raisons pour chagriner mon père à ce sujet. Ce serait fort
» mal à moi de lui désobéir sans motif. D'ailleurs je connais
» le baron, mon époux futur. C'est un homme de bonne
» compagnie. Il est un peu vieux; mais je crois, malgré
» mon peu d'expérience, que les maris d'un âge mûr sont
» de beaucoup préférables à d'autres. Ce bon monsieur de
» Néville, qui m'a connue si petite, ne me refusera pas sans
» doute mes fantaisies, maintenant que je serai sa femme !
» Il faut que je reçoive trois fois la semaine, et que j'aille
» quatre fois au bal ou dîner en ville. Je veux aussi d'ha-
» biles femmes de chambre. Je veux que trois laquais soient
» uniquement à ma livrée. Sans doute il ne refusera pas une
» livrée particulière à madame la baronne. Je connais une
» de mes amies qui prétend que tous les maris, tous sans
» exception, sont des êtres fort désagréables: pleins de cour-
» toisie jusqu'au moment de la bénédiction nuptiale, ils
» jettent, de suite après, leur masque de galants ! Il est vrai
» que cette bonne amie ne se marie pas, et que ce n'est pas
» de sa faute. C'est le dépit qui la fait parler sans doute...
» Oh ! mais d'ailleurs, monsieur de Néville, je ferai mes
» conditions ! »

La singulière enfant que Blanche! L'étrange rêverie dans un semblable moment. Il n'y avait certainement point là de quoi faire envoler son sourire habituel. Une autre femme, à qui l'on eût proposé d'épouser un homme de cinquante ans (M. de Néville avait cinquante ans bien sonnés), une femme jeune et charmante comme mademoiselle de Montarcis, se serait, dans ce cas, récriée de toutes ses forces, à moins qu'elle ne fut avide du titre de baronne, et désireuse de doubler ses revenus. Ce sont les seuls motifs qui eussent empêché une jeune fille de pousser des exclamations équivalentes au refus le plus formel. Il y en a même qui, dans leur dédain, auraient tourné la proposition de leur père en plaisanterie, en demandant, par exemple, si l'on voulait faire d'elle une bisaïeule à paniers. La jeune Blanche, infiniment moins vive, regarde au contraire la chose comme très-sérieuse et très-raisonnable. Et pourtant elle ne raffole pas du titre de baronne, ses revenus lui suffisent, elle puise l'or à pleines mains. Malgré cela, vous le voyez, elle incline à prendre pour époux le baron de Néville.

Son cœur est un mystère que les circonstances seules pourront éclaircir. Il faut être bien mystérieuse, en effet, pour épouser un homme de plus de cinquante ans sans froncer le sourcil....

Tandis que la jeune fille, ainsi retirée dans son boudoir, suivait le cours folâtre de son imagination, elle s'aperçut, par un regard jeté sur la pendule, que le temps s'écoulait un peu plus vite qu'à l'ordinaire ; la porte de la chambre s'ouvrit alors doucement. Blanche tourna les yeux de ce côté, et reconnut Jean de Montarcis, son jeune cousin, son compagnon d'enfance, son frère.... Il avait l'air si triste, qu'elle lui demanda le sujet de cette peine secrète en lui tendant la main.

Jean de Montarcis, orphelin de bonne heure, avait été recueilli par son oncle, le père de Blanche. Les deux enfants avaient grandi ensemble ; et la même éducation avait réuni leurs premières années. De cette communauté de vie et de mœurs, de cette joie et de ces peines si long-temps partagées, était nécessairement venue une affection mutuelle. Unis déjà par les liens du sang, Blanche et Jean de Montarcis avaient vu ces liens se resserrer d'une manière plus étroite par la fraternité de leur enfance. Ainsi, celui qu'on voit tous les jours, celui dont on partage les mœurs, devient une partie de soi-même. Tout semblait fait d'ailleurs pour réunir ces deux fronts d'enfants sous la couronne de l'amitié. Beaux tous les deux, comptant pour ainsi dire le même nombre d'années, ils étaient parvenus, en se donnant la main, jusqu'au milieu de leur route printannière ; et, ce qui était le plus touchant, c'est qu'ils avaient tous deux le même genre de beauté : cette beauté blanche et veloutée du lys qui déroule ses jeunes feuilles au soleil, et penche la tête sous les regards de l'astre brûlant. Ils avaient des yeux d'azur, le même sourire, le même visage. Dieu sans doute les avait créés pour qu'ils se rencontrâssent dans les sentiers de la terre.

La ressemblance cependant n'était plus complète : Jean de Montarcis avait vingt ans, et ces deux années qu'il comptait de plus que Blanche, en développant la sensibilité du jeune homme, avait donné infiniment plus d'expression à sa physionomie. On lisait sur ses traits, empreints d'une douceur à laquelle se mêlait une teinte mâle, que la mélancolie y laissait souvent des traces de son passage. Le caractère de Jean était donc bien différent de celui de Blanche. Aussi leur genre d'affection était-il loin d'être le même.

Blanche, en apercevant son ami devant elle, voit bien vite sa tristesse inusitée ; elle s'en inquiète, et cesse le cours de sa rêverie. Jean prit une main qu'elle lui offrait avec l'abandon d'une sœur ; il la serra respectueusement et la porta sur ses lèvres. Puis il resta debout devant Blanche, silencieux, les yeux au ciel.

— Qu'avez-vous donc aujourd'hui, mon bon frère ? dit la jeune fille avec l'étonnement folâtre d'une enfant qui ne comprend pas la tristesse.

L'orphelin répondit d'une voix calme et résignée :

— Je n'ai rien ma sœur ; oh ! rien qui puisse troubler vos joies. De grâce pardonnez-moi si je vous cause quelque peine par ma présence. C'est que, voyez-vous, Blanche, depuis que je suis au monde, depuis que je comprends la vie, j'ai toujours versé dans une tendre confidence les secrets de mon cœur. Aussi qu'eussiez-vous pensé de moi, si je n'étais pas venu vous apprendre ma résolution nouvelle ? cette résolution qui doit influer sur tout mon avenir ? Ce matin...

— Frère, interrompit en riant mademoiselle de Montarcis, déposez donc votre gravité solennelle, vous m'avez l'air d'un conseiller au parlement, ou, pour le moins, d'un procureur au châtelet de Paris...

Mais Jean, loin de participer à cette gaîté, regarda son interlocutrice d'une façon tellement sérieuse, qu'elle se prit à l'écouter avec attention. Il reprit :

— Je ne suis pas triste, ô Blanche ; mais le sentiment de satisfaction que j'éprouve n'est pas de ceux qui impriment le rire au visage. Ce matin, comme on venait de m'apprendre votre prochain mariage avec le baron de Néville, — le jeune homme insista sur ces derniers mots — comme on m'annonçait votre mariage, ma sœur, j'ai ressenti l'émotion la plus vive.... Ma bonne sœur ! me suis-je écrié ; quoi ! vraiment elle se marie... Cette pauvre enfant, mon amie, ma compagne, va s'élancer au milieu des flots menaçants du monde ! elle va quitter le foyer paternel et son frère qui l'aimait tant. Puis, après le premier moment de surprise, promenant au jardin mes pas solitaires, j'entendis la voix sévère de la raison, je vis les choses à l'aide d'une lumière que j'avais à peine pressentie jusqu'à ce jour. Elle se marie, me disais-je alors ; pourquoi donc m'en étonner ? Elle n'est plus une enfant, ma chère Blanche. Le temps a marché ; mais lorsqu'on est heureux, on ne s'aperçoit guère du cours des années. Oui, le temps a marché ; il nous a menés tous les deux plus avant dans les chemins de la vie. L'âge a fait d'elle une femme digne du nom d'épouse. Elle s'est interrogée ; elle pense que l'hymen doit parer son avenir, faire son bonheur ; qu'elle soit heureuse ! A mon tour, aussi, j'ai voulu m'interroger l'âme ; j'ai voulu quitter mon insoucieuse enfance, songer à mon futur destin, et le mystère s'est éclairci. Voyez-vous ! lorsqu'on s'est examiné de la sorte, on est réellement un homme. Je viens donc vous confier ma résolution, comme naguère je vous disais tout. Mais, hélas ! ce sera la dernière confidence, la dernière ! car je vais aussi vous faire mes adieux.

En prononçant ces paroles, la voix du pauvre Jean s'était voilée ; une larme pesante lui vint aux yeux ; mais il eut la force de ne pas la laisser couler sur sa joue.

Elle retomba sur son cœur !

— Comment ! vos adieux !... s'écria Blanche ; où donc allez vous faire un si long voyage ? Pourquoi ce voyage inattendu ? Quel est-il ?... Il est donc bien long ?

— Oui, ma sœur ; c'est un long voyage que je vais faire, continua le jeune homme avec mélancolie ; nous allons nous quitter pour toujours... Il le faut ! mon bonheur l'ordonne ; et je dois aussi veiller sur mon bonheur, à moi. Vous, jeune fille aux pensées rieuses, vous avez rêvé l'existence agitée de la richesse, l'orgueil et la splendeur des voluptés de ce

monde; allez régner sur votre trône d'or et de fleurs...
Moi, j'ai rêvé l'avenir plein de solitude, de calme, de médi-
tations. Vous voulez respirer l'air d'un vaste espace, vous
dilater aux rayons du soleil... Moi, Blanche, moins ambi-
tieux et plus tranquille, je ne veux qu'une humble retraite
où pénètre à peine un reflet de lumière égarée ! Les voluptés
humaines ne peuvent rien sur mon cœur. J'ai compris qu'ici-
bas notre vie n'est que du sommeil et de l'attente... Ce qui
me reste de jours ne sera donc qu'une espérance, ma sœur.
Je vous quitte; JE VAIS ME FAIRE PRÊTRE !

Il dit, et releva la tête avec noblesse. Blanche fut émue
d'une séparation si longue avec ce jeune homme qu'elle appelait son bon frère. Mais cette émotion n'était chez elle que
de l'intérêt et de la sympathie. Il se mêlait à cela beaucoup
de surprise. Bientôt même elle subit l'effet de la contenance
résignée du pieux et mélancolique enfant. Blanche, démêlant
dans ses paroles le vœu d'une irrésistible vocation, ne crut
pas devoir le détourner de sa résolution religieuse. Elle ne
comprenait pas qu'il accomplissait un touchant sacrifice que
nous ne tarderons pas à connaître ; elle ne voyait que l'angélique sourire du nouveau prêtre sans remarquer sa pâleur.
Prenant même un accent où l'enjouement se mêlait à la tristesse, la jeune fille répondit:

— Quoi ! Jean ! vous allez vous faire abbé ? savez vous
que je suis bien chagrine de votre départ... Mon père doit
l'être comme moi... Mais que vous serez gentil en petit col-
let ! et puis, c'est votre vocation.

A ces mots, l'orphelin comprima les soupirs qui l'étouf-
faient ; il mit la main sur sa poitrine, comme pour refouler
une dernière espérance ; puis il s'écria d'une voix rapide :

— Ma sœur ! ma bien aimée sœur, adieu !

— Adieu, beau fugitif, répéta Blanche, en se penchant de
la façon la plus gracieuse, mais avec une larme dans la voix.

Ce mot solennel avait remué son cœur.

— Mon frère ! continua-t-elle ; allez-vous donc me quitter
ainsi, sans me donner un baiser sur le front? Vous dites que
ce sera pour si long-temps ; ce vilain mot d'adieu me rend
tout-à-fait triste. Ne me refusez pas le baiser de paix, mon
frère.

En entendant ces mots si doux, Jean devint blanc comme
un linceul ; et son cœur battit avec violence.

En ce moment le soleil d'Avril versait ses flots d'or, et les rouges tentures du boudoir étincelaient d'une étrange splendeur. L'air du printemps arrivait à travers la fenêtre, et la brise, animée d'une chaleur naissante, apportait des émanations divines, des parfums enivrants. Et Blanche, penchée sur le sopha qui reflétait la lumière, au milieu de ces mille délices, Blanche apparaissait comme une reine de beauté, comme une déesse de poésie, livrant au baiser son front pur. Tout se réunissait pour former un de ces tableaux célestes, où trône la femme enchanteresse. Le jeune homme respira les parfums de l'air, s'enivra des chaleurs du soleil, et plus encore de la beauté de Blanche ; puis une voix secrète lui murmura ces mots :

— Tout cela ce doit être la vie.

— Oh ! Blanche ! s'écria Jean, dont le calme péniblement soutenu s'en allait tout-à-coup ; vous avez une retraite où se trouvent rassemblées toutes les voluptés de ce monde. Ces draperies pourprées, ce soleil, cette chaleur, ces parfums de vos cheveux, ce front virginal ; il y aurait là de quoi perdre mille fois une âme de feu comme la mienne. Ah ! je souffre ! Et si je pars, si je vous quitte, c'est que je vous....

Mais le jeune homme, près de trahir son secret, s'arrêta tout-à-coup ; sa fougue réveillée s'apaisa comme la vague des mers au silence de la brise. Jean venait de jeter involontairement les yeux sur un crucifix qui protégeait l'alcove de la vierge ; et l'aspect douloureux de notre Dieu torturé, la pensée de l'exemple sublime du Fils divin, cette vue d'un céleste martyr... tout cela refroidit subitement l'exaltation de Jean de Montarcis. Il se ressouvint que lui aussi avait une croix à porter, un martyre à subir sur la terre. Et le sang coula lentement dans sa veine calmée ; et sa voix se tut, retombant dans l'évangélique résignation du chrétien.

Il s'approcha rapidement de Blanche, lui serra la main, et déposa sur son front blanc le baiser de frère. Mais Jean avait la lèvre brûlante, et sa main tremblait.

Lorsqu'il fut parti, la jeune fille donna quelques pleurs à ce départ inopiné ; puis elle reprit le cours de sa rêverie.

— Comme il était ému, mon pauvre frère ! se dit-elle. J'ai senti sa main trembler dans la mienne. Oh ! je comprends sa douleur et je la partage.

même le vieil arbuste qui absorbait la substance des jeunes
fleurs ! !

— Non, jamais! criait-elle en se débattant contre le démon; jamais! mon père, il faut aussi songer à toi, mon
père; il vaut mieux que ta fille meure, n'est-ce pas, qu'elle
meure innocente et pure?... Mais Georges! Georges! il me
trouve belle, il m'aimerait sans *lui...* Je ne puis mourir
maintenant.

Soudain, Blanche quitte d'un pas inégal et rapide le lieu
solitaire où elle s'était retirée; et franchissant les tortueuses
allées du jardin, elle se dirige vers l'intérieur de la maison
conjugale, où M. de Néville l'attendait avec des idées plus
rieuses qu'à l'ordinaire.

. . . .

A deux heures environ de l'après-midi, la table fut dressée
pour le dîner des époux dans un élégant pavillon de l'hôtel.
Ce pavillon avait une situation délicieuse; de ses fenêtres on
apercevait la foule capricieuse et bigarrée des plantes qui s'a-
gitaient au souffle de la brise; et grâce à la souplesse de l'art,
on réalisait cette douce satisfaction de trouver la campagne
au milieu de la ville. Le baron avait voulu se ménager dans
cet endroit charmant un tête-à-tête avec sa bien-aimée Blanche. Malgré la passion coupable de la jeune femme, il espérait encore la ramener à lui. Le départ de Georges avait mis
dans son âme les pressentiments les plus heureux; il croyait
désormais que cet amour adultère, sans objet et sans espérance, ne pouvait manquer de s'éteindre dans l'oubli, comme
un flambeau sans aliment. Ainsi, l'illusion, cette douce compagne de nos terrestres jours, ne quitte l'homme qu'avec son
existence.

M. de Néville, se livrant à ces réflexions qui dilataient
son cœur, oublia presque toutes ses douleurs passées;
lui qui avait si long-temps souffert, il avait besoin de joie;
mais il ne lui fallait point de ces joies étourdissantes dont
s'enivre la jeunesse. Ce n'est pas avec des festins somptueux et par de brillantes assemblées qu'il aime à célébrer
ses beaux jours. Les beaux jours et les délices qu'il a
toujours rêvés, ce sont les heures passées sous le toit con-
jugal, dans une tendre intimité, ces heures où le bonheur
est d'autant plus grand qu'il est pur, et que Dieu le bénit.
Hélas! cette félicité souriante, il ne l'avait jamais goûtée. Jus-

21

Pagination Incorrecte — date incorrecte

NF Z 43-120-12

qu'alors, l'hymen n'avait offert à ses lèvres déçues qu'une coupe amère. Mais on ne désespère jamais, — surtout lorsqu'on a tout lieu d'espérer comme aujourd'hui ! — Georges s'est éloigné ; plus de contrainte, de défiance ; l'avenir dédommagera bien les rigueurs d'un passé cruel.

Telles sont les réflexions auxquelles s'abandonne le baron de Néville. C'est parce qu'il espère, qu'il veut être seul avec Blanche.

Il la conduit au pavillon où la table est dressée, il s'asseoit près d'elle.

Les voilà seuls à deux, sans la présence de l'homme tant redouté. Déjà tout enivré par ses illusions, heureux de cette intimité qui rajeunit son cœur, l'époux fait entendre à l'adorable femme des paroles de tendresse. Ces plaisirs si touchants, cette affection mutuelle, ces délices de l'amour, il les goûte dans ce festin si simple qui les réunit l'un près de l'autre ; et tout ce qui les entoure est l'image du bonheur. Le jardin s'étend autour d'eux, et déroule ses verdoyantes allées. Dieu semble leur présager un ciel d'avenir aussi pur que le ciel du printemps. Combien M. de Néville se félicite d'avoir fait servir dans le pavillon du jardin.... L'excellent époux oublie ses années ; il épie un sourire, un mot de sa femme ; il serre une de ses mains dans les siennes... Oh ! comme il oublie les souffrances, comme il est délicieusement bercé par la tendre causerie ! comme il est heureux !

Heureux ! Blanche est si belle !... un peu pâle, peut-être ; mais cette pâleur va bien à son mélancolique sourire... O volupté ! le sourire vient d'errer sur sa bouche, et c'est en regardant son époux qu'elle a souri de la sorte.... elle ne le haïra plus enfin.... elle l'aimera peut-être !

Tout-à-coup le baron de Néville pousse un cri terrible, un cri de douleur et de détresse qui retentit au loin ; puis sa tête retombe violemment sur la table ; il est privé de sentiment.

Blanche se lève et reste immobile, après avoir convulsivement caché dans son sein un petit flacon de verre. Des valets accourent de toutes parts, et s'approchent de M. de Néville qu'ils veulent secourir.

Mais voici qu'il revient à lui. Blanche balbutie quelques mots d'inquiétude. O ciel ! le baron se lève pâle et droit

comme un fantôme, il jette sur sa femme des regards furieux... Elle recule.... il la retient par le bras. Quel est ce
mystère épouvantable? Ecoutez, le baron parle avec la so-
lennité d'un mourant :

— C'est Dieu, s'écrie M. de Néville, qui me donne la
force de parler à ce moment suprême ; il veut que je dévoile
un grand crime et que je livre la coupable à la justice des
hommes. Blanche de Montarcis, je vous accuse de ma mort!...
J'étais là, plein de confiance et d'espoir, croyant qu'un peu
de ma tendresse fléchirait votre cœur.... Mais à peine ai-je
vidé ce verre que vous veniez de remplir de vin, que j'ai
senti la perfidie, le feu... le poison!... Ah!... je meurs...
je le sens... mais,... vengez-moi, mes amis!... C'est...
cette femme qui m'a empoisonné... Je sais tout... tu l'aimais, lui... Ah! MAUDITE!...

Le baron n'acheva pas.... et retomba mort sur son siége...
Il l'avait bien dit : — c'était Blanche qui, vers la fin du repas,
avait glissé dans le verre de son mari le poison rapide; c'était
ce flacon qu'elle avait tout-à-l'heure caché dans son sein
avec une précipitation fébrile. La fiole contenait encore quelques gouttes du mortel breuvage. Veut-elle les réserver pour
un nouveau crime?

Les valets, présents à cette effroyable scène, entourèrent
Blanche épouvantée, en poussant des gémissements de terreur.

VIII.

LE DÉPART.

Il faisait soir; à la porte de l'hôtel où demeurait M. de
Fontigny se trouvait une chaise de poste, et les chevaux
attelés hennissaient d'impatience. Georges allait tenir la
parole donnée à M. de Néville... Il quittait Paris!... C'était
lui que la chaise de poste attendait, et bientôt la voiture légère devait emporter le noble jeune homme loin de la capitale. Après avoir quitté le baron, Georges avait employé le

reste de la journée à d'indispensables préparatifs. Quelques jours auparavant, un changement de résidence avait été demandé par lui au ministre, pour les plus pressants motifs... Malgré cela, le ministre n'avait pas voulu se priver des lumières du magistrat habile; il ne comprenait rien à ce revirement subit qui troublait les idées du gentilhomme; aussi ce changement de résidence avait-il été refusé avec énergie. Cependant Georges allait partir, partir malgré tout, malgré son âme! il allait partir, et pour conserver son indépendance, il écrivit une lettre qu'il devait envoyer au ministère au moment de son départ. Or, dans cette lettre, il renonçait à son avenir, à sa dignité... C'est-à-dire il donnait sa démission pleine et entière.

Avenir! espérance! gloire! il sacrifiait tous ces beaux rêves qui devenaient déjà presque des réalités pour lui. C'était encore une victime de l'honneur.

La porte de l'hôtel s'ouvrit, et Georges parut sur le seuil; il était vêtu de noir. Sans doute, il portait le deuil de ses joies mortes, de son espoir flétri pour jamais. Ses regards fermes et tristes, se portèrent de tous côtés comme des regards d'adieu. C'était de l'angoisse et de la résignation qu'il y avait dans son cœur. Pour cet homme, Paris... c'était la gloire!... la gloire achetée par de brillants travaux; et cette lettre qu'il tenait à la main pour l'envoyer au ministre, c'était une rupture avec cette gloire et ce travail qu'il idolâtrait. Plus rien à espérer après cela qu'une existence obscure, une tombe vulgaire.

Que diront de lui tous ceux qui le connaissent? Ses ennemis vont crier qu'il a reculé devant les labeurs de sa nouvelle tâche, que sa vertu n'était que de l'hypocrisie, et son éloquence une trompeuse ardeur. Ses amis n'auront pas eux-mêmes foi dans son talent et son avenir; ils n'auront plus le courage de le défendre... Et lui, Georges de Fontigny, lui! comment fera-t-il pour lutter contre ses regrets, et ne pas succomber au déchirement de ses souvenirs?...

Il faut partir, cependant! il le faut; malgré ses souffrances, il n'hésite pas. Ce départ est d'autant plus nécessaire que s'est amollie son âme jusqu'alors si rigide. Il a conscience de sa faiblesse; maintenant lorsqu'il pense à Mme de Néville, c'est avec une pitié qui laisse du charme après elle. Non, sans doute, il n'a pu voir tant de douleur et de beauté

sans être ému de ces vives impressions tant de fois renouvelées.... Georges a souvent dans la mémoire l'image de
cette belle jeune femme à la peau satinée, aux yeux d'amour,
à la taille de déesse! Ce souvenir aussi le rouge de sa fatale
morsure. Il prévoit combien il aurait aimé cette femme,
si l'honneur lui avait permis d'écouter sa tendresse. Il comprend tout ce que la fatalité lui a ravi de saint enivrement.

Mais l'honneur lui crie : « Il faut partir! »

Enfin, Georges secouant des regrets indignes de sa résolution, va s'élancer dans sa voiture : il va remettre à l'un
de ses gens la lettre dans laquelle il envoie sa démission au
ministre.... Une seconde encore, il est parti.

Au même instant, un groupe de soldats, commandé par
des officiers de police, débouche d'une rue voisine ; des hommes portant des torches se trouvent aux coins du groupe,
et la foule qui les entoure paraît inquiète, agitée. Georges
s'arrête ; les soldats s'approchent de lui, et l'un des officiers
lui dit avec émotion :

— Monseigneur! je vous apporte un ordre du ministère....
Un grand crime vient de se commettre.... C'est à vous qu'il
appartient d'en poursuivre le châtiment.

— Un grand crime! lieutenant... s'écrie Georges en fris-
sonnant malgré lui. — Et c'est à moi de poursuivre les
coupables! Oui, j'appartiens encore à la société.

— Oh! c'est un bien grand crime, Monseigneur! Mais
venez, venez pour recevoir les aveux de la coupable....
Hâtons-nous.

— La coupable, dites-vous? c'est donc une femme que
l'on accuse?

— Une femme, une grande dame! reprit le lieutenant.
Elle est encore à son hôtel, où l'on s'est assuré de sa personne; on n'attend plus que vous pour recueillir ses aveux,
et la transférer à la prison... Venez! l'ordre du ministre
est pressant.

Georges était bien loin de deviner la vérité : cependant, par
une appréhension dont il ne se rendait pas compte, il n'osait
pas interroger les officiers.

— Marchons, Messieurs! fit-il en se mettant à la tête du
groupe: marchons!....

Et le jeune avocat du roi se dispose à remplir sa tâche douloureuse... La société le réclame... Il doit voler une dernière fois où l'appelle un impérieux devoir.

— C'est à l'hôtel de Néville! crie tout-à-coup le lieutenant; c'est là que...

Ce nom fit sur Georges une impression foudroyante; il s'arrête, et l'exclamation de sa surprise interrompt l'officier... Le cœur de Fontigny bat avec violence; c'est à l'hôtel de Néville que s'est commis le crime... et c'est une femme que l'on accuse! Pourquoi ce mystère jette-t-il tant de trouble et d'anxiété dans le cœur du magistrat? Mais il veut surmonter cette émotion, et tout en continuant sa marche, de Fontigny adresse à son interlocuteur une question décisive:

— Qui donc accuse-t-on? et quel est le crime dont vous parlez?...

Sa voix était bien altérée en demandant cela.

L'officier, encore plein de l'indignation que lui laissait le souvenir du forfait, répondit:

— C'est un crime horrible, Monseigneur! Une femme qui a tué, empoisonné son mari. M. le baron de Néville est mort, il y a quelques heures, mort de la main d'une épouse....

— Mort! mon oncle, fit tout bas Georges avec angoisse. Et c'est elle!...

Le lieutenant, grâce aux ombres du soir, n'aperçut point la pâleur qui couvrit le visage de M. de Fontigny; les traits du jeune homme étaient contractés comme la face d'un cadavre...

— Mais cette femme, reprit le magistrat avec un peu d'espoir, cette dame de Néville n'est encore qu'une accusée... Peut-être est-elle innocente?

— Le crime est avoué, lui répondit-on avec impétuosité; l'on n'attend plus que le châtiment!

M. de Fontigny garda le silence; seulement, il murmura tout bas ces paroles:

— Et c'est moi qu'elle doit revoir à cette heure suprême! moi... moi... C'est la vengeance du ciel!

IX

DÉNOUEMENT.

Blanche de Montarcis, l'empoisonneuse, était alors dans sa chambre à coucher, où des hommes à figure sinistre la gardaient à vue... L'aspect de cet appareil lugubre, éclairé par deux pâles flambeaux, faisait un effrayant contraste avec l'élégance de l'ameublement et la grâce que respirait l'ensemble du boudoir. Des soldats de police étaient assis sur les sveltes chaises et les fauteuils de velours, et de temps à autre, l'un des soldats qui se levait, faisait gémir le parquet brillant sous le poids de ses bottes éperonnées ; d'autres examinaient les détails de l'appartement avec une curiosité toute populaire : ils s'extasiaient sur la finesse des dorures et sur la beauté des tapisseries ; ils regardaient tous les détails de ce luxe féminin, et touchaient de leurs mains grossières la soie des rideaux à brillantes couleurs. Enfin, cette réunion sinistre de gens armés et de robes noires allait aussi mal à ce boudoir de la jeune femme, que le forfait allait mal à son front d'enfant.

La criminelle était étendue sur son lit, — pâle, froide, immobile, presque morte. Il était aisé de voir que les nombreuses précautions prises pour empêcher sa fuite, étaient en grande partie superflues... Blanche fuir sa destinée ?... La tombe seule aurait pu l'y soustraire.... la tombe !.... Regardez l'infortunée, son visage est déjà livide, ses lèvres décolorées laissent passer avec peine un soupir strident. Pourquoi la garde-t-on ainsi ? Ce n'est pas son corps qui fuira les hommes, et son âme n'appartient qu'à la justice de Dieu.

Sans doute, Mme de Néville ne quittera sa maison que pour la dernière demeure ; ce sera la prison du cercueil qui s'ouvrira pour elle, s'il faut en juger par les conversations qui s'engagent à voix basse entre les hommes de garde.

— Eh ! bien ! sergent, dit l'un de ces hommes, a-t-on fait prévenir l'autorité supérieure, afin que nous ayons l'ordre de transférer cette femme dans l'une des prisons de Paris ?

— La prison ! reprend le sergent en secouant la tête ; je pense bien qu'elle sera morte avant d'y entrer, la mécréante! Une bonne besogne de moins pour le bourreau, ma foi !... Regardez cette pâleur, écoutez cette respiration pénible,... et dites-moi, mes amis, si cette femme n'a pas l'air d'une morte plutôt que d'une vivante,... Examinez.

En même temps, le sergent, prenant un des flambeaux, en dirigea la lumière sur Blanche évanouie,... Les soldats furent émus à l'aspect de cette jeune agonisante, et ce ne fut qu'un cri général :

— Elle se meurt!

Oui, Blanche de Montarcis mourait. Sur son visage désorganisé, on pouvait contempler cette sourde lutte du trépas contre la jeunesse et la vie. Lutte horrible, quoique muette. On ne peut la voir qu'en frémissant. La mort hideuse, forte, inflexible, l'étreint et la dévore lentement comme l'araignée fait de la mouche. — O spectacle atroce à voir!

De quelle mort mourait-elle? Etait-ce d'angoisse, de fièvre ou de terreur? Etait-elle retombée foudroyée sous l'accusation de son époux au moment suprême? Non! *Qui frappe du glaive périra par le glaive.* Blanche de Montarcis avait empoisonné ; Blanche de Montarcis mourait par le poison!

Quand elle s'était vue accusée de la sorte, et sans que sa conscience lui laissât la force de se défendre; quand elle s'était vue environnée par des valets et des soldats qui hurlaient autour d'elle, l'empoisonneuse, saisie d'un effroyable délire, avait avalé le reste de cette horrible liqueur que contenait sa fiole. Mais comme il n'y avait plus qu'un peu de poison de reste, la mort était bien plus lente à venir!

Ecoutons maintenant la conversation du sergent de garde avec les soldats, dans la chambre de la mourante.

Le sergent continua :

— Je crois comme vous, mes amis, que cette femme se meurt; aussi, comme je suis un bon chrétien, je viens d'envoyer au couvent des Frères de la Miséricorde, pour que l'on envoie en toute hâte un des religieux qui l'assistera dans ses derniers moments. De la sorte, peut-être échappera-t-elle à l'enfer.

— C'est une bonne pensée! sergent, dirent les soldats graves et recueillis.

Après quelques secondes de silence, une porte s'ouvrit, et le religieux que le sergent avait fait appeler, entra dans la chambre de Blanche; il était guidé par l'un des soldats qui, chemin faisant, lui avait raconté toute l'histoire de l'empoisonnement de M. de Néville. A l'entrée du Frère, les hommes de garde se découvrirent pour recevoir sa bénédiction.

Le moine releva son capuchon, et s'avança vers le lit de la baronne. On put apercevoir alors les traits du bon religieux. C'était un tout jeune homme, à la chevelure blonde, et dont le visage enfantin respirait la douceur du Christ. Cependant, malgré l'air de sérénité, de résignation qu'on lui remarquait, on lisait aussi sur sa physionomie qu'une grande douleur lui déchirait l'âme; douleur d'autant plus sublime qu'elle était domptée par la religion! Cette douleur... oh! tous la comprendront, tous pleureront avec elle, lorsque nous aurons dit le nom du Frère venu du couvent de la Miséricorde pour consoler la mourante... Certes, en face des combinaisons et des enchaînements de la vie, on ne peut douter de la Providence, cette souveraine régulatrice des choses; ce n'est point le hasard, mais c'est Dieu qui amène ce prêtre au chevet de Blanche.

Ce prêtre... c'est Jean de Montarcis!

Jean de Montarcis, son cousin, son ami d'enfance; il l'avait quittée si belle et si pure, si pleine d'avenir, si brillante de bonheur... Il l'avait quittée, — nous nous en souvenons, — parce qu'il l'aimait, non plus comme un frère, mais comme un amant! Et lorsqu'elle lui avait annoncé son prochain mariage avec M. de Néville, il avait eu la force de quitter sa Blanche adorée, de fuir la maison paternelle et d'offrir sa jeunesse en holocauste au Seigneur. Jean de Montarcis avait accompli ce touchant sacrifice; il s'était voué à la prière, au soulagement des malheureux, à la consolation de tous ceux que le monde repousse. Il était prêtre, et c'était lui que le soldat avait conduit auprès de Mme de Néville; non : auprès de l'empoisonneuse. — Fatalité !

Le malheureux jeune homme! Il avait dit adieu pour toujours à cette femme tant aimée; était-ce pour la voir mourir sous l'ignominie que la destinée le ramenait près d'elle? Blanche! sa sœur, son ange, son idole... mourante sur un lit de douleur; Blanche déshonorée, flétrie, profanée,...

voilà comme le monde la lui rend... Oh ! si elle l'avait aimé, si elle avait su continuer pendant toute son existence cette pure affection d'autrefois, elle serait encore une radieuse enfant comme dans ses beaux jours... — Si ce pauvre moine n'avait pas eu croyance en Dieu comme en sa mission, il serait devenu fou...

Mais il ne s'agit plus de pensées d'amour ni de regrets terrestres ; Jean se souvient du ministère sacré qui l'appelle aujourd'hui dans cette chambre si connue. Il ne songe plus qu'à la tâche évangélique qu'il doit remplir. Debout près de Blanche, le jeune prêtre ne lui dit que ces mots d'une voix de miel :

— Ma sœur !

A ces mots, l'agonisante ouvrit les yeux, en conservant du reste son immobilité sépulcrale. Elle reconnut son ami ; cette vue sembla lui faire du bien ; mais bientôt, écrasée sans doute par le souvenir de son crime, elle détourna de lui ses regards, et deux larmes coulèrent sur ses joues fanées. Jean la comprit avec son cœur.

— Ne pleure pas, enfant ! ma sœur, ne pleure pas ! fit le prêtre ; c'est Dieu qui par ma voix te console. Dieu, tu le sais, ne se lasse jamais de pardonner ; il tend au crime même sa main divine, parce qu'il n'y a pas de crime qui puisse faire reculer sa bonté. Ne désespère donc pas à cette heure où tu vas remonter vers le Dieu qui pleure de nos larmes !...

Cette voix angélique, cette présence amie au milieu de toutes ces haines et de toutes ces vengeances, ranime la malheureuse créature. Elle soulève péniblement la tête et contemple avec attendrissement son frère qui la console. Qu'il était sublime alors, ce jeune et paisible martyr, venant offrir ses prières à Dieu et lui présenter son propre sacrifice, afin de rendre à une sœur flétrie sa blancheur de colombe. Une précieuse pensée descend au cœur ulcéré de Blanche. Jean, par sa présence et par sa voix, lui rappelle cette enfance si tendrement écoulée, ces jeux innocents, ces espérances naïves ; il lui rappelle aussi ces prières pures qu'ils adressaient ensemble au Seigneur.... Et Blanche se ressouvient du charme qu'elle éprouvait jadis à prier Dieu, à l'aimer, à s'élever vers lui. Depuis long-temps elle n'osait plus le prier ; mais, à cette heure, un baume inconnu rafraîchit son sang... Elle ne trouve plus que la mort est trop lente à venir; insensiblement les mains de la pauvre femme se joignent : elle prie, et des larmes délicieuses soulagent sa poitrine oppressée.

— Dieu vous entend, ma sœur, dit le jeune prêtre ; il a pitié de votre âme ; je lis cela dans votre regard.... Espérez....

— Je vais mourir ! fit Blanche à voix basse, mais avec une expression déchirante... Oui, je vais mourir !...

— Espérez, ma sœur.

— Je te dis que je vais mourir, Jean.... J'ai du poison dans les entrailles ! Ah !

— Toi aussi ! s'écria le jeune prêtre en pâlissant ; toi, du poison?... Quelle horreur !

— A tous mes crimes, j'ai joint celui-là. J'ai bu le reste de la fiole.... tu sais... et la mort vient lentement, parce qu'il ne restait que bien peu de poison. Il avait tout bu, lui !

L'égarement et la folie s'emparèrent de nouveau de l'empoisonneuse. Elle semblait désespérer de la miséricorde divine ; ses lèvres murmuraient ces paroles entrecoupées : Adultère ! poison ! suicide !... Puis ses mains se crispaient par la douleur qui déchirait son corps... Jean rassembla tout son courage de chrétien, car le pauvre enfant se sentait aussi défaillir...

— Oh ! ma sœur, reprit-il, ma sœur ! écoute-moi. C'est Dieu qui ne veut pas que la mort vienne avant le repentir. Ma sœur... je te le répète : il n'est pas de crime assez grand pour que Dieu se détourne du coupable qui souffre et l'implore. Dis-moi, dis-moi tout.

Ces accents si doux agissaient puissamment sur Blanche ; son délire l'abandonna, son cœur revint à Dieu !

— Mon frère, dit-elle avec un peu de calme.... écoute-moi ! Ce qui m'a perdue... c'est lui, lui que j'aimais !....

A ces mots, Jean sentit les palpitations redoublées de son cœur battre violemment sous sa soutane. N'avait-il donc pas oublié le monde pour jamais ? Se souvenait-il, le prêtre sublime, que jadis lui aussi avait connu l'amour ? — Toutefois, il fut promptement le maître de cette émotion passagère, dernière étincelle du flambeau profane ; et croisant les bras sur la poitrine, penchant un peu la tête, il écouta Blanche sans aucun sentiment que celui d'une pieuse pitié.

— C'est lui que j'aimais, continua-t-elle, lui... Si tu savais comme il est beau, comme il est fier quand il parle, tu me comprendrais peut-être... Oui, je l'aimais... et cependant j'ai été forcée d'épouser le baron. Alors, ne crois pas que j'ai pu oublier l'autre. Non! je n'ai pas su l'oublier... Je le voyais quelquefois, cela me faisait mal... mais je sentais bien que si je ne devais plus le revoir, je mourrais.... Un jour le baron vint m'apprendre que *lui* ne reviendrait plus... ou plutôt j'ai saisi leur conversation... oui... j'appris qu'il ne devait plus revenir... — Ah! fit-elle en s'interrompant, quel désespoir! comme ce poison me brûle, Jean!

— Patience, ma sœur, répondit-il; Dieu compte nos douleurs comme des expiations de nos fautes...

Puis il attendit que la douleur impitoyable laissât un intervalle de liberté à la patiente.

Quand elle fut maîtresse de ses paroles, elle continua :

— Lorsque j'appris que l'autre devait partir, et s'en aller bien loin... et qu'il me fuyait... ah! mon frère, je fus anéantie... et je m'en allais au fond du jardin pour me tuer sans prier Dieu! Sans doute alors ce Dieu que je ne priai pas m'abandonna au démon, car il me vint une pensée horrible qui ne m'était jamais venue : — la pensée que c'était au vieux M. de Néville à mourir, et non pas à moi!...

Cette confession déchirante se faisait ainsi à voix basse, au milieu d'un profond silence ; en effet, les hommes de garde, respectant la sainteté de cette heure solennelle, se tenaient à l'écart, et prenaient des précautions pour ne pas troubler le prêtre dans son ministère. Blanche continuait ses aveux, et Jean, son frère, l'écoutait avec bien plus de pitié que d'indignation. Ceux là sont les véritables ministres du Seigneur qui sont plus prompts à s'émouvoir des larmes d'un criminel qu'à damner ses forfaits; car la vertu sincère est toujours miséricordieuse comme l'esprit d'en haut.

Ainsi Blanche parlait de sa voix lente, basse, entrecoupée de sanglots et de gémissements ; chacun de ses sanglots retentissait comme un écho douloureux dans l'âme du jeune frère. Il souffrait aussi, mais avec la résignation qu'inspire la religion du Christ...

Tout-à-coup le recueillement fut interrompu par le bruit

de la porte qui s'ouvrit brusquement. Un homme parut sur le seuil de la chambre; il était escorté d'officiers et de soldats. Cet homme avait une noble tournure, des traits fins et distingués; cependant, malgré l'air de fierté répandu sur son visage, on voyait qu'il était tourmenté par une profonde émotion. Au bruit que firent les nouveaux venus, la mourante tourna la tête vers eux. Et soudain, — ô stupéfaction! — Blanche, tout-à-l'heure repentante, calme et recueillie, Blanche se redresse sur son lit de douleur, ses yeux se raniment, sa pâleur disparaît, sa voix vibre avec force... Elle devient folle.

D'un signe elle montre l'homme qui marchait à la tête des soldats, et s'écrie:

— C'est lui! c'est lui!... Georges... te voilà donc! Tu ne m'as pas oubliée!

C'était, en effet, le jeune magistrat qui venait d'entrer, pour accomplir la tâche que lui imposait la justice humaine.

Jean de Montarcis s'avança vers Georges de Fontigny qu'il ne connaissait pas; mais il devina tout.... Il comprit que celui dont Blanche n'avait pas dit le nom et qu'elle avait tant aimé, c'était l'homme dont l'aspect renouvelait son effrayant délire. Jean se trouvait en face d'un homme que Blanche avait aimé, aimé jusqu'à se perdre pour lui corps et âme...

Pauvre Jean! il devait vider jusqu'à la dernière goutte son calice amer!...

— Monsieur, dit le prêtre en regardant Georges avec agitation, que venez-vous faire ici?

Georges répondit d'une voix grave mais étouffée:

— Je suis magistrat, M. l'abbé. Ma mission, sans être aussi sainte que la vôtre, a sa dignité que je dois défendre. Or, je viens procéder à l'information du procès dirigé contre madame la baronne de Néville,... Et voilà tout,...

— Voilà tout! reprit Jean en secouant la tête. Avancez donc, monseigneur, vous allez la voir mourir....

De Fontigny s'avança morne et pâle vers le lit de l'agonisante.

— Georges! c'est toi... cria-t-elle en saisissant sa main. Viens-tu me consoler aussi? Tiens, vois-tu, je ne suis pas coupable, moi; je ne pouvais vivre avec ce vieillard... J'ai tant souffert... Je souffre encore... Je vais mourir.... Georges! je t'aime!...

—· Ma sœur, repentez-vous, fit Jean de Montarcis en lui montrant l'image du Christ.

Mais elle ne voyait plus, elle n'écoutait plus. Cette apparition... c'était la foudre!

— Oh! continua-t-elle avec égarement, en serrant toujours la main du jeune magistrat, je me suis fait justice, je me suis empoisonnée. Je meurs. Mais pour toi ma pensée, mon dernier souffle; pour toi, sais-tu? pour toi?... Georges, Georges!...

— Repents-toi, repents-toi, ma sœur, criait Jean hors de lui.

— Silence, monsieur! prions pour elle, s'écria Georges avec terreur, en cherchant à se débarrasser de l'étreinte de Blanche. Sa main qui me serre... sa main est celle d'un cadavre!

Le pauvre moine se prosterna la face contre terre.

Blanche de Montarcis, baronne de Néville, était devant Dieu!

BENJ. KIEN.

L'ENCENS

—

Tout homme d'esprit est modeste,
De l'encens il fait peu de cas,
Après-vous, dit-il, s'il en reste, . . .
Il craint qu'on ne l'encense pas !

Donnez, donnez de l'encensoire
A son mérite, à ses talents,
L'ivrogne a moins besoin de boire
Que lui de s'eniver d'encens.

A ces cœurs, au puissant courage,
Aux nobles, aux mâles vertus,
C'est moins l'encens qu'un pur hommage
Qui les enorgueillit le plus.

A la femme encore jolie,
Mais dont s'éloigne le printemps,
Ne craignez, à sa modestie,
D'offrir un léger grain d'encens. . .

L'encens doit-il brûler pour l'homme
Comme hommage à sa vanité ?
Non ! pas d'encens à cet atome ;
L'encens pour la divinité !

P. SIMON.

CONSEILS A UN JEUNE POÈTE

—

1839

—

Marchez, noble jeune homme, et ne regardez pas
Ceux qui suivent, riants, votre allure inégale;
Marchez tout en chantant, car le chant qu'on exhale
C'est la fleur du printemps qui croît sous votre pas.
    Mais avant de livrer au monde
Les vaporeux accents dont votre cœur abonde,
Cent fois mesurez-les, vos candides efforts :
    Aux pieds de la noble barrière,
    Avant d'entamer la carrière,
Le coursier a cent fois blanchi, rongé son mors.

Ne vous épuisez pas en cadences stériles,
Le poète n'est plus de ces hommes futiles
    Qui font retentir les échos
De paroles sans nom et de mélancolie;
A lui le fruit puissant de notre arbre de vie,
    A lui la force dans les mots.

Avant de commencer une aussi longue route,
Jeune homme, mesurez votre force, et le doute

Doit encor arrêter votre pas sur le seuil.
Il faut un doigt nerveux pour essayer la lyre;
Au chevet du mourant un précoce sourire
    S'éteint sous le crêpe de deuil.
Souvent le fier coursier que son ardeur entraîne,
S'épuise en entamant trop vivement l'arène
    Et laisse gagner ses rivaux.
Si vous voulez long-temps savourer l'Hippocrène,
Ne vous enivrez pas trop jeune de ses eaux.

Jeune homme, l'avenir est pour vous grand et large;
Avant que de ployer votre front sous la charge
    Qui fait boiter de plus puissants que vous;
Avant que de quitter le calme du rivage,
Prenez conseil de ceux qui subirent l'orage
    Et sont restés droit sous ses coups.
Le matelot qui part demande à son vieux père
Sa haute expérience et sa barque légère;
Ne s'éloigne du port qu'après de longs conseils.
Il ne lui suffit pas de forte théorie,
Avant d'abandonner, seul, la mère patrie,
Sous l'œil du vieux marin à la tête aguerrie
Il doit avoir souvent mesuré les soleils,
Et les nuits et les flots !

    Croyez-moi, le poète
Ne doit pas au hasard montrer sa belle tête,
Car un rayon du ciel est répandu sur lui.
Tant d'hommes ont nié notre divine essence,
Qu'avant de mesurer sa noble intelligence
    Il faut être fort aujourd'hui.

Corrigez lentement vos essais, souvent même
Il faut savoir brûler les vers que mieux on aime ;
Sans écouter son cœur entendre sa raison.
Votre père est un homme instruit et de mérite,
Redites-lui vos chants afin qu'il vous évite
Des éloges légers le rapide poison.
Le public est souvent un juge bien sévère,
L'envieux est toujours un conseil peu sincère,
J'en connais dont la plume a rempli nos journaux,
Qu'on flatte à leur foyer où l'on vient les entendre,
Qu'en public on accuse en voulant les défendre;
       Critiques amers ou rivaux.

Craignez surtout ceux-là qui voudraient faire école,
Qui saisissent des noms pour drapeaux et symbole,
La poésie est une, elle est sainte en tous lieux ;
Sans couleur, sans drapeau, sans galons, sans livrée,
Ainsi que la vertu, ne peut être enivrée
       Que par l'azur qui brille aux cieux.
Elle ne connaît point d'encens ni de caresse,
Elle est dans le ciseau puissant de la princesse ;
Au seuil de l'artisan écoutez-la chanter.
Tantôt cent mille francs lui paient un sourire
Et tantôt Gosselin refuse de la lire,
Car elle arrive à lui sans un nom à vanter.

Or, il faut bien avoir au cœur un saint délire
Pour ne les point briser, les cordes de sa lyre,
Voyant combien n'avaient que le sel et le pain,
Car ils n'avaient ceux-là, pour se faire une vie,
Que le stérile amour de cette poésie

Qui ne pouvait tuer leur faim,
Que ne travaillaient-ils? ont répété les hommes;
Mais ils ne savent pas, ô mon Dieu, que nous sommes
Sans cesse poursuivis par ce puissant amour,
Alors que notre bras bêche ou creuse la terre,
Notre front se blanchit, notre gosier s'altère,
Et nous avons la nuit ce penser comme au jour.

Mais qu'importe?... Ces maux ne sont point de votre âge,
Et la fortune a fait votre juste partage;
Vous pouvez en riant attendre l'avenir !
Allez, mais croyez-moi, ménagez votre force,
Et ne nous donnez pas couvert de son écorce
Le maronnier si blanc quand on sait le vernir.

Bᵒⁿ COPPENS DE NORDLANDT.

FABLES

—

1857

—

I.

TENDRESSE MATERNELLE.

—

LES POUSSINS, LA POULE ET LE LAPIN

« Petits, petits, hâtez-vous d'accourir !
Mes petits, mes petits, vite allons nous blottir
    Sous ces rameaux, car le danger nous presse ! »
    Criait, pleine d'effroi, la poule dont les yeux
Venaient de découvrir un point noir dans les cieux,
Et poussins d'accourir, de toute leur vitesse,
        Piaulant, piaulant,
Sous l'abri protecteur que leur montrait leur mère.
    « Elle est folle, je crois, » disait, en ricanant,
Un lapin étourdi ; « Qu'avez-vous donc ma chère ?
        Pourquoi tant de frayeur ?
Un point noir dans les airs peut-il être un présage
        De quelque affreux malheur ? »

Pendant qu'il discourait, fier de son bavardage,
Comme un trait, un autour s'élançant du nuage,
Se précipite à plomb sur le pauvre lapin,
Qui ne put échapper aux rigueurs du destin.

Quand nous traitons encore un danger de chimère,
Il s'annonce de loin par des pressentiments
Et des tourments,
Au cœur inquiet d'une mère.

II.

PITIÉ FILIALE.

Un pauvre rat, accablé par les ans,
Avait perdu la vue ;
Et, dans sa grange dépourvue
Des épis que, jadis, il moissonnait aux champs,
Il serait mort cent fois, faute de subsistance,
Si, plein d'amour et de reconnaissance,
Le rat, son fils, n'eût pris le soin,
En prévenant chaque besoin,
De lui faire oublier sa profonde misère.
« Venez, venez, mon pauvre père !
Courons aux blés, voici le temps
De la belle moisson ! se plaisait-il à dire ;
Je guiderai vos pas, et, pour mieux vous conduire,
Prenez-moi par le bout la queue entre vos dents. »
C'est ainsi qu'à la file ils quittaient leur demeure,
Dès l'aube jusqu'au soir. »

Mais l'épervier, un jour, les guette.... ô désespoir !
Il fond sur le vieillard ! « Que ce soit moi qui meure !
    S'écrie, en suppliant, le fils au cœur pieux ;
        Ah ! grâce, grâce pour mon père !
            Il est maigre, il est vieux !
Seigneur ! tu ne ferais qu'une bien triste chère !
        Immole-moi plutôt à ta colère....
Il a perdu la vue et je guidais ses pas...
Ah ! voudras-tu qu'un fils l'ait conduit au trépas ? »
A ces mots, l'épervier, surpris de ce langage,
De tout ce dévoûment, de ce noble courage,
        Lâche sa proie, abandonne les champs ;
            Et le vieux rat de dire :

    « Tel est de la vertu le souverain empire,
    Qu'elle peut, ô mon fils, désarmer les méchants ! »

N. Boulon,
Ancien capitaine d'infanterie.

POÉSIES

—

1850

—

I.

A MONSIEUR JULES DE Sᵗ-FÉLIX.

Volant, voletant, l'hirondelle
    Le long des clairs ruisseaux,
Effeuillait du vent de son aile
    Les pâles fleurs des eaux.

Elles allaient à la dérive
    Mourir en leurs senteurs ;
L'oiseau, gazouillant sur la rive,
    Se riait de leurs pleurs !

Où donc, hirondelle légère,
    Trouves-tu ton abri,
Quand l'orage, sombre mégère,
    Partout jette son cri?...

Hélas ! dans les fleurs du ruisseau !...
        Mais le sablé doré de l'onde
                Les inonde,
Fuit, et roule sur leur tombeau !

L'orage vint, et la peureuse,
        Voulut fuir...
Plus d'abri !... méchante rieuse,
        Il ne te reste qu'à mourir !

II

Il est nuit. La grand'mère veille,
        Les yeux pâlis,
Sur son petit fils qui sommeille,
        Blanc comme un lis.

L'enfant se débat et soupire.
        Ses beaux yeux bleus
Où l'étoile du soir se mire,
        Errent aux cieux !

N'est-ce pas, grand'mère, les anges,
        Rangés en chœurs,
Ont des ailes au lieu de langes
        Et sont mes sœurs ?

Que je voudrais être ravie
        Au ciel sans fin !

Vois ! la bonne Vierge Marie
  Me tend la main !

Oh ! donne-moi ton aîle,
  Ange, ma sœur,
Pour voler, comme l'hirondelle,
  A ton bonheur !

Et, vers l'aube, la pauvre mère
  Vit un zéphyr,
Sur la cabane solitaire
  Passer et fuir.

ÉMILE GASSMANN (d'Armbousteappel.)

SONNETS.

—

1857

—

I

MYSTÈRE.

Madame, vous avez un front pur, gracieux,
Dont l'ivoire est baigné mollement par l'ébène ;
Vous avez sous la soie un port de noble reine ;
Pour tempérer l'éclair qui jaillit de vos yeux,

Vous avez ce parler doux, sobre, harmonieux,
Dont l'aimable lenteur séduit, rassure, enchaîne ;
Vous avez tous ces dons, et sans en être vaine ;
Et moi, toujours ému d'un désir curieux,

Qui n'apprendrai jamais à veiller sur mon âme,
Du foyer mal éteint quand j'approche la flamme,
Si peu digne de vous, moi ! Que puis-je espérer ?

Rien ; — mais dans la tourmente affronter le naufrage,
Tendre ma voile au vent, et fuir devant l'orage,
C'est tout ce que je veux, dût ma barque sombrer.

II

DÉPIT.

O courons à la mer; — la tempête rugit.
Vous m'avez dit souvent, Madame, quand la plage
Etait belle et riante : « Attendons un orage. »
Il est venu ; — le flot monte ; — le vent mugit.

Mais les belles ont peine à s'arracher du lit ;
Promettre coûte peu sous un ciel sans nuage,
Et quand l'ouragan siffle, un caprice dégage.
D'un amant irrité qu'importe le dépit !

J'irai donc seul : — Oh ! non. Toujours, toujours présente,
Votre image me suit, forme pure, imposante,
A l'œil mélancolique, au front qu'un pli rêveur

Traverse ; ombre rapide ! Et je marchais près d'elle,
Battu des vents, trempé par la pluie et la grêle,
Et les flots étaient moins agités que mon cœur.

III

FANTAISIE.

O laissez-moi l'aimer ! — Par pitié ! — C'est ma vie.
Je m'anime à son souffle et m'éclaire à ses yeux ;
Mon âme est de son âme un rayon glorieux ;
Comme en un froid linceul, loin d'elle ensevelie,

Je la sens qui s'affaisse et retombe engourdie.
Impuissant à lutter, brûlé de mille feux,

Je vous écoute en vain, ma mère! — en vain je veux ;
Roseau faible et tremblant, à tous les vents je plie.

D'involontaires pleurs trahissent mes chagrins
Le sommeil fuit mes nuits; la douleur ceint mes reins ;
Je transis et m'abats, muet et solitaire ;

Où la fuir? Ah! partout il faudra la revoir,
Et ses charmes sur moi reprendront leur pouvoir,
Et vous ne voulez pas que votre fils espère !

IV

RÉSIGNATION.

Mon Dieu ! j'ai consumé bien des jours dans le doute ;
Comme le voyageur que le chemin distrait,
Et dont les yeux toujours vont d'objet en objet,
Je marchais devant moi sans demander ma route.

C'était ta volonté, mon Dieu. Mon âme absoute
Maintenant sous ta main est comme dans un port,
Résignée, attendant le signal de la mort,
Pour partir, et planer vers la céleste voute.

Mais pourquoi cet amour que tu nous mets au cœur?
Amour fatal et doux ! car c'est ta voix, Seigneur,
Qui commande d'aimer tout ensemble et de croire.

Et pourtant on languit : la fièvre nous abat ;
La vie alors n'est plus que souffrance et combat ;
Mais ces combats, on peut les livrer pour ta gloire.

AD. ALISSE.

ÉLÉGIES

—

1846

—

I

MERCI !

Je disais de l'amour : Espérance insensée !
— Mes rêves avaient fui... — Comme une lyre usée
Mon cœur, triste, éperdu, ne rendait plus d'accord ;
Et semblable au nocher battu par la tempête,
Fatigué, je voulais me reposer la tête
      Sur l'oreiller froid de la mort.

Mais un regard de vous, comme une lampe sainte
Qui de la pâle église illumine l'enceinte,
Rayonna sur mon front... Je me sentis aimer ;
Et mes illusions, roses si tôt fanées,
Qui jonchaient le linceul de mes jeunes années,
      Refleurirent pour m'embaumer !

Et je vous dis : Mon âme est la sœur de votre âme ;
D'un ineffable amour la douce et sainte flamme

Agrandit de mon cœur l'horizon rétréci.
Pour un si grand bonheur, pour ce divin mirage,
Qui de mes jeunes ans embellit le voyage,
Bel ange aux doux yeux noirs, merci !

II

L'ANGE ENVOLÉ DE LA TERRE.

Aux rayons du soleil je ne faisais qu'éclore,
Comme la fleur au vent frais du matin ;
Mais de ma vie, hélas ! la fugitive aurore
N'eut pas de lendemain.

Un jour que le soleil m'emporta sur ton aile,
Je ne me réveillai qu'au-delà du tombeau :
Car l'ange de la mort avait fait sentinelle
Tout près de mon berceau.

Et depuis, tous les soirs, à l'heure où chaque rose
Devient un encensoir plein de molles senteurs,
Ta main sur ma cendre dépose
Des couronnes de fleurs.

Et tu dis à la mort : Rends aux pleurs d'une mère,
Rends un enfant chéri, son unique trésor.
— Mais la brise qui passe emporte ta prière
Que n'entend point la mort.

Ramène vers le ciel ta raison qui s'égare :
Que font sur un cercueil des sanglots et des cris ?

Ma mère ! a-t-on jamais vu le cercueil avare
    Rendre ce qu'il a pris ?

Comme le passereau qui fuit et se dérobe
Au piége que lui tend un perfide oiseleur,
J'ai fui la vie, avant qu'elle n'eût de ma robe
    Altéré la blancheur.

En dirigeant mon vol vers les célestes sphères,
Régions où fleurit un éternel printemps,
J'ai pris place au milieu des séraphins, mes frères....
    C'est là que je t'attends !

EDMOND DES ÉTANGS,
Sergent au 16ᵉ de ligne, en garnison à Dunkerque.

REGRETS

SUR LA TOMBE D'UNE AMIE.

—

1842

—

L'espoir et la confiance en Dieu peuvent seuls
calmer les douleurs de l'âme.

Elle n'est plus! las! que viens-je d'apprendre!
Mon cœur a tressailli, tous mes sens sont émus.
O toi, toi que j'aimais d'une amitié si tendre,
Toi, morte et loin de moi: je ne te verrai plus!

Quand déjà le printemps ranime la nature,
Que le soleil nous luit plus brillant et plus beau,
Que les champs, que les bois revêtent leur parure,
La tienne sera donc un linceul, un tombeau!

Toi qui tant admirais les fleurs fraîches écloses,
Le saule, l'if sauvage et le triste cyprès
Orneront maintenant la couche où tu reposes;
Une croix, quelques vers rediront nos regrets:

Et sur ces bords chéris, sur ce riant rivage,
Ensemble où nous allions respirer l'air du soir,

Sous les arbres touffus dont tu cherchais l'ombrage,
Pourrais-je désormais aller seule m'asseoir ?

Mon cœur t'y chercherait : de pénibles pensées
Reviendraient assaillir mon esprit affaibli ;
De trop longues douleurs, par le temps effacées,
S'élèveraient du sein du ténébreux oubli.

Quelquefois, pour calmer une tristesse amère,
J'irai revoir ces prés, ces gazons et ces fleurs ;
J'irai... mais, cette fois, avec ta bonne mère,
Exhaler nos soupirs, et confondre nos pleurs.

Et lors j'écouterai, je croirai même encore
Entendre tes accents, ta pénétrante voix ;
De ta bonté, Seigneur, une grâce j'implore,
Fais qu'en songe du moins je la voie une fois !

Las ! je la rencontrai sur le seuil de ma vie,
A cet âge où le cœur rêve un bel avenir ;
Tendres épanchements, aimable sympathie,
Vous ne vivrez donc plus que dans le souvenir !

Lorsque des passions sur nous grondait l'orage,
Plus fortes, nous marchions en nous donnant la main ;
Voyageurs exilés, le terme du voyage
Pour elle fut le jour ; moi j'ai le lendemain.

Qu'ils reviennent les ans, les saisons et leurs fêtes,
Et les tièdes zéphirs, et les feux du midi ;
Contre de vains désirs, le souffle des tempêtes,
Son trop sensible cœur n'a plus besoin d'abri.

26

Oh ! que ne puis-je ainsi, que ne puis-je, à cette heure,
La revoir, lui parler, puis encor répéter
Nos peines, nos plaisirs… mais hélas ! je demeure,
Et pour elle mes vœux seuls au ciel vont monter.

Oui, je cesse, mon Dieu, ce triste et vain murmure :
Dans ta grande bonté je me plonge, j'ai foi ;
Que celle que je pleure, et qui de la nature
    Vient de subir l'impérieuse loi,
Ici-bas impuissante et faible créature,
Dans le sein du bonheur, dans un divin émoi,
D'une félicité toujours durable et pure,
Que son âme, à jamais, s'enivre auprès de toi.

Qu'un des anges des chœurs qui chantent ta puissance;
L'accueille et la conduise en tes sacrés parvis,
Auprès de tes élus, des justes, des esprits ;
Qu'elle goûte céleste et pure jouissance !

Toi, qui sondes les cœurs, ah ! daigne la bénir !
Exauce, ô Dieu clément, ma fervente prière ;
Inonde la des flots de divine lumière,
Et permets que la mort puisse nous réunir.

PAULINE VERMERSCH.

LA STATION.

—

1846

—

Le voilà donc, ce beau parc qu'on admire,
Et dont naguère on faisait un bassin ;
Le voilà donc, dit-on, le point de mire,
Le lieu choisi pour un plus grand dessein !

Quoiqu'on en dise, on n'oserait pas croire
Que le génie aurait jamais le cœur
D'anéantir tant de beauté, de gloire,
Pour rapprocher d'un centre un remorqueur.

L'ingénieur a pour tâche première
De conserver, d'embellir à tout prix ,
Lorsqu'il s'agit d'un plan d'embarcadère ;
Et son travail doit être bien compris.

On le conçoit, la ville maritime
Veut que ses rails rayonnent vers son port :
L'havre et les rails ont un rapport intime
Pour assurer le bas prix du transport.

L'arrière-port est bien le lieu propice
Pour y placer la grue et le palan ;
Là, s'ouvrirait cet enclos, cette lice
D'où le convoi partirait plein d'élan.

L'arrière-port, du bassin de la guerre
Doit devenir le frère, le jumeau :
Pour en combler partie on a la terre ;
De larges quais en encadreraient l'eau.

Le quai du fond formerait la chaussée
Qui doit lier le parc à l'arsenal ;
La voie en fer, dans sa gare enchâssée,
S'alignerait à ce chemin banal.

Dans notre plan se conservent l'ombrage,
Les verts gazons, les jardins, le château ;
Mais, le quartier des bureaux déménage
Sous la pioche et les coups de marteau.

Hors de l'enclos est la place en triangle
Qui semble là se trouver tout exprès,
Où du fermier le coursier se dessangle,
Temple d'hiver de la blonde Cérès.

A ce marché je veux joindre une rue
(Et ses logis), celle du Lion-d'Or ;
Sur sa largeur ainsi d'autant accrue
S'élèverait un vaste édifice. Or !

Cet édifice, ainsi qu'on l'imagine,
Est le refuge offert au voyageur,

En attendant que s'ouvre la berline,
Et que trois fois ait tinté le sonneur.

Là, sous le toit se voit l'embarcadère;
Les trains ainsi se trouvent à l'abri :
Soin délicat qu'un public considère;
Et ce public est le moins aguerri.

Des deux côtés sont des grilles ouvrantes
Livrant entrée à de nombreux piétons,
Comme au public sortant des vigilantes,
Des omnibus venant des deux cantons.

Du carré long s'il paraît nécessaire
De désigner maintenant la mission,
Nous le nommons place du Commissaire,
Ou, mieux encor, place de la Station.

De notre enclos règnerait la clôture,
Le long du parc ombragé, verdoyant;
D'où s'offrirait devant soi l'ouverture
Que le convoi gagnerait en fuyant.

Mais, le convoi verrait en perspective
Notre long port, nos bassins, l'arsenal,
En modérant un peu sa marche active;
Puis franchirait notre nouveau canal.

Il peut alors marcher dans la campagne,
Ou regagner, s'il faut, le Jeu-de-Mail,
Sans rencontrer ni vallon, ni montagne;
Mais en faisant décrire un arc au rail.

Ainsi, la place où se vendent les graines,
Et dont l'aspect me révolta toujours,
Ne serait plus la place des semaines,
Mais désormais celle de tous les jours.

Dans ses abords elle est partout facile,
Soit que l'on vienne ou du sud ou du nord,
De la Grand'Place ou de la Basse-ville;
Elle est partout du plus facile abord.

Le cock s'enflamme à la Samaritaine,
Dans ces terrains laissés à l'abandon ;
L'eau des pistons se puise à la fontaine
D'où part tout droit l'aquéduc dit Bourdon.

Tous les dépôts sont dans le voisinage,
Sans encombrer l'abord du Tornegat;
Là, tout se range en ce même parage,
Sans trouble aucun, sans le moindre dégât.

Mais regagnons l'angle des corderies,
Ce débouché du chemin de métal,
Sans y causer, toutefois, d'avaries,
Et traversons la cour de l'arsenal.

Puis franchissons l'aquatique passage
Qui joint le port à notre grand canal ;
Premier obstacle autrefois au barrage;
Premier moyen de laver le chenal.

Devant le parc nous défilons encore,
Pour mieux tracer à l'œil notre parcours,

Qu'en son ardeur le remorqueur dévore
En moins de temps que n'en prend ce discours.

Mais là surgit un changement de route
Pour regagner notre point de départ,
Où le convoi s'abrite sous sa voûte,
En attendant qu'il en parte plus tard.

Ah! j'oublais qu'il se voit dans la gare
Un monument qui fait son plus beau lot:
Pour la science il brille comme un phare,
Avec trois noms dont l'un s'écrit: Biot!

Adieu, beau parc! conserve-nous tes charmes
Près de l'attrait puissant du lieu rival;
De tes berceaux vois ce dépôt des armes,
Point culminant d'un grand quartier naval.

Adieu, beau-parc! conserve-nous tes charmes
Et cette gloire attachée à tes ans;
La foi du goût doit calmer nos alarmes,
Et nous avons aussi foi dans nos plans.

P. ALARD.

L'ARC DE TRIOMPHE DE L'ÉTOILE.

—

1841

—

Je te salue, arc immense !
A ton glorieux aspect
Les nobles fils de la France
S'inclinent avec respect.
De tes arceaux chaque pierre
Brille de noms éclatants ;
La patrie heureuse et fière
Y grave, en traits de lumière,
Les exploits de ses enfants.

Voyageur que veux-tu ? Quelque illustre merveille
        Cherches-tu le vieux Parthénon ?
La plaine désolée où Palmyre sommeille
        Où le colosse de Memnon ?

Cherches-tu les palais de l'Egypte envahie
        Sous les sables du Sahara ?
Venise, que le sort a pour jamais trahie,
        Où les lions de l'Alhambra ?

Voudrais-tu visiter Rome? le Capitole?
  Et les vieux palais des Césars?
Les lieux où resplendit l'immortelle auréole
  Dont se couronnent les beaux arts.

Pourquoi laisser courir ainsi ta rêverie
  Vers ces lointaines régions?
Ah! ne t'éloigne-pas de ma belle patrie:
  C'est la reine des nations.

Tout ce qui, sous le ciel, a droit à ton hommage,
  Tu le trouveras dans son sein.
Du génie et des arts, des vertus, du courage,
  Les palmes brillent dans sa main.

Là-bas c'est un éclat qui s'éteint et qui cesse
  Dès qu'il touche à notre avenir;
En France tu verras, tout brillant de jeunesse,
  Ce qui n'est là qu'un souvenir.

   Admire cet arc immense!
   A son glorieux aspect,
   Les nobles fils de la France
   S'inclinent avec respect.

— A tes accents, je sens que mon âme balance;
  Viens pour éclairer mes esprits.
Tu parles de la Grèce... Est-il vrai que la France
  Puisse-lui disputer le prix?

— La Grèce a dominé... Elle lègue à l'histoire
  Cimon, Socrate, Phidias!

Mais la France a sauvé ce qu'il restait de gloire
  Aux enfants de Léonidas.

A la Grèce avilie et dormant sous les chaînes,
  Quel peuple un jour s'est présenté?
Et qui fit retentir aux rives des Hellènes
  Ce cri : Vive la liberté !

    Viens saluer l'arc immense
    Dont le glorieux aspect
    Aux nobles fils de la France,
    Imprime tant de respect.

— A ta voix je ne puis demeurer en balance ;
  Je sens entraîner mes esprits...
Mais l'Egypte, l'Asie et Rome !... Quoi la France
  Pourrait leur disputer le prix ?

— Oui, l'Egypte régna !... Mais regarde ses temples :
  Par la base ils sont dévorés !
Ses fastes, ses tombeaux qu'aujourd'hui tu contemples,
  Sans nous, resteraient ignorés.

Oui, l'Asie a brillé !... Que laisse-t-elle au monde ?
  Des palais, géants sans rivaux !
Mais en vain on y cherche une voix qui réponde,
  On n'y trouve plus d'échos.

Ses temples et ses dieux, ses palais et leur gloire,
  Gisent tous, de poudre couverts,
Et ces débris muets, flétris par la victoire,
  Restent cachés dans les déserts.

Quand vint le peuple roi, maître né de la terre,
    Le monde se tut devant lui...
Mais celui qu'on craignait à l'égal du tonnerre
    Est-il bien terrible aujourd'hui ?

Les prodiges fameux de sa haute vaillance
    Ne brilleront plus qu'un moment ;
Les marbres qu'il chargea de dire sa puissance, .
    Quels nains près de ce monument !

    Salut trois fois, arc immense,
    Qu'à ton glorieux aspect,
    Tous les rivaux de la France
    S'inclinent avec respect.

— Ton discours, je le sens, fait pencher la balance ;
    Tu sais entraîner mes esprits !
C'en est fait désormais, oui j'adopte la France ;
    Je veux lui décerner le prix.

— Le voilà, ce témoin de nos mille conquêtes ;
    Pour le traduire à l'univers,
Que ma voix est, hélas ! un peu digne interprète !
    Que vais-je dire dans mes vers ?

Puis, quel sujet choisir ? — La Force, la Prudence,
    Ou le Triomphe ou le Départ ?
Faut-il citer la Paix ou bien la Résistance,
    Parmi ces chefs-d'œuvre de l'art.

Lequel de ces cent noms si chers à la patrie ?

Quel bouclier où quel tableau ?
Chanterai-je Aboukir, Jemmape, Alexandrie ?
Les funérailles de Marceau ?

Mais quoi ! choisir un nom ! N'est-ce pas une injure ?
Lequel faudra-t-il oublier ?
Tous ils ont titre égal ; à tous leur gloire est pure ;
Mais qui pourra la publier ?

La France avec orgueil dit : voilà mon ouvrage ;
Savez-vous ce qu'il m'a coûté ?
Il naquit, il grandit au milieu de l'orage,
Au souffle de la liberté !

Mon sang l'a cimenté ; mon sang mêlé de larmes !
Mais voyez qu'il est glorieux !
J'oublie à cet aspect mes travaux , mes alarmes,
Et mon regard s'élève aux cieux.

Ennemis de mon nom, venez sur cette place,
Prussien, Moscovite, Cosak ;
Mesurez, mesurez ! Vous verrez s'il dépasse
Le bronze oublié de Rosback !

Vous tous, vous le savez, noblement débonnaire,
Mon peuple un jour s'est irrité ;
Vous l'avez entendu brandissant son tonnerre
En réclamant l'égalité.

Vingt monarques ligués prétendaient le réduire ;
Plein de courroux, mais sans effroi,
Il se leva contre eux, et même en son délire
Leur jeta la tête d'un roi.

Une fois, débordé, ce torrent redoutable
    Foula, brisa tout dans son cours.
L'Europe, pour fléchir un choc inévitable,
    Ouvrit ses palais et ses tours.

Mais il passa sur tout! A sa force magique
    Rien ne pouvait mettre un retard :
Ni Rome, ni Berlin, ni les feux de l'Afrique,
    Ni les glaces du Saint-Bernard.

Regardez, regardez, ce n'est point un prestige :
    Mes Français marchent sur les eaux !
La Hollande reçoit, par un nouveau prodige,
    Mes cavaliers sur ses vaisseaux.

Le monde subjugué s'épouvante et s'étonne!
    Mon aigle étend ses ailes d'or,
Et de Vienne à Memphis, à Madrid, à Lisbonne,
    Et du Kremlin au mont Thabor.

Et pour mieux attester les hauts-faits de mes braves,
    Louqsor envoya son témoin.
Voyez! il est debout, comme font les esclaves,
    Observant son maître de loin.

Un jour pourtant, le sort, aveugle en son caprice,
    Arma contre eux les éléments.
Mais qu'on les a vus grands contre son injustice!
    Ils furent mes dignes enfants.

On les a vus, hélas ! sur des plages glacées,
    Aux bords de la Bérésina;
Expier dans les flots, sous les neiges pressées ,
    Wagram, Austerlitz, Iéna !

Ah! lorsqu'ils trouveront au temple de mémoire
    Tant de prodigieux tableaux,
Nos enfants, de mensonge accuseront l'histoire;
    Ils se diront : n'est-ce pas faux?

Eh bien! qu'un témoin sûr soit placé près du livre
    Où liront nos derniers neveux !
Qu'un monument s'élève et qu'il puisse survivre
    Aux désastres les plus fameux.

Que d'immortelles voix jaillissant de ces pierres
    Aillent dire à nos descendants:
« Voilà, Français, voilà ce que firent vos pères!... »
    Ils comprendront bien ces accents.

Qu'autour du monument se pressent cent merveilles!
    Que des bosquets délicieux
Balançant mollement leurs mobiles corbeilles,
    Soient nommés d'un nom cher aux dieux. (1)

Que les arts à l'envi décorent le parterre, (2)
    Que le burin et le pinceau,
De ce Louvre fameux que l'Europe révère,
    Fassent un Vatican nouveau.

Ces temples, ces palais, ce jardin magnifique,
    Il saura les effacer tous !
Amis comme ennemis, à sa vue héroïque,
    Sentiront ployer leurs genoux.

(1) Les Champs-Elysées.
(2) Les jardins des Tuileries.

Ni le bronze élevé sur la place Vendôme,
    Piédestal de Napoléon ;
Ni les sombres caveaux que recouvre le dôme
    De l'admirable Panthéon ;

Ni cet hôtel royal, dont la flèche dorée
    Du ciel va menacer l'azur,
N'auront dans l'avenir gloire plus assurée,
    Respect plus grand, honneur plus pur.

Que la Seine, en passant, se complaise en ses rives,
    Car jamais son brillant miroir
Ne pourra réfléter, dans ses eaux fugitives,
    Un monument si noble à voir !

Oui, si le temps un jour ravageait notre France
    Et désolait ce beau pays ;
Dans nos champs dépeuplés si la mort, le silence
    Régnaient au milieu des débris ;

Lui, resterait debout ! et sa tête meurtrie
    Sous l'effort des eaux et des vents,
Répèterait encor les noms que la patrie
    Inscrit aujourd'hui sur ses flancs.

Et les sages, venant visiter ces ruines,
    Où vivront toujours nos succès,
Diront, pleins de respect, en frappant leurs poitrines :
    « Il fut grand, le peuple français ! »

                V. DERODE.

REGRETS.

—

1857

—

I

O mes lettres d'amour ! qu'êtes-vous devenues ?
Vous par qui je portais ma tête dans les nues,
    Fier d'être tant aimé ! —
Du cœur qui parle au cœur sincère et doux langage !
Promesses de sa foi ! mon bien, mon noble gage,
    Le feu t'a consumé !

Hélas ! par quelle main ? — étrange sacrifice !
De l'austère raison triomphe, ou vain caprice,
    Je ne sais ; — j'ai gémi.
Mais l'amant, ce jour-là, détrôné dans cette âme,
S'effaçait tristement, près de toi, sainte femme,
    Remplacé par l'ami.

II

L'amour chrétien resta : — l'autre n'est plus qu'un rêve,
Hochet des jeunes ans. — La vie ainsi s'achève ;
    L'enfant se fait vieillard.
Tous deux, en nous courbant, nous marchons vers la tombe ;
L'arbre, miné, languit, et son branchage tombe ;
    Le tronc croule plus tard.

III

Je ne lirai donc plus, la paupière humectée,
Et l'âme, en souvenir dans les cieux remontée,
        Ces longs épanchements,
Cher trésor de jeunesse, et de chastes croyances,
Echange de projets, naïves confidences,
        Et querelles d'amants.

Plus rien qu'un peu de cendre ! une froide poussière !
Dans cet Eden du cœur plus de fleur printanière !
        Je ne retrouve plus
De tout mon beau passé d'ardente rêverie,
De fièvre, de transports, de magique féerie,
        Qu'un souvenir confus.

IV

Le temps a tout détruit : plus rien ! plus de vestiges !
Du jardin dépouillé les fleurs, aux belles tiges,
        Jonchent partout le sol.
Ainsi, quand vient l'hiver, jusqu'aux feuilles nouvelles,
On voit, de nos grands bois, s'enfuir, à tire d'ailes,
        Le dernier rossignol.

Plus de main tendrement dans la mienne enlacée,
De pensers qu'un éclair adresse à la pensée !
        Plus d'amoureuse loi !
Tout meurt : mais tout renaît. — Moi, j'ai cessé de vivre.
Pour mon regard éteint l'amour n'a plus de livre :
        Pauvre cœur ! ferme-toi.

                                AD. ALISSE.

27

LE CŒUR DU POÈTE.

—

1840

—

I

Je n'aime pas ces chants d'amoureuse mollesse
    Où le poète endort son cœur,
Ces chants où, vain jouet de l'humaine faiblesse,
    Il adore un sexe vainqueur;
Dieu ne lui donna point une âme sainte et mâle
    Pour qu'il aille, Hercule nouveau,
S'efféminer aux pieds d'une moderne Omphale
    Et tourner un lâche fuseau !...
Si le barde, plus grand que les fils de la terre,
    Lève un front beau de liberté,
S'il plane, aigle superbe, au-dessus du vulgaire
    Dans l'air de l'immortalité;
Si des hommes communs il méprise la foule,
    Cet inerte et vil élément
Qui, vide de pensers comme la mer qui roule,
    Roule aussi quand souffle le vent,
Il ne doit point salir ses fraîches lèvres d'ange,
    Au vase dont chacun jouit,

Ni traîner pesamment ses ailes dans la fange
    Où chacun rampe et s'abrutit...
O malheureux celui qui va courber la tête
    Sous le joug de ses passions,
Et livrer à l'amour son encens de poète,
    Ses belles inspirations !
Malheureux qui, buvant une fausse ambroisie
    Et brûlant pour de faux plaisirs,
Proclame la beauté reine de poésie
    Et reine de tous ses désirs !
— Vous qui savez parler un sublime langage,
    Vous qu'on croit descendus du ciel,
N'allez pas avilir l'harmonieux hommage
    De votre luth aux sons de miel :
Que vous importe donc un fol amour qui passe,
    Comme la rose du chemin ?...
Que vous font ces baisers, ces sourires qu'efface
    Le caprice du lendemain ?...
Que la gloire toujours soit votre amante unique !
    Mais la gloire veut des amants
Qui lui portent un cœur vierge, ferme et stoïque,
    Imbu de graves sentiments :
La Gloire !... entendez-vous ; voilà la souveraine
    Dont il vous faut suivre le char ;
Sans honte vous pourrez porter sa noble chaîne
    Et lui mendier un regard :
Car un de ses regards c'est toute une auréole
    De grandeur et de sainteté ;
C'est un nom radieux qui se lève et qui vole,
    Vaste écho dans l'éternité !
Mais si vous aimez mieux adorer des fantômes,
    Si vous courbez vos fronts vaincus,

Allez !...., brisez vos luths ; vous n'êtes que des hommes,
    Ou plutôt des anges déchus.

II

Je n'aime pas non plus ces accents de détresse
    Et ces longs soupirs de douleur
Que le barde plaintif pousse, quand la tristesse
    L'accable de son mal rongeur ;
Quand, plié sous le faix de sa dure misère
    Comme sous un trop lourd fardeau,
Il cherche en gémissant un appui funéraire
    Et se tourne vers son tombeau.
Le poète !..., c'est l'être à la fo ergie,
    A l'œil toujours calme et serein,
Qui noirait dans les pleurs d'une pâle élégie
    La flamme de sa voix d'airain ;
C'est l'homme généreux, cuirassé d'un courage
    Qui jamais ne saurait faiblir,
L'homme qui peut montrer aux aquilons d'orage
    Un front que nul n'a vu pâlir ;
C'est le stoïque altier défiant la souffrance,
    A la terre disant adieu,
N'ayant pour tout amour et   r toute espérance
    Que sa lyre, la glo   et Dieu !
Respect, respect pourtant au poète qui pleure !...
    Hélas ! il souffre tant d'ennui
Lorsqu'il faut qu'en son sein chaque illusion meure...
    Oh ! respect et pitié pour lui !
Qu'il est triste en ce jour le destin du poète !... —
    D'abord, fier de ses dix-huit ans,
Il sourit à la vie et couronne sa tête

Des beaux rêves de son printemps :
Il vient, comme l'enfant tend les bras à sa mère,
Tendre au monde ses bras joyeux ;
Mais pour toute caresse il sent la dent amère
De mille serpents venimeux :
C'est le sarcasme impur qui lui versant l'outrage
Etouffe sa timide voix ;
C'est la hurlante envie avec ses cris de rage
Glaçant l'accord entre ses doigts ;
Ou s'il aime une femme, au tendre regard d'ange,
Cette femme n'est bien souvent
Que de grâce et de boue un infâme mélange,
Hideuse beauté qui se vend ! —
Jadis, lorsque le monde était plein d'innocence,
Quand la vertu régnait encor,
Quand l'humanité vierge était dans son enfance
Et vivait sous un siècle d'or,
Le barde était heureux !... Il chantait avec gloire ;
On s'agenouillait sur ses pas,
Et, quand il n'était plus, on parait sa mémoire
De fleurs qui ne se fanaient pas.
Mais de nos jours, bon Dieu !... qu'est-ce que le poète?...
Il ne vient plus comme autrefois
Puissant écho du ciel tonner comme un prophète
Ou charmer le lion des bois ;
Aujourd'hui!... c'est, hélas ! un hochet qu'on bafoue,
Un bouffon qu'on estime rien,
Dont toujours on se moque et que parfois on loue,
Quand parfois il amuse bien ;
C'est un pauvre exilé qui pleure sa patrie,
Triste pèlerin sans appui :
C'est un noble martyr qui se résigne et prie...
Oh ! respect et pitié pour lui !

III

O siècle sois maudit!... sois maudit, siècle infâme,
Où chacun ne croit plus qu'à la vertu de l'or,
Où l'art est méprisé comme un pauvre trésor,
Où tout est corrompu jusqu'au cœur de la femme,
Où le poète enfin voit s'effeuiller son âme
Comme un lys embaumé s'effeuille au vent du Nord!

Si quelqu'un, écoutant mes paroles amères,
Disait : « Pourquoi ta muse est-elle un long soupir?...
» Pourquoi tes songes d'or vont-ils déjà mourir?...
» Quoi! l'amour, la vertu sont pour toi des chimères,
« Le bonheur et l'espoir des ombres éphémères....
» A ton âge, jeune homme, on croit à l'avenir!... »

Je répondrais: A peine entrai-je dans la vie
Que mes rêves déjà se flétrirent déçus :
J'aimais, je fus trahis; j'avais quelques vertus,
Et le monde m'en fit une froide ironie...
C'est pourquoi de mon sein l'espérance est bannie,
C'est pourquoi ma jeune âme au bonheur ne croit plus.

BENJ. KIEN.

LE PARADIS ET LA GRANDE DAME.

—

1855

—

CONTE.

—

Au spectacle, un beau soir,
Aux premières trônait dame du haut parage.
Elle avait la beauté, les grâces en partage :
Elle était belle à voir !
Sa cameriste à côté d'elle
Jouait parfois de la prunelle.
En amande ses yeux
Avaient ce velouté qui perd les amoureux.
Ce n'est pas médisance,
Je sais ce que j'avance,
Et plus d'une coquette à votre pauvre auteur
A lancé dans les temps ce coup-d'œil séducteur !
Passons. « — Dites-moi donc, Silvie,
(C'est la dame qui parle) il me prend fantaisie
De goûter des plaisirs qu'on goûte au paradis.
Voyons ! dites-moi votre avis,
Parlez ? — Mais, mon avis est celui de madame.

On doit bien s'amuser et rire des propos
De ces jeunes galans au teint frais et dispos,
Que le plaisir réveille et que l'amour réclame.
   — Mais, vous allez trop loin !
C'est curiosité de ma part, je le jure.
   Je vous laisse le soin
De conduire gaîment notre bonne aventure ! »
   On eût recours à l'art ;
   Madame était coquette.
Sous le minois fripon d'une aimable grisette,
Joyeuse, elle attendait le signal du départ.
Il avait bien fallu pour cette circonstance
Du projet, aux valets faire la confidence.
   Dans leur barbe, les gueux,
   Riaient à qui mieux meux.
On arrive au moment où l'on ouvrait la porte.
Madame prudemment renvoya son escorte,
Avec injonction de la prendre au retour.
La voilà donc assise au céleste séjour !
Au spectacle, on le sait (surtout la populace),
Qui dit le paradis dit la dernière place.
Espérons que là-haut il n'en est pas ainsi,
Car d'en prendre ma part je n'aurais nul souci.
   La charmante grisette
   Faisait tourner la tête
   Aux aimables dandys
   De ce beau paradis !
   Un galant à la piste,
   De notre camériste
Avait déjà touché de sa calleuse main
La plus belle moitié de tout le genre humain !
   Quand soudain une lorgnette

Aussi vive qu'indiscrète,
Et de l'œil s'échappant pour prendre son essor,
Découvrit le trésor.
Tout au fond d'une loge
S'abritait le galant,
Et notre pétulant
Au plus vite déloge
Pour grimper l'escalier qui conduisait au ciel !
Connaître le chemin était l'essentiel,
Car jamais de sa vie
Il n'avait eu l'envie
De monter aussi haut.

Il courait tant qu'on crût qu'il montait à l'assaut !
Je dois vous l'avouer, sans médisance aucune,
Il n'allait pas là-haut pour admirer la lune !
Dans cette occasion
Son admiration,
Preuve d'une belle âme,
N'était que pour la dame !
Je suis sa caution.
La foule était compacte.
De la salle on sortait :
On avait fini l'acte,
Et la dame restait.
Notre galant près d'elle eût bientôt pris sa place,
Et du livre d'amour déroula la préface.
On l'écoutait en minaudant :
Propos d'amour plaisent aux belles !
Notre jeune homme était ardent
Et rencontrait peu de cruelles.
Une main qu'on abandonna
Vint achever de le séduire,

Sa tête était dans le délire,

Son cœur brûlait comme... l'Etna !

Demandez le sujet de la pièce au jeune homme ?

S'il peut vous l'expliquer, je l'irai dire à Rome.

Et dans ce cas, ma foi, je puis vous l'avouer,

On s'occupe fort peu de ce qu'on va jouer.

Il s'exprimait comme un oracle !

Mais voici la fin du spectacle.

La dame était dans l'embarras,

Et n'avait pas prévu le cas...

« — Comment faire à présent, ma pauvre cameriste ?

Pouvons-nous toutes deux sortir à l'improviste ?...

Commande ma voiture, et dis à mon cocher

Que sous le péristyle il la fasse approcher.

Qu'avec un grand fracas on ouvre la portière.

Crois-tu qu'il me prendra pour une aventurière ?

— Non, madame. — Eh bien ! va ; mais ne perds pas de temps.

J'ai voulu m'amuser, mais pas à ses dépens.

Ce jeune homme est aimable,

Il me trouve adorable !

Il serait mal à moi de prolonger l'erreur

Qui peut en un seul jour lui ravir le bonheur.

Allons, Monsieur, partons ! la foule est écoulée,

Il ne reste que nous de toute l'assemblée.

— Je veux suivre vos pas : me le permettez-vous ?

Est-ce une impertinence ?

Excusez ma licence...

— Partons sans plus tarder. Monsieur, je vous absous. »

On descend : la grisette

Souriait en cachette.

Quant à notre amoureux

Il était radieux !

On était sous le péristyle :
Lors lo valet, en homme habile,
Ouvrit les deux battans du léger phaëton,
En prononçant très-haut de la dame le nom.
Qui fut saisi ? l'amant sans doute,
Car il avait fait fausse route.
Il vit bien qu'il s'était trompé.
« — Le titre de grisette est un titre usurpé !
Mais veuillez prendre place.
— Ce serait trop d'audace !
Sous vos veines d'azur coule un plus noble sang.
Madame, au paradis l'égalité commence ;
Mais sur la terre, hélas ! où règne la distance,
L'égalité finit, chacun reprend son rang. »

P. DUMAS.

ÉPITRES FAMILIÈRES.

—

1855

—

A MADEMOISELLE †††, QUI PORTE DES MITAINES DE VELOURS

Soyeuse et ravissante,
Votre main, œuvre des amours,
Efface du velours
La douceur caressante....
Quel homme ne voudrait
D'un larcin indiscret
Être l'heureux coupable....
Pour, de cette main adorable,
Recevoir un soufflet !

—

VOUS !

Ne me dites plus vous,
Ce mot est trop sévère ;
C'est l'amour en colère,
Tous les dieux en courroux !...
Ne me dites plus vous.

Ne me dites plus vous,
Dans ce moment suprême
Où je vous dis : je t'aime
Et le jure à genoux....
Ne me dites plus vous.

Ne me dites plus vous,
Quand mon cœur vous confie
D'une crainte ennemie
Le sentiment jaloux....
Ne me dites plus vous.

Ne me dites plus vous,
Si mon regard exprime
Cette tendresse intime,
Culte ignoré de tous....
Ne me dites plus vous.

Rien n'est si froid que vous ;
Toi, brûle d'éloquence ;
Vous, est l'indifférence ;
Toi, l'amour le plus doux....
Ne me dites plus vous.

———

A QUINZE ANS.

Je vous l'ai dit souvent, petite ,
Vous n'êtes pas folle à demi ;
Votre jeune cœur bat trop vite,
Votre cœur est votre ennemi....
De sa trop grande violence

Méfiez-vous, car à quinze ans,
Le printemps seulement commence....
Ne devancez pas le printemps.

Lorsque l'on est aussi jolie,
Qu'on se l'entend dire souvent,
L'oreille attentive et ravie
Porte au cœur son enivrement....
Mais à quinze ans prêter l'oreille
A d'aussi dangereux propos !
C'est, hélas ! avancer la veille
Du jour où l'on perd son repos.

Pourquoi ces leçons de prudence,
Tous ces conseils à la beauté?
Laissons-lui son insouciance,
Son heureuse frivolité....
Des leçons, la seule infaillible,
C'est la leçon qui vient du temps,
Et qui vous dit « qu'être sensible
C'est trop tôt de l'être à quinze ans.... »

—

QUE VOUS ÊTES JOLIE ! !

—

A MADAME ***.

Que vous êtes jolie !
Mais pour votre cœur inconstant

L'amour n'est qu'une fantaisie,
Le caprice d'un seul instant ;
  Vous êtes si jolie !

De nos cœurs l'ennemie,
A tous vous ôtez le repos ;
Et de la chaîne qui les lie
Vous avez rivé les anneaux....
  Vous êtes si jolie !

Flattée, enorgueillie,
Fière de vos nombreux succès ,
L'indifférence en vous défie
L'amour que vous inspirez... Mais
  Vous êtes si jolie !

Aimer toute la vie,
C'est aimer peut-être long-temps....
Permise est la coquetterie,
La légèreté des serments,
  Quand on est si jolie !

—

PARDONNEZ-MOI.

—

A MADAME LOUISE DE L.......

Pardonnez-moi ; mon pardon je l'implore,
D'avoir osé sur vous jeter les yeux !

N'aime-t-on pas à contempler l'aurore,
Quand, le matin, le ciel est radieux ?...
      Pardonnez-moi.

Comme une étoile au voyageur sans guide
Fraie un chemin en des lieux inconnus,
Je vous suivais, l'œil discret et timide,
Quand sur vos pas... les miens se sont perdus...
      Pardonnez-moi.

Pardonnez-moi, bien souvent la clémence
Mit le remords dans un cœur généreux ;
Sévérité porte à l'Impénitence,
Assez d'un tort... j'en pourrais avoir deux !
      Pardonnez-moi.

PIERRE SIMON.

LE VIEUX SOLDAT ET SON COURSIER.

1827

I.

O mon léger coursier ! à ma voix qui l'appelle,
Que ton regard est fier, que ta crinière est belle ;
Que le pourpre sied bien à tes larges naseaux ;
Tes pieds sont aussi fins que ceux de la gazelle ;
     Mon coursier, que tes flancs sont beaux !

Quand le bruit du clairon arrive à ton oreille,
Une aigle est moins altière alors qu'elle s'éveille
Et fixe de son aire un ciel étincelant ;
O mon coursier ! soudain ta fureur se réveille ;
     Ton souffle est rapide et brûlant.

Mais si je viens au soir dans ta verte prairie,
Si je parle d'amour, si la voix de Marie,
Harmonieuse et douce, arrive jusqu'à toi,
Tu viens offrir ta tête à cette main chérie,
     Et courber ton front à sa voix.

Quand je te dis : partons ; à travers les collines
Tu vas comme le vent, mon coursier ; tu devines
Si c'est un rendez-vous ou de guerre ou d'amour ;
Allons, allons, tu vas ! et ton flanc se mutine
     Au moindre penser du retour.

Et le large torrent et la haute barrière,
Tu les franchis soudain, et ton œil en arrière
Ne se porte jamais, ô mon coursier puissant !
Si je livre à ton pied une longue carrière
     Que tu parcours en hennissant.

Quand nous avons à deux couru dans la bataille ;
Quand le fer se croisait ; quand tonnait la mitraille ;
Quand tu me protégeais en élevant le front ;
Que nous n'avions qu'un sang, qu'un même lit de paille ;
     Qu'un penser fort, rapide et prompt ;

O mon noble coursier ! c'était un jour de fête :
Ton œil lançait l'éclair, et sur ta belle tête
On eût dit que soudain brillait un vert laurier ;
C'est que ton flanc bondit, alors que l'on répète
     Un cri de gloire, ô mon coursier !

Quand il fallut jeter un crêpe à la victoire ;
Quand il fallut chercher sur les bords de la Loire
Où cacher nos lauriers qui les faisaient rougir ;
Ton regard, mon coursier, refusait de me croire ;
     Je crus qu'il te fallait mourir.

Puis nous avons à deux, sous le chaume tranquille,

Caché nos souvenirs loin de la belle ville
Où l'ennemi faisait parader ses soldats,
Et toi tu regardais ton harnais inutile
    Qui nous rappelait les combats.

Bien des jours ont passé ; ton œil, terni par l'âge,
Brille encor, cependant, quand je vais au village
Et que tu m'accompagne ainsi qu'un vieil ami ;
On nous regarde alors, et sur notre passage
    On tremble encor pour l'ennemi.

Moi, du moins, je pourrai respirer la vengeance !
D'un soleil d'Austerlitz je nourris l'espérance :
Sous mon chevet j'ai mis le trapeau tricolor ;
Moi, du moins, je pourrai servir un jour la France,
    Et la voir se lever encor.

Mais toi, mon vieil ami ! l'œil fixe vers la terre,
Tu m'écoutes rêver, et le mot guerre ! guerre !
Qui te faisait hennir, te fait verser des pleurs :
Ne pleure pas, ami, je te suivrai, j'espère :
    Tu sais ma joie et mes douleurs.

Sans toi je n'aurais plus de bonheur dans ma vie.
Qui donc me comprendrait ? Quelle paupière amie
Comme la tienne, alors, soulevée à ma voix,
Me parlerait si bien et d'espoir et d'envie
    A mes longs récits d'autrefois ....

Mais l'âge qui blanchit le jais de ta crinière
Doit t'épargner encor ; de toi mon âme est fière,
Et mes soins, vieil ami, te préservent toujours ;

Le Dieu qui tous les soirs écoute ma prière
Nous fait encore de longs jours.

II .

Tu reprends, mon coursier, une force nouvelle
Quand ma sonore voix comme autrefois t'appelle;
Quand je redis: Allons ! tu gonfles tes naseaux,
Tes pieds sont aussi fins que ceux de la gazelle,
            Et tes flancs noirs sont toujours beaux.

Mais le soir vainement, dans la verte prairie,
Tu parais écouter si la voix de Marie,
Qui me parlais d'amour, ne viens pas jusqu'à toi :
Elle n'a plus pour toi de main blanche et chérie,
            De paroles douces pour moi.

Toi seul, mon vieil ami, jusqu'à l'heure dernière,
Tu me seras fidèle, et ta lente paupière
A mon regard toujours répond avec bonheur ;
Et le soir on dirait, à ma sainte prière,
            Une voix qui te viens du cœur.

Car depuis si long-temps nous partageons la vie !
Ensemble nous avons bravé la froide envie ;
Nous avons partagé nos pleurs et nos plaisirs ;
Et maintenant je sais quand ta paupière amie
            Parle d'espoir ou de désirs.

Va, s'il fallait encor, sur une même paille,
Nous étendre au bivac ; au fort de la bataille
S'il nous fallait courir, oh ! ce serait bonheur !
Car un même laurier, une même mitraille
      Nous viendrait élever le cœur.

Oui, mon noble coursier, si le clairon appelle,
Ton œil est toujours fier et ta crinière belle ;
Tu jetterais encor le feu par tes naseaux !
Tu partirais encor, prompt comme la gazelle ;
      Vas, tes flancs noirs sont toujours beaux.

Bon COPPENS DE NORDLANDT.

FABLES

—

—

LES BULLES DE SAVON.

« O mon père ! vois-tu ces bulles de savon
Qui voltigent dans l'air ? Vois-tu briller sur elles
Les rayons du soleil aux couleurs les plus belles ?... »
S'écriait un enfant, gentil petit démon,
Qui folâtrait comme on fait à son âge.
        « Prends ton essor, léger ballon,
        Elève-toi jusqu'au nuage....
                Volez , volez encor,
        Globes d'azur, et, de couleurs nouvelles
        Vous revêtant, lancez des étincelles
                De pourpre et d'or ! »
Mais aucun n'atteignait les hauteurs de l'espace ;
        Et l'enfant se désespérait,
Car chacun d'eux, contre un oiseau qui passe,
Une branche, une fleur, un atome distrait,
        Se heurte, éclate et disparaît.

Enfant, ne pleure pas.... des douleurs plus amères

T'attendront dans la vie, accableront ton cœur,
    Quand tu verras, un jour, comme tes sphères,
        Au pays des chimères,
S'évanouir tes rêves de bonheur.

—

DÉCEPTIONS.

—

I

L'ÉCUREUIL.

« Quelle odeur! quel parfum le fruit de cet arbuste
    Exhale aux rayons du soleil!
        Arôme sans pareil!
Oh! qu'il doit être exquis! Je crois deviner juste,
En pensant qu'il mûrit pour la table des rois! »
Dit l'écureuil, voyant, pour la première fois,
D'un sauvage oranger l'orange toute verte.
« Quelle fraîcheur! Adieu les faines et les noix :
De fruits plus succulents notre table est couverte.
    Grimpons, grimpons... asseyons-nous ici....
T'y voilà... c'est fort bien, écureuil mon ami.
O Lucullus! je crois que tu mourrais d'envie,
Si la Parque déjà n'avait tranché ta vie! »
Il prend un fruit... puis deux... il y porte la dent :
« Pouah! Quelle amertume! » Aussitôt il les jette
        En maugréant ;
Racoquille sa queue, et, se grattant la tête,
      S'écrie en son jargon:

« De croire à nos désirs il n'est pas toujours bon !
Je pensais le contraire... et ne suis qu'une bête ! »

Défions-nous des sens à l'endroit des plaisirs,
Car la déception suit de près nos désirs.

II.

LA ROSE ET LE ZÉPHIR.

Au zéphir du matin
Une petite rose
De son bouton à peine éclose,
Exprimait son chagrin :
« Délivre-moi : je suis encor captive....
Zéphir ! zéphir !
Quand de briller au jour j'ai l'ardeur la plus vive,
Ne puis-je, enfin, m'épanouir ? »
Bientôt elle devient des roses la plus belle.....
.... Un coup de vent passe sur elle,
Et rien ne reste de la fleur !

L'éclat, bien rarement, nous conduit au bonheur.

N. Boulon,
Ancien capitaine d'infanterie.

LES TROIS AGES.

ROMANCE.

1856.

Mélancolie, ange à l'œil noir,
Eloigne-toi, mon âme est pure ;
Sous la loi sainte du devoir
Mes jours couleront sans murmure.
De ses rayons un soleil d'or
Inonde ma chaste paupière,
Et vierge, je m'écrie encor :
De l'air ! — des chants ! — de la lumière !

Mélancolie, ange à l'œil noir,
Au saule qui sur l'eau se penche,
Réfléchi par son pur miroir,
Vois, je suspends ma robe blanche.
Plus tard, auprès de deux berceaux,
Mon cœur palpite : Je suis mère,

Et j'ai, pour braver tous les maux,
Mes beaux enfants, l'air, la lumière.

Mélancolie, ange à l'œil noir,
C'est encor toi! — l'heure inflexible
A donc sonné mon dernier soir :
D'un beau jour c'est un soir paisible.
Ami, ta main ferme mes yeux ;
Dieu bénit ainsi ma prière.
Je vais t'attendre dans les cieux : —
De l'air! — de l'air! — de la lumière !

AD. ALISSE.

ACROSTICHES.

—

1845

—

A MESDEMOISELLES ADÈLE ET SOPHIE B***.

A doucir la souffrance, alléger les tourments
D 'une mère tendre et bonne,
E st pour vous, moderne Antigone,
L 'emploi de tous les moments,
E t votre patience a la force du temps.

—

S ensible autant que bonne, aimable et grâcieuse,
O n ne peut sans t'aimer te connaître un seul jour,
P our un doux sentiment ton âme est précieuse :
H eureux qui te saura faire éprouver l'amour !
I l ne te verra pas, femme capricieuse,
E couter les soupirs d'un galant troubadour.

PAULINE VERMERSCH.

CHANT DE GUERRE CONTRE LES RUSSES.

—

DÉDIÉ A S. M. NAPOLÉON III.

—

1854

—

En guerre ! allons soldats : en lice il faut descendre ;
Nicolas a rêvé les projets d'Alexandre ;
  Son aiguillon vous mord.
En guerre ! allons, Français... que tout guerrier se lève,
Et frappez vaillamment de la fronde et du glaive
  Ce Goliath du Nord.

L'Autocrate ébloui par sa puissance altière,
D'un souffle empoisonné couve l'Europe entière :
  Il craint les Spartacus.
Avec un vil ramas de Cosaques, d'esclaves,
Il veut jusque chez nous guider les troupeaux Slaves ;
  Lâches cent fois vaincus.

Il est comme blasé de son immense empire ;

C'est l'amour des combats que sa valeur respire ;
Nouveau Pierre-le-Grand,
Des siècles écoulés la splendeur l'émerveille :
Au milieu des flatteurs, Nicolas se réveille
Et devient conquérant.

D'une voix furibonde, il appelle à son aide
Le Cosaque du Don, le grêle Samoïède,
Les milliers de vasseaux,
Les serfs, les paysans, ses hordes hébétées,
Puis le nouveau Xerxès sur les mers agitées
A vomi ses vaisseaux.

Le despote fiévreux ne veut plus d'homme libre ;
L'Europe le suffoque avec son équilibre
Si bien coordonné ;
Il cache au fond du cœur une vieille espérance,
Il brave l'Ottoman, l'Angleterre, la FRANCE !
Allons ! l'heure a sonné.

L'heure a sonné pour lui. Cette fougue insensée
Provoque la rigueur par le destin tracée
Dans le livre éternel.
Et, pareil aux Titans, en son audace extrême,
Il lance à l'univers, il lance à Dieu lui-même
Un défi solennel.

Quel délire inconnu trouble sa politique ?
Il veut parler du Ciel, le prince schismatique
Que l'arrogance enfla.
Abaissant follement nos gloires qu'il jalouse,

Il ose nous railler avec mil huit cent douze...
    Et nos aigles sont là.

II

Aujourd'hui, comme aux temps de nos splendeurs guerrières
Une aigle aux ailes d'or plane sur les bannières ;
Et plus resplendissant que l'oiseau des combats,
Un nom cher aux Français est gravé dans l'arène :
    Parole à jamais souveraine
Qui transforme en héros les chefs et les soldats.

Ce mot NAPOLÉON rayonne comme un phare !
Entendez-vous sonner l'éternelle fanfare ?
Voyez jaillir au ciel les éclairs d'autrefois ;
Pour étouffer le bruit de ces hordes rebelles,
    La renommée ouvre les ailes,
Et parle à l'univers avec sa grande voix.

Levez-vous ! secouez vos poussières sublimes,
Victoires, doux lauriers, époques magnanimes,
Empire éblouissant d'un reflet sans pareil !
Montrez-nous l'Empereur qui, subjuguant les villes
    Et refoulant ces hordes viles,
Au soleil d'Austerlitz unissait son soleil.

Moscovite, à présent vous relevez la tête,
Allez ! vous oubliez l'effroyable tempête
Qu'en vos champs désolés lançaient nos bataillons ?...
A Smolensk, Friedland, Eylau, sans paix ni trêve,

Vos défaites ne sont qu'un rêve ;
Hurrah ! le sang cosaque engraissait vos sillons !

Dites ! vous qui bravez nos gloires outragées,
Quand fûtes-vous vainqueurs en batailles rangées ?
Songez à Moskowa, votre dernier rempart ;
Est-ce qu'on vit jamais la victoire indécise ?
　　　Près de nous elle est bien assise,
Et l'aigle dans vos flancs creuse une large part.

Vous êtes oublieux !—Mais parmi vos blasphèmes,
Moscovites du jour, vous dites en vous-mêmes :
« Il n'est plus ! il n'est plus le général des Francs ;
» Napoléon sommeille avec les Invalides ;
　　　» La mort cache ses traits livides,
» Et couvre du linceul les aigles expirants.... »

Fol espoir ! le César que l'on a pu connaître,
Ressuscite en courroux, et va parler en maître ;
Ecoutez les canons de NAPOLÉON TROIS.
L'Europe en a frémi jusqu'au fond des entrailles ;
　　　On voit chanceler vos murailles ;
Et le sol a tremblé sous le palais des rois.

En guerre !...Assez long-temps la Paix, aux jours futiles
Avait semé dans l'air ses brises infertiles ;
Fuyez, joyeux amour, et sourire des arts :
La France, dont le nom colore l'Epopée,
　　　Effeuille avec sa vieille épée
Le laurier qui verdoie à l'ombre des Césars.

III

Mais un jour,—il est vrai—la Mort couvrit la gloire;
Les Russes font briller leur soleil dans l'histoire;
On les vit promener d'homicides flambeaux ;
Ils ont dans leur Moscou fait rugir l'incendie ;
     Ils vinrent , de leur main hardie,
Creuser pour nos soldats trois cent mille tombeaux !

C'est vrai ! nous avons tous pleuré la grande armée
Qu'enveloppait jadis un linceul de fumée...
O morne désespoir ! que vous fûtes puissant,
Lorsque de Rotopschin les agents parricides
     Humèrent leurs derniers subsides
Dans les débris en feu, dans les vapeurs du sang.

Lâches,. . .Ils ont juré, dans ces fureurs sauvages,
D'élever leur trophée au milieu des ravages,
Ils ont fait sans pitié leur pays orphelin...
Et la torche fatale, exécrable lumière,
     En dévorant l'humble chaumière,
N'a pas même épargné les siècles du Kremlin !

C'est vrai ! vous avez eu de nobles alliées;
Nos cohortes par vous furent bien repliées;
Oui vous avez voulu racheter vos revers.
Alors, on vit marcher dans vos bandes flétries
     Les spectres et les barbaries,
Et les fléaux du Nord blêmis par vos hivers.

Bien des nôtres, hélas ! dupes de vos manèges,
Loin de leurs chers foyers reposent dans les neiges ;

Où la Bérésina mugit sur les héros,
Russe! élève ce front que l'esclavage altère :
      Tu foules nos morts sous la terre...
La Pologne avec eux célèbre ses bourreaux !

IV

Oh! pourquoi rappeler ces milliers d'agonies,
Et ces lâches douleurs, et ces ignominies ;
On ose aiguillonner des lions palpitants ;
Mais le César, qui veille aux régions sublimes,
      Evoque les morts des abîmes ;
Et sa foudre en émoi fait taire les volcans.

Le soir, quand l'univers sommeille dans la brume,
Nos morts quittent soudain leur couche de bitume ;
Et leurs gémissements nous rappellent là-bas.
Dans la pâleur des nuits, quand la lune étincelle,
      Ils font sonner le boute-selle ;
Et battent sourdement la charge du trépas.

Lannes, Berthier, Duroc, ces ombres mutilées,
Menacent du regard les villes crénelées.
Ils disent d'arriver ; ils nous tendent les mains...
Le tocsin de Moscou frémit comme naguère.
      France! lève-toi... c'est la guerre!
Annibal est debout... Vengeons-nous en Romains.

VENGEANCE! au nom du ciel... au nom de ces tortures
Vous savez! le Cosaque et ses hordes impures

                     29

A jadis profané le sol de nos aïeux.
La Russie a chez nous fait gronder le pillage,
    Ravagé cités et village ;
Effaçons de nos champs son vestige odieux !

Paris ! le beau Paris pleure ces jours infâmes,
Où l'œil du Moscovite osait souiller nos femmes ;
Oh ! nous ne verrons plus cette honte venir !
A nos portes murmure un fleuve populaire ;
    Et, dans sa poignante colère,
Plus d'un fils orphelin jura de les punir.

Pologne, viens à nous ! viens unir à la France
Ta sublime auréole et ta mâle souffrance.
Pologne ! oh ! n'es-tu pas l'ange de nos succès !...
Ton drapeau n'a jamais flotté loin de nos armes...
    Nous avons recueilli tes larmes ;
Et Poniatowski mourut comme un Français.

— Demain, la grande mer, aux nappes ruisselantes,
Portera nos guerriers sur ses vagues roulantes ;
Ecoutez le signal qui vient de retentir ?..,
Voyez à l'Orient qu'elle aurore s'élève !
    Dès que la France a pris son glaive,
Il n'est plus d'opprimés ; il n'est plus de martyr !

Et l'humide Albion, fille chère à Neptune,
Jusqu'au sein de nos mers vient fixer la fortune,
Du rocher Moscovite elle brise l'écueil ;
Le trident, qui commande aux flots comme aux orages,
    Stimule, au fond de ses parages,
L'autocrate du Nord couché dans son orgueil.

Le Danube enchaîné redira nos trophées
Avec le chant vainqueur de nos jeunes orphées ;
De ses fils bien aimés la victoire prend soin ;
Et Napoléon III, devant qui tout recule,
    S'en va, comme le noble Hercule,
Dire au monde surpris : « Tu n'iras pas plus loin. »

Benj. Kien.

PENSÉES ET MAXIMES

—

1854

—

— Pourquoi donc avons-nous tant d'amour pour le passé ?
C'est que nous le rétablissons en idée avec ses joies et
sans ses peines. Et bien de ceux qui regrettent le temps
qui n'est plus, ou qui en parlent avec délices, n'y voudraient peut-être point revenir, si ce retour, devenu possible, leur était sérieusement offert.

— Pourquoi nul n'est-il content de son sort ? C'est que le
sort de chacun se trouve hérissé d'ennuis. N'accusez donc
pas la versatilité de l'esprit de l'homme, mais bien plutôt
la loi de souffrir qui lui est imposée dès sa naissance.

— La femme coquette ne vous aime que pour satisfaire son
orgueil ; la femme dévouée sacrifie son orgueil pour vous
aimer.

B. Kien.

POVERA PICCIOLA.

—

1857,

—

...... Graine perdue dans la plaine, un fruit avait germé et grandissait à l'ombre des bois, sur les bords émaillés d'un ruisseau où gazouillait timidement l'eau pure et limpide de la source voisine.

La petite plante, qui était une pensée, vivait en parfaite intelligence avec les pâquerettes, les violettes et les fougères, ses voisines et ses amies.

Déjà s'ouvrait sa corolle veloutée au fond de laquelle apparaissait mystérieusement la blancheur immaculée de ses pétales.

Caressée par les baisers du blond et pudique Zéphir, doucement émue par les confidences de l'écho respectueux et timide, la fleur si gentille jouissait de la vie et coulait en paix des jours de calme et de bonheur. Déjà aussi, sous l'influence des lois de l'harmonie générale, naissaient, dans son sein virginal, le fruit de la reproduction, les germes de son immortalité. Déjà son âme aimante et sensible se repliait dans les délices d'une transformation nouvelle, et, à cette période ultime, plus grandes encore étaient sa grâce et sa beauté.

Mais dans le sol où la fleur candide et gracieuse puisait la vie, rampait et s'avançait hypocritement, dans les ténèbres d'une préméditation criminelle, un ver immonde ; de ses meurtrières et venimeuses mandibules, l'impur et repoussant animal attaqua au cœur la pensée si gentille ; comme un vampire affamé de sang, il suçait l'âme de la *Porcra Pic-ciola*, et la puanteur horrible de son souffle empoisonné arrêta la vie dans les pores de cette frêle organisation.

Bientôt, hélas ! cette corolle naguère si fraîche, ces pétales si pures, cette tige si délicate, cet aspect si voluptueusement mobile, se desséchèrent ; l'évolution mystérieuse de la reproduction cessa ; la vie entière fut anéantie ; la plante adorable, écrasée par le froid de la mort, s'inclina pour toujours vers le sol qu'elle ornait tout-à-l'heure encore, emportant avec elle les embryons d'une multiplication infinie ; et là, où s'épanouissait la vie dans toute sa grâce et dans toute sa beauté, s'étendit le deuil et trôna la mort...

EDMOND DES ETANGS,

Sergent au 16e de ligne, en garnison à Dunkerque.

LE RUISSEAU ET LA TOURTERELLE.

ALLÉGORIE.

1854

Depuis l'humble roseau qui sur l'onde s'incline,
Jusqu'aux globes de feu suspendus dans les cieux,
Tout est enseignement, et révèle à nos yeux
    Ce qu'est la sagesse divine.

Près d'un ruisseau coulant solitaire en son lit,
    Au fond d'une vallée humide,
    Une tourterelle timide,
A la cime d'un hêtre avait bâti son nid.

    Là, des airs la plaintive fille,
Auprès de son époux, au sein de sa famille,
Sans craindre les méchants, partageait tout le jour
    Entre la tendresse et l'amour.

L'humide habitant des prairies ,
Etranger, au contraire , aux doux élans du cœur,
    Ne se retraçait le bonheur
Que dans la solitude , avec ses rêveries.

« Pourquoi , dit-il un jour, à l'oiseau du printemps ,
    Folle d'amour et de tendresse ,
    Passes-tu tes jours dans l'ivresse ,
Occupée à gémir sous des baisers brûlants ?

    Dis-moi , viens-tu dans mon empire
    Pour troubler ma limpidité ?
    Ou pour m'inviter au délire ,
    Et m'apporter la volupté ? »

    « Non , répondit la tourterelle :
    Je suis l'exemple des amants ;
    Et j'enseigne à rester fidèle
    A sa promesse , à ses serments.

Mais toi-même , dont l'onde à mes pieds fugitive,
Emblème d'inconstance et d'infidélité ,
Sans cesse , en murmurant, s'en va de rive en rive ,
    Pourquoi tant de frivolité ? »

« Je suis , dit le ruisseau , l'image de la vie ;
Le temps qu'on a perdu ne peut plus revenir ;
    Le présent s'enfuit et s'oublie ;
    Qui peut compter sur l'avenir !... »

                          Perot.

LE PARTAGE DE LA TERRE.

(IMITÉ DE SCHILLER).

1846

Un jour Dieu (fatigué de s'occuper de nous)
Dit aux hommes : « Prenez ; l'univers est à vous,
Et que le monde entier, par un juste partage,
De vos petits enfants devienne l'héritage !.... »
    Soudain... jeunes et vieux
Se hâtent de choisir ce qui leur plaît le mieux :
Le laboureur abat les moissons dans la plaine,
  Et fait craquer ses granges sous la graine ;
Le noble châtelain prend manoirs et vasseaux,
Armes, blasons, pennons flottant sur les crénaux,
Veneurs, chevaux, faucons, limiers de pure race,
Les bois où l'on entend les fanfares de chasse....
    Le marchand emplit ses hangars,
Et couvre les gradins de ses riches bazars.
Le moine se bâtit de vastes monastères,
    Exige la dîme.... Le roi

Met le péage aux ponts, la douane aux frontières,
    Et dit : « le dixième est à moi ! »
Tout était partagé lorsque vint le poète :
« Seigneur, suis-je donc exclu de cette fête ?
    Dit le barde en se prosternant,
Moi qui joins chaque jour, pour chanter tes louanges,
Les accents de ma lyre à la voix de tes anges.
    — Mais, réponds Dieu, c'est bien ta faute, enfant ;
    Lorsque chacun accourait au partage
    Où restais-tu ?.... que faisais-tu ?.... dis-moi...
    — Seigneur, j'étais auprès de toi ;
    Je contemplais ton auguste visage,
Les archanges gardiens de ton trône immortel,
Et les blonds séraphins dont mon âme ravie
Écoutait, en priant, la divine harmonie....
Moi.... j'oubliais la terre en regardant le ciel....

— Eh bien ! dit le Seigneur, viens au ciel, mon poète ;
Et puisque sur la terre il n'est plus rien à moi,
Viens chercher dans les cieux des lauriers pour ta tête :
Mes anges, chaque jour en cueilleront pour toi. »

                    EDOUARD SAINT-AMOUR.

TRADUCTION DE PHÈDRE.

1853.

LIVRE II, FABLE V.

CÉSAR ET L'ESCLAVE.

NE FAITES RIEN DE TROP.

Est ardelionum quædam Romæ natio.

A Rome, on voit courir comme des égarés
Mille gens sans affaire et toujours affairés,
Suant, soufflant, pour rien se donnant de la peine,
Las d'eux-mêmes ; chacun les poursuit de sa haine.
Puisse ce vrai récit corriger leurs travers !
Avec attention qu'ils lisent donc ces vers :
Tibère cheminait vers Naples... A Misène,
Il s'en vint visiter la superbe villa
Qu'à la cîme du mont Lucullus éleva
Sur la mer de Toscane et la mer Sicilienne.
Un esclave, de ceux qui font les empressés,
Couvert de beaux habits fièrement retroussés,

D'étoffe de Péluse, avec franges pendantes,
Vit le maître admirant ses pelouses charmantes.
Armé d'un arrosoir, il asperge soudain
Le sol brûlant de soif, et prend l'allure fière.
On s'en moque ; mais lui, traversant le jardin,
Précède encor le maître, et rabat la poussière.
César voit l'homme agir, en saisit la raison.
Comme l'autre espérait je ne sais quoi de bon :
— Hé ! l'ami ! dit César. — Lui s'élance au plus vite,
Joyeux de recevoir le prix de son mérite !
Mais, dans sa majesté, César dit simplement :
« Tu fais très-peu de chose, et ta peine est petite ;
» Un soufflet d'Empereur se vend plus chèrement ! »

LIVRE V, FABLE VII.

LE JOUEUR DE FLUTE, SURNOMMÉ LE PRINCE.

UN SOT ORGUEIL EST LE JOUET DE TOUS.

Ubi vanus animus, aurâ captus frivolâ.

Dès qu'un frivole esprit, gonflé de vanité,
Se complaît follement dans sa valeur si mince,
Il fait rire de lui par sa légèreté.
Certain joueur de flûte était nommé *le Prince;*
Sur la scène il prêtait son aide à Bathyllus; (1)

(1) Fameux danseur.

Un jour, mais dans quels jeux ? je ne m'en souviens plus,
Sur un décor qui file, il tombe à l'aventure,
Puis, à la jambe gauche, attrape une fracture.
Certe, il eût mieux aimé perdre deux instruments. (1)
On l'enlève au milieu de ses gémissements,
On l'emporte au logis, pour soigner sa blessure...
Quelques mois écoulés, il marche à guérison ;
Et le public, toujours d'excellente façon,
Réclamait son artiste, au jeu plein de molesse,
Qui savait de la danse aiguiser la souplesse ;
Un noble personnage allait donner des jeux ;
Le Prince commençait à marcher un peu mieux ;
A force de prière et d'argent, on l'engage
A venir dans ces jeux, et montrer son visage...
Au jour dit, le public se préoccupe fort
De son cher histrion ; ceux-ci le disent mort ;
Ceux-là jurent qu'il va paraître aux yeux du monde :
Enfin, la toile est basse (2) et le tonnerre gronde ;
Les dieux viennent parler, à la mode du jour ;
Le chœur abuse alors l'artiste de retour,
En disant le refrain de ce chant qu'il ignore :
« ROME ! RÉJOUIS-TOI, LE PRINCE EST BIEN PORTANT ! » (3)

(1) *Mot à mot :* il aurait mieux aimé perdre *ses deux flûtes
droites*, par antithèse à la jambe gauche qui est brisée. C'est
un jeu de mot latin qui ne peut être rendu agréablement dans
notre langue. Nous essayons cependant une variante :
    « Il eût perdu plutôt ses deux instruments droits :
    » On l'enlève ; il gémit ; il se trouve aux abois. »

(2) Chez les anciens, on baissait la toile pour commencer le
spectacle, tandis que chez nous on fait le contraire.

(3) Cantique en l'honneur d'Auguste ; ce mot *le Prince* fut
cause de l'équivoque, le baladin prenant pour lui ce qu'on
chantait pour l'empereur.

Un long bravo résonne ; et le joueur content
Jette mille baisers en pensant qu'on l'honore...
L'ordre des chevaliers comprend sa folle erreur,
Il fait répéter l'air, en riant de bon cœur ;
On recommence ; et l'homme au milieu du théâtre
Se prosterne, aux bravos du chevalier folâtre !
Le peuple croit qu'il vise à la palme des jeux ;
Mais quand la vérité fut connue en tous lieux,
Le Prince, qui couvrit sa jambe en toile fine,
De blancs habits vêtu, de blancs souliers chaussé,
Lui... qui rêvait l'honneur d'une maison divine,
Fut, la tête en avant, par la foule chassé.

BENJ. KIEN.

SONNET

—

1856.

—

Vous reviendrez encor, n'est-il pas vrai, mon père,
Dans ce doux mois de Mai si cher à votre cœur,
Ramenant les brebis au bercail du Seigneur,
Faire éclore la foi, l'espoir et la prière ?

Le novice a besoin qu'on parle à sa langueur ;
Il se trouble aux vains bruits d'un monde téméraire ;
S'il n'avance, il recule. Ah ! pour qu'il persévère,
Rapportez lui ce pain dont il sait la douceur.

Vous verrez, achevant la moisson commencée,
Accourir aux saints lieux une foule empressée,
Et la glace se fondre au feu de votre amour ;

Et vous nous parlerez de la Vierge Marie;
Et ce doux mois de Mai, si beau dans votre vie,
S'embellissant pour nous, passera comme un jour.

AD. ALISSE.

LES BORDS DU RHIN.

—

1850

—

Au plus divin moment du plus divin des rêves,
Je te conduis, épouse, aux paternelles grèves
De ma chère Allemagne, où, pour nous mieux fêter,
Les mille échos du Rhin se prennent à chanter.
Ma voix mêle ton nom à leurs voix qui répondent,
Et dans un même accord tous ces bruits se confondent.
Jamais du fleuve ému les flots n'auront porté
Plus d'amoureuse extase et de félicité ;
De ses bords féodaux les tours vertes de mousse
Jamais n'auront reçu châtelaine plus douce.
Les vieux nains endormis croiront que l'âge d'or
S'est réveillé soudain, et sonneront du cor ;
Les ponts-levis crîront sous leurs chaînes rouillées,
Et les herses de fer, si long-temps verrouillées,
Majestueusement s'ouvriront devant toi.
Des pages empressés, guidant ton palefroi,
D'un pas lent, assoupi par l'herbe de la dalle,
Mèneront dans la cour ta marche triomphale.
Le cortége s'arrête, et moi, ton chevalier,

Je m'élancé à ma dame, et lui tiens l'étrier.
Le vieux château s'ébranle aux battants qui s'entr'ouvrent ;
De vastes corridors devant nous se découvrent ;
Le silence s'anime, et les faisceaux des murs
Dardent des yeux brillants sous les casques obscurs.
— « Ne vous courroucez point, prunelles sourcilleuses,
Nous n'apportons ici que des âmes pieuses ! »
Par l'escalier de marbre aux degrés spacieux
Gagnons la grande salle où dorment les aïeux.
Leurs portraits alignés semblent vivants encore.
Pourquoi toujours sur nous ce regard qui dévore,
Ce long regard sévère, inquiet, épiant
Chaque trait du visage et chaque mouvement ?
— « Vous n'avez point ouvert à des hôtes profanes :
Notre respect se lit sur nos fronts diaphanes. »
O Louise ! on dirait qu'un rayon de ton cœur
De ces durs chevaliers désarme la rigueur.
Je crois les voir déjà, ranimés à ta flamme,
S'efforcer de revivre et ressaisir une âme,
Afin de conquérir, te disputant à moi,
Le doux bonheur de vivre et de mourir pour toi !

— Mais non, ce monde est mort, et l'amour veut la vie !
Mais non, ce n'est point là que mon cœur te convie !
Ce passé n'est qu'une ombre et ces murs sont déserts ;
Il nous faut le soleil et les ombrages verts !
C'est là que je te mène, ô jeune bien-aimée !
Sous l'aubépine en fleur et la vigne embaumée.
Partons, et, lorsque l'aube argentera sa tour,
Nous monterons ensemble au dôme de Strasbourg.
De là, nos yeux ravis suivront dans la campagne
Les caprices royaux du Nil de l'Allemagne.

Nous verrons la rosée et les feux du matin
De diamants et d'or émaillant le lointain;
Les vallons, les hameaux, — au fond la forêt Noire,
Et les lacs transparents où les biches vont boire;
Toute l'idylle enfin qu'on s'obstine à rêver
Et que deux cœurs aimants peuvent seuls retrouver.
Après un long regard sur la douce vallée,
Nous descendrons au port, où, la vapeur allée
Entraînant le bateau sur les flots écumeux,
Nos cœurs palpiteront et chanteront comme eux.
Plus nous avancerons, plus les monts et les plaines
T'enverront de parfums et de fraîches haleines,
Et plus tu comprendras pourquoi le nom du Rhin
Réveille tant d'échos au cœur de tout Germain;
Beau fleuve d'Allemagne, indomptable comme elle,
Comme elle généreux, profond, sombre et fidèle!
— Tends-lui ta blanche main, il viendra la lécher;
Mais vois de quel flot dur il mine ce rocher!

N. MARTIN.

PRIÈRE.

—

1840

—

Ma fille, va prier...
V. HUGO.

Oh ! la prière est une fleur du ciel
Qui laisse choir sur nous sa suave rosée,
Son doux parfum d'ambroisie et de miel
Pour réjouir un peu notre triste pensée !...
C'est la rose au tendre carmin
Que Dieu sema parmi les ronces du chemin ;
C'est la source pure et divine
Où nous lavons le sang que la piquante épine
A fait couler de votre main.

Nature, astre, soleil, Seigneur, amour immense,
Source où l'âme toujours peut boire le bonheur,
Être qu'on ne peut voir qu'avec les yeux du cœur,
Permets que jusqu'à toi ma prière s'élance !
Mais ma voix se perdra dans le vide de l'air...
Oh ! donne-lui, Seigneur, les ailes des archanges,
Laisse-la se mêler à leurs pures louanges,
Et s'envoler brûlante à ton palais d'éther !
Pour tout ce qui respire et vit sur cette terre,
Oh ! laisse-moi, mon Dieu, laisse-moi te prier ;
Aux chœurs des séraphins laisse-moi marier
        Mes chants et ma prière !
Donne à la fleur qui penche un baiser de zéphir ;

Des perles de l'aurore emplis son pur calice ;
Et donne à la charmille, où le vent du soir glisse,
Des chants d'oiseaux, des fleurs de pourpre et de saphir.
                Sous ses rideaux à frange,
                Le soir quand elle dort,
Donne à la jeune fille un joli rêve d'ange,
Un rêve de parfum, de fleurs, de joie et d'or !...
Et quand parfois, mon Dieu, sa voix te prie et pleure,
Permets qu'un habitant de ta sainte demeure
                Quitte un moment ton ciel,
Et vienne dans sa coupe épandre un peu de miel !
Et le pauvre qui n'a rien, rien sur cette terre...
Pour qu'il oublie un peu sa faim et sa misère,
Fais qu'il ait tous les soirs un long, bien long sommeil,
Et qu'une main pour lui s'entr'ouvre à son réveil.
Donne de frais bosquets à la jeune bergère
Pour fuir des jours d'été les brûlantes ardeurs ;
                A sa chèvre légère
                Un rocher et des fleurs.
Et lorsque vers le soir, délaissant sa houlette,
Elle effeuille au vallon la blanche pâquerette
Humble et pure comme elle, et rêve à ses amours,
Fais que la fleur lui dise : « Il t'aimera toujours !... »
Pour celui qui le soir, rêveur et solitaire,
Cherche aux cieux un regard qu'il aima sur la terre
Et qui dorait pour lui la vie et l'avenir,
Pour celui qui n'a plus, hélas !... qu'un souvenir,...
Fais luire dans le ciel une étoile brillante
Qui, comme ce regard, soit douce et caressante,
L'inonde d'espérance et lui sourie encor
En disant : « Va, ce n'est qu'une absence, la mort !... »
Mais console surtout, Seigneur, la pauvre mère

Qui se penche éplorée à la tombe d'un nis,
Pâle et toute mourante, ainsi qu'un frêle lys
Que l'orage en courroux a courbé vers la terre.
Pitié pour elle !... oh ! oui !... Car ce doit être affreux !...
Fais, pour tarir les pleurs qui coulent de ses yeux,
Et pour en effacer la trace bien amère
    Sur son visage défloré,
Qu'elle reçoive au ciel un baiser, pauvre mère !
    De l'enfant qu'elle a tant pleuré !
Et puisqu'il faut souffrir et pleurer sur la terre
Les angoisses de l'âme et les douleurs du corps ;
Puisque tous les échos du globe de poussière
Ne redisent jamais que de plaintifs accords :
Donne à celui qui souffre un peu de patience...
Dis à celui qui pleure un doux mot d'espérance...
Et le poète, lui, qui ne rêve qu'à toi,
Qui te cherce partout, dans toute la nature,
Dans la fleur, le soleil, le ruisseau qui murmure...
Oh ! bénis-le, Seigneur, remplis son cœur de foi !...
Fais qu'au matin l'oiseau roucoule à sa fenêtre,
Et quand il est assis, le soir, sous le vieux hêtre,
Que la brise caresse et baise ses cheveux,
En lui disant tout bas des mots doux et pieux.
Quand il erre chagrin sur la rive du fleuve,
Dis au flot de gémir, comme une âme de veuve ;
Ou si parfois, Seigneur, son cœur était joyeux,
Dis au flot de s'enfuir léger, harmonieux.
Donne au poète encor l'harmonieuse lyre
Qui frémit sous les doigts des anges bienheureux ;
Dis à tous les échos de la terre et des cieux
De porter jusqu'à toi ses chants et son délire.
Donne-lui du soleil, des oiseaux, un ciel bleu,

Toute vapeur, tout bruit, tout rayon, tout murmure,
Toute voix qui gémit ou rit dans la nature,
Tout parfum, tout accord... donne-lui tout, mon Dieu!...
Pour que ces bruits, ces voix, faisant vibrer son âme,
Lui murmurent tout bas ton nom, ô Créateur!
Et qu'alors ses accents, pleins de ta pure flamme,
Soient un hymne d'amour pour toi, pour toi, Seigneur!

FÉLICIE CHARVET. (*)

(*) Mlle. Félicie Charvet, fille d'un honorable fonctionnaire des contributions indirectes qui a long-temps habité Dunkerque, était âgée de 17 ans lorsqu'elle a composé cette touchante élégie. Depuis lors, nous pensons qu'une mort prématurée l'a ravie à l'affection des siens, à l'étude de l'art pour lequel elle montrait de si heureuses dispositions.

SANS MÈRE.

—

ÉLÉGIE.

—

1852

—

Enfant de l'opulence, enfant aux blonds cheveux,
Quand tout paraît sourire au moindre de tes vœux,
  Pourquoi ce front sévère?
Ce front qui va si mal à l'âge de huit ans...
« — Hélas! dit-il, je pleure ainsi depuis le temps
  Où j'ai perdu ma mère. »

A toi les beaux salons! les habits de velours
Et les riches hochets, innocentes amours
  De l'enfance éphémère;
Sur toi l'heureuse vie étend ses ailes d'or!...
Mais l'enfant répondit: — Puis-je être heureux encor,
  Heureux!...sans voir ma mère?

Tu ne portes pas seul le poids de tes douleurs;
Une sœur adorée aime à sécher tes pleurs:
  Combien elle t'est chère!

De son pieux amour qui ne serait jaloux?
— Oui, ma sœur est bien douce, et ses baisers sont doux...
    Moins que ceux de ma mère.

Là bas sur les prés verts, inondés de soleil,
Rejoins tes compagnons au visage vermeil,
    Troupe ardente et légère :
L'ombrage à tes regards ne sourira-t-il pas?
— Oh ! reprit l'orphelin, courons-y de ce pas :
    Tout auprès dort ma mère.

Tu pleures, tu gémis... Mais vois cet autre enfant
Hâve et blême de faim...Il plie un corps souffrant
    Sous la rude misère :
C'est à lui de pleurer le soir et le matin.
— Non ! non ! s'écria-t-il ; j'aimerais son destin :
    Il souffre avec sa mère !

— Et quelques jours après, triste et mourant flambeau,
L'enfant sans mère allait voir s'ouvrir le tombeau :
    C'est le lit qu'il préfère :
Et quand la froide Mort fermait ses petits yeux,
Il murmurait encor : — J'ai le cœur bien joyeux,
    Je vais revoir ma mère !

                        BENJ. KIEN.

BAUDOUIN BRAS-DE-FER,

OU LE PREMIER COMTE DE FLANDRE.

1858

NOUVELLE.

> Ab anno quo comitatum Flandrensen
> hæreditarium obtinuit, nemo Normanorum
> ejus regionem ausus sit infestare.
>
> (Olivarius Vaedius.)

I

C'était le soir d'une belle journée du mois de mai 862.
Au milieu des plaines et collines de sable où depuis s'élevè-
rent les murs de Dunkerque, non loin de la grande église
que St-Eloi y fit bâtir deux cents ans auparavant, quelques
pêcheurs réunis auprès de leur abbé écoutaient respectueusement les instructions qu'il leur donnait. Tout-à-coup une
tempête effroyable vint interrompre leur attention et jeter
parmi eux le trouble et l'inquiétude. Le murmure des flots
se mêlait au bruissement des vents; des nuages épais de
sable s'élevant en tourbillons dans les airs menaçaient de

frapper de stérilité les campagnes qu'ils cultivaient ou d'ensevelir à jamais les cabanes qu'ils habitaient. Leur anxiété
était extrême.

Quand le premier moment de stupeur fut passé, le prêtre
fit agenouiller son auditoire et appela sur la contrée la miséricorde divine. Il leur dit ensuite :

« Enfants des Diabintes, vous n'ignorez pas que la religion nous ordonne de prier aussi pour les autres, et dans ces
jours de calamités, dans ces grands bouleversements de la
nature, il est des matelots au milieu des mers, des voyageurs au milieu des champs qui ont besoin de la protection
de Dieu pour échapper peut-être à une mort terrible. Invo-
quons pour eux les bénédictions célestes; et puis, ajouta-t-il
avec un ton presque solennel, n'oublions pas dans nos prières le héros qui fut notre bienfaiteur, notre appui, et qui
tant de fois exposa sa vie non seulement pour éloigner de
nous les horreurs de la guerre étrangère, mais encore pour
nous défendre contre les nombreux voleurs qui infestent les
marais du Mont-Cassel et de Bergues-St-Winoc; Beaudouin
Bras-de-Fer, persécuté par le roi de France, excommunié
par le grand pontife de Rome, erre sans doute maintenant
sur des plages inhospitalières, exposé aux injures du temps
et à l'ingratitude des hommes. Prions pour lui, prions pour
lui, mes frères! »

Ces dernières prières furent récitées avec un recueillement pieux et qui n'avait rien d'affecté; car Beaudouin
était aimé de ces braves gens et n'avait laissé parmi eux que
les souvenirs de son intrépidité, de sa bienfaisance et de sa
justice, lorsque grand forestier de Flandre, il avait gouverné
ces contrées où à peine commençaient à poindre les lueurs
de la civilisation.

Dans cet intervalle, l'ouragan avait cessé de mugir, et
quand ces hommes bons et simples eurent essuyé la poussière de leurs genoux, ils entourèrent de plus près leur abbé
et l'engagèrent à leur apprendre ce qui était advenu au seigneur Beaudouin pour lui attirer la colère du roi et les malédictions du pape.

« Mes amis, leur répondit-il, il se fait tard; la clepsydre
marquera bientôt l'heure à laquelle vous devez chercher le
sommeil; mais n'importe! je serai bref, et j'aurai encore le
temps de vous dire rapidement la triste nouvelle que vous

désirez apprendre. Vous saurez donc que le roi Charles le
Chauve, satisfait des bons services que Baudouin lui avait
rendus, émerveillé surtout de cette réputation de bravoure si
justement acquise dans vingt rencontres, l'avait appelé à sa
cour, où du reste il avait été élevé, et le retenait près de lui
en attendant qu'il pût employer utilement son courage et
son expérience contres ces pirates du Nord qui viennent
depuis quelques années dévaster notre belle France, et qui
naguère encore ont saccagé Térouanne. Mais Baudouin
s'éprit d'amour pour la fille du roi, pour la belle Judith, qui
l'aima aussi, et voyant l'un et l'un et l'autre l'impossibilité
d'obtenir le consentement des parents de la princesse, ils se
sont évadés ensemble d'un commun accord, et vivent conju-
galement, espérant qu'il plaise à Dieu d'attendrir le cœur du
roi Charles. Malheureusement jusqu'à ce jour il s'est montré
inflexible ; il fait poursuivre partout le ravisseur de son enfant. C'est lui qui a obtenu des évêques cette terrible excommunication qui réunit les deux amants sous le poids du
même anathème. Fugitif aujourd'hui, déguisé peut-être pour
mieux échapper à ses ennemis, Baudouin traîne je ne sais où
une existence pénible et agitée... Plaignez-le, mais ne soyez
point ingrats envers lui si jamais vous pouvez lui être utiles :
son crime n'est pas assez grand pour que Dieu ne puisse le
lui pardonner et pour que les hommes soient plus sévères
que Dieu. »

Il avait à peine terminé ces mots, qu'on frappa deux légers
coups à la porte d'entrée et qu'une voix suppliante demanda
l'hospitalité.

C'était un jeune homme qui, sous les habits grossiers du
pêcheur, cachait un corps aussi élégant que robuste, et une
belle paysanne qui, à travers la laine et la bure qui la cou-
vraient, laissait entrevoir une peau fine et délicate que les
travaux des champs et les feux du soleil ne paraissaient pas
avoir beaucoup hâlée. On les accueillit avec empressement,
on leur prodigua les soins dont ils avaient tant besoin ;
de nouvelles mottes de terre bitumineuse vinrent enflammer
le foyer, et une eau limpide et tiède leur fut présentée. Ils
bassinèrent leur yeux gonflés par les larmes que la douleur
avait fait couler, et meurtris par les grains de sable que
l'orage avait soulevés. On leur offrit ensuite quelques gouttes
d'hydromel, et ce breuvage parut leur être agréable.

L'inconnu semblait oublier ses souffrances pour ne penser

qu'à celles de sa compagne. Attentif à tous ses mouvements, épiant un sourire de ses lèvres, un regard de ses yeux, il oubliait qu'il était entouré d'un certain nombre de personnes qui s'empressaient autour d'elle et de lui et auxquelles il n'avait pas encore adressé un seul mot de remerciement. Ce fut sa belle amie qui, aussitôt qu'elle eut repris tout-à-fait ses esprits, aussitôt qu'elle put articuler quelques mots, fit entendre au bon prêtre et aux pêcheurs les expressions de sa reconnaissance.

Sa voix était si douce, ses accents si purs, la grâce de ses manières contrastait si étrangement avec la grossièreté de ses vêtements, que grande fut la surprise de tous ces hommes qui la voyaient pour la première fois et qui la vénéraient déjà sans la connaître. Aussi, quoique l'heure fut déjà très-avancée, aucun d'eux ne manifestait l'intention de se retirer, et une curiosité de plus en plus croissante paraissait les retenir auprès des deux étrangers. Pourtant, sur un signe de leur abbé, ils partirent enfin, non sans faire mille et une conjectures sur l'apparition inattendue de ces personnages aussi mystérieux qu'intéressants.

L'abbé de Saint-Pierre, après leur avoir laissé tout ce dont ils avaient besoin pour passer plus commodément la nuit, s'éloigna de ses hôtes, pénétré de cette espèce de vénération que le malheur fait sentir intuitivement aux âmes nobles.

Le lendemain, l'abbé apprit qu'il avait donné l'hospitalité à deux illustres fugitifs. En effet, l'un était le fils d'Enguerrand-Audoacre, ce même Baudouin dont il avait parlé la veille, et l'autre était la petite-fille de Charlemage, la fille du roi de France, la veuve de deux rois d'Angleterre, Judith enfin, qui n'avait pas craint d'encourir la colère de son auguste père en se donnant à celui qu'elle aimait. Mariée deux fois contre son inclination, la jeune et belle princesse voulut cette fois-ci avoir un époux selon son cœur, et, du consentement de son frère Louis, qui de son côté s'était aussi marié secrètement et à l'insu de Charles, elle partit de Senlis avec Baudouin et vint en Flandre, dont il était alors le grand forestier.

La colère du roi de France, à la nouvelle de cet enlèvement, fut extrêmement violente. Son fils aîné, qui lui succéda depuis sous le nom de Louis-le-Bègue, reconnu complice de l'évasion de sa sœur, fut dépouillé de l'abbaye de

Saint-Martin de Tours qui lui avait été concédée, et se voyant tombé dans une entière disgrâce, se réfugia auprès du roi Salomon, dans l'Aquitaine, où il prit les armes contre son père, et fut vaincu dans deux combats par ce Robert-le-Fort qui, bisaïeul de Hugues-Capet, devait être la tige de la famille des Bourbons. Ce n'était point encore assez pour satisfaire la vengeance d'un père irrité et puissant ; les évêques et les *leudes*, réunis dans un *plaid*, furent appelés à prononcer contre le ravisseur d'une fille de France. Ceux-ci, disposés à applaudir tout ce qui pouvait les élever eux-mêmes jusqu'à la majesté royale ou faire descendre la majesté royale jusqu'à eux, ne voulaient point se montrer sévères contre Baudouin, et, tout en blâmant sa conduite, cherchaient à faire valoir les services qu'il avait rendus et ceux qu'il pouvait rendre encore dans les diverses luttes qu'on avait soutenues et qu'on s'attendait à avoir de nouveau contre les barbares du Nord ou les Sarrasins du Midi. Les évêques, au contraire, toujours empressés de placer leur autorité au-dessus de celle des grands, toujours prêts à étendre leur domination, forts en outre de l'approbation du prince, lancèrent contre les deux coupables les foudres alors terribles de l'excommunication, et appelèrent sur eux, non seulement la colère divine, mais encore, ce qui était plus à craindre dans ces temps d'ignorance, l'indignation des âmes simples et pieuses.

Baudouin, qui s'était d'abord réfugié dans le château de Bruges avec son amante, se voyant abandonné peu à peu de tous les siens, qui craignaient, en le servant ou en le défendant, d'encourir aussi la damnation éternelle, se cacha, en attendant des temps meilleurs, dans une ferme fortifiée du pays des Audomarois. Mais là également, il n'était plus en sûreté, et pour ne pas tomber entre les mains des envoyés du roi (*missi Dominici*), il fut obligé de s'évader au milieu de la nuit, évitant les sentiers battus et se dirigeant de nouveau vers Bruges où quelques amis dévoués étaient prêts à se sacrifier pour lui, et faute de mieux, à lui fournir les moyens d'aller solliciter auprès de l'*Apostoile*, une absolution qui devait aplanir tous les obstacles qu'on élevait entre lui et Judith. C'est durant ce pénible trajet de Saint-Omer à Bruges, qu'il fut, un soir, contraint de venir s'abriter chez le respectable abbé qui desservait, dans les dunes, l'église consacrée à Saint-Pierre et due à la piété de Saint-Éloi.

Après s'être reposé deux jours dans ce modeste presbytère, impatient de ne recevoir aucune dépêche de ses amis de Bruges, Baudouin se décida à partir. Pour le mettre à couvert de tout danger, et pour qu'il pût entrer dans la ville sans risquer d'être reconnu, l'abbé désigna dix pâtres ou pêcheurs pour l'accompagner. Ceux-ci, chargés de poissons ou conduisant des bestiaux, auraient eu l'air de se rendre au marché de Bruges, pour y échanger leurs denrées contre d'autres ; car, à cette époque, la rareté de l'argent monnoyé était si grande que c'était par échange que les marchandises étaient vendues.

Cette petite caravane était sur le point de se mettre en marche, quand soudain on vit arriver dans le lointain deux cavaliers bardés de fer, qui venaient de toute la vitesse de leurs destriers. Baudouin reconnut Lidéric et Skelbecq, deux de ses plus braves et plus dévoués compagnons d'armes. Il apprit d'eux que la médiation de ses amis auprès du roi n'avait pas eu un résultat satisfaisant; qu'il était déjà remplacé dans le gouvernement de la Flandre ; que, pour le moment, il n'avait rien à espérer en France ; que, par les soins de ses *fidèles*, un navire était à sa disposition non loin d'ici, et qu'il pouvait aujourd'hui même partir pour Rome. Lidéric ajouta : « Partez, seigneur, il vous sera facile de mettre le Saint-Père dans vos intérêts; il sera indulgent envers un héros qui a si bravement défendu la chrétienté contre les sectateurs d'Odin et contre les fanatiques de Mahomet, et, en sollicitant le consentement du roi Charles, il croira avec raison ne demander pour vous qu'une récompense noblement méritée. Partez donc : il y a soixante-deux ans que Charlemagne, après avoir visité ces contrées, se rendit également à Rome : il y allait chercher la couronne impériale ; vous y trouverez, vous, la fin de vos infortunes et le commencement de votre prospérité. »

Baudouin fut promptement convaincu de la nécessité de faire ce pèlerinage. Judith s'y montra bientôt préparée, et le même jour ils firent leurs adieux au prêtre et aux pêcheurs en se recommandant à leurs prières, et en les assurant que, si jamais ils redevenaient puissants, ils leur prouveraient leur gratitude pour l'accueil qu'ils avaient reçu d'eux dans un moment où tant d'autres les abandonnaient.

Le navire qui devait les porter sur les côtes d'Italie appareilla aussitôt que les illustres passagers furent arrivés à son bord, et, favorisé par un vent arrière, mit à la voile quelques heures après.

II.

A peine fut-il arrivé dans la capitale du monde chrétien, que Baudouin adressa à l'*Apostoile* Nicolas I, une lettre aussi respectueuse qu'attendrissante où, après avoir convenablement exposé les causes et le but de son voyage, il sollicitait la faveur d'une audience secrète. Le grand forestier de Flandre arrivait dans la ville sainte précédé d'une éclatante et honorable réputation : sa bravoure dans les combats, sa prudence dans les conseils, son équité dans l'administration, l'avaient fait connaître avantageusement : mais ce qui, surtout, aux yeux du Saint-Père et du sacré collége, lui méritait l'admiration la plus grande, c'étaient les nombreuses victoires qu'il avait remportées ou assurées contre les ennemis de la religion et notamment contre les Maures qui gouvernaient l'Espagne, et contre les barbares que vomissait la Norwège. Sa faute envers le roi de France était énorme, il est vrai ; mais encore ne lé paraissait-elle pas assez pour qu'on pût oublier les services rendus. Et puis, si pour échapper aux persécutions qu'on fomentait contre lui, Baudouin allait prêter le secours de son bras aux infidèles, ne deviendrait-il pas un ennemi éminemment dangereux? Sa longue expérience des choses de la guerre, sa connaissance approfondie des hommes et des localités, et principalement son intrépidité, si connue et si entraînante, ne deviendraient-elles pas des instruments de destruction au préjudice d'une cause qu'elles pourraient si bien défendre, et que déjà elles avaient su tant de foi protéger? Toutes ces considérations et bien d'autres encore exercèrent une utile influence en sa faveur dans l'esprit du pape qui, avant même d'avoir vu l'amant de Judith, était prédisposé à employer son crédit et son autorité pour le faire rentrer dans les bonnes grâces de Charles-le-Chauve.

Un des évêques les plus influents de la cour de Rome, Rodoald, fut chargé de présenter Baudouin au saint pontife ; il le reçut avec une cordiale affection dans la basilique même de Saint-Pierre, et lui octroya héatement sa bénédiction. Se courbant ensuite devant l'autel de Dieu, il invoqua pour lui les lumières du Saint-Esprit, la charité du Fils et la toute-puissance du Père. Puis, sur l'invitation qui lui en fut adressée, Baudouin s'exprima ainsi :

« Votre âme, à vous, mon père, n'a jamais été troublée par les orages du cœur ; dédaignant le joug des affections terrestres, errant continuellement dans les régions supérieures où la conduisent l'intelligence et la foi, elle est au-dessus des faiblesses humaines et n'a jamais cédé à l'irrésistible influence d'un sentiment aussi impérieux que tendre, aussi exclusif qu'enivrant. Le calme heureux dont vous jouissez, la charmante quiétude dans laquelle vous devez vous complaire, cette ignorance où vous êtes enfin des tourments que l'amour fait naître, je ne vous les envie point : car dans les peines qu'il enfante, dans les déchirements qu'il occasionne, l'amour cache toujours une consolation secrète et délirante qui nous dédommage amplement des maux que nous endurons, et je ne voudrais pas pour tout au monde qu'il ne me fût pas advenu des calamités et des persécutions : plus elles ont été cruelles et poignantes, plus elle m'ont fait apprécier la grandeur d'âme et la tendresse de celle que j'aime. Au milieu des souffrances les plus amères s'élève quelque chose de doux, un je ne sais quoi de suave et de consolant qui fait oublier promptement le malheur d'être persécuté pour ne faire songer qu'au bonheur d'être aimé. Il existe un charme indéfinissable et attachant dans cette communauté de biens et de maux qui s'établit entre deux personnes qui se chérissent. Quelle félicité plus grande que de partager ses joies ou ses douleurs avec une épouse de son choix ; de lier sa bonne ou mauvaise destinée à la sienne, et de ne vivre en un mot qu'avec elle, pour elle et par elle! Ah ! mon père, pensez-vous que le Ciel puisse réprouver un attachement qu'il a inspiré lui-même et qu'il ne nous a pas donné le pouvoir de refuser?....

« Vous le savez, attaché dès mes plus jeunes ans au service du roi, j'ai grandi dans sa cour, auprès de cette Judith qui, un peu moins avancée en âge que moi, fut la compagne des jeux de mon enfance. Elle apprit à m'aimer avant que de comprendre la distance qui nous séparait l'un de l'autre. Cette affection si vraie, si pure, qui ne faisait qu'une âme de nos deux âmes, et qui se plaisait à appuyer l'existence de l'un sur celle de l'autre, s'augmenta avec le temps, et elle

était parvenue à un degré d'énergie qui ne pouvait plus aug-
menter encore, lorsque la volonté royale donna Judith pour
épouse au roi des anglo-saxons *Ethelwulfe*. Le désespoir me
fit sentir alors tout ce qu'il y a de plus déchirant, de plus
douloureux. La vie me devint à charge du moment qu'il ne
me fut plus permis de la consacrer à mon amie. Mais pour
la quitter, je ne voulais point employer un des moyens que
défend la religion sainte. J'affrontai plus hardiment que jamais le danger des batailles, je fus au-devant d'une mort qui
semblait me fuir, et dans peu de temps les Normands et les
Sarrasins apprirent à me redouter. Des exploits nombreux,
dont le véhicule était inconnu à mes envieux, me méritèrent
des honneurs et des récompenses ; tout semblait me sourire,
tout semblait conspirer à ma félicité et à ma gloire, et pourtant j'étais malheureux, oh! bien malheureux; le souvenir
de Judith me poursuivait en tous lieux, et les regrets que
m'avait donnés sa perte s'augmentaient chaque jour davantage. Tout-à-coup, au milieu du vain éclat de mes triomphes,
au milieu des sombres nuages qui enveloppaient mes pensées,
une lueur d'espoir vint briller rapidement à mes yeux ;
Ethelwulfe était mort... Inutile et désespérante illusion!
Judith, mon amie, ma seule amie, fut encore obligée de s'u-
nir à un autre époux, et de se replacer avec lui sur le trône
d'Angleterre.

« Ce nouveau coup du sort m'accabla et détruisit en moi
tout germe d'espérance. Le Ciel pourtant eut encore pitié
de moi. Ce nouvel époux, Ethelbold, suivit bientôt le premier dans la tombe, et la fille de France revint s'asseoir au
foyer paternel. Ne dirait-on pas, mon père, que la volonté
de Dieu s'est manifestée en ma faveur, et pourrait-on regarder comme un caprice du sort ces deux morts successives
qui frappent les maris qu'on avait imposés à Judith, et qui
enfin la rendent à ses premières amours?... »

Il lui dit ensuite comment il l'avait retrouvée aussi tendre,
aussi aimante qu'auparavant, et comment, avec le consentement du prince Louis, il s'était décidé à partir de Senlis
avec la princesse. Il dépeignit la colère du roi à cette nouvelle; raconta les persécutions qu'on avait suscitées contre
lui et les dangers qu'il avait courus, et, arrivant à cette terrible excommunication qu'on avait jetée sur elle et sur lui,
il termina en priant le Saint-Père de vouloir bien les absoudre
et les protéger contre leurs ennemis.

Nicolas fut vivement attendri par le récit qu'il lui fit et promit de s'occuper dès le jour même des moyens d'assurer à Baudouin une réconciliation durable et sincère de la part du roi. Plein de bienveillance et de bon vouloir, il quitta l'illustre pèlerin afin de s'employer incontinent pour lui. Il écrivit à Herminfrude, épouse de Charles, pour l'inviter à intercéder auprès de son époux en faveur de sa fille et de son ami; il s'adressa aussi aux évêques du diocèse de Senlis et à Hincmar, ce célèbre archevêque que naguère M. Guizot a comparé à Bossuet; puis il fit la lettre suivante au roi lui-même:

« Nicolas, évêque, serviteur des serviteurs de Dieu, au grand et glorieux roi Charles:

» L'église sainte a été rachetée par le sang précieux et sacré du Christ, notre Dieu; elle a été bâtie par sa parole sainte sur la pierre solide de la vraie foi; sa tendre sollicitude s'étend sur tous indistinctement, non-seulement sur les pécheurs qu'elle a régénérés par l'eau et l'esprit, mais encore sur ceux qui n'ont pas encore obtenu les faveurs du baptême et qu'elle se fait un plaisir de recevoir dans son giron salutaire. Il résulte du principe même de son institution, que tous ceux qui viennent se réfugier auprès d'elle comme sur le sein d'une mère chérie, et qui s'humilient en reconnaissant qu'il sont tombés dans une faute quelconque, lui procurent l'accomplissement d'un devoir et méritent d'être absous par la grâce spirituelle qui, selon les rites, pardonne toujours au repentir. Cette sainte église romaine que nous desservons, par la volonté de Dieu, à cause de la souveraineté de son privilége, a la suprématie sur toutes les autres églises répandues dans l'univers entier, et peut accorder aux cœurs suppliants et contrits qui la demandent, la rémission des fautes commises dans quelque partie du monde que ce soit: par un mérite insigne attaché à sa charité, elle accorde libéralement son équitable pardon à tous ceux qui le sollicitent remplis d'une foi vive et sincère.

» Pénétré de ces grandes vérités et afin de s'éclairer des lumières ineffablement bienheureuses de Pierre et Paul, princes des saints apôtres, Baudouin, votre vassal, s'est empressé de venir se réfugier auprès de notre pontificat; il nous a avoué lui-même qu'il avait encouru votre indignation, parce que, sans votre consentement, il avait choisi pour épouse votre fille Judith qui l'aime plus que tout autre et qui s'est

31

volontairement donnée à lui. Il a mérité, par ses supplications nombreuses, que nous intervenions en sa faveur et que nous fassions un appel à votre grandeur d'âme. Vivement émus, moins par ses fréquentes prières que par un profond sentiment de miséricorde, au nom des chefs de notre apostolat, les légats ici présents, Rodoald et Jean, très-révérends et très-saints évêques que nous aimons de prédilection, nous supplions votre excellence royale (*vestram regalem excellentiam*), afin que pour l'amour de Jésus-Christ notre Seigneur et des bienheureux apôtres Pierre et Paul, dans l'assistance desquels Baudouin lui-même espère *beaucoup plus que dans celle des rois de la terre*, et aussi à cause de l'attachement si grand et si vrai que vous nous connaissez certainement pour vous, il vous plaise lui pardonner (on sait que pareille chose est arrivée déjà à d'autres rois), lui rendre entièrement vos bonnes grâces, et le laisser demeurer, comme auparavant, au milieu de vos *fidèles*. Certes, en vous demandant ce pardon magnanime, nous ne sommes pas mus seulement par le sentiment de ce devoir pieux qui nous prescrit de prêter le miséricordieux secours du siège apostolique à tous ceux qui le réclament avec humilité et contrition; nous sommes encore dominés par la crainte que les effets de votre colère et de votre indignation ne portent Baudouin à s'allier avec les Normands impies ou avec d'autres ennemis de notre sainte église, résolution funeste qui exposerait à de grands périls un peuple, pour le bonheur et l'intégrité duquel vous devez employer votre sollicitude et toute votre prudence, et qui ferait naître de nouveaux ferments de scandale capables d'attrister et de dépeupler l'assemblée des fidèles.

« Puissiez-vous être touché jusqu'au fond de l'âme par l'image de ce danger, dont je souhaite que vous n'ayez jamais à déplorer l'horreur. Que la main de l'Éternel vous protège et vous garde sain et sauf de toute espèce d'adversités.

« Le neuf des calendes de Décembre. — Indiction XI. »

Un légat partit alors pour France porteur de ces divers messages. Baudouin, déchargé du poids de l'excommunication, reçu, fêté et entouré d'honneurs par la cour de Rome, attendit impatiemment le résultat de l'influence du Saint-Siège, et puisa mille consolations contre de mesquines tracasseries dans l'angélique et inaltérable douceur de Judith.

III

Le cœur d'un père est un foyer de tendresse et d'indulgence qui ne peut jamais se refroidir entièrement : celui du bon roi Charles était tout préparé à oublier la faute de Judith, quand les lettres du Saint-Siége, les prières de la reine, et, plus que tout cela, la tendresse qu'il avait pour elle, lui arrachèrent ces paroles de pardon qu'il avait eu tant de peine à ne pas prononcer plus tôt. L'archevêque de Reims fut chargé de répondre à *l'apostoile*, et la reine elle-même s'empressa de mander à sa fille la nouvelle de ce pardon tant désiré, et qui avait été acheté par tant de traverses et d'inquiétudes. Le roi non seulement consentait au mariage de sa fille avec Baudouin, mais encore il accordait à Baudouin, 1° pour la dot de sa fille, tout le pays compris entre l'Escaut, la Somme et l'Océan, à charge par lui de le défendre contre les descentes des Normands ; pour récompense de ses services, les titres héréditaires de pair de France et de comte de Flandre.

Le prince Louis, participant à l'indulgence paternelle, profita de cette circonstance pour faire reconnaître et légitimer un mariage clandestin qu'il avait contracté.

Quant à Baudouin et à Judith, au comble de leurs vœux, ils se retirèrent de nouveau à Bruges ; mais, avant de s'y rendre, ils voulurent s'arrêter dans cette partie des dunes où Dunkerque commençait à s'élever, répandirent leurs bienfaits sur tous les pêcheurs qui les avaient si bien accueillis, et principalement sur ce bon abbé qui leur avait témoigné un attachement si vrai, si désintéressé.

C'est en reconnaissance de l'hospitalité qu'il avait reçue près de l'église de St-Eloi, que Baudouin fit commencer le premier mur d'enceinte de Dunkerque, travail important qui ne fut terminé que sous son petit fils Baudouin III.

Quoi qu'il en soit, la sollicitude du comte ne se borna point au berceau de Dunkerque ; il fit élever des remparts autour des villes de Bruges, Bourbourg, Gravelines, Bergues, etc., et pendant les dix-sept ans qu'il défendit les côtes maritimes de la Flandre, les Normands, qu'il en avait une fois honteusement chassés, n'osèrent plus y venir apporter la désolation et le pillage.

HECTOR TOURNILHON.

TRADUCTION DE CATULLE.

—

1857

—

AU MOINEAU DE LESBIE (II)

Moineau, délices de ma belle,
Toi qui folâtres avec elle,
Et qu'elle cache dans son sein;
Elle offre ses doigts, à dessein,
A ta morsure vive et folle;
Lorsqu'elle brûle de me voir
Et qu'elle joue, ayant l'espoir
Que ce jeu charmant la console....
(C'est, je crois, pour calmer ses feux)
Que ne puis-je, comme elle-même,
Oubliant mon ennui suprême,
Avec toi partager ces jeux?,...
J'aurais une ivresse pareille
A cette rapide beauté (¹)
Qui, grâce à la pomme vermeille,
Dénoua la captivité
De sa longue virginité.

(¹) Athalante.

TABLE

DES OUVRAGES CONTENUS DANS LE SECOND VOLUME.

—

FIN DE LA TABLE DU SECOND VOLUME.

www.ingramcontent.com/pod-product-compliance
Lightning Source LLC
Chambersburg PA
CBHW070758030726

47504CB00003B/598